Janice Y. K. Lee

DIE KLAVIERLEHRERIN

Janice Y. K. Lee

DIE KLAVIERLEHRERIN

Roman

Aus dem Englischen von
Barbara Heller

C. Bertelsmann

Die Originalausgabe erschien 2009
unter dem Titel »The Piano Teacher« bei
Viking (Penguin Group), New York.

FSC
Mix
Produktgruppe aus vorbildlich
bewirtschafteten Wäldern und
anderen kontrollierten Herkünften

Zert.-Nr. SGS-COC-001940
www.fsc.org

Verlagsgruppe Random House FSC-DEU-0100
Das FSC-zertifizierte Papier *Munken Premium* für dieses Buch
liefert Arctic Paper Munkedals AB, Schweden.

1. Auflage

Satz: Uhl + Massopust, Aalen
Druck und Bindung: GGP Media GmbH, Pößneck
Printed in Germany
ISBN 978-3-570-01064-8

www.cbertelsmann.de

Für meine Eltern

ERSTER TEIL

Mai 1952

Es begann mit einem Missgeschick. Das kleine Herend-Kaninchen fiel in Claires Tasche. Es stand auf dem Flügel, und als Claire am Ende der Klavierstunde die Noten einpackte, stieß sie es um. Es fiel von dem Zierdeckchen (ein Zierdeckchen! Auf einem Steinway!) in ihre große Ledertasche. Was dann folgte, verblüffte sie selbst. Locket schaute auf die Tasten hinab und bemerkte nichts. Und Claire … Claire ging einfach. Erst als sie draußen auf den Bus wartete, wurde ihr bewusst, was sie getan hatte. Doch da war es zu spät. Sie fuhr nach Hause und vergrub die teure Porzellanfigur unter ihren Pullovern.

Claire und ihr Mann waren vor neun Monaten nach Hongkong gezogen – Martin war an das dortige Wasserwirtschaftsamt versetzt worden. Churchill hatte die Rationierungen aufgehoben, und die Lage normalisierte sich allmählich wieder, als die Nachricht von der Versetzung kam. Claire hätte sich nie träumen lassen, dass sie England einmal verlassen würde.

Martin war Ingenieur, er leitete den Bau des Tai-Lam-Cheung-Staudamms, nach dessen Fertigstellung man das Wasser nicht mehr so stark würde rationieren müssen, wenn – wie es alle paar Jahre geschah – die Niederschlagsmenge zurückging. Der See sollte dann siebzehn Millionen Kubikmeter fassen. Claire konnte sich eine solche Menge kaum vorstellen, aber Martin meinte, sie werde nicht ausreichen; man werde mit Sicherheit noch einen weiteren Stausee bauen müssen. »Mehr Arbeit für mich«, sagte er vergnügt. Zur Zeit analysierte er die Topografie der Hügel, um für die Regenzeit Auffangbecken anlegen zu können. Claire wusste, wie viel die englische Regierung für die Kolonien tat. Sie ermöglichte den Einheimischen ein sehr viel besseres Leben, was sie jedoch selten zu schätzen wussten. Ihre Mutter hatte Claire vor den Chinesen gewarnt: ein gewissenloses, hinterhältiges Volk, das garantiert versuchen würde, ihre Arglosigkeit und ihren guten Willen auszunutzen.

Auf der Überfahrt hatte sie gemerkt, wie die Luft von Tag zu Tag feuchter wurde. Der Seewind frischte auf, und die Sonne brannte noch heißer, wenn sie durch die Wolken brach. Als die *P&O Canton* im August schließlich in den Hafen von Hongkong einlief, spürte Claire deutlich, dass sie sich in den Tropen befand: Ihr Haar kräuselte sich, und ihr Gesicht war ständig ein wenig feucht, ebenso ihre Achselhöhlen und Kniekehlen. Wenn sie ihre Kabine verließ, traf die Hitze sie wie ein Schlag, und sie musste sich einen Schattenplatz suchen und sich Luft zufächeln.

Sie hatten auf der vierwöchigen Reise sieben Häfen angelaufen, aber nach einigen schmutzigen Stunden in Algier und Port Said hatte Claire es vorgezogen, an Bord zu bleiben, statt noch mehr furchteinflößenden Menschen und Gebräuchen zu begegnen. Unvorstellbares hatte sie gesehen. In Algier hatte ein Mann einen Esel geküsst, und sie hatte nicht unterscheiden können, ob der scharfe Geruch von ihm oder von dem Tier ausging. In Ägypten waren die Märkte geradezu der Inbegriff mangelnder Hygiene gewesen – ein Fischhändler hatte einen Fisch ausgenommen und das Messer dann sauber geleckt. Sie hatte sich erkundigt, ob die Lebensmittel auf dem Schiff von solchen Märkten stammten, und die Antwort war höchst unbefriedigend ausgefallen. Ein Onkel von ihr war in Indien an einer Lebensmittelvergiftung gestorben, deshalb war sie vorsichtig. Sie blieb für sich und ernährte sich hauptsächlich von der Fleischbrühe, die am späten Vormittag auf dem Sonnendeck gereicht wurde. Der tägliche Speisezettel war einfach: Rüben, Kartoffeln und anderes Gemüse, das im Laderaum gelagert werden konnte, dazu in den ersten Tagen, nachdem man einen Hafen verlassen hatte, Fleisch und Salat. Martin ging jeden Morgen auf Deck spazieren, um sich Bewegung zu verschaffen, und versuchte vergeblich, sie zum Mitkommen zu überreden. Sie saß lieber in eine der kratzigen Schiffsdecken gehüllt in einem Deckstuhl, das Gesicht mit einem breitkrempigen Hut vor der allgegenwärtigen Sonne geschützt.

Es hatte auf dem Schiff einen Skandal gegeben. Eine Frau, die zu ihrem Verlobten nach Hongkong unterwegs war, hatte eine Mondnacht zu viel mit einem Herrn auf Deck verbracht, sie war auf den Philippinen mit dem neuen Mann von Bord gegangen und hatte nichts als einen Brief an den verschmähten Zukünftigen hinterlassen. Liesel, die Freundin, der sie den Brief anvertraut hatte, wurde zusehends unruhiger, je näher der Tag der Ankunft rückte. Einige Männer scherzten, sie könne ja den Platz der Braut einnehmen, aber sie wollte nichts davon wissen. Liesel war eine ernsthafte junge Frau, sie wollte zu ihrer Schwester und ihrem Schwager nach Hongkong, um dort Armen Chinesischen Mädchen Kunstunterricht zu erteilen. Wenn sie sich darüber ausließ, tat sie es in Claires Vorstellung stets mit großen Anfangsbuchstaben.

Bevor sie von Bord gingen, packte Claire ihre leichten Kleider und Röcke gesondert ein; etwas anderes würde sie vorerst ohnehin nicht tragen. Am Hafen hatte sich eine große Menschenmenge versammelt. Luftschlangen wurden geworfen, fliegende Händler verkauften mit viel Geschrei frischen Fruchtsaft, Sojamilchgetränke und grellbunte Blumengebinde an die Wartenden. In einigen Gruppen wurde bereits Champagner getrunken und auf die Ankunft von Freunden und Verwandten angestoßen.

»Wir lassen die Korken knallen, sobald das Schiff am Horizont auftaucht«, erklärte ein Mann seinem Mädchen, als er es von Bord geleitete. »Es ist eine Riesenparty. Wir sind seit Stunden hier.« Claire sah Liesel, die sehr nervös wirkte, die Gangway hinuntergehen und in der Menge verschwinden. Als Nächste betraten Claire und Martin die weichen, feuchten Planken, und zwei spärlich bekleidete junge Chinesen, die aus dem Nichts aufgetaucht waren, trugen ihnen ihr Gepäck nach.

John, ein alter Schulfreund von Martin, der für das Handelshaus Dodwell's tätig war, hatte versprochen, sie am Schiff abzuholen. Er war in Begleitung zweier Freunde und bot den Neuankömmlingen frisch gepressten Guavensaft an. Claire tat nur so, als nähme sie einen Schluck; ihre Mutter hatte sie vor der in diesen Breiten grassierenden Cholera gewarnt. Die Männer, alle Junggesellen, waren sehr amüsant. John, Nigel, Leslie. Sie lebten als Team zusammen, erklärten sie – es gebe viele solcher nach ihren Firmen benannten Teams: das Dodwell's-Team, das Jardine's-Team und so weiter – und versicherten Claire und Martin, die Partys des Dodwell's-Teams seien die besten weit und breit.

Die drei begleiteten sie zu dem staatlich anerkannten Hotel in Tsim Sha Tsui, wo ein Chinese in einem schmutzigen weißen Kittel, mit einem langen Zopf und schockierend langen Fingernägeln sie auf ihr Zimmer brachte. Sie verabredeten sich für den nächsten Tag zum Mittagessen, dann gingen die Männer. Martin und Claire setzten sich erschöpft aufs Bett und sahen sich an. Sie waren erst knapp vier Monate verheiratet und kannten einander noch nicht allzu gut.

Claire hatte Martins Antrag angenommen, um ihrem düsteren Elternhaus zu entkommen, ihrer verbitterten Mutter, die auf alles und jedes schimpfte – eine Eigenheit, die sich mit zunehmendem Alter noch verstärkte –, ihrer eintönigen Arbeit in der Registratur einer Versicherung. Martin war schon älter, über vierzig, und er hatte bisher kein Glück mit Frauen gehabt. Als er sie zum ersten Mal küsste, musste sie das Bedürfnis unterdrücken, sich den Mund abzuwischen. Er war wie ein Rind, langsam und beständig. Gutherzig. Das wusste sie. Und sie war dankbar dafür.

Sie hatte nicht viel Gelegenheit gehabt, Männer kennenzulernen. Da ihre Eltern nie ausgingen, hatte sie selbst es auch nicht getan. In der ersten Zeit mit Martin – er war der ältere Bruder einer Arbeitskollegin – hatte sie in Restaurants gegessen, in Hotelbars Cocktails getrunken und andere junge Frauen und Männer mit einer Selbstsicherheit reden und lachen sehen, die ihr ganz unbegreiflich schien. Sie hatten politische Ansichten geäußert, sie hatten Bücher gelesen, von denen sie noch nie gehört hatte, sie hatten ausländische Filme gesehen und selbstbewusst darüber geredet. Sie war begeistert gewesen und nicht wenig eingeschüchtert. Und eines Tages hatte Martin ihr mit ernster Miene eröffnet, dass er beruflich in den Fernen Osten müsse – ob sie mitkommen wolle. Sie fühlte sich nicht allzu sehr zu ihm hingezogen, aber sie hatte die Stimme ihrer Mutter im Ohr: Sie konnte schließlich nicht wählerisch sein. Sie ließ sich von ihm küssen und nickte.

Im Hotel ließ Claire gerade ein Bad ein, als es an der Tür klopfte und eine kleine Chinesin eintrat, eine Amah, wie man sie nannte, die ihre Koffer auszupacken begann, bis Martin sie wegschickte.

So verlief Claires Ankunft in Hongkong, das so ganz anders war, als sie es sich vorgestellt hatte. Von den üblichen kolonialen Stätten abgesehen – Stille, vornehme Topfpalmen, poliertes Holz in weißen Gebäuden –, war es laut und überfüllt, schmutzig und turbulent. Die Häuser waren direkt aneinandergebaut, und an vielen hing Wäsche zum Trocknen an Bambusstangen. Überall wiesen hohe grellbunte Schilder auf Massagesalons, Kneipen und Friseurgeschäfte hin. In finsteren Seitengassen, so hatte Claire gehört, gab es auch noch Opiumhöhlen. Oft lag Unrat auf der Straße, manchmal sogar menschlicher Unrat, und in der Luft hing ein beißender und seltsam klebriger Geruch, der selbst an der Haut haften blieb, sodass man sich zu Hause gründlich waschen musste. Alle möglichen Menschen lebten hier. Die einheimischen Frauen trugen ihre Babys in einem Tuch auf dem Rücken. Sikhs in Uniform taten als Wachmänner Dienst – man sah sie vor den Banken auf Hockern vor sich hin dösen, den beturbanten Kopf schwer auf die Brust herabgesunken, das Gewehr locker zwischen den Knien. Die Inder waren natürlich von den Briten nach Hongkong geholt worden. Pakistaner betrieben Teppichgeschäfte, Portugiesen arbeiteten als Ärzte, Juden besaßen Milchviehbetriebe und andere große Unternehmen. Es gab englische Kaufleute und amerikanische Bankiers, weißrussische Aristokraten und peruanische Unternehmer – alle erstaunlich weit gereist und kultiviert –, und es gab natürlich die Chinesen, die in Hongkong, wie Claire gehört hatte, ganz anders waren als in China.

Zu ihrer Überraschung verabscheute sie Hongkong nicht, wie ihre Mutter prophezeit hatte. Die Straßen waren belebt und verwirrend, so ganz anders als in Croydon, voller Menschen, Läden und Dinge, die Claire noch nie gesehen hatte. Sie kostete gern von den einheimischen Backwaren, den Ananasbrötchen und den gelben Eiertörtchen, und manchmal gelangte sie auf ihren Streifzügen über Central, den Stadtteil, in dem sie wohnten, hinaus und fand sich plötzlich in unbekannten Gegenden wieder, in denen sie die einzige Nicht-Chinesin zu sein schien. An den Obstständen türmten sich nicht nur Orangen und Bananen, die im England der Nachkriegszeit noch ein Luxus waren, sondern auch seltsam aussehende stachelige Früchte. Claire probierte sie, und sie schmeckten ihr: Sternfrüchte, Durianfrüchte, Litschis. Für einen Dollar kaufte sie eine kleine Wachspapiertüte voll und verzehrte den Inhalt im Gehen. Aus Holz und rostigem Blech zusammengenagelte Buden beherbergten Fachgeschäfte: In einem gab es die Gummistempel, die die Chinesen anstelle einer Unterschrift benutzten, in einem anderen wurden nur Schlüssel hergestellt, ein drittes teilten sich jeweils für den halben Tag ein Straßenzahnarzt und ein Friseur. Die Einheimischen aßen in winzigen Garküchen namens *daipaidong*, und einmal hatte Claire drei Arbeiter in schmutzigen Unterhemden und Hosen gesehen, die über eine Platte mit einem ganzen Fisch gebeugt saßen und die Gräten auf den Boden spuckten. Einer von ihnen hatte Claires Blick aufgefangen; mit seinen Stäbchen hatte er demonstrativ das Auge des Fischs aufgepickt und es ihr hingehalten, ehe er es in den Mund schob.

Claire war noch nicht vielen Chinesen begegnet; in den großen Städten Englands hatte sie nur Chinesen gesehen, die in Restaurants bedienten oder Kleider bügelten. Davon gab es natürlich auch in Hongkong viele, völlig neu aber war ihr der Anblick wohlhabender Chinesen, die, von ihrer Hautfarbe abgesehen, in allem englisch wirkten. Es war ein Erlebnis gewesen, einen Chinesen aus einem Rolls-Royce steigen zu sehen, als sie einmal vor dem Gloucester Hotel wartete, oder Chinesen im Geschäftsanzug mit Engländern essen zu sehen, die sich mit ihnen unterhielten wie mit ihresgleichen. Von der Existenz dieser Welten hatte sie nichts gewusst. Und mit Locket wurde sie in eine solche Welt hineingeworfen.

Nach einigen Monaten, in denen sie sich eingelebt, eine Wohnung gefunden und sie eingerichtet hatten, ließ Claire in ihrem Bekanntenkreis verlauten, dass sie Arbeit als Klavierlehrerin suche, nur zum Vergnügen, wie sie sagte, um den Tag auszufüllen, in Wirklichkeit aber konnten sie das Geld gut gebrauchen. Sie hatte fast ihr Leben lang Klavier gespielt. Amelia, die sie in einem Nähzirkel kennengelernt hatte, erbot sich, für sie herumzufragen.

Einige Tage später rief sie an.

»Es gibt da eine chinesische Familie, die Chens. Die sind hier ganz groß im Geschäft. Sie suchen offenbar eine Klavierlehrerin für ihre Tochter und hätten gern eine Engländerin. Wäre das nicht etwas für Sie?«

»Eine chinesische Familie? An die Möglichkeit habe ich noch gar nicht gedacht. Gibt es denn keine englischen Familien, die eine Klavierlehrerin brauchen?«

»Nein«, sagte Amelia, »da konnte ich nichts in Erfahrung bringen.«

»Ich weiß nicht recht …« Claire zögerte. »Wäre das nicht etwas merkwürdig?« Sie konnte sich nicht vorstellen, ein chinesisches Kind zu unterrichten. »Spricht sie denn Englisch?«

»Wahrscheinlich besser als Sie und ich«, erwiderte Amelia ungeduldig. »Sie bieten eine sehr angemessene Vergütung.« Sie nannte eine hohe Summe.

»Na gut«, sagte Claire langsam. »Es kann ja nicht schaden, sie kennenzulernen.«

Victor und Melody Chen wohnten in den Mid-Levels, in einem weitläufigen zweistöckigen Haus in der May Road, mit einer von Pflanztrögen gesäumten Einfahrt. Drinnen herrschte die ruhige, gut geölte Betriebsamkeit eines Haushalts mit reichlich Personal. Claire war mit dem Bus gekommen, und auf dem Weg von der Straße zum Haus war sie ins Schwitzen geraten. Die Amah hatte sie in ein Wohnzimmer geführt, in dem ein Ventilator für wunderbar kühle Luft sorgte. Ein Hausboy zog die Vorhänge zu, sodass sie in wohltuendem Dämmer saß. Ihr blauer Leinenrock, soeben vom Schneider geliefert, war zerknittert, und auf ihrer weißen Voilebluse zeichneten sich feuchte Flecke ab. Die Chens würden ihr hoffentlich genug Zeit lassen, um sich etwas zu sammeln. Sie setzte sich anders hin. Ein Schweißtropfen rann ihr den Schenkel hinab.

Aber sie hatte vergeblich gehofft. Mrs. Chen kam hereingeschwebt, eine Vision in kühlem Rosa, ein Tablett mit Getränken in den Händen. Eine außerordentlich gepflegte kleine Frau mit akkurat geschnittenem Haar, das in präzisen geometrischen Bewegungen um ihren Kopf schwang. Ihr ärmelloses Hemdkleid gab ihre zarten Schultern frei, ihr Gesicht war ein kleines Oval.

»Hallo!«, trällerte sie. »Freut mich, Sie kennenzulernen. Ich bin Melody. Locket wird gleich hier sein.«

»Locket?«, fragte Claire unsicher.

»Meine Tochter. Sie ist gerade von der Schule gekommen und zieht sich nur noch rasch etwas Bequemeres an. Ist das nicht eine schreckliche Hitze heute?« Sie stellte das Tablett ab, auf dem hohe Gläser mit Eistee standen. »Bitte – trinken Sie etwas Kühles.«

»Ihr Englisch ist ungewöhnlich gut«, sagte Claire und nahm ein Glas.

»Ach ja?«, antwortete Melody lässig. »Das machen wohl meine vier Jahre Wellesley.«

»Sie haben in Amerika studiert?« Claire hatte nicht gewusst, dass Chinesen amerikanische Hochschulen besuchten.

»Ich habe jede Minute dort genossen. Bis auf das Essen, das war einfach grauenvoll. Bei den Amerikanern ist ein gegrilltes Käsesandwich eine komplette Mahlzeit! Wie Sie wissen, nehmen wir Chinesen das Essen sehr ernst.«

»Werden Sie Locket auf ein amerikanisches Internat schicken?«

»Wir haben uns noch nicht entschieden, aber eigentlich würde ich lieber über Ihre Ausbildung mit Ihnen sprechen«, sagte Mrs. Chen.

»Oh.« Claire erschrak.

»Sie wissen schon«, fuhr Mrs. Chen liebenswürdig fort. »Wo Sie Musikunterricht hatten und so weiter.«

Claire lehnte sich zurück.

»Ich hatte über Jahre einen sehr gründlichen Unterricht bei Eloise Pollock und wollte mich gerade am Royal Conservatory bewerben, als sich meine familiäre Situation geändert hat.«

Mrs. Chen saß abwartend da, den Kopf schräg gelegt, die zierlichen Fußgelenke gekreuzt, die Knie zur Seite gedreht.

»Da musste ich aufhören«, fuhr Claire fort. Sollte sie dieser Fremden alles erzählen? Ihr Vater hatte seine Stelle in der Druckerei verloren, und es hatte mehrere trübe Monate gedauert, bis er eine neue Arbeit als Versicherungsvertreter fand. Sein Einkommen war bestenfalls unregelmäßig gewesen – er war nicht eben der geborene Vertreter –, und die Klavierstunden waren zu einem undenkbaren Luxus geworden. Mrs. Pollock, eine sehr freundliche Frau, hatte angeboten, Claire zu einem stark reduzierten Honorar weiter zu unterrichten, aber ihre empfindliche und sinnlos stolze Mutter hatte nichts davon wissen wollen.

»Und bis zu welcher Stufe sind Sie gekommen?«

»Ich hatte mich gerade auf die Prüfungen der siebten Klasse vorbereitet.«

»Locket ist Anfängerin, aber ich möchte, dass sie ernsthaften Unterricht erhält, bei einer ernsthaften Musikerin«, sagte Mrs. Chen. »Sie sollte alle Prüfungen mit Auszeichnung bestehen.«

»Also, mir ist es mit der Musik sehr ernst, und ob Locket ihre Prüfungen mit Auszeichnung besteht, das liegt ganz bei ihr. Ich habe bei meinen Prüfungen sehr gut abgeschnitten.«

Locket trat ein, oder besser: Sie kam hereingestolpert. Im Gegensatz zu ihrer kleinen, feingliedrigen Mutter war sie rundlich und pausbackig, mit pummeligen Armen und Beinen. Sie war schon jetzt breiter als ihre Mutter, und ihr glänzendes Haar war zu einem dicken Pferdeschwanz gebunden.

»Hallo«, sagte sie. Sie hatte eine sehr deutliche englische Aussprache.

»Locket, das ist Mrs. Pendleton.« Melody streichelte ihrer Tochter die Wange. »Sie ist hier, um zu sehen, ob sie dir Klavierstunden geben kann, du musst also ganz höflich sein.«

»Magst du Klaviermusik, Locket?«, fragte Claire, zu zögerlich für eine Zehnjährige, wie sie selbst merkte. Sie hatte keine Erfahrung mit Kindern.

»Weiß nicht«, antwortete Locket. »Glaub schon.«

»Locket!«, rief ihre Mutter. »Du hast doch selbst gesagt, du möchtest Klavier spielen lernen. Deswegen haben wir dir doch eigens den neuen Steinway gekauft.«

»Locket – ein hübscher Name«, sagte Claire. »Wie bist du denn dazu gekommen?«

»Weiß nicht.« Locket nahm sich ein Glas Eistee und trank. Ein kleines Rinnsal lief ihr übers Kinn, und ihre Mutter nahm eine Serviette von dem Silbertablett und tupfte es ab.

»Kommt Mr. Chen bald nach Hause?«, fragte Claire.

»Oh, Victor!« Melody lachte. »Um häusliche Angelegenheiten kümmert er sich nicht, dazu ist er viel zu beschäftigt. Er arbeitet die ganze Zeit.«

»Ah ja.« Claire fühlte sich unsicher – was würde als Nächstes kommen?

»Würden Sie uns etwas vorspielen?«, fragte Melody. »Wir haben den Flügel ganz neu, da wäre es schön zu hören, wie er unter den Händen einer Pianistin klingt.«

»Gern.« Claire wusste nicht, was sie sonst hätte sagen sollen. Sie kam sich vor, als sollte sie wie eine Unterhaltungskünstlerin auftreten – nach Melodys Geschmack –, aber sie sah keine Möglichkeit, sich mit Anstand aus der Affäre zu ziehen.

Sie spielte eine einfache Etüde, die Melody zu gefallen schien; Locket zappelte nur herum.

»Ich denke, wir werden uns einig«, sagte Mrs. Chen. »Können Sie donnerstags kommen?«

Claire zögerte. Sie war im Zweifel, ob sie annehmen sollte.

»Es müsste der Donnerstag sein; an den übrigen Tagen hat Locket anderen Unterricht.«

»Gut«, sagte Claire schließlich. »Einverstanden.«

Lockets Mutter war eine typische Hongkongerin. Frauen wie sie saßen lachend und plaudernd beim Lunch im Chez Henri. *Tai-tais* wurden sie genannt, und man sah sie in schicken Boutiquen die neueste Mode anprobieren oder in ihre von Chauffeuren gesteuerten Wagen steigen. Manchmal kam Mrs. Chen während der Klavierstunde herein, legte eine schmale, parfümduftende Hand auf Lockets Schulter und gab beschwingt einen Kommentar zur Musik ab. Claire dachte dann unwillkürlich – wirklich ohne es zu wollen –: *Ihr ertränkt eure Töchter!* Ihre Mutter hatte gesagt, die Chinesen seien kaum besser als Tiere, sie ertränkten ihre Töchter, weil sie Söhne vorzögen. Einmal hatte Claire Mrs. Chen gesehen, als sie mit ihrem Mann zu einem Empfang im Jockey Club aufbrach. Sie war mit Schmuck behängt und trug ein fließendes schwarzes Kleid und leuchtend roten Lippenstift. Wie ein Tier hatte sie nicht ausgesehen. Bruce Comstock, der Leiter des Wasserwirtschaftsamtes, hatte Martin und Claire eines Tages in den

Club mitgenommen, zusammen mit seiner Frau. Sie hatten Pink Gin getrunken und sich die Pferderennen angesehen, und die Tribünen waren dicht besetzt gewesen mit lärmenden Zuschauern.

In der Woche, bevor die kleine Figur in ihre Tasche fiel, hatte Claire die Stunde gerade beendet, als Victor und Melody Chen hereinkamen. Die reich verzierte Standuhr mit den in Perlmutt eingelegten chinesischen Schriftzeichen entlang der Vorderseite hatte fünf geschlagen, und sie hatte gerade ihre Sachen zusammengepackt, als die beiden ins Zimmer traten. Sie waren ein sehr kleines Paar; mit ihrer schimmernden Haut und den kohlschwarzen Augen sahen sie aus wie Porzellanpuppen.

»Schon im Aufbruch?«, fragte Mr. Chen trocken. Er trug einen eleganten dunkelblauen Nadelstreifenanzug, aus dessen Brusttasche ein makellos gefaltetes burgunderrotes Einstecktuch hervorsah. »Es ist Punkt fünf!« Sein Englisch hatte einen kaum wahrnehmbaren chinesischen Akzent.

Claire errötete.

»Ich war zu früh da. Um zehn vor vier, glaube ich«, sagte sie. Sie hielt sich etwas auf ihre Pünktlichkeit zugute.

»Sei nicht albern, Victor«, sagte Mrs. Chen. »Lass das!« Und an Claire gewandt: »Victor macht nur Spaß.« Sie gab ihrem Mann einen Klaps mit ihrer kleinen Hand.

»Die Engländer sind immer so ernst«, sagte er.

»Jedenfalls«, sagte Claire unsicher, »hatten Locket und ich eine sehr produktive Stunde.« Locket glitt von der Klavierbank und in den Arm ihres Vaters.

»Hallo, Daddy«, sagte sie scheu. Sie wirkte jünger als zehn. Er tätschelte ihr die Schulter.

»Wie geht's meinem kleinen Rachmaninow?«, fragte er. Locket kicherte erfreut.

Mrs. Chen stöckelte auf ihren hohen Absätzen durchs Zimmer.

»Mrs. Pendleton«, fragte sie, »trinken Sie etwas mit uns?« Sie trug ein Kostüm wie aus einem Modemagazin, bestimmt ein

Pariser Modell. Die Jacke aus goldener Seide war vorn elegant geknöpft, der schimmernde gelbe Rock war aus hauchzartem, fließendem Stoff.

»Vielen Dank«, antwortete Claire, »das ist sehr nett von Ihnen, aber ich muss nach Hause und mich ums Abendessen kümmern.«

»Ich bestehe darauf«, sagte Mr. Chen. »Ich möchte unbedingt etwas über mein kleines Genie hören.« Sein Tonfall duldete keinen Widerspruch. »Nun lauf, Locket, jetzt unterhalten sich die Erwachsenen.«

Es gab ein großes Samtsofa im Wohnzimmer, mehrere rotseidene Polstersessel und dazu passend zwei schwarze Lacktische. Claire nahm in einem der Sessel Platz; er war viel glatter, als er aussah. Sie sank zu tief in ihn ein und musste dann unbeholfen nach vorn rutschen, bis sie unsicher auf der Kante balancierte. Sie stützte sich mit den Armen ab.

»Wie gefällt Ihnen Hongkong?«, fragte Mr. Chen. Melody war in die Küche gegangen, um der Amah zu sagen, sie solle die Getränke bringen.

»Recht gut«, antwortete Claire. »Es ist so ganz anders, aber es ist ein Abenteuer.« Sie lächelte ihn an. Er wirkte überaus gepflegt in seinem tadellos gebügelten Anzug mit der rot-schwarzen Seidenkrawatte. Über ihm an der Wand hing ein Ölgemälde, das einen Chinesen in chinesischen Gewändern und mit einer schwarzen Kappe auf dem Kopf zeigte. »Ein interessantes Bild«, sagte sie.

Er schaute hinauf.

»Ach, das«, sagte er. »Das ist Melodys Großvater. Er hatte eine große Farbstofffabrik in Shanghai. Er war ziemlich berühmt.«

»Farbstoffe?«, fragte Claire. »Faszinierend.«

»Ja, und ihr Vater hat die First Bank of Shanghai gegründet. Ein sehr erfolgreicher Mann.« Er lächelte. »Melody stammt aus einer Unternehmerfamilie. Alle in der Familie haben Schulen und Universitäten im Westen besucht, in England und Amerika.«

Mrs. Chen kam zurück. Sie hatte ihre Jacke abgelegt; darunter trug sie eine perlmuttfarbene Bluse.

»Claire«, sagte sie, »was möchten Sie trinken?«

»Für mich bitte nur Mineralwasser.«

»Und ich nehme einen Sherry«, sagte Mr. Chen.

»Ich weiß!« Mrs. Chen ging wieder hinaus.

»Und Ihr Mann?«, wandte sich Mr. Chen an Claire. »Ist er bei einer Bank?«

»Er ist beim Wasserwirtschaftsamt. Er leitet die Arbeiten an dem neuen Stausee.«

»Ah, sehr gut«, sagte Mr. Chen ohne großes Interesse. »Wasser ist ja so wichtig. Und die Engländer sorgen bestens dafür, dass es aus dem Hahn kommt, wenn man es braucht.« Er lehnte sich zurück und schlug die Beine übereinander. »Ich vermisse England«, sagte er plötzlich.

»Ach, Sie waren einmal dort?«, erkundigte sich Claire höflich.

»Ich war am Balliol.« Er schwenkte seine Krawatte zu ihr hin – offenbar eine College-Krawatte. Claire hatte des Gefühl, er habe nur darauf gewartet, ihr das sagen zu können. »Und Melody war am Wellesley, wir sind also Produkte zweier unterschiedlicher Systeme. Ich bin für England, Melody liebt die Vereinigten Staaten über alles.«

»Ah ja«, murmelte Claire. Mrs. Chen kam zurück und nahm neben ihrem Mann Platz. Dann trat die Amah ein und reichte Claire eine Serviette. Sie war aus Leinen und mit blauen Kornblumen bestickt.

»Schön sind die«, sagte Claire und betrachtete sie genauer.

»Sie sind aus Irland«, sagte Mrs. Chen. »Ich habe sie gerade erst bekommen.«

»Ich habe kürzlich im China Emporium ein paar schöne chinesische Tischdecken gekauft. Feine Spitzen-Durchbrucharbeit.«

»Wenn auch nicht mit den Irischen zu vergleichen«, meinte Mrs. Chen. »Viel zu grob.«

Mr. Chen sah seine Frau belustigt an.

»Frauen!«, sagte er zu Claire. Eine andere Amah brachte die Getränke.

Claire nahm einen Schluck von ihrem Mineralwasser und spürte das Prickeln im Mund. Victor Chen sah sie erwartungsvoll an.

»Die Kommunisten sind eine große Bedrohung«, sagte sie. Das hatte sie bei gesellschaftlichen Anlässen immer wieder gehört.

Mr. Chen lachte.

»Allerdings! Und was wollen Sie und Melody da tun?«

»Hör auf, Darling, mach dich nicht lustig«, sagte seine Frau. Sie nahm einen Schluck von ihrem Drink. Victor beobachtete sie.

»Was ist das, Liebes, was du da trinkst?«

»Ein kleiner Cocktail. Ich hatte einen langen Tag.« Es klang abwehrend.

Eine Pause trat ein.

»Locket ist eine gute Schülerin«, sagte Claire, »aber sie muss mehr üben.«

»Sie kann nichts dafür«, sagte Mrs. Chen leichthin. »Ich bin oft nicht da und achte nicht genug darauf.«

Mr. Chen lachte. »Das wird schon«, sagte er. »Ich bin mir sicher, sie weiß, was sie tut.«

Claire nickte. Eltern waren doch alle gleich. Hätte sie Kinder gehabt, sie wäre mit Sicherheit nicht so nachsichtig gewesen. Sie stellte ihr Glas ab.

»Ich muss gehen«, sagte sie. »Nach fünf bekommt man nicht mehr so leicht einen Sitzplatz im Bus.«

»Schon?«, entgegnete Mrs. Chen. »Pai wollte gerade Kekse bringen.«

»Im Ernst«, protestierte Claire. »Ich muss wirklich los.«

»Truesdale kann Sie nach Hause fahren«, bot Mr. Chen an.

»Aber nein, ich möchte keine Umstände machen.«

»Kennen Sie ihn?«, fragte Mr. Chen. »Er ist Engländer.«

»Ich hatte noch nicht das Vergnügen.«

»Dabei ist Hongkong so klein«, fuhr Mr. Chen fort. »Ist es mit dem Bus nicht sehr mühsam?«, fragte er dann.

»Für Truesdale ist das gar kein Problem«, schaltete sich seine Frau ein. »Er fährt jetzt ohnehin nach Hause. Wo wohnen Sie?«

»In Happy Valley.« Claire fühlte sich bedrängt.

»Oh, da wohnt er ja ganz in der Nähe!«, rief Mrs. Chen erfreut. »Dann bleibt es also dabei.« Sie rief auf Kantonesisch nach Pai und trug ihr auf, den Chauffeur zu holen.

»Chinesisch ist eine so faszinierende Sprache«, sagte Claire. »Ich hoffe, ich lerne es ein bisschen, solange wir hier sind.«

Mr. Chen zog eine Augenbraue hoch.

»*Kantonesisch*«, sagt er, »ist sehr schwer. Ein einziger Laut kann auf neun verschiedene Arten betont werden. Es ist viel schwieriger als Englisch. Im Englischen konnte ich das Nötigste nach einem Jahr, aber Kantonesisch, Mandarin oder Shanghaiisch hätte ich wohl auch in zwei Jahren nicht gelernt.«

»Nun ja«, erwiderte Claire heiter, »man gibt die Hoffnung nicht auf.«

Pai kam herein. Sie sagte etwas, und Mrs. Chen nickte.

»Es tut mir schrecklich leid«, wandte sie sich dann an Claire, »aber der Chauffeur scheint schon weg zu sein.«

»Das macht doch nichts, dann fahre ich mit dem Bus«, sagte Claire. Sie nahm ihre Sachen, und Mr. Chen erhob sich.

»Es hat mich sehr gefreut, Sie kennenzulernen«, sagte er.

»Ganz meinerseits.« Im Hinausgehen spürte Claire die Blicke der beiden im Rücken.

Martin war schon da, als sie nach Hause kam. »Hallo«, sagte er. »Du bist spät dran heute.« Er war im Unterhemd und hatte seine fleckigen, an den Knien speckig glänzenden Wochenendhosen an. In der Hand hielt er einen Drink.

Sie zog ihre Jacke aus und setzte Wasser auf.

»Ich war bei den Chens«, sagte sie. »Lockets Eltern haben mich noch auf einen Drink eingeladen.«

»Victor Chen?« Er schien beeindruckt. »Der ist hier eine ziemlich große Nummer.«

»Den Eindruck hatte ich auch. Ein erstaunlicher Mensch. Gar nicht wie ein Chinamann.«

»Das Wort solltest du nicht gebrauchen, Claire«, sagte Martin. »Es ist altmodisch und ein bisschen herabsetzend.«

Claire wurde rot.

»Ich habe nur noch nie …« Sie verstummte. »Ich habe noch nie solche Chinesen gesehen.«

»Wir sind hier in Hongkong«, sagte Martin nicht unfreundlich. »Da gibt es Chinesen aller Art.«

»Wo ist die Amah?«, fragte Claire, um das Thema zu wechseln.

Sie rief nach ihr, und Yu Ling kam aus dem hinteren Teil der Wohnung.

»Kannst du mir mit dem Abendessen helfen? Ich habe auf dem Markt Fleisch geholt.«

Yu Ling sah sie mit unbewegter Miene an. Claire fühlte sich immer etwas unbehaglich in ihrer Gegenwart, konnte sich aber nicht entschließen, sie zu entlassen. Wie schafften das die anderen Frauen nur? Sie legten ihren Dienstboten gegenüber eine Lockerheit und Souveränität an den Tag, die Claire nicht kannte und die ihr unerreichbar schien. Manche scherzten sogar mit ihnen und behandelten sie wie Familienmitglieder, aber das war mehr der amerikanische Einfluss, wie sie gehört hatte. Ihre Freundin Cecilia ließ sich vor dem Schlafengehen von ihrer Amah das Haar bürsten, während sie am Frisiertisch saß und Cold Cream auftrug. Claire gab Yu Ling das Fleisch, das sie auf dem Nachhauseweg gekauft hatte.

Nachdem sie der Amah ihre Anweisungen erteilt hatte, legte sie sich mit einer kalten Kompresse auf den Augen aufs Bett. Wie hatte es sie nur hierher verschlagen, in diese kleine Wohnung am anderen Ende der Welt? Sie dachte an ihre ruhige Kindheit in Croydon zurück. Sie war ein Einzelkind gewesen; wenn ihre Mutter Kleider ausbesserte, hatte sie neben ihr gesessen und ihr zugehört. Ihre Mutter war enttäuscht gewesen von dem, was das Leben ihr beschert hatte: ein Dasein von der Hand in den Mund, vor allem nach dem Krieg. Und ihr Vater hatte – vielleicht deshalb – zu viel getrunken. Dass das Leben viel mehr sein konnte, war Claire nie in den Sinn gekommen. Doch ihre Heirat mit Martin hatte alles von Grund auf verändert.

In Wahrheit aber hatte sie selbst sich in Hongkong verändert. Irgendetwas an dem tropischen Klima hatte ihr Äußeres reifen und zu einem harmonischen Ganzen werden lassen. Während die anderen Engländerinnen aussahen, als stünden sie im Begriff, in der Hitze zu welken, blühte Claire wie eine Treibhauspflanze auf. Die tropische Sonne hatte ihr Haar gebleicht, sodass es golden schimmerte. Sie schwitzte leicht, doch ihre Haut wirkte dadurch nicht feucht, sondern taufrisch. Sie nahm ab, was ihren Körper straff und geschmeidig machte, und ihre Augen blitzten kornblumenblau. Martin hatte eine Bemerkung darüber fallen lassen, wie gut ihr die Hitze bekomme. Im Gripps oder auf Dinnerpartys sahen die Männer sie länger an als nötig, sie traten zu ihr, um sich mit ihr zu unterhalten, sie legten ihr die Hand auf den Rücken. Sie lernte, auf Partys Konversation zu machen und im Restaurant selbstbewusst zu bestellen. Es schien ihr, als würde das Mädchen, das sie gewesen war, als sie England verließ, endlich erwachsen. Sie fühlte sich als vollwertige Frau.

Und in der Woche darauf, nach der Klavierstunde mit Locket, war das Porzellankaninchen in ihre Tasche gefallen.

Eine Woche später klingelte während des Unterrichts das Telefon, und Locket, froh um jeden Vorwand, von dem Präludium wegzukommen, das sie gerade verstümmelte, sprang auf und nahm ab, und als sie mit einer Schulfreundin drauflos plapperte, sah Claire ein Seidentuch auf einem Sessel liegen. Es war ein schöner bedruckter Schal, wie Frauen ihn um den Hals trugen. Sie steckte ihn in ihre Tasche. Eine wunderbare Ruhe überkam sie, und als Locket mit einem knappen »Entschuldigung, Mrs. Pendleton« wieder ins Zimmer trat, lächelte Claire, statt das Mädchen zurechtzuweisen. Zu Hause angekommen, ging sie ins Schlafzimmer, schloss die Tür ab und holte den Schal hervor. Es war ein Hermès-Tuch aus Paris, mit Zebras und Löwen darauf, in leuchtenden Orange- und Brauntönen. Sie probierte es an, band es sich um Hals und Kopf und kam sich damit sehr mondän vor, wie eine abenteuerlustige Millionenerbin auf Safari.

Vier Wochen später, nach einem Gespräch mit Mrs. Chen – sie schicke ihre ganze feine Wäsche zum Waschen nach Singapur, sagte sie, »weil die Mädchen hier es einfach nicht richtig können, aber das heißt natürlich, dass ich die dreifache Menge Wäsche haben muss. Ärgerlich!« – verließ Claire das Haus mit zwei der wunderbaren irischen Servietten in ihrer Rocktasche. Yu Ling musste sie von Hand waschen und bügeln, sodass Claire und Martin sie beim Abendessen benutzen konnten. Als Locket einmal auf die Toilette musste, steckte Claire drei französische Cloisonné-Schildkröten ein – konnte das Kind nicht der Natur Genüge tun, bevor ihre Klavierlehrerin eintraf? Ein Salz- und Pfefferstreuerset fand seinen Weg in ihre Tasche, als sie das Esszimmer durchquerte, und ein erlesener Parfümflakon aus Muranoglas – Melody Chen hatte ihn im Salon stehen lassen, als hätte sie in aller Eile noch etwas Duft aufgetragen, während sie durch den Vorraum einer Galaveranstaltung entgegenschwebte – verschwand ebenfalls diskret in Claires Rocktasche.

Eines Tages hörte sie im Hinausgehen Victor Chens Stimme. Seine Tür stand einen Spalt offen, und er sprach laut ins Telefon.

»Das sind diese verdammten Engländer«, sagte er und wechselte dann kurz ins Kantonesische. »Das darf man ihnen nicht durchgehen lassen«, verstand Claire als Nächstes, dann kam wieder etwas Unverständliches, das stark nach Fluchen klang. »Die wollen nur Unruhe stiften. Graben Leichen aus, die besser im Keller bleiben sollten, und verfolgen damit nur ihre eigenen Zwecke. Die Kronsammlung hat ihnen ursprünglich gar nicht gehört. Das ist alles unsere Geschichte, das sind unsere Stücke, die sie sich einfach angeeignet haben. Was hätten sie wohl gesagt, wenn vor Jahren chinesische Forscher in ihr Land gekommen wären und sich mit ihren Schätzen davongemacht hätten? Empörend ist das. Ich sage Ihnen, da steckt Downing Street dahinter. Es gibt im Moment überhaupt keine Notwendigkeit dafür.« Er war sehr erregt, und Claire wartete mit angehaltenem Atem vor der Tür, ob noch mehr kommen würde. Sie stand dort, bis Pai vorbeikam und sie fragend ansah. Sie tat so, als hätte sie die Tuschmalerei im Flur betrachtet, spürte aber Pais Blick im Rücken, als sie zur Tür ging. Sie verließ die Wohnung und fuhr nach Hause.

Als Claire zwei Wochen später zum Unterricht kam, war Pai nicht mehr da; ein neues Mädchen öffnete die Tür.

»Das ist Su Mei«, sagte Locket, als sie eintraten. »Sie stammt aus China, von einem Bauernhof. Sie ist gerade erst gekommen. Möchten Sie was trinken?«

Das neue Mädchen war klein und dunkel; ohne das große schwarze Muttermal auf ihrer rechten Wange wäre sie hübsch gewesen. Sie sah kein einziges Mal auf.

»Ihre Familie wollte sie nicht mehr haben, weil sie mit dem Muttermal im Gesicht schwer zu verheiraten wäre. Wirklich Pech, würde ich sagen.«

»Hat deine Mutter dir das erzählt?«, fragte Claire.

»Ja.« Locket zögerte. »Na ja, ich hab gehört, wie Sie's am Telefon jemandem erzählt hat und dass sie Su Mei deswegen ganz billig bekommen hat. Die hat von nichts eine Ahnung. Sie wollte draußen im Gebüsch zur Toilette gehen! Ah Wing hat sie geschlagen und gesagt, sie sei wie ein Tier. Sie hat noch nie einen Wasserhahn benutzt; fließendes Wasser gab's bei denen nicht!«

»Ich hätte gern ein Bitter Lemon, wenn es geht«, sagte Claire, um das Thema zu wechseln.

Locket gab dem Mädchen rasch ein paar Anweisungen, und Su Mei ging stumm hinaus.

»Pai hat uns bestohlen«, sagte Locket, die Augen empört geweitet. »Mummy musste sie entlassen. Pai hat geweint und geweint und mit den Fäusten auf den Boden geschlagen. Mummy hat gesagt, sie sei hysterisch, und ihr eine Ohrfeige gegeben, damit sie aufhört. Mr. Wong musste kommen und sie hinaustragen. Er hat sie sich wie einen Kartoffelsack über die Schulter geworfen, und sie hat mit den Fäusten auf seinen Rücken getrommelt!«

»O Gott!«, entschlüpfte es Claire.

Locket sah sie neugierig an.

»Mummy sagt, alle Dienstboten stehlen.«

»So? Das ist ja schlimm. Aber ich weiß nicht, ob das stimmt, Locket.« Sie musste daran denken, wie Pai sie angesehen hatte, als sie in den Flur gekommen war, und ihr wurde eng um die Brust.

»Wo ist sie denn hin, weißt du das?«, fragte sie Locket.

»Keine Ahnung«, antwortete das Mädchen vergnügt. »Ein Glück, dass wir sie los sind.«

Claire betrachtete die ruhige, von keinem Schuldgefühl getrübte Miene des Mädchens.

»Irgendwo müssen solche Leute doch hin können, in ein Heim oder so.« Claires Stimme zitterte. »Hoffentlich sitzt sie nicht auf der Straße. Hat sie Verwandte in Hongkong?«

»Keine Ahnung.«

»Wie kann das sein? Sie hat doch bei euch gewohnt!«

»Sie war Dienstmädchen bei uns, Mrs. Pendleton.« Locket sah sie neugierig an. »Wissen Sie was über Ihre Dienstboten?«

Claire schwieg beschämt. Das Blut stieg ihr in die Wangen.

»Na«, sagte sie, »lassen wir das. Hast du die Tonleitern geübt?«

Locket begann auf die Tasten einzuhämmern, und Claire heftete den Blick auf die Wurstfinger des Mädchens. Sie bemühte sich, nicht zu blinzeln, damit die Tränen nicht herabtropften.

Juni 1941

So fängt es an. Ihr trällerndes Lachen auf einer Konsulatsparty. Ein verschütteter Drink. Ein nasses Kleid und ein eilig gereichtes Taschentuch. Sie ist ein geschmeidiger Windhund zwischen den anderen – allesamt füllige, laute Damen einer bestimmten Gesellschaftsschicht. Er möchte sie nicht kennenlernen; er misstraut Frauen wie ihr – Chiffon und Champagner und nichts dahinter –, aber sie hat sein Glas über ihr Seidenkleid gekippt (»O je, schon wieder«, sagt sie. »Ich bin wirklich die ungeschickteste Person in ganz Hongkong.«) und kommandiert ihn ab, sie ins Badezimmer zu begleiten, wo sie an ihrem Kleid herumreibt und ihn mit Fragen bombardiert.

Sie ist eine Berühmtheit, Tochter eines allseits bekannten Paares, die Mutter eine portugiesische Schönheit, der Vater ein Shanghaier Millionär, der sein Vermögen mit Handel und Geldverleih macht.

»Endlich mal ein neues Gesicht! Wir sehen das auf den ersten Blick, wissen Sie. Seit einer Ewigkeit habe ich jetzt diese alten Schachteln am Hals. Wir haben einen sehr guten Riecher für frisches Blut; die Kolonie ist so elend klein, und wir haben einander so satt. Wir lauern praktisch an den Docks, um neue Leute von den Schiffen zu zerren. Gerade angekommen, ja? Schon Arbeit gefunden?«, fragt sie, nachdem sie ihn aufgefordert hat, sich auf den Rand der Badewanne zu setzen, während sie sich die Lippen nachzieht. »Geht's um Spaß oder um Geld?«

»Ich bin bei Asiatic Petrol«, sagt er vorsichtig. Er möchte nicht in die Rolle des amüsanten Neuankömmlings gedrängt werden. »Und zwar wegen des Geldes.« Das stimmt allerdings nicht. Er hat eine wohlhabende Mutter.

»Wunderbar!«, ruft sie. »Ich bin diese Spießer so leid. Die haben von nichts eine Ahnung, oder sie haben keine Spur von Ehrgeiz.«

»Wer keine Erwartungen hat, dem fehlt bekanntlich beides«, sagt er.

»Hab ich's da etwa mit einem Griesgram zu tun?«, fragt sie. »Bei armen Leuten ist Beschränktheit sehr viel verzeihlicher, finden Sie nicht?«

Sie schweigt einen Moment, als wollte sie ihm Gelegenheit geben, darüber nachzudenken. »Wie heißen Sie? Und woher kennen Sie die Trotters?«

»Ich heiße Will Truesdale, und ich spiele mit Hugh Cricket. Er kennt Verwandte von mir, mütterlicherseits. Ich bin neu in Hongkong, und er hat sich mir gegenüber sehr anständig benommen.«

»Hmmm«, macht sie. »Ich kenne Hugh seit zehn Jahren, aber anständig würde ich ihn nicht gerade nennen. Und, gefällt's Ihnen in Hongkong?«

»Ganz gut bis jetzt. Ich bin vom Schiff runter, habe beschlossen zu bleiben und mir was zu tun besorgt. Scheint ganz angenehm zu sein hier.«

»Ein Abenteurer – faszinierend«, sagt sie ohne das geringste Interesse. Sie beendet ihre Säuberungsarbeit, lässt ihre Abendtasche zuschnappen, fasst ihn resolut am Handgelenk und tanzt – man kann es nicht anders nennen; es ist, als spielte Musik dazu – aus dem Bad hinaus. Als sie ihn wie einen Schoßhund durch den Raum führt, entschuldigt er sich, um im Garten eine Zigarette zu rauchen. Doch Ruhe ist ihm nicht vergönnt. Sie geht ihm nach, lässt sich von ihm Feuer geben und beugt sich vertraulich vor.

»Sagen Sie, warum werden die Frauen bei Ihnen eigentlich nach der Heirat so dick? Als Engländer würde ich mich schön bedanken, wenn die hübsche junge Maid, der ich einen Antrag gemacht habe, nach ein paar Monaten Ehe oder nachdem sie das erste Kind geworfen hat, aufgeht wie eine Dampfnudel. Sie wissen, wovon ich rede?« Sie bläst den Rauch zum dunklen Himmel hinauf.

»Keine Ahnung«, sagt er unfreiwillig belustigt.

»Ich bin nicht so flatterhaft, wie Sie vielleicht denken. Ich mag Sie schrecklich gern. Morgen rufe ich Sie an, dann machen wir einen Plan.« Und weg ist sie, von Rauch und Glamour umschwebt, tänzelt sie zurück ins strikt rauchfreie Haus der Gastgeber – Hugh hasst den Geruch. In der folgenden Stunde sieht Will sie plaudernd von Gruppe zu Gruppe flattern. Die Mienen der Frauen verdüstern sich in ihrer Gegenwart, die Männer sind geblendet.

Am nächsten Tag im Büro klingelt das Telefon. Will erzählt Simonds gerade von der Party.

»Sie ist Eurasierin, oder?«, fragt Simonds. »Nimm dich in Acht. Es ist nicht ganz so schlimm, wie wenn man mit einer Chinesin zusammen ist, aber die da oben sehen es nicht gern, wenn man sich zu sehr mit den Einheimischen einlässt.«

»Das ist ungeheuerlich, was du da sagst.« Bis jetzt hat Will Simonds gemocht.

»Du weißt doch, wie das ist. Bei der Hong Kong Bank wird man gegangen, wenn man eine Chinesin heiratet. Aber dieses Mädchen scheint anders zu sein, gar nicht wie eine Einheimische. Die betreibt garantiert keine Nudel-Garküche.«

»Ja, sie ist anders«, sagt Will. »Aber egal«, fügt er hinzu, als er den Hörer abnimmt. »Ich will sie ja nicht heiraten.«

»Darling, hier ist Trudy Liang«, sagt sie. »Wen wollen Sie nicht heiraten?«

»Niemanden.« Er lacht.

»Wär ja auch ziemlich schnell gegangen.«

»Sogar für Ihre Begriffe?«

Sie überhört die Frage. »War das nicht schrecklich, wie viele

Frauen gestern auf der Party waren?« Die Frauen in der Kolonie hätten längst weg sein müssen, evakuiert in sicherere Gegenden, während der Krieg siedet und in ihren Winkel der Welt überzukochen droht. »Ich selber bin unabkömmlich, müssen Sie wissen. Ich bin Krankenschwester beim Schwesternhilfsdienst!« Nur Frauen, die sich für einen kriegswichtigen Einsatz melden, dürfen bleiben.

»Ich bin noch nie einer Krankenschwester begegnet, die so aussah wie Sie.«

»Als Verwundeter würden Sie auf mich als Krankenschwester gern verzichten, glauben Sie mir.« Sie schweigt einen Moment. »Hören Sie zu: Bei den Pferderennen heute Nachmittag bin ich in der Loge der Wongs. Würden Sie dazukommen?«

»Die Wongs?«

»Ja, das sind meine Paten«, sagt sie ungeduldig. »Kommen Sie nun, oder kommen Sie nicht?«

»Gut.« Er fügt sich, und er wird es noch viele Male tun.

Will bahnt sich seinen Weg durch den Club in die obere Etage. Die Logen dort sind mit plaudernden Menschen in Jacketts und seidenglänzenden Kleidern besetzt. Kaum tritt er durch die Tür von Nummer achtundzwanzig, hat Trudy ihn schon erspäht. Sie stürzt sich auf ihn und stellt ihn allen vor. Chinesen aus Peru sind da, über Tokio eingewanderte Polen, ein Franzose, der mit einer Angehörigen des russischen Zarenhauses verheiratet ist. Man spricht Englisch.

Trudy nimmt ihn beiseite.

»O Gott«, sagt sie. »Sie sehen genauso gut aus, wie ich Sie in Erinnerung habe. Da könnte ich in Schwierigkeiten kommen. Sie hatten bestimmt nie Probleme mit Frauen. Oder aber zu viele.« Sie unterbricht sich und holt theatralisch Luft. »Ich setze Sie mal kurz ins Bild. Das ist Dommie, mein Cousin.« Sie zeigt auf einen eleganten, schlanken Chinesen, der eine goldene Taschenuhr in der Hand hält. »Er ist mein bester Freund, und er passt sehr gut auf mich auf, also nehmen Sie sich in Acht. Und der da müssen Sie unbedingt aus dem Weg gehen.« Sie meint eine schmächtige, bebrillte Europäerin. »Grauenvoll. Gerade hat sie mir geschlagene zwanzig Minuten lang eine unglaubliche, aber auch unglaublich langweilige Geschichte über bellende Rehe auf Lamma Island erzählt.«

»Ach ja?« Er betrachtet Trudys ovales Gesicht, ihre großen gold-grünen Augen.

»Und der« – sie deutet auf einen eulenhaften Engländer – »ist ein Langweiler. Historiker oder so. Redet von nichts anderem als von der Kronsammlung. Die meisten Kolonien scheinen so was zu haben. Man erwirbt die Stücke an Ort und Stelle, oder man lässt sie aus England kommen, für die öffentlichen Gebäude – bedeutende Gemälde und Skulpturen und dergleichen. Hongkong hat offenbar eine sehr beeindruckende Sammlung, und er macht sich Sorgen, was damit passiert, wenn der Krieg ausbricht.« Sie verzieht das Gesicht. »Ein Frömmler ist er noch obendrein.«

Ihre Augen suchen den Raum ab und verengen sich.

»Der dort ist auch ein Cousin von mir, ein angeheirateter.« Sie macht ihn auf einen untersetzten Chinesen im Zweireiher aufmerksam. »Victor Chen. Er nimmt sich ungeheuer wichtig, aber ich finde ihn nur nervtötend. Er ist mit meiner Cousine Melody verheiratet, die sehr nett war, bevor sie ihn kennengelernt hat.« Sie schweigt einen Moment. »Jetzt ist sie ...« Sie beendet den Satz nicht.

»Aber jetzt sind Sie da«, fährt sie dann fort. »Und ich tratsche hier drauflos ...« Sie zieht ihn mit nach vorn, wo sie die besten Plätze belegt hat, und sie sehen sich die Rennen an. Sie gewinnt tausend Dollar und kreischt vor Vergnügen. Sie besteht darauf, das ganze Geld zu verschenken, an die Ober, die Toilettenfrauen, ein kleines Mädchen, an dem sie im Hinausgehen vorbeikommen. »Also wirklich«, sagt sie missbilligend, »das ist doch hier nichts für Kinder, finden Sie nicht auch?« Später erzählt sie ihm, dass sie praktisch auf der Rennbahn aufgewachsen ist.

Eigentlich heißt sie Prudence. Trudy wurde sie erst später genannt, als sich zeigte, dass ihr Taufname völlig unpassend war für den kleinen Kobold, der seine Amahs terrorisierte und sämtliche Ober bezauberte, sodass sie ihr verbotene Brauselimonaden und sogar Zuckerwürfel brachten.

»Sie können mich aber ruhig Prudence nennen«, sagt sie. Ihre langen Arme liegen auf seinen Schultern, und ihr Jasminduft überwältigt ihn.

»Lieber nicht.«

»Ich bin furchtbar stark«, flüstert sie. »Hoffentlich erdrücke ich Sie nicht.«

Er lacht.

»Keine Sorge«, sagt er. Aber später wird er nachdenklich.

Das Wochenende verbringen sie meist in dem großen Haus ihres Vaters in Shek O, wo runzlige Dienstboten ihnen Platten mit gesalzenen Krabbencrackern und eimerweise Eis und Limonade bringen, mit Plymouth Gin gemixt. Trudy liegt mit einem riesigen Schlapphut auf dem Kopf in der Sonne; Bräune sei vulgär, erklärt sie, egal, was Coco Chanel sage.

»Aber ich genieße es so, die Sonne auf der Haut zu spüren.« Sie beugt sich zu einem Kuss herüber.

Das weitläufige Haus der Liangs steht auf einem Felsvorsprung und blickt auf ein stilles Meer hinaus. Hühner liefern stets frische Eier – der Hühnerstall liegt wegen des Geruchs natürlich weit abseits –, und ein etwas zerzauster, aber noch durchaus kämpferischer Pfau stolziert auf dem Gelände umher und verschafft sich jedem Eindringling gegenüber Geltung, mit Ausnahme der Dogge des Hausmeisters, mit der er in gegenseitigem Einvernehmen lebt. Trudys Vater ist fast nie da; meist hält er sich in Macao auf, wo er das größte Haus an der Praia Grande und eine chinesische Geliebte haben soll. Warum er sie nicht heiratet, weiß niemand. Trudys Mutter ist verschwunden, als Trudy acht war – ein aufsehenerregender, bis heute ungeklärter Fall. Zuletzt hat man sie vor dem Gloucester Hotel in ein Auto steigen sehen. Das mag Will am meisten an Trudy. Es gibt so viele Fragen in ihrem eigenen Leben, dass sie ihn nie nach seinem fragt.

Trudy hat einen Körper wie ein Kind – schmale Hüften und winzige Füße. Sie ist flach wie ein Brett, ihre Brüste sind kaum Knospen, ihre Arme so dünn wie ihre Handgelenke. Ihr Haar ist von einem seidig glänzenden Rauchbraun, ihre Augen sind groß und von westlichem Schnitt, mit der Lidfalte. Sie trägt eng anliegende Etuikleider, manchmal den *qipao*, schmale Tuniken, enge Hosen, dazu stets Seidenslipper. Sie benutzt goldfarbenen oder braunen Lippenstift, ihr glattes Haar ist schulterlang, ihre Augen sind mit Kajal umrandet. Sie gleicht in nichts den anderen Frauen, die man bei gesellschaftlichen Anlässen sieht, mit ihren fließenden weiten, blumengemusterten Röcken, dem sorgfältig dauergewellten Haar, dem roten Lippenstift. Sie hasst Komplimente – sagt ihr jemand, sie sei schön, kontert sie prompt: »Aber ich habe einen Schnurrbart!« Den hat sie tatsächlich, einen goldenen Flaum, den man nur in der Sonne sieht. Sie steht ständig in der Zeitung, wenn auch, wie sie erklärt, mehr ihres Vaters als ihrer Schönheit wegen. »Hongkong ist da sehr praktisch«, sagt sie. »Reichtum kann eine Frau schön machen.« Auf Partys ist sie oft die einzige Chinesin; allerdings behauptet sie, sie sei gar keine richtige Chinesin, sie sei überhaupt nichts richtig. Aber sie ist alles, sie wird überallhin eingeladen. Ob im Cercle Sportif Français, im American Country Club oder im Deutschen Gartenclub – überall ist sie willkommen, überall ist sie Ehrenmitglied.

Ihr bester Freund ist Dommie, Dominick Wong, ein Cousin zweiten Grades, der Mann von der Rennbahn. Die beiden treffen sich jeden Sonntagabend zum Dinner im Gripps und klatschen über die Partys des Wochenendes. Sie sind zusammen aufgewachsen. Ihr Vater und seine Mutter sind Cousin und Cousine. Will merkt allmählich, dass in Hongkong jeder mit jedem auf irgendeine Weise verbunden ist, zumindest jeder, der etwas darstellt. Auch Trudys anderer Cousin, Victor Chen, steht ständig in der Zeitung, seiner Geschäfte wegen, oder aber er und seine Frau Melody lächeln dem Leser aus den Klatschspalten entgegen.

Dominick ist ein feingliedriger, jungenhafter, ein wenig androgyn wirkender Mann mit einer langen Reihe geschmeidiger, enttäuschter Freundinnen. Zu Trudys Dinner mit Dommie wird Will nie eingeladen. »Nicht böse sein. Du würdest dich nur langweilen«, sagt sie und streicht mit einem kühlen Finger über seine Wange. »Wir plappern da auf Shanghaiisch drauflos. Es wäre so mühsam, dir alles erklären zu müssen. Und Dommie redet sowieso nur über Mädchen.«

»Ich will ja gar nicht mit.« Will versucht, seine Würde zu wahren.

»Natürlich nicht, Darling.« Trudy zieht ihn lachend an sich. »Ich verrate dir ein Geheimnis.«

»Ja?« Ihr Jasminduft erinnert ihn an die wachsartige gelbe Blüte; genauso glatt ist ihre Haut, genauso undurchdringlich.

»Dommie ist mit elf Fingern geboren. Sechs an der linken Hand. Seine Familie hat den sechsten Finger entfernen lassen, als er ein Baby war, aber er wächst immer wieder nach! Ist das nicht unglaublich? Da steckt der Teufel drin, sag ich zu ihm. Man kann ihn wegschneiden, aber er kommt immer wieder.« Sie senkt die Stimme zu einem Flüstern. »Aber erzähl das nicht weiter. Du bist der Erste, dem ich es verrate. Dominick würde mir den Kopf abreißen, wenn er das wüsste! Er geniert sich so deswegen!«

Hongkong ist ein Dorf. Beim Ball der Royal Air Force im Gloucester wird Dr. Richards mit einem Zimmermädchen in der Wäschekammer überrascht; auf der Dinnerparty der Sewells trinkt Blanca Morehouse zu viel und macht Anstalten, ihre Bluse auszuziehen – »Du hast doch von ihrer Vergangenheit gehört?« Trudy, seine überaus eigenwillige und voreingenommene Führerin durch das gesellschaftliche Leben, findet die Engländer spießig, die Amerikaner ermüdend ernst, die Franzosen langweilig und selbstgefällig, die Japaner verschroben. Er fragt sich laut, wie sie es mit ihm aushält. »Du bist eben so was wie ein Bastard«, sagt sie. »Du gehörst nirgendwo dazu, genau wie ich.« Er ist mit nichts als einem Empfehlungsschreiben an einen alten Freund der Familie nach Hongkong gekommen, und jetzt findet er sich – ohne etwas dafür getan zu haben – in einer Position wieder, die bestimmt wird von einer Frau, der er zufällig begegnet ist und die nur eines von ihm verlangt: dass er mit ihr zusammen ist.

Die Leute reden ständig über Trudy – irgendjemanden schockiert sie immer. Sie reden vor ihm über sie, mit ihm, als wollten sie ihm einen Kommentar entlocken. Aber er äußert sich nicht über sie. Sie kommt aus Shanghai, wo sie mit Anfang zwanzig ein paar Jahre in Noël Cowards Suite im Cathay Hotel gewohnt und auf der Dachterrasse rauschende Feste gegeben hat. Sie soll vor einer Affäre dort geflohen sein, einer Affäre mit einem Gangsterboss, der ihr hörig war, sie soll viel zu viel Zeit in den Casinos verbracht, soll leichte Mädchen unter ihren Freundinnen gehabt, soll sich zum Spaß für eine Nacht verkauft haben, soll opiumsüchtig sein. Sie ist Lesbierin. Sie ist eine Radikale. Sie versichert ihm, dass an so gut wie keinem dieser Gerüchte etwas dran ist. Shanghai sei *die* Stadt, sagt sie, Hongkong sei schrecklich provinziell. Sie spricht fließend Shanghaiisch, Kantonesisch, Mandarin und Umgangsfranzösisch, dazu ein paar Brocken Portugiesisch. In Shanghai, sagt sie, fängt der Tag nachmittags um vier mit dem Tee an, dann folgen Drinks im Cathay oder auf irgendeiner Party, dann das Dinner – Wollhandkrabben mit Reiswein, wenn man die einheimische Küche mag –, dann weitere Drinks und Tanz, und immer so weiter, die Nacht ist so lang, bis es Zeit zum Frühstücken ist, Eier und gebackene Tomaten im Del Monte. Man schläft bis drei, isst Nudelsuppe gegen den Kater und kleidet sich für die nächste Runde an. Man amüsiert sich. Demnächst geht sie nach Shanghai zurück, sagt sie, sobald ihr Vater sie lässt.

Die Biddles mieten am Lido in Repulse Bay eine Badehütte und laden ihn zu einem Tag am Strand ein. Alle rauchen wie die Schlote und trinken Gimlets, und Angeline beklagt sich über ihr Leben. Angeline Biddle ist eine alte Freundin von Trudy, eine reizlose kleine Chinesin, die Trudy noch von der Grundschule her kennt. Sie hat einen überaus gewieften englischen Geschäftsmann geheiratet, über den sie mit eiserner Faust herrscht; die beiden haben einen Sohn im Internat. Sie leben in großem Stil auf dem Victoria Peak, wo Angelines Anwesenheit einiges Unbehagen hervorruft, denn eigentlich brauchen Chinesen eine Genehmigung, um dort wohnen zu können, ausgenommen eine Familie, die so unermesslich reich ist, dass solche Regeln für sie nicht gelten. Die Engländer fühlen sich von Angeline düpiert, erklärt Trudy Will später, und das verübeln sie ihr, allerdings, räumt Trudy ein, ist Angeline auch keine übermäßig liebenswerte Person. Trudy legt sich mit nacktem Oberkörper in die Sonne, und ihre kleinen Brüste schimmern weiß gegen die übrige Haut.

»Ich dachte, du findest Sonnenbräune vulgär«, sagt er.

»Halt den Mund«, erwidert sie.

Er hört sie mit Angeline reden. »Ich bin einfach verrückt nach ihm«, sagt sie. »Er ist der ernsthafteste, zuverlässigste Mensch, dem ich je begegnet bin.« Offenbar meint sie ihn. Die Leute sind nicht so schockiert, wie man hätte glauben können. Simonds räumt ein, dass er sich in ihr geirrt hat. Aber die Engländerinnen in der Kolonie sind enttäuscht. Ein anderer vom Markt verschwundener Junggeselle tuschelt: »Sie hat sich auf ihn gestürzt und ihn sich gekapert, ehe überhaupt irgendwer wusste, dass er in der Stadt ist.«

Für ihn hat es natürlich andere Frauen gegeben – die Missionarstochter in Neu-Delhi, immer krank und matt, aber schön; die kluge, hoffnungsvolle Junggesellin auf dem Schiff von Penang hierher –, Frauen, die angeblich das Abenteuer, in Wirklichkeit aber einen Mann suchten. Über längere Zeit ist es ihm gelungen, die Misslichkeiten der Liebe zu umgehen, aber ausgerechnet hier scheinen sie ihn wieder eingeholt zu haben.

Frauen mögen Trudy nicht. »Ist das nicht immer so, Darling?«, sagt sie, wenn er sie indiskret nach dem Grund fragt. »Und ist es nicht ein bisschen seltsam von dir, dass du das wissen willst?« Sie tätschelt ihm das Kinn und fährt fort, einen Krug mit Zitronensaft und Gin zu füllen. »Mich mag niemand«, sagt sie. »Die Chinesen nicht, weil ich ihnen nicht chinesisch genug bin, die Europäer nicht, weil ich kein bisschen europäisch aussehe, und mein Vater mag mich nicht, weil ich ihm keine sehr gute Tochter bin. Magst du mich?«

Er beteuert es.

»Ich weiß nicht recht«, sagt sie. »Dass die Leute dich mögen, ist klar. Natürlich weil du ein gut aussehender Junggeselle mit rätselhaften Perspektiven bist, aber auch weil sie in dir alles sehen, was sie selbst gern wären.« Sie taucht den Finger in das Getränk, kostet und verzieht das Gesicht. »Perfekt«, sagt sie. Sie mag es sauer.

Nach und nach gibt Trudy kleine Geheimnisse preis. Ein Tempelwahrsager hat ihr erzählt, das Muttermal auf ihrer Stirn bedeute den Tod eines künftigen Ehemannes. Sie war einmal verlobt, aber die Beziehung fand ein mysteriöses Ende. Sie erzählt ihm solche Dinge, will aber nicht näher darauf eingehen; er werde sie sonst verlassen, sagt sie. Sie scheint es ernst zu meinen.

Trudy hat zwei Amahs. Sie haben »ihre Haare zusammengeknotet«, erklärt sie. Zwei Frauen beschließen, nicht zu heiraten, und geben – als eine Art Gelübde – in der Zeitung bekannt, dass sie für immer zusammenbleiben wollen. Inzwischen sind Ah Lok und Mei Sing alt geworden, fast sechzig, aber sie leben nach wie vor zusammen in einem kleinen Zimmer mit zwei Betten (»Also denk so was gar nicht erst«, sagt Trudy träge. »Obwohl den Chinesen solche Dinge ziemlich egal sind. Wen kümmert es auch schon?«). Sie sind ein glückliches Paar, nur dass sie eben beide Frauen sind. »Ist das nicht wunderbar?«, sagt Trudy. »Viele Frauen wissen, dass sie nie heiraten werden, und so ist es genauso gut. So kultiviert, findest du nicht? Man braucht doch nur einen Gefährten. Das mit dem Sex ist einem nach einer Weile nur im Weg. Das Ganze hat was Schwesterliches. Ich überlege mir das auch für mich.« Sie zahlt den beiden je fünfundzwanzig Cent pro Woche, und sie tun alles für sie. Als Will einmal ins Wohnzimmer kam, rieb Mei Sing der schlafenden Trudy gerade die Hände mit einer Lotion ein.

Er kann sich nicht an die beiden gewöhnen. Sie ignorieren ihn vollständig, reden mit Trudy über ihn, vor ihm. Dass er eine große Nase habe, sagen sie, dass er komisch rieche, dass er groteske Hände und Füße habe. Allmählich versteht er ein wenig von dem, was sie sagen, aber ihr missbilligender Ton bedarf keiner Übersetzung. Ah Lok kocht – salzige, ölige Gerichte, die er ungesund und wenig ansprechend findet. Trudy isst sie mit Genuss, sie ist mit solchen Speisen aufgewachsen. Mei Sing macht sauber, behauptet sie, aber Will entdeckt überall Staubflocken. Die alte Frau sammelt allen möglichen Krimskrams – leere Bierflaschen und Cremedöschen, ausrangierte Zahnbürsten – und bewahrt sie für den Fall eines apokalyptischen Ereignisses unter ihrem Bett auf. Alle drei Frauen sind unordentlich. Trudy schenkt ihrer Umgebung nicht die geringste Beachtung, wie eben jemand, der von Geburt an bedient worden ist. Sie räumt nie auf, macht keinen Finger krumm, die beiden Amahs aber ebenso wenig. Sie haben Trudys Gewohnheiten übernommen – eine seltsame Symbiose. Trudy verteidigt sie vehement, so wie ein Kind seine Eltern verteidigt. »Sie sind eben alt«, sagt sie. »Lass sie in Ruhe. Ich kann's nicht leiden, wenn man an den Dienstboten herumnörgelt.«

Dabei nörgelt sie selbst an ihnen herum. Sie zankt sich mit ihnen, wenn der Blumenmann kommt und Ah Lok ihm nur fünfzig Cent geben will; sie solle ihm geben, was er verlangt, sagt sie. Der Blumenmann heißt Fa Wong, König der Blumen, und er kommt einmal in der Woche in das Viertel, mit riesigen, von Blumen überquellenden Körben, die an seinen sehnigen braunen Schultern hängen. Mit einem tiefen, monotonen »Fa yuen, fa yuen« preist er seine Ware an, und die Leute winken ihn in ihre Wohnungen herauf. Er und die Amahs kabbeln sich gern, stundenlang, lautstark und gestikulierend, bis Trudy der Sache ein Ende macht und dem Mann sein Geld gibt. Ah Lok wird dann böse und schimpft mit Trudy, weil sie so schnell nachgegeben hat, und die alte Dame und die schöne junge Frau gehen mit Blumen beladen in die Küche, stellen die Blumen in Vasen und verteilen sie dann in der Wohnung. Er beobachtet sie von seinem Sessel aus, sein Buch aufgeschlagen auf dem Schoß, die Hand über den Augen, als schlafe er – er beobachtet Trudy.

Er ist fast nie allein in dieser Zeit, immer ist er mit ihr zusammen. Das ist neu für ihn. Früher hat er die Einsamkeit geliebt, das Alleinsein, jetzt will er Trudy ständig um sich haben. Er ist so lange ohne diese Droge ausgekommen, dass er vergessen hat, wie unwiderstehlich sie ist. Wenn er im Büro auf der Schreibmaschine herumhackt, denkt er daran, wie sie lacht, Tee trinkt, raucht, wie sie Rauchringe vor ihrem Gesicht aufsteigen lässt. »Wieso arbeitest du überhaupt?«, fragt sie. »Das ist doch so öde.«

Nimm dich in Acht, denkt er, tapp nicht in diese Falle. Aber es ist zwecklos. Sie ist immer da, ruft ihn an, hat bereits Pläne für den Abend. Wenn er sie ansieht, fühlt er sich schwach und glücklich. Ist das so schlimm?

Sie sind zu einem späten Frühstück im Repulse Bay und lesen die Sonntagszeitung. Trudy schaut auf.

»Warum lässt man diese grässlichen Firmen überhaupt inserieren?«, fragt sie. »Hör mal: ›Hämorrhoiden? Wozu sich quälen?‹ Muss das sein? Geht das nicht etwas diskreter?« Sie schüttelt die Zeitung zu ihm hin. »Da ist ein Bild von einem Mann, der an Hämorrhoiden leidet. Ist das wirklich nötig?«

»Ich weiß es nicht, mein Herz«, sagt er. »Ich weiß es wirklich nicht.« Hinter ihm spielt ein russischer Emigrant im Abendanzug Klavier.

»Ach, übrigens«, sagt sie, als bestünde da irgendein Zusammenhang, »mein Vater möchte dich kennenlernen. Er möchte den Mann sehen, mit dem ich so viel zusammen bin.« Es klingt lässig, zu lässig. »Hast du heute Abend Zeit?«

»Natürlich.«

Sie gehen zum Abendessen ins Gloucester, und während sie an der Bar warten, erzählt Trudy ihm, wie ihre Eltern sich kennengelernt haben. Sie trinkt Brandy, was für sie ungewöhnlich ist; vielleicht ist sie doch nervös. Sie schwenkt den Drink im Glas, schnuppert zierlich daran, nimmt einen Schluck.

»Meine Mutter war eine große portugiesische Schönheit – ihre Familie lebte schon ewig in Macao. Meine Eltern haben sich dort kennengelernt. Mein Vater war damals noch nicht so erfolgreich, obwohl er aus einer wohlhabenden Familie stammt. Er hatte sich gerade selbstständig gemacht, hat irgendwelches Zeug verkauft. Er ist sehr clever, mein Vater. Ich weiß auch nicht, warum ich so unterbelichtet bin.« Ihr Miene hellt sich auf. »Da kommt er!« Sie springt vom Hocker, läuft ihrem Vater entgegen und gibt ihm einen Kuss. Will hat einen hochgewachsenen, selbstbewussten, von der Aura der Macht umgebenen Mann erwartet. Aber Mr. Liang ist klein und scheu, er wirkt freundlich und trägt einen schlecht geschnittenen Anzug. Die Lebendigkeit seiner Tochter scheint ihn zu überwältigen. Er lässt sich von Trudy überfluten wie von einer Naturgewalt, so wie jeder in Hongkong, denkt Will. Der Oberkellner geleitet sie mit viel fürsorglichem, beflissenem Händeschwenken, das aber weder Trudy noch ihr Vater zu bemerken scheinen, zu einem Tisch. Sie sprechen Kantonesisch miteinander; Trudy erscheint Will dadurch wie ein völlig anderer Mensch.

Sie bestellen nicht – das Essen wird gebracht, als stünde bereits fest, was sie nehmen. »Sollten wir nicht bestellen?«, fragt Will vorsichtig, und sie sehen ihn erstaunt an. »Hier isst man nur bestimmte Gerichte«, sagen sie. Trudy verlangt Champagner. »Das ist ein bedeutender Anlass«, erklärt sie. »Mein Vater hat nicht viele von meinen Verehrern kennengelernt. Du hast die erste Prüfung bestanden.«

Wan Kee Liang stellt Will keine Fragen nach seinen Leben oder seiner Arbeit. Sie tauschen Nettigkeiten aus, reden über die Pferderennen und über den Krieg. Als Trudy sich entschuldigt und zur Toilette geht, winkt ihr Vater Will näher heran.

»Sie sind nicht reicher Mann«, sagt er.

Wieso setzt er das schlicht voraus? »Nicht wie Sie, aber ich komme zurecht.«

»Trudy sehr verwöhntes Mädchen, will viel haben.« Das Gesicht des Mannes verrät nichts.

»Ja.«

»Nicht gut für Frau, alles selbst zu bezahlen.«

Er gibt Will einen Umschlag.

»Hier ist Geld für Trudy auszuführen. Wird Kosten decken lange Zeit. Nicht gut für Trudy, immer zu zahlen.«

Will ist zutiefst verwirrt.

»Das kann ich nicht annehmen«, sagt er. »Ich nehme Ihr Geld nicht. Ich habe Trudy im Restaurant noch nie bezahlen lassen.«

»Egal.« Der Mann schwenkt die Hand. »Gut für die Beziehung.«

Will lehnt ab und legt den Umschlag auf den Tisch, wo er liegen bleibt, bis Trudy zurückkommt. Ihr Vater steckt ihn wieder ein.

»Nichts für ungut«, sagt er. »Ich will Bestes für Trudy. Bestes für Trudy ist auch Bestes für Sie. Ist Kleinigkeit für mich, könnte aber viel ausmachen für euch beide.«

»Das weiß ich zu schätzen«, sagt Will. »Aber es geht nicht.« Er belässt es dabei.

In der Woche darauf erhält Will mehrere Schreiben von Restaurants und Clubs in der Stadt, die ihn davon in Kenntnis setzen, dass sie Konten für ihn eingerichtet haben, die er ab sofort in Anspruch nehmen kann. In einem der Briefe steht an den Rand gekritzelt: »Kommen Sie einfach, Sie brauchen nicht einmal zu unterschreiben. Wir freuen uns auf Ihren Besuch.« Der Tonfall: entschuldigend einem guten Kunden gegenüber – man erfüllt nur die Wünsche eines noch besseren Kunden.

Will ist ein wenig verärgert, aber nicht allzu sehr, eher verwirrt. Er legt die Briefe in eine Schublade. Vermutlich ist für Wan Kee Liang jeder Mensch ein armer Schlucker, der es auf Almosen abgesehen hat. Die Chinesen sind klug, denkt er. Oder vielleicht auch nur Trudys Familie.

Trudy liebt den Parisian Grill, sie ist eng befreundet mit dem Besitzer, einem Griechen, der mit einer einheimischen Portugiesin verheiratet ist und keine Ironie darin sieht, urfranzösische Speisen zu servieren. Sie weigert sich strikt, mit Will in ein chinesisches Restaurant zu gehen; sie speist dort nur mit Chinesen, weil nur die, wie sie sagt, das Essen gebührend zu würdigen wüssten.

Der Grieche – er nennt sich jetzt Henri, weiß der Himmel, wie er früher hieß – liebt Trudy, sie ist wie eine Tochter für ihn, und seine Frau Elsbieta behandelt sie wie eine Schwester. Trudy nimmt die ersten Drinks des Abends fast immer im Parisian Grill, und oft beschließt sie den Abend dort auch. Henri und Elsbieta verhalten sich Will gegenüber höflich, aber ein wenig reserviert. Wahrscheinlich haben sie schon zu viele Liebhaber von Trudy gesehen. Er würde gern protestieren und sagen, dass er derjenige ist, der in Gefahr ist, würde sich gern beklagen über die roten Plastikbänke und die rauchenden weißen, zu schmierigen Klumpen heruntergebrannten Kerzen, aber er tut es nicht.

Sie treffen dort Gott und die Welt. In diese Art Restaurant geht man, wenn man in der Stadt neu ist, oder alt oder gelangweilt. Hongkong ist klein, und irgendwann landet jeder hier. Einmal sitzen sie abends mit einer Gruppe amerikanischer Hongkong-Besucher an der Bar und werden anschließend von ihnen zum Essen eingeladen.

Trudy sagt ihren neuen Freunden, wie sehr sie die Amerikaner mag, ihre spendable Art, ihre lauten Stimmen, ihr lärmendes Selbstbewusstsein. Als jemand das Thema Krieg anschneidet, überhört sie es und verbreitet sich weiter über die Eigenschaften, die ihrer Meinung nach alle Amerikaner besitzen. Die Welt sei unendlich groß für sie, sagt sie, sie seien überzeugt, statt zu kolonisieren, könnten sie sich über alle Länder ausbreiten, das Geld fließe ihnen nur so durch die Finger, ohne dass sie Schuldgefühle hätten oder groß nachdächten. Sie wisse das sehr zu schätzen. Die Männer seien groß und schlaksig, langgesichtig und entscheidungsfreudig, und die Frauen ließen sie in Ruhe – ob das nicht wunderbar sei –, weil sie vollauf mit ihren eigenen Komitees und Projekten beschäftigt seien. Sie lüden jedermann zu ihren Festen ein, auf denen es so fabelhafte Dinge wie Kartoffelsalat und Käse-Schinken-Sandwiches gebe. Und wenn nicht ein ganz besonderer Typ Engländer anwesend sei (sie nickt zu Will hin), wirkten die anderen Männer im Raum klein gegen sie. Ob die anderen das noch nicht bemerkt hätten? Könnte sie noch einmal ganz von vorn anfangen, erklärt sie der Tischrunde, würde sie Amerikanerin werden. Da diese Möglichkeit jedoch ausscheide, werde sie wenigstens einen Amerikaner heiraten. Oder auch nur nach Amerika gehen, wenn jemand etwas dagegen hätte, dass sie einen Amerikaner heirate, scherzt sie mit sittsam niedergeschlagenen Augen. Will muss daran denken, wie sie sich darüber beklagt hat, dass die Amerikaner so ermüdend ernst seien und ständig lächelten. Sie habe einen freien Willen, sagt er nur, er würde sie nie daran hindern zu tun, was sie wolle. Die Amerikaner applaudieren. Ein aufgeklärter Mann, sagt eine Frau mit roten Lippen und einem orangefarbenen Kleid.

Das Leben ist leicht. Im Büro wird er erst um halb zehn erwartet, eine zweistündige Mittagspause ist keine Seltenheit, und um fünf machen sie Feierabend und trinken noch etwas. Er kann jeden Abend ausgehen, das ganze Wochenende hat er frei, er kann tun und lassen, was er will. Freunde von Trudy gehen nach London, sie suchen eine verantwortungsbewusste Person, die sich um ihre Wohnung kümmert, und so zieht Will in die May Road, wo er die lächerliche Miete von zweihundert Hongkong-Dollar zahlt, und das auch erst, nachdem Trudy die Chens mit Mühe überredet hat, überhaupt etwas zu nehmen. Sie gehen zusammen essen, und alle sind sehr höflich.

»Aber Sie tun uns einen Gefallen!«, rufen Sudie und Frank Chen und schenken Champagner nach.

»Wirklich, Will«, bestätigt Trudy. »Niemand sonst in ganz Hongkong wäre bereit, etwas so Nettes für die Chens zu tun. Sie haben hier einen miserablen Ruf, deswegen gehen sie ja weg.«

»Wie auch immer«, sagt Will, »ich muss etwas bezahlen.«

»Darüber reden wir später«, erklären die Chens, aber sie tun es nicht. Stattdessen trinken sie vier kleine Flaschen Champagner, und um Mitternacht gehen alle an den Strand, um bei Kerzenschein Krabben zu fangen.

Die May Road ist anders als Happy Valley, wo Will bisher gewohnt hat. Mit all den Ausländern, den Hausfrauen und deren Personal ist sie ein bürgerlicher Vorort Englands, zumindest hat er sich englische Vororte immer so vorgestellt. Kinder gehen brav neben ihren Amahs her, würdige ältere Damen steigen in den Fond ihrer von Chauffeuren gesteuerten Autos, und es ist viel ruhiger als in seiner alten Straße mit ihrem Stimmengewirr und ihrem Menschengewimmel. Er vermisst Happy Valley, das pralle Leben dort, die derben, lärmenden Einheimischen, die Geschäftigkeit in den Läden.

Aber da ist Trudy. Trudy hat eine große Wohnung, keine fünf Minuten von ihm entfernt. Jeden Tag zieht er sich nach der Arbeit rasch um und geht dann durch die gewundene Straße dorthin.

»Ist das nicht schön?«, fragt sie und überschüttet ihn schon an der Tür mit Küssen. »Ist das nicht herrlich, dass du jetzt so nah wohnst und nicht mehr in diesem schrecklichen Happy Valley? Bevor ich dich kennengelernt habe, war ich, glaube ich, nur ein einziges Mal dort, um Sportschuhe für den Strand zu kaufen. Da gibt es diesen wunderbaren Laden …«

Und schon ist sie wieder bei einem anderen Thema, ruft Ah Lok zu, dass die Blumen braun werden oder dass im Vorraum eine Pfütze ist. Bei Trudy wird nicht über den Krieg gesprochen, es wird – von dem Gezänk mit den Dienstboten abgesehen – nicht gestritten, es gibt keine wirklichen Probleme. Dankbar taucht Will in ihre Welt ein.

Juni 1952

CLAIRE WACHTE JEDE NACHT um dieselbe Zeit auf: um zweiundzwanzig nach drei. Sie brauchte nicht einmal mehr auf die Uhr zu schauen. Und jede Nacht, nachdem sie hochgeschreckt war, sah sie zur massigen Silhouette ihres schlafenden Mannes hinüber, und der Schock des plötzlichen Wachseins legte sich wieder. Seine Brust hob und senkte sich gleichmäßig, und er schnarchte leise. Er hatte einen tiefen Schlaf, zu dem ihm auch die Biere verhalfen, die er abends trank. Claire setzte sich auf und klatschte zweimal steif in die Hände, ein Knallen wie Schüsse in der Nacht. Martin regte sich und atmete dann freier. Das Klatschen war einer der wenigen Tricks, die ihre Mutter über das Eheleben preisgegeben hatte. Inzwischen war es drei Uhr dreiundzwanzig.

Sie versuchte wieder einzuschlafen. Ein paar Mal hatte sie es geschafft, bevor ihr Körper zu wach wurde. Leise atmend lag sie auf dem Rücken, spürte das feuchte Laken unter sich und die leichte Steppdecke auf sich. Es war so schwül, dass sie nur ein dünnes Baumwollnachthemd tragen konnte, und selbst das wurde nach ein, zwei Tagen klebrig. Sie musste einen neuen Ventilator kaufen. Der alte hatte sich mit moosigem Schimmel überzogen und stotternd den Geist aufgegeben. Einen Ventilator und noch mehr Kabel. Und Glühbirnen. Die durfte sie nicht vergessen. Sie atmete flach, begleitet von Martins wieder einsetzendem, leise grollendem Schnarchen. Sollte sie sich die Einkäufe notieren? Sie würde sie auch so behalten, redete sie sich ein. Aber sie wusste schon, dass sie aufstehen und alles aufschreiben würde, um es nicht zu vergessen, um es sich nicht zwanghaft einprägen zu müssen, und dann würde sie hellwach sein und nicht wieder einschlafen können. Es war so weit. Sie erhob sich leise, tastete sich unter dem Moskitonetz hervor und scheuchte dabei eine Mücke auf, die ihr wütend ins Ohr summte und dann wegflog. Der Block lag auf einem Tisch neben dem Bett, und sie schrieb alles auf.

Dann der eigentliche Grund. Sie griff in die Tiefen der Kommode und tastete vorsichtig nach der Tasche. Es war eine Stofftasche, die sie auf dem Markt geschenkt bekommen hatte, und sie war groß und voll. Claire nahm sie behutsam heraus.

Sie ging damit ins Badezimmer und machte Licht. Die Wanne war voll Wasser. Es hatte mehrere Monate nicht geregnet, und seit Kurzem wurde das Wasser rationiert. Yu Ling ließ die Wanne jeden Abend zwischen fünf und sieben, wenn es Wasser gab, für den nächsten Tag einlaufen.

Claire setzte die Tasche ab, tauchte einen Eimer in das Wasser, machte einen Waschlappen nass und wischte sich damit über das Gesicht. Dann setzte sie sich auf die kühlen Fliesen, zog das Nachthemd hoch und stellte die Tasche zwischen ihre Beine.

Sie kippte den Inhalt aus.

Über dreißig Stücke glänzten zu ihr auf. Über dreißig wertvolle Halsketten, Tücher, Ziergegenstände und Parfümflakons. Sie wirkten fast billig, wie sie so im grellen Licht des Badezimmers in einem Haufen auf den weißen Fliesen lagen. Claire breitete ein Handtuch aus und legte sie einzeln darauf, sodass jedes ein wenig Raum für sich hatte, ein Polster auf dem harten Boden. Jetzt sahen sie so teuer aus, wie sie tatsächlich waren. Da war ein Ring, dick, aus Gold kunstvoll gearbeitet, der Stein ein Türkis, wie es schien. Claire steckte ihn sich an den Finger. Und da war ein Taschentuch, so hauchdünn, dass ihre blassrosa Handfläche durchschien. Sie sprühte Parfüm darauf, aus einem kleinen runden Flakon mit der Aufschrift »Jazz«. Zwei tanzende Frauen in Charlestonkleidern waren darauf abgebildet. Sie schwenkte das duftende Taschentuch. Jasmin. Zu schwer. Sie kämmte sich mit dem Schildpattkamm, cremte sich die Hände mit französischer Lotion ein und zog sich sorgfältig die Lippen nach. Dann legte sie schwere goldene Ohrringe an und band sich ein Tuch um den Kopf. Sie stellte sich vor den Spiegel. Eine mondäne, gepflegte Frau sah sie an, eine Frau, die um die Welt gereist war und etwas von Kunst, Literatur und Yachten verstand.

Sie wollte eine andere sein. Die alte Claire erschien ihr provinziell und ungebildet. Sie war auf einer Party im Government House gewesen und hatte im Gripps Champagner getrunken; Frauen, die sie kannte, waren dort in seidig glänzenden Kleidern über die Tanzfläche gewirbelt. Sie hatte ihre Nase an die Scheibe gedrückt und in eine fremde Welt geblickt, eine Welt, von deren Existenz sie früher nichts gewusst hatte. Sie konnte es nicht in Worte fassen, aber sie fühlte sich, als stünde sie im Begriff, enthüllt zu werden, als gäbe es in ihrem Innern eine andere Claire, die nur darauf wartete, hervorzukommen. In diesen wenigen Morgenstunden, mit fremden Federn geschmückt, konnte sie so tun, als gehörte sie dazu, als hätte sie in Colombo gelebt, hätte in Frankreich Froschschenkel gegessen oder wäre in Delhi an der Seite eines Maharadschas auf einem Elefanten geritten.

Um sieben machte sie sich eine Tasse Tee, aß Buttertoast dazu und ging dann wieder ins Schlafzimmer. Vor ihrem schlafenden Mann blieb sie stehen.

»Wach auf«, sagte sie leise.

Er regte sich und drehte sich dann zu ihr herum.

»Kuckuck«, sagte sie, ein wenig lauter.

»Alles Gute zum Geburtstag, Liebling.« Verschlafen stützte er sich auf den Ellenbogen, um sie zu küssen. Sein Atem roch sauer, aber nicht unangenehm.

Claire wurde an diesem Tag achtundzwanzig.

Es war Samstag und Sommeranfang. Noch nicht zu heiß, morgens wehte ein leichter Wind, und es hielt sich noch ein Rest von Kühle, ehe die Sonne den Nachmittag aufheizte und Hüte und Fächer hervorgeholt werden mussten. Samstags arbeitete Martin halbtags, und diesmal fand bei den Arbogasts auf dem Peak eine Party statt. Reginald Arbogast war ein äußerst erfolgreicher Geschäftsmann, und er ließ es sich nicht nehmen, jeden Engländer in der Kolonie zu seinen Partys einzuladen, die berühmt waren für ihre verschwenderische Fülle und ihre üppigen Speisen.

»Wir treffen uns um eins an der Bahn«, sagte Martin.

Um eins stand Claire wartend in der Station. Sie trug ein neues Kleid, das erst am Tag zuvor geliefert worden war, aus weißem Popeline, einem Pariser Modell nachempfunden. Sie hatte einen günstigen Schneider in Causeway Bay entdeckt, einen Mr. Hao, der zum Maßnehmen ins Haus kam und nur acht Hongkong-Dollar pro Kleid berechnete. Er hatte gute Arbeit geleistet. Sie hatte ein wenig »Jazz« benutzt, obwohl sie das Parfüm nach wie vor zu stark fand. Nach dem Auftupfen verrieb sie es mit Wasser, um den Duft abzuschwächen. Um zehn nach eins kam Martin durch die Tür der Station und gab ihr einen Kuss.

»Hübsch siehst du aus«, sagte er. »Neues Kleid?«

»Mhm.«

Sie stiegen in die Bahn. Es ging steil bergauf, manchmal fast senkrecht, wie es schien. Sie hielten sich an der Stange fest, beugten sich vor und schauten hinaus. Man konnte in die Wohnungen in Mid-Levels sehen: geöffnete Vorhänge, Zeitungen und schmutzige Gläser auf den Tischen.

»Also, wenn ich wüsste«, sagte Claire, »dass mir die Leute den ganzen Tag von der Bahn aus in die Wohnung schauen, dann würde ich mal aufräumen, du nicht?«

Oben stellte sich heraus, dass die Arbogasts Rikschas gemietet hatten, um ihre Gäste von der Station zum Haus zu bringen. Claire stieg ein.

»Die Männer tun mir immer so leid«, sagte sie leise zu Martin.

»Bei uns hat man für so etwas doch Maultiere oder Pferde. Das ist auch so eine von diesen komischen Hongkonger Sitten.«

»Tatsache ist, dass die menschliche Arbeitskraft hier oft billiger ist«, sagte Martin. Claire unterdrückte ihren Ärger. Martin nahm immer alles so wörtlich.

Der Mann hob ächzend die Deichsel an. Sie setzten sich in Bewegung, und Claire lehnte sich auf dem unbequemen Sitz zurück. Die Vegetation an den Hängen ringsum war überwältigend, tropische Bäume in vollem Laub, von dem es tropfte, wenn man daran entlangstreifte, Bougainvilleen und eine Fülle anderer blühender Sträucher. Manchmal erschien ihr Hongkong fast zu lebendig, so als könnte es sich nicht bezähmen. Überall krabbelten Insekten, wilde Hunde liefen über die Hügel, die Mücken nahmen überhand. Straßen führten die Hügel hinauf, und Häuser sprossen aus dem Boden, aber die Natur suchte sie immer wieder zu vereinnahmen: Überall drängten schwitzende Männer mit nacktem Oberkörper das Grün zurück, das über Nacht zu wachsen schien. Das ist hier zwar nicht Indien, dachte Claire, aber auch ganz bestimmt nicht England. Der Rikschafahrer schwitzte vor Anstrengung in seinem dünnen grauen Hemd.

»Die Arbogasts haben hier nach dem Krieg offenbar gründlich aufgeräumt«, sagte Martin. »Smythson hat mir erzählt, dass die Japaner das Haus niedergebrannt haben, nur die Außenmauern standen noch, und von denen auch nur ein kleiner Teil. Es hat Thorpe gehört, dem Generalvertreter von Bayer; er ist nach dem Krieg repatriiert worden und nie mehr wiedergekommen. Er hat es für ein Butterbrot verkauft. Der hatte die Nase voll.«

»Vor dem Krieg muss das hier ein sehr angenehmes Leben gewesen sein«, sagte Claire.

»Arbogast hat im Krieg eine Hand verloren. Er hat da jetzt einen Haken. Schau möglichst nicht hin, er soll in dem Punkt sehr empfindlich sein.«

»Natürlich.«

Als sie eintraten, war die Party bereits in vollem Gange. Die

Türen öffneten sich auf einen großen Empfangsraum, und von hier ging es in einen weiten Salon, durch dessen offene Fenstertüren man über eine Rasenfläche hinweg einen überwältigenden Blick tief hinab auf den Hafen hatte. Ein Geiger kratzte, von einem Pianisten begleitet, auf seinem Instrument herum. Das Haus war nach Art der im Fernen Osten lebenden Engländer eingerichtet, mit Perserteppichen und chinesischen Tischen da und dort, auf denen birmanische Silberschalen und andere exotische Raritäten standen. Frauen in leichten Baumwollkleidern neigten sich einander zu, Männer in Safari-Anzügen oder Blazern standen mit den Händen in den Taschen da. Diener trugen eilig Tabletts mit Pimm's und Champagner hin und her.

»Wieso macht er das?«, wandte sich Claire an Martin. »Gott und die Welt einladen, meine ich.«

»Früher hatte er nicht viel, und dann hat er hier sein Glück gemacht, deshalb will er der Gemeinschaft etwas Gutes tun. So hab ich's jedenfalls gehört.«

»Hallo, hallo!« Im Empfangsraum begrüßte Mrs. Arbogast die Gäste, eine schmale, elegante Frau mit scharf geschnittenen Zügen. Glitzernde Gehänge baumelten an ihren Ohren.

»Vielen Dank für die Einladung«, sagte Martin. »Es ist uns eine Ehre.«

»Kennen wir uns? Aber vielleicht haben wir ja später das Vergnügen.« Sie wandte sich dem nächsten Gast zu. Martin und Claire waren entlassen.

»Einen Drink?«, fragte Martin.

»Ja, bitte«, sagte Claire.

Sie entdeckte Amelia, die sie aus ihrem Nähzirkel kannte, und ging zu ihr. Zu spät bemerkte sie Mrs. Pinter, die, von einer Zimmerpflanze halb verdeckt, ebenfalls bei der Gruppe stand. Jedermann versuchte Mrs. Pinter aus dem Weg zu gehen. Einmal hatte sie Claire festgenagelt und ihr eine quälende halbe Stunde lang einen Vortrag über Ameisenstaaten gehalten. Claire wollte gern nett zu älteren Leuten sein, aber es gab Grenzen. Neuerdings hatte

Mrs. Pinter sich in die Idee der Gründung einer Esperanto-Gesellschaft verbissen und versuchte, ahnungslose Neuankömmlinge in ihre immer komplizierter und unsinniger werdenden Pläne hineinzuziehen. Sie war überzeugt, dass eine universelle Sprache den Krieg hätte verhindern können.

»Ich überlege, ob ich nicht einen Butler einstellen soll«, sagte Mrs. Pinter gerade. »Einen von diesen chinesischen Burschen, die das ganz gut machen mit ein bisschen Übung.«

»Bringen Sie ihm dann Esperanto bei?«, neckte Amelia sie.

»Wir müssen es allen beibringen, die Kommunisten ausgenommen«, erwiderte Mrs. Pinter friedfertig.

»Ist das Flüchtlingsproblem nicht wirklich besorgniserregend?«, wechselte Marjorie Winter abrupt das Thema, eine dicke, freundliche Frau, deren Gesicht von kleinen würstchenförmigen Locken umrahmt wurde. Sie fächelte sich mit einer Serviette Kühlung zu.

»Die kommen jetzt zu Tausenden hierher, habe ich gehört«, sagte Claire.

»Ich bin gerade dabei, einen Verein zu gründen«, sagte Marjorie, »um den Flüchtlingen zu helfen. Die armen Chinesen strömen auf der Flucht vor dieser fürchterlichen Regierung wie zusammengetriebene Tiere über die Grenze. Sie leben in katastrophalen Verhältnissen. Machen Sie mit! Ich habe schon Räume für ein Büro und alles, was man sonst so braucht.«

»Wissen Sie noch, neunzehnhundertfünfzig«, sagte Amelia, »da hatten manche von den Einheimischen praktisch ein Hotel – sie haben alle ihre geflohenen Freunde und Verwandten bei sich aufgenommen. Und das waren noch die mit Geld, die sich eine Schiffspassage leisten konnten. Zustände waren das!«

»Und wieso gehen sie wieder weg? Wo wollen sie denn von hier aus hin?«, fragte Claire.

»Das ist es ja gerade, meine Liebe«, antwortete Marjorie. »Sie können nirgendwohin, stellen Sie sich das vor. Deswegen ist mein Verein ja so wichtig.«

Amelia nahm Platz. »Im Krieg kommen die Chinesen hierher, dann gehen sie wieder zurück, dann kommen sie wieder hierher. Die reinsten Völkerwanderungen. Verwirrend ist das. Und dann die ganzen Dialekte. Der Scheußlichste ist das Mandarin, finde ich, mit diesen komischen Lauten.« Sie fächelte sich erneut Luft zu. »Ach, es ist viel zu heiß, um über einen Verein zu sprechen. Ihr Tatendrang setzt mich immer wieder in Erstaunen, Marjorie.«

»Und Ihnen ist immer zu heiß, Amelia«, gab Marjorie unbeeindruckt zurück.

Amelia fror oder schwitzte in der Tat ständig, oder sie fühlte sich anderweitig nicht ganz auf der Höhe. Sie war körperlich nicht dafür geschaffen, woanders als in England zu leben, aber sie lebte ironischerweise schon seit dreißig Jahren nicht mehr dort. War ihr leibliches Wohl beeinträchtigt, litt sie Qualen, und das nicht eben stumm. Sie war schon vor dem Krieg nach Hongkong gekommen. Anfangs hatten sie in Indien gelebt, das sie gehasst hatte, dann war ihr Mann Angus 1938 als Unterstaatssekretär im Finanzministerium nach Hongkong versetzt worden. Sie war eine rechthaberische Person und schimpfte gern auf diese unmöglichen Engländerinnen, die am liebsten Chinesinnen geworden wären, die ihr Haar zu einem Knoten frisierten, in den sie Elfenbeinstäbchen steckten, die zu jedem besonderen Anlass übertrieben enge Cheongsams trugen und einheimische Privatlehrer anheuerten, um sich mit ihren Hausangestellten in deren abscheulichem Kantonesisch verständigen zu können. Amelia verstand solche Frauen nicht und warnte Claire ständig davor, selbst so zu werden.

Amelia hatte Claire unter ihre Fittiche genommen. Sie machte sie mit Leuten bekannt und lud sie zum Lunch ein, aber Claire fühlte sich oft unbehaglich mit ihr und ihren scharfen Bemerkungen, ihren beißenden Sticheleien. Dennoch hing sie an ihr, denn Amelia half ihr, sich in der fremden neuen Welt, in der sie nun lebte, zurechtzufinden. Ihrer Mutter hätte eine Frau wie Amelia gefallen, ja, sie wäre beeindruckt gewesen, dass Claire solche Leute kannte.

Draußen unterbrach der Aufprall eines Tennisballs das leise Summen der Gespräche und das Klirren der Cocktailgläser. Claires Gruppe wanderte zu einem großen Zelt am Rand des Tennisplatzes hinüber.

»Hier wird ja Tennis gespielt«, sagte Claire.

»Ja, bei dem Wetter – unfassbar.«

»Ich kann kaum glauben, dass es hier überhaupt einen Tennisplatz gibt«, staunte Claire.

»Und ich kann kaum glauben, dass Sie's kaum glauben können«, neckte Amelia sie.

Claire wurde verlegen. »Ich hatte nur noch nie …«

»Ich weiß, Darling. Sie sind eben ein Landei.« Mit einem Augenzwinkern versuchte sie ihren Worten den Stachel zu nehmen.

»Wissen Sie, was Penelope Davis neulich gemacht hat?«, warf Marjorie ein. »Sie ist mit einem Dolmetscher in den Tempel in Wong Tai Sin und hat sich wahrsagen lassen. Es sei erstaunlich gewesen, wie viel die alte Frau dort wusste, hat sie gesagt.«

»Wie lustig«, sagte Amelia. »Ich nehme Wing mit und probiere es auch mal. Kommen Sie mit, Claire?«

»Klingt gut«, sagte Claire.

»Haben Sie von dem Kind in Malaya gehört, das drei Monate lang Schluckauf hatte?«, wandte sich Marjorie an Martin, der sich mit zwei Drinks zu ihnen gesellt hatte. »Das Kind von den Briggs. Der Vater hat dort eine leitende Stellung in der Elektrizitätswirtschaft. Die Mutter ist schier verrückt geworden. Sie sind zu einer Hexe, aber das hat auch nichts genützt. Sie wussten nicht, ob sie das Kind nach England bringen oder einfach auf das Schicksal vertrauen sollen.«

»Können Sie sich vorstellen, auch nur eine Stunde lang Schluckauf zu haben?«, fragte Claire. »Ich würde verrückt werden! Das arme Kind.«

Martin ging in die Knie, um mit einem kleinen Jungen zu spielen, der eben herangekommen war.

»Hallo«, sagte er. »Wer bist denn du?«

»Martin hätte gern Kinder«, sagte Claire leise zu Amelia. Es kam oft vor, dass sie Amelia etwas anvertraute, ohne es eigentlich zu wollen. Sie hatte sonst niemanden, mit dem sie reden konnte.

»Das wollen alle Männer, Darling«, sagte Amelia. »Aber man muss über die Anzahl verhandeln, bevor man die Produktion anlaufen lässt, sonst wollen sie immer mehr. Ich habe Angus auf zwei gedrückt, ehe wir damit angefangen haben.«

»Oh!« Claire war erschrocken. »Das klingt so ... unromantisch.«

»Was glauben Sie, was das Eheleben ist?« Amelia zog eine Augenbraue hoch. Claire wurde rot. Sie entschuldigte sich und ging zur Toilette.

Als sie zurückkam, war Amelia weitergewandert und unterhielt sich mit einem hochgewachsenen Mann, den Claire noch nie gesehen hatte. Sie winkte sie heran. Er war um die vierzig und stützte sich auf einen Stock aus Kiefernholz, der von einem Kind hätte geschnitzt sein können. Er sah gut aus, mit scharf geschnittenen Zügen und einem wirren schwarzen, von grauen Strähnen durchzogenen Schopf.

»Kennen Sie Will Truesdale?«, fragte Amelia.

»Nein.« Claire gab ihm die Hand.

»Sehr erfreut«, sagte er. Seine Hand war kühl und trocken, fast wie Papier.

»Er ist schon ewig in Hongkong«, erklärte Amelia. »Ein Alteingesessener, wie wir.«

»Tja, unsereins kennt sich hier aus«, sagte er.

Plötzlich trat ein wachsamer Blick in seine Augen.

»Ich mag Ihren Duft«, sagte er. »Jasmin?«

»Ja. Danke.«

»Neu hier?«

»Ja, seit vier Wochen.«

»Gefällt's Ihnen?«

»Ich hätte mir nie träumen lassen, dass ich einmal im Fernen Osten leben würde, und jetzt bin ich hier.«

»Ach, Claire, ein bisschen mehr Phantasie hätte nicht geschadet.« Amelia bedeutete einem Kellner, ihr noch einen Drink zu bringen.

Wieder errötete Claire. Amelia war heute in Hochform.

»Wie schön, jemanden kennenzulernen, der noch nicht so übersättigt ist«, sagte Will. »Ihr Frauen seid alle so welterfahren, da fühle ich mich ganz matt.«

Amelia hatte sich abgewandt, um ihren Drink entgegenzunehmen; sie hatte ihn nicht gehört. Eine Pause trat ein, was Claire aber nicht weiter störte.

»Claire hat heute Geburtstag.« Amelia drehte sich wieder Will zu. Sie lächelte; ihre Zähne zeigten rote Lippenstiftspuren. »Sie ist noch ein Küken.«

»Wie schön«, sagte Will. »Wir können hier mehr Küken gut gebrauchen.«

Plötzlich streckte er die Hand aus und schob Claire eine Haarsträhne hinters Ohr. Eine besitzergreifende Geste, so als würde er sie schon lange kennen.

»Verzeihen Sie«, sagte er.

Amelia hatte nach jemandem Ausschau gehalten und es nicht bemerkt. »Was verzeihen?«, fragte sie zerstreut, als sie sich wieder umdrehte.

»Nichts«, antworteten beide. Claire sah zu Boden. Das geheime Einvernehmen dieses Leugnens erschien ihr plötzlich überwältigend intim.

»Wie bitte?«, fragte Amelia ungeduldig. »Ich verstehe kein Wort bei dem Lärm hier.«

»Ich bin heute achtundzwanzig geworden«, sagte Claire, ohne zu wissen, warum.

»Und ich bin dreiundvierzig.« Will nickte. »Uralt.«

Claire wusste nicht, ob er scherzte.

»Ich erinnere mich noch an Ihre Feier bei Stanley«, sagte Amelia. »Das war ein Fest!«

»Nicht wahr?«

»Sind Sie noch bei Melody und Victor?«

»Ja. Im Moment passt mir das ganz gut.«

»Und Victor passt es bestimmt auch gut, sich von einem Engländer chauffieren zu lassen«, erwiderte Amelia listig.

Doch Will biss nicht an. »Es scheint allen Beteiligten ganz recht zu sein«, sagte er.

Amelia neigte sich vertraulich zu ihm. »Wie ich höre, wird so einiges über die Kronsammlung und ihr Verschwinden während des Krieges gemunkelt. Angus meint, die Sache wird demnächst hochkochen. Die Leute sind aufmerksam geworden. Haben Sie irgendetwas darüber gehört?«

»Ja.«

»Sie wollen die Kollaborateure aufstöbern.«

»Ein bisschen spät, finden Sie nicht?«

Eine Pause trat ein, und als klar wurde, dass Will sich nicht weiter dazu äußern würde, sagte Amelia: »Ich hoffe, die Chens behandeln Sie gut.«

»Ich kann mich nicht beklagen.«

»Schon seltsam, was? Dass Sie dort arbeiten.«

»Amelia«, sagte Will, »Sie langweilen Claire.«

»Aber nein«, protestierte Amelia. »Ich will doch nur ...«

»Aber mich langweilen Sie. Und das Leben ist zu kurz, um sich zu langweilen. Claire, haben Sie schon die diversen Winkel unserer Kolonie kennengelernt? Welcher gefällt Ihnen am besten?«

»Ich habe mich ein bisschen umgesehen. Sheung Wan ist schön, ich mag die Märkte dort. Und ich war in Kowloon, in Tsim Sha Tsui, mit der Star Ferry natürlich. Ich habe die ganzen Läden gesehen – sehr aufregend das alles, nicht wahr?«

»Sehen Sie, Amelia«, sagte Will, »eine Engländerin, die sich über Central und den Peak hinauswagt. Davon sollten Sie sich eine Scheibe abschneiden.«

Amelia verdrehte die Augen. »Sie wird bald genug davon haben. Ich habe schon so viele von diesen unternehmungslustigen Neulingen gesehen – am Ende trinken sie alle mit mir Tee im Helena May und beklagen sich über ihre Amahs.«

»Lassen Sie sich von Amelias reizender Einstellung nicht allzu sehr beeinflussen, Claire«, sagte Will. »Jedenfalls hat es mich gefreut, Sie kennenzulernen. Alles Gute in Hongkong.« Er nickte ihnen höflich zu und entfernte sich. Claire spürte die Wärme seines Körpers, als er an ihr vorbeiging.

Sie war enttäuscht. Er schien davon auszugehen, dass sie sich nicht wiedersehen würden.

»Ist das nicht ein seltsamer Mensch?«, sagte sie. Es klang eher wie eine Feststellung.

»Wenn Sie wüssten, meine Liebe!«, sagte Amelia.

Claire sah ihm verstohlen nach. Er war an den Rand des Tennisplatzes geschlendert – er hinkte leicht – und schaute zu, wie sich Peter Wickham und sein Sohn die Bälle zuspielten.

»Er ist jetzt auch so ernst«, sagte Amelia. »Man kann sich gar nicht mehr richtig mit ihm unterhalten. Vor dem Krieg war er viel geselliger, da hat er auf keiner Party gefehlt. Er war mit dem attraktivsten Mädchen der Stadt zusammen und hatte einen ziemlich hohen Posten bei Asiatic Petrol, aber nach dem Krieg hat er sich nie mehr ganz erholt. Er ist jetzt Chauffeur.« Sie senkte die Stimme. »Bei den Chens. Wissen Sie, wer die sind?«

»Aber Amelia!«, sagte Claire. »Ich gebe ihrer Tochter Klavierstunden! Die Empfehlung habe ich doch von Ihnen!«

»O Gott, ich habe wirklich ein Gedächtnis wie ein Sieb. Sind Sie ihm dort nie begegnet?«

»Nein. Aber die Chens haben mir einmal angeboten, dass er mich nach Hause fährt.«

»Arme Melody«, sagte Amelia. »Sie ist ja so *zerbrechlich.*« Sie sprach das Wort ganz behutsam aus.

»Allerdings.« Claire dachte daran, wie Melody von ihrem Cocktail getrunken hatte – hastig, gierig.

»Also, was Will betrifft …« Amelia zögerte. »Ich bin mir ziemlich sicher, dass er gar nicht arbeiten müsste.«

»Wie meinen Sie das?«

»Ich weiß einfach gewisse Dinge«, antwortete Amelia geheimnisvoll.

Doch Claire fragte nicht weiter nach. Die Genugtuung wollte sie Amelia nicht verschaffen.

September 1941

Trudy zieht sich fürs Dinner an, und er schaut ihr vom Bett aus zu. Sie hat ihr geheimnisvolles Baderitual mit all den Ölen und Salben beendet, und jetzt duftet sie herrlich, wie ein Tal im Frühling. In einen langen pfirsichfarbenen Morgenmantel aus Satin gehüllt, sitzt sie an ihrem Frisiertisch und reibt sich duftende Cremes ins Gesicht.

»Wie findest du das?« Sie steht auf und hält sich ein langes schwarzes Kleid an.

»Hübsch.« Er kann sich nicht auf das Kleid konzentrieren, so leuchtet ihr Gesicht darüber.

»Oder das?« Ein knielanges Kleid in der Farbe von Orangensorbet.

»Auch hübsch.«

Sie macht einen Schmollmund. Ihre Haut schimmert.

»Du bist mir eine schöne Hilfe!«

Manley Haverford gebe dieses Wochenende in seinem Landhaus eine Party, sagt sie, eine Party zum Sommerende, da wolle sie hin. Manley ist ein alter Frömmler, der eine Radio-Talkshow moderiert hat, bevor er eine reiche, aber hässliche Portugiesin heiratete, die praktischerweise zwei Jahre später starb, worauf er sich zurückzog, um in Sai Kung das Leben eines Landjunkers zu führen.

»Da will ich unbedingt hin«, sagt sie. »Unbedingt.«

»Ich dachte, du kannst Manley nicht leiden. Das hast du doch erst letzte Woche gesagt.«

»Ja, schon. Aber seine Partys sind lustig, und er ist sehr großzügig mit den Drinks. Wir können doch hingehen und vor seiner Nase darüber reden, wie schrecklich er ist. Also, gehen wir? Ja? Ja?« Sie macht ihn mürbe. Sie werden hingehen.

Und so verabschiedet er sich am Freitag früher aus dem Büro, und am Spätnachmittag schwimmen sie bei Manley im Ozean. Sie fahren über schmale, gewundene, in den grünen Berg gehauene Straßen, das blaue Meer rechts, sattgrüne Hänge links. Zum Haus gelangt man durch ein verfallenes Holztor und über eine lange Auffahrt. Es hat eine weit vorspringende Terrasse und steht direkt am Meer; unebene Steinstufen führen zum Strand hinunter. Manley hat Kühlboxen mit Eis, Getränken und Sandwiches in die sandige Bucht bringen lassen. Die Sonne brennt noch, das Wasser macht Heißhunger, und sie essen und essen und schimpfen auf den Gastgeber, weil er nicht genug bereitgestellt hat.

»Ich dachte, ich hätte kultivierte Leute eingeladen, die nur drei Mahlzeiten am Tag einnehmen«, sagt Manley.

Victor und Melody Chen, Trudys Verwandte, kommen vom Haus herab, wo sie sich ausgeruht haben.

»Was machen wir jetzt?«, fragt Melody. Will mag sie, er findet sie nett, wenn ihr Mann nicht dabei ist.

Eine Frau, die sie noch nie gesehen haben – sie ist erst vor Kurzem aus Singapur gekommen –, schlägt Scharaden vor. Alle stöhnen, willigen aber ein.

Trudy leitet das eine Team, die Frau aus Singapur das andere. Man steckt die Köpfe zusammen, schreibt Wörter auf feuchte Zettel und legt sie in den leeren Sandwichkorb.

Trudy fängt an. Sie schaut auf ihren Zettel, und in ihren Wangen bilden sich Grübchen.

»Das ist kinderleicht«, ermuntert sie ihre Gruppe. Sie macht die Filmgeste: das Drehen einer imaginären Kamerakurbel.

»Film!«, ruft ein Amerikaner.

Trudy streckt vier Finger hoch, zieht dann plötzlich den Kopf ein und schwenkt die Arme vor sich durch die Luft.

»*Vom Winde verweht*«, sagt Will. Trudy macht einen Knicks.

»Unlauterer Wettbewerb!«, ruft jemand aus dem anderen Team. »Heimvorteil!«

Trudy geht zu Will und drückt ihm einen Kuss auf die Stirn.

»Kluger Junge«, sagt sie und lässt sich neben ihm nieder.

Die Frau aus Singapur steht auf.

»Jetzt kommt die Vergeltung«, sagt Will zu Trudy.

»Keine Sorge«, gibt Trudy zurück. »Die ist strohdumm.«

Der Nachmittag vergeht angenehm, man ruft einander Beleidigungen zu, man trinkt und albert herum. Einige unterhalten sich über die Freiwilligenkorps, die im Moment aufgestellt werden.

»Von wegen freiwillig«, sagt Will. »Im Gegenteil: Das ist Pflicht. Das geht nach dem Wehrpflichtgesetz. Mein Gott, warum werden die Dinge nicht beim Namen genannt?«

»Sei nicht so ein Griesgram«, sagt Trudy. »Tu deine Pflicht.«

»Ja, ja. Ich werde wohl den gerechten Kampf kämpfen müssen.« Bei der Organisation werde in geradezu absurder Weise verfahren, meint er.

»Gibt es auch ein Korps für Cricketspieler?«, fragt jemand wie zum Beweis für Wills Behauptung.

»Warum nicht?«, sagt jemand anderer. »Ein Korps kann jeder aufstellen.«

»Ganz so ist es wohl nicht«, schaltet sich Manley ein. »Aber ich mache bei einem mit, das an den Wochenenden hier draußen ausgebildet wird, auf dem Clubgelände. Polizisten, glaube ich. Allerdings hätten die bei einem Angriff wahrscheinlich alle Hände voll zu tun.«

»Sind Sie nicht zu alt für so was, Manley?«, fragt Trudy. »Zu alt und gebrechlich?«

»Das ist ja das Schöne, Trudy«, entgegnet er mit einem gezwungenen Lächeln. »Freiwillige kann man nicht rausschmeißen. Das Korps hier im Club ist jedenfalls sehr praktisch für mich.«

»Ich schicke Melody nach Amerika«, sagt Victor Chen plötzlich. »Ich möchte nicht, dass sie irgendwie in Gefahr gerät.«

Melody lächelt unbehaglich, sagt aber nichts.

»Die Regierung trifft Vorbereitungen«, schaltet sich Jamie Biggs ein. »In Tin Hau füllen sie Lagerhäuser mit Lebensmittelvorräten, und sie bringen britisches Eigentum in Sicherheit.«

»Zum Beispiel die Kronsammlung?«, fragt Victor. »Was passiert mit der? Das ist englisches Kulturerbe.«

»Dafür sind bestimmt bereits Vorkehrungen getroffen worden.«

»Die Lebensmittel sind doch längst verdorben, bis die jemand kriegt«, wirft jemand ein.

»Zyniker«, sagt Trudy.

Sie erhebt sich anmutig und geht ans Wasser. Dieses Gerede vom Krieg langweilt sie. Sie glaubt nicht, dass es Krieg geben wird. Alle schauen gebannt zu, wie sie sich in die Wellen stürzt und glänzend und triefend wieder auftaucht – ihr schlanker Körper ein vertikaler Widerspruch zum flachen Horizont zwischen Himmel und Meer. Als sie zurückkommt, schüttelt sie ihre nassen Haare über Will aus. Glitzernde Tropfen fallen herab. Dann fragt jemand, wo die Tennisschläger sind. Der Bann ist gebrochen.

Beim Abendessen verkündet Trudy, sie werde sich um die Uniformen der Freiwilligen kümmern. »Und Will wird meine Schneiderpuppe. Weil er ein perfektes Exemplar Mann ist.«

John Thorpe, der das amerikanische Büro eines großen Pharmaunternehmens leitet, schaut skeptisch drein. »So klein und hässlich, wie der ist?«, sagt er, was freilich eher auf ihn selbst zutrifft.

»Will!«, ruft Trudy. »Das ist eine Beleidigung! Verteidige deine Ehre!«

»Ich habe Besseres zu verteidigen«, gibt Will zurück. Die Tischrunde verstummt. Immer sagt er das Falsche, macht die Fröhlichkeit zunichte. »Äh, tut mir leid«, sagt er. Aber man ist schon bei einem anderen Thema.

Trudy erzählt von dem Schneider, der die Uniformen anfertigen wird.

»Er ist seit einer Ewigkeit unser Familienschneider; ein Pariser Modellkleid schneidert er in zwei Tagen nach, in einem, wenn man ihn ganz lieb bittet!«

»Wie heißt er?«

»Keine Ahnung«, antwortet sie leichthin. »Er ist eben ›der Schneider‹. Aber ich weiß, wo er sein Atelier hat – das heißt, mein Chauffeur weiß es –, und wir sind die besten Freunde. Hättet ihr die Uniformen lieber in Orange oder in Hellrosa?«

Sie entscheiden sich für Olivgrün mit orangen Streifen. (»Olivgrün – wie langweilig«, seufzen die Frauen; das Orange ist ein Zugeständnis), und Trudy fragt, wer bei den Männern Maß nimmt.

Man schlägt sie selbst vor.

Sie erklärt sich einverstanden (»war da nicht was mit ›links oder rechts tragen‹?«, fragt sie unschuldig), sagt dann aber, Will werde an ihrer Stelle Maß nehmen. Will stellt immer wieder fest, dass Trudys Frivolität Grenzen hat.

Sophie Biggs versucht, die anderen für ein Mondscheinpicknick zu begeistern. »Das ist immer so lustig«, sagt sie. »Man fährt mit einem Dampfer raus, mit Ruderbooten, und bei den Inseln rudert man mit dem Essen und einer Gitarre oder einem Akkordeon an Land.« Sophie ist ziemlich füllig, und Will fragt sich, ob sie eine heimliche Esserin ist, denn außer Haus nimmt sie immer nur winzige Mengen zu sich. Im Moment rührt sie mit dem Löffel in ihrer Vichyssoise.

Trudy seufzt. »Das klingt furchtbar aufwendig«, sagt sie. »Wär's nicht einfacher, in Repulse Bay zu picknicken?«

Sophie sieht sie vorwurfsvoll an. »Das ist doch nicht dasselbe«, sagt sie. »Auf die Fahrt kommt es an.«

Sophies Mann behauptet, im Speditionsgeschäft tätig zu sein, aber Will vermutet, dass er beim Geheimdienst ist. Als er später mit Trudy darüber redet, ruft sie: »Dieser Flegel? Der würde doch nicht mal aus einer Papiertüte rausfinden!« Aber Jamie Biggs hört immer nur zu, nie sagt er etwas, und er wirkt irgendwie wachsam.

Wenn er so leicht zu durchschauen ist, denkt Will, dann kann er nicht sehr gut sein. Auch Milton Pottinger war beim Geheimdienst, wie Will nach dessen Abreise aus Hongkong im vergangenen Jahr erfahren hatte. Er hatte es kaum glauben können. Milton war ein großer rotgesichtiger Mann, dem Anschein nach die Indiskretion in Person.

Edwina Storch, eine füllige Engländerin, Rektorin der besten Schule in der Stadt, ist mit Mary Winkle hier, ihrer ständigen Begleiterin. Die beiden sitzen am Tischende, essen in Ruhe und reden mit niemand anderem als miteinander. Will ist ihnen schon öfter begegnet. Sie sind immer da, sagen aber kaum etwas. Beim Dessert – es gibt Trifle – erzählt Jamie, dass alle japanischen Einwohner geheime Briefe mit Instruktionen darüber erhalten hätten, was im Fall einer Invasion zu tun sei, und dass der japanische Friseur im Gloucester Hotel ein Spion sei. Die Regierung werde demnächst einen weiteren Erlass herausgeben: Frauen und Kinder seien ohne Ausnahme fortzuschicken, Schiffspassagen bekämen aber nur weiße Briten rein europäischer Abstammung. »Betrifft mich nicht«, sagt Trudy achselzuckend, obwohl sie einen britischen Pass hat. Wenn sie wollte, käme sie jederzeit auf ein Schiff, das weiß Will, ihr Vater kennt überall die richtigen Leute. »Was soll ich in Australien?«, fragt sie. »Ich mag dort niemanden. Außerdem betrifft das nur reine Engländer – hat man schon mal so was Beleidigendes gehört?«

Sie wechselt das Thema. »Was würde passieren«, fragt sie, »wenn man zwei Pistolen mit der Mündung aneinanderhalten und dann genau im selben Moment abdrücken würde? Würden sich beide Schützen verletzen, oder würden sich die Kugeln gegenseitig zerstören?«

Die Frage löst eine lebhafte Diskussion aus, die Trudy aber schnell langweilt. »Du lieber Himmel!«, ruft sie. »Können wir nicht von was anderem reden?« Solchermaßen getadelt, wendet sich die Tischrunde anderen Themen zu. Trudy ist ein gesellschaftlicher Diktator, und zwar alles andere als ein huldvoller.

Zu einem Mann, der vor kurzem aus dem Kongo gekommen ist, sagt sie, es sei ihr schleierhaft, wie man in ein so gottverlassenes Land reisen könne, wo es doch so angenehme Orte wie London und Rom gebe. Der Mann schaut verärgert drein. Sophie Biggs' Mann wirft sie vor, er achte seine Frau nicht, und Manley teilt sie mit, sie könne Trifle nicht leiden. Aber niemand ist gekränkt, alle stimmen ihr zu. Sie ist der liebenswerteste Grobian, den man sich vorstellen kann. Die Leute sonnen sich in ihrer Aufmerksamkeit.

Am Ende des Essens, nach Kaffee und Likör, bringt Manleys Boy eine große Schale mit Nüssen und Rosinen. Manley gießt mit großer Geste Brandy darüber, und Trudy reißt ein Streichholz an und wirft es hinein. Die Schale steht sofort in Flammen, blauen und weißen. Alle versuchen, sich von den Leckereien zu nehmen, ohne sich die Finger zu verbrennen.

Später wirft Will auf dem Weg zur Toilette einen Blick in den Salon und sieht Trudy und Victor hitzig debattieren. Sie sprechen Kantonesisch. Er hält einen Moment inne, geht dann aber weiter. Als er zurückkommt, sind sie nicht mehr da. Trudy sitzt schon wieder am Tisch und erzählt einen derben Witz.

Dann geht alles schlafen. Manley hat Trudy und Will ein Zimmer neben seinem gegeben, und so lieben sie sich leise. Trudy verhält sich immer wie eine Ertrinkende – sie klammert sich an ihn und vergräbt das Gesicht an seiner Schulter, so heftig, dass sie sich darüber lustig machen würde, wenn sie sich selbst zuschauen könnte. Manchmal sieht man noch stundenlang, wo sich ihre Finger in seine Haut gekrallt haben. Später wacht Will von einem Wimmern auf. Trudys Gesicht ist verquollen und tränennass.

»Was hast du?«, fragt er.

»Nichts.« Ein Reflex.

»Hat Victor dich so aus der Fassung gebracht?«

»Nein, nein, er will nur …« Sie klingt völlig verschlafen. »Mein Vater …« Sie schläft wieder ein. Als er sie zudeckt, sind ihre Schultern kalt und schlaff wie Wasser. Am Morgen erinnert sie sich an nichts mehr und spottet über seine Besorgnis.

In den folgenden Wochen rückt der Krieg näher. Frauen und Kinder, die bei der ersten Evakuierung nicht dabei waren, besteigen Schiffe nach Australien und Singapur. Trudy muss sich in den Krankenhäusern blicken lassen, zum Beweis, dass sie Krankenschwester ist. Sie absolviert einen Lehrgang, erklärt sich dann jedoch zum hoffnungslosen Fall und wechselt ins Versorgungswesen. Bevorratung und Lagerhaltung findet sie lustig. »Wenn ich die Sachen, die da gelagert werden, essen müsste«, sagt sie, »ich würde mich erschießen. Nichts als Gemüsekonserven und Cornedbeef und anderes grässliches Zeug.«

Die Kolonie ist plötzlich voller einsamer, unbeweibter Männer, die sich im Gripps oder im Parisian Grill treffen und lautstark verkünden, sie seien zu Dinnerpartys bei den wenigen Leuten eingeladen, deren Frauen noch hier sind. Sie gründen einen Club, den Junggesellenclub (»Warum gründen die Engländer nur so furchtbar gern Clubs und Vereine?«, fragt Trudy. »Halt, nein, sag's nicht, das ist zu schrecklich«), und fordern den Gouverneur mit einer Eingabe auf, ihre Frauen zurückkommen zu lassen. Andere, Kühnere, kreuzen plötzlich mit adoptierten chinesischen »Töchtern« oder »Schutzbefohlenen« auf; sie dinieren mit ihnen und trinken Champagner, sie albern herum, sie flirten und verschwinden dann in der Nacht. Will findet das amüsant, Trudy weniger. »Wenn ich die in die Finger kriege!«, ruft sie. Will neckt sie damit, welche chinesische Stewardess sich ihn wohl demnächst angeln wird.

»Du bist doch wie ein Aussätziger«, kontert sie. »Ihr englischen Männer kommt langsam aus der Mode. Ich werde mir wohl einen japanischen oder einen deutschen Galan suchen müssen.«

Will erinnert sich gut an diese Zeit: Man hatte Spaß, der Krieg war weit weg, obwohl täglich davon die Rede war, und niemand machte sich im Grunde Gedanken darüber, was passieren könnte.

September 1952

CLAIRE WARTETE NACH Lockets Klavierstunde auf den Bus, als Will Truesdale neben ihr hielt.

»Kann ich Sie mitnehmen?«, fragte er. »Ich habe Feierabend.«

»Danke, aber ich möchte Ihnen keine Umstände machen.«

»Aber ich bitte Sie. Die Chens haben nichts dagegen, wenn ich ihren Wagen über Nacht mit nach Hause nehme. Die meisten anderen Chefs behalten ihr Auto lieber da und lassen den Chauffeur mit öffentlichen Verkehrsmitteln heimfahren. Es ist also sehr praktisch für mich.«

Nach kurzem Zögern stieg Claire ein. Im Wagen roch es nach Zigaretten und poliertem Leder.

»Das ist sehr freundlich von Ihnen.«

»Haben Sie sich neulich bei den Arbogasts gut amüsiert?«, fragte Will.

»Es war eine sehr nette Party.« Um nicht naiv zu erscheinen, hatte Claire sich angewöhnt, sich nicht allzu überschwänglich zu äußern.

»Reggie ist ein feiner Kerl. Ich habe mich gefreut, Sie dort kennenzulernen. Es gibt so viele Frauen, die nur zum allgemeinen Lärm beitragen und zu sonst nichts. Sie sollten sich das bewahren, diesen frischen Blick auf die Dinge. Die Frauen hier ...« Er verstummte.

Er fuhr gut, fand sie, gleichmäßig, mit ruhigen, gelassenen Bewegungen.

»Sie tragen heute gar nicht das Parfüm von neulich«, sagte er.

»Nein«, erwiderte sie vorsichtig. »Das ist nur für besondere Anlässe.«

»Es hat mich überrascht, dass Sie es benutzen. Das tun nicht viele Engländerinnen. Eher die schicken Chinesinnen, die mögen das Schwere. Die Engländerinnen haben's lieber leichter, blumiger.«

»Ach, das wusste ich gar nicht.« Claires Hand hob sich unwillkürlich an ihren Hals, wo sie das Parfüm aufzutupfen pflegte.

»Aber es ist schön, dass Sie es tragen.«

»Sie scheinen ja eine Menge von Frauendüften zu verstehen.«

»Nein.« Er warf ihr aus dunklen Augen einen Blick zu. »Ich kannte nur mal eine Frau, die das Parfüm benutzt hat.«

Sie fuhren schweigend weiter, bis sie Claires Haus erreichten.

»Sie unterrichten die Tochter«, sagte er, als sie nach dem Türgriff fasste. Es klang plötzlich drängend.

»Ja, Locket«, antwortete Claire verwundert.

»Ist sie eine gute Schülerin? Eine Fleißige?«

»Schwer zu sagen. Ihre Eltern geben ihr nicht viel Grund, irgendetwas zu tun, also tut sie nichts. Sehr typisch für das Alter. Aber sie ist ein nettes Mädchen.«

Er nickte. Seine Züge ließen im Dunkel des Wagens nichts erkennen.

»Vielen Dank fürs Mitnehmen«, sagte Claire. »Ich bin Ihnen sehr verbunden.«

Er nickte wieder und fuhr in der zunehmenden Dämmerung davon.

Und dann ein Brötchen. Ein Brötchen mit süßer Maronenpaste. So trafen sie sich wieder. Sie ging durch die Potter Street zur Bushaltestelle, als es plötzlich zu schütten begann. Dicke, schwere Tropfen klatschten herab, und im Nu war sie bis auf die Haut durchnässt. Sie schaute zum Himmel auf: Er war bedrohlich grau geworden. Mit eingezogenem Kopf flüchtete sie sich in eine chinesische Bäckerei. Sie bestellte Tee und ein Maronenbrötchen, und als sie sich umwandte, um an einem der runden Tischchen Platz zu nehmen, erblickte sie Will Truesdale, der bedächtig eine Rote-Bohnen-Pastete verzehrte und zu ihr hersah.

»Hallo«, sagte sie. »Auch in den Regen geraten?«

»Möchten Sie sich nicht setzen?«

Sie nahm Platz. Ein Geruch nach Zigaretten und Tee umgab ihn in der feuchten Luft. Vor ihm lag aufgeschlagen eine Zeitung, das Kreuzworträtsel zur Hälfte gelöst. Ein Ventilator fächerte die Seiten auf.

»Das schüttet ja wie aus Kübeln. Und so plötzlich!«

»Und, wie geht's Ihnen?«, fragte Will.

»Danke, gut. Ich komme gerade von den Liggets, ich hab mir ein paar Schnittmuster ausgeliehen. Kennen Sie Jasper und Helen? Er ist bei der Polizei.«

»Der bigotte Ligget?« Will runzelte die Stirn.

Sie lachte unbehaglich. Seine Finger trommelten auf den Tisch, obwohl er ganz ruhig dasaß.

»So nennen Sie ihn?«

»Warum nicht?«

Er wandte sich wieder seinem Kreuzworträtsel zu, und sie aß ihr Brötchen und trank von ihrem Tee. Sie hörte sich selbst kauen und schlucken. Sie straffte ihre Schultern.

Er summte vor sich hin und schaute auf.

»Hongkong steht Ihnen«, sagte er.

Sie errötete und wollte ihn in die Schranken weisen, brachte aber kaum ein Wort heraus.

»Nicht so schüchtern. Ich glaube …«, begann er, als erzählte er ihre Lebensgeschichte. »Ich kann mir vorstellen, dass Sie schon immer hübsch waren, sich dessen aber nicht bewusst waren und es nicht zu Ihrem Vorteil genutzt haben. Sie haben nichts daraus gemacht, und Ihre Mutter war Ihnen da keine Hilfe. Vielleicht war sie eifersüchtig, vielleicht war sie in ihrer Jugend auch hübsch und ist jetzt verbittert, weil Schönheit so vergänglich ist.«

»Ich habe nicht die leiseste Ahnung, wovon Sie reden«, sagte Claire.

»Frauen wie Ihnen bin ich über die Jahre immer wieder begegnet. Ihr kommt aus England hierher und wisst nichts mit euch anzufangen. Aber Sie könnten anders sein. Sie sollten die Gelegenheit nutzen und etwas anderes werden.«

Sie sah ihn an und begann dann, die Papierhülle des Brötchens auf dem Tisch umherzuschieben. Das Papier war ein wenig feucht und blieb an der Fläche haften. Claire spürte seinen Blick auf ihrem Gesicht.

»Nun ja«, sagte er. »Sie fühlen sich bestimmt schrecklich unwohl in Ihren nassen Kleidern. Ich wohne ganz in der Nähe – falls Sie sich trockene Sachen anziehen wollen.«

»Ich möchte nicht ...«

»Möchten Sie mein Jackett?« Er sah sie so aufmerksam an, dass sie sich nackt fühlte. Gab es etwas Intimeres, als wirklich gesehen zu werden? Sie wandte den Blick ab.

»Nein, ich ...«

»Das macht wirklich keine Umstände«, sagte er schnell. »Kommen Sie.« Und sie folgte ihm, unfähig, sich seiner Aufforderung zu entziehen.

Sie stiegen die Stufen hinauf, die jetzt nur noch feucht glänzten; die Nässe verdunstete in der Hitze bereits wieder. Die Kleider klebten Claire am Leib, ihre Bluse lag unangenehm nass an ihren Schulterblättern. In der Stille nach dem Regen hörte sie Wills langsame, gleichmäßige Atemzüge. Er zog sich mit seinem Stock geschickt die Stufen hinauf und pfiff leise vor sich hin.

»Bei schönem Wetter verkauft hier ein Mann Grillen aus Grashalmen.« Er zeigte auf eine Straßenecke. »Ich habe Dutzende davon. Das sind kleine Kunstwerke, aber wenn sie austrocknen, zerfallen sie und lösen sich in nichts auf.«

»Klingt schön«, sagte Claire. »Die würde ich gern sehen.«

Sie gelangten zu seinem Haus und stiegen eine schmutzige Eisentreppe hinauf. Vor einer Tür blieb Will stehen.

»Ich schließe nie ab«, sagte er unvermittelt.

»Dann ist das hier wohl eine sichere Gegend«, antwortete Claire.

Die Wohnung war spärlich möbliert. Claire sah nur ein Sofa, einen Sessel und einen Tisch auf dem blanken Boden. Will zog beim Eintreten seine nassen Schuhe aus.

»Der Boss lässt mich nicht mit Schuhen in der Wohnung herumlaufen.«

In dem Moment betrat eine kleine, drahtige Frau die Diele. Sie trug die Tracht der Amahs, lange Hosen mit einem langen schwarzen Hemd darüber.

»Das ist Ah Yik, der Boss«, stellte Will sie vor. »Ah Yik, das ist Mrs. Pendleton.«

»So nass!«, rief die kleine Frau. »Großer Regen.«

»Ja, sehr großer Regen.« Will verfiel in ein schnelles Kantonesisch.

»Tee für Missee?«, fragt Ah Yik.

»Ja, danke.«

Die Amah ging in die Küche.

Sie sahen sich an, unbehaglich in ihren klammen Kleidern.

»Sie sprechen fließend die hiesige Sprache?«, sagte Claire.

»Ich lebe seit über zehn Jahren in Hongkong«, sagte Will. »Da wäre es doch wirklich blamabel, wenn ich den Leuten nicht auf halbem Wege entgegenkommen würde, meinen Sie nicht?« Er nahm ein Geschirrtuch vom Haken und rubbelte sich damit den Kopf. »Sie möchten sich sicher auch abtrocknen«, sagte er.

»Ja, bitte.«

Er ging hinaus, und sie setzte sich. Das Zimmer kam ihr irgendwie seltsam vor, ohne dass sie hätte sagen können, woran es lag, doch dann sah sie, dass es in der ganzen Wohnung nichts Schmückendes gab: keine Bilder an den Wänden, keine Vasen, keine Nippes. Alles wirkte geradezu mönchisch karg.

Will kam mit einem Handtuch und einem einfachen rosa Kleid zurück.

»Geht das?«, fragte er. »Ich hätte auch noch ein paar andere Sachen.«

»Ich muss mich nicht umziehen«, sagte Claire. »Ich trockne mich nur rasch ab, dann gehe ich wieder.«

»Also, ich finde, Sie sollten sich schon umziehen. Das wird sonst sehr ungemütlich.«

»Nein, nein, es geht schon.«

Er wollte den Raum verlassen.

»Na gut«, sagte sie. »Wo kann ich …«

»Wo Sie wollen. Das heißt, wo Sie den Boss nicht schockieren.«

»Natürlich.« Sie nahm das Kleid. »Die Größe scheint ungefähr zu stimmen.«

»Es gibt hier auch ein Telefon, falls Sie Ihren Mann anrufen und ihm sagen möchten, wo Sie sind.«

»Danke, aber Martin ist im Moment in Shanghai.« Sie ging ins Badezimmer.

Es war klein, aber sauber, mit einem Drahtglasfenster hoch über der Toilette. Daneben war ein kleiner Ventilator mit einer Zugkordel in die Wand eingelassen. Es war schwül, draußen prasselte wieder der Regen, und im Raum hing die dumpfige Luft eines nicht ausreichend gelüfteten Badezimmers. Neben der Wanne stand auf einem Hocker ein Porzellanbecken. Claire beugte sich zum Spiegel. Ihr Haar war zerzaust, es lag in feinen blonden Strähnen kreuz und quer, und ihr Gesicht war noch von der Anstrengung des Treppensteigens gerötet. Sie wirkte erstaunlich frisch, ihre vollen Lippen rot und feucht, ihre Haut zart glänzend. Sie zog sich aus und ließ ihre durchweichte Bluse auf den Boden gleiten, der zu einem Abfluss in der Mitte hin leicht abfiel. Sie trocknete sich ab und schlüpfte in das Kleid. Es war eng, aber es passte einigermaßen. Wieso hatte Will ein Kleid in seiner Wohnung? Es war von sehr guter Qualität, sorgfältig gearbeitet, die Nähte tadellos versäubert. Sie ging ins Wohnzimmer zurück, wo Will aus einer Thermosflasche Tee trank.

»Steht Ihnen gut«, sagte er gleichmütig.

»Ja, vielen Dank.«

Plötzlich hielt Claire es nicht mehr aus. Sie ertrug diesen Mann mit seinen seltsamen Gesprächspausen und seinem leicht spöttischen Tonfall nicht mehr.

»Möchten Sie vielleicht was essen?«, fragte er. »Ah Yik macht sehr guten Bratreis.«

»Ich glaube, ich gehe jetzt besser.«

»Oh«, machte er überrascht. Seine Reaktion erfüllte sie mit Genugtuung, als hätte sie etwas gewonnen. »Natürlich – wie Sie wünschen«, sagte er.

Sie erhob sich, ging zur Tür und schlüpfte in ihre Schuhe. Will blieb im Wohnzimmer, und als sie sich umdrehte, um sich zu verabschieden, sah sie, dass er in einem Buch las. Das machte sie wütend.

»Dann auf Wiedersehen«, sagte sie. »Meine Amah bringt Ihnen das Kleid zurück. Vielen Dank für Ihre Gastfreundschaft.«

»Wiedersehen«, sagte er, ohne aufzublicken.

Später, nachdem sie zu Abend gegessen hatte, gelang es ihr nicht, sich zu entspannen. Ihr Inneres schien zu groß für ihr Äußeres, ein seltsames Gefühl, als könnte ihr Körper nicht alles fassen, was sie empfand. Sie zog Straßenkleidung an und fuhr mit dem Bus in die Innenstadt, holperte in der warmen Nachtluft durch die Straßen, den Ellenbogen im offenen Fenster. In Wanchai, wo am meisten los zu sein schien, stieg sie aus. Sie wollte unter Leute, wollte nicht allein sein. Der Lebensmittelmarkt war noch geöffnet, Chinesen kauften Kohl und Fisch, Schweinefleisch hing an Haken, da und dort auch ein ganzer Schweinskopf, rot und blutig auf die Straße tropfend. Das war eine Besonderheit Hongkongs: Zehn Minuten weiter Richtung Central hätte sie sich in breiten leeren Straßen mit großen ruhigen, bürgerlichen Häusern im klassisch europäischen

Stil wiedergefunden; das fieberhafte Treiben in den engen Gassen hier war eine völlig andere Welt. Überall ertönten laute Rufe, Händler boten ihre Ware feil, ein Kind mit verschmiertem Gesicht spielte mitten auf der Straße mit einem schmutzigen Eimer. Eine Schwangere, die mit Gemüse unter dem Arm schwerfällig dahinging, stieß Claire an und entschuldigte sich. Claire sah ihr nach und fragte sich, wie es wohl sein mochte, mit einem Kind im Bauch herumzulaufen. Ein junges Paar trat untergehakt an einen Nudelstand, nahm Platz und brach in lautes Lachen aus.

Eine runzlige alte Frau zupfte Claire am Arm. Sie trug ein langes graues Hemd über langen Hosen, die bevorzugte Kleidung der meisten älteren Frauen hier, und hatte einen Korb mit Mandarinen am Arm.

»Sie kaufen«, sagte sie. Sie roch nach dem weißen Blütenbalsam, mit dem die Einheimischen sich vor Krankheiten schützten, von der ganz normalen Erkältung bis hin zur Cholera. Einer ihrer Zähne war grau und angeschlagen, die anderen waren schmutziggelb. Ein Netz tiefer Furchen überzog ihr Gesicht.

»Nein, danke.« Claires Stimme tönte fremd, wie eine Glocke. Es war, als ließe sie den Lärm ringsum für einen Moment verstummen.

Die Frau begann sie zu bedrängen.

»Sie kaufen! Sehr gut! Heute frisch!« Wieder zupfte sie Claire am Arm. Dann streckte sie die Hand hoch und berührte Claires Haare, als seien sie ein Glücksbringer. Die Chinesen hier taten das öfter; anfangs hatte es Claire Angst gemacht, aber inzwischen war sie daran gewöhnt.

»Glück«, sagte die Frau. »Golden.«

»Danke.«

»Sie kaufen!«

»Vielen Dank, aber ich brauche heute nichts.« Das Stimmengewirr um sie herum setzte wieder ein. Claire ging weiter. Die alte Frau folgte ihr noch ein Stück, dann schlurfte sie davon, um sich vielversprechendere Kunden zu suchen.

Warum kaufe ich einer alten Frau nicht eine Mandarine ab, dachte Claire plötzlich. Warum nicht? Was wäre schon dabei? Sie fand keinen Grund für ihre Weigerung; es war, als löste sich ihr altes englisches Ich mit seiner Abwehr und seinen Vorurteilen in der feuchten, übelriechenden Umgebung auf.

Sie drehte sich um, aber die alte Frau war nirgends mehr zu sehen. Claire atmete tief ein und aus. Die mannigfaltigen, deftigen Gerüche des Marktes stürmten auf sie ein. Um sie herum pulsierte Hongkong.

Und dann war er plötzlich überall. Sie sah Will Truesdale an der Bushaltestelle, beim Kayamally Building, in der Kinoschlange. Und obwohl er sie nie sah, senkte sie jedes Mal den Kopf und wünschte, er würde sie nicht bemerken. Und dann riskierte sie einen Blick, um zu sehen, ob er sie nicht doch bemerkt hatte. Er wirkte immer völlig in sich verschlossen, sogar in einer Menschenmenge. Er blickte nie um sich, wippte nie mit dem Fuß, schaute nie auf die Uhr. Er schien sie nie zu sehen.

Wenn sie donnerstags zu den Chens ging, ertappte sie sich dabei, dass sie nach Will Truesdale Ausschau hielt. Sie hörte die Amahs in der Küche über seine Scherze lachen, und sie sah sein Jackett im Vorraum hängen, ihn selbst aber bekam sie nie zu Gesicht, als schlüpfte er jedes Mal schnell hinein und hinaus, um ihr aus dem Weg zu gehen. Nach der Klavierstunde ging sie noch nicht sofort nach Hause, aber sie sah weder ihn noch den Wagen.

Und am Wochenende darauf waren sie zusammen am Strand. Sie wusste gar nicht recht, wie es dazu gekommen war. Das Telefon hatte geklingelt, als sie die Wohnungstür aufschloss. Sie nahm ab.

»Ein Freund von mir hat eine dieser städtischen Strandhütten«, sagte er. »Hätten Sie Lust, schwimmen zu gehen?« Als wäre nichts gewesen. Als müsste sie ihn an der Stimme erkennen.

»Schwimmen?«, fragte sie. »Wo?«

»In der Big Wave Bay. Die Hütten werden eigentlich nur an Einheimische vermietet, aber wir können auch welche bekommen. Sie werden ausgelost, jeweils für eine Saison. Wir tun uns immer zu mehreren zusammen und wechseln uns mit den Wochenenden ab. Es ist ganz nett da.«

Sie schloss die Augen und sah ihn vor sich, Will, den schwierigen Mann mit den schmalen Schultern und den grauen Augen, dem dunklen Haar, das ihm tief in die Stirn fiel, ein Mann, der sie so aufmerksam ansah, dass sie sich durchsichtig fühlte, ein Mann, der sie einfach fragte, ob sie mit ihm schwimmen gehen wolle, ohne Begleitung. Und sie öffnete die Augen wieder und sagte, ja, sie komme am Sonntag an den Strand. Martin war für drei Wochen verreist und hatte ihr aus Shanghai telegrafiert, dass es vermutlich noch länger dauern werde. Er machte eine Rundreise durch größere chinesische Städte und besichtigte deren Anlagen zur Wasserversorgung, die er sich ziemlich primitiv vorstellte.

Wasser. Warum hatte sie nicht schon früher daran gedacht? Es veränderte alles. Am Wasser war sie eine andere Frau in einer anderen Welt. Und Will! Wie er, ohne zu zögern und ohne sein Hinken, in die Wellen tauchte und mit der Strömung verschmolz. Er war ein Fisch, schnellte hierhin und dorthin, schwamm dem Horizont entgegen, weiter hinaus, als sie es je gewagt hätte.

Sie waren nicht die einzigen Nicht-Chinesen am Strand. Das Wasser war noch warm vom Sommer, die Luft wurde allmählich frischer. Die Hütte war einfach, mit hölzernen Schränken und schlichten geflochtenen Strohmatten. Kleine, schwarz verwelkte Blätter sprenkelten den feinen Sand. Um sie herum machten Familien laut schwatzend Picknick, im Sand balgten sich kleine Kinder. Will wollte zu den zweihundert Meter entfernten Badeflößen hinausschwimmen. Sie sagte, sie könne nicht, das sei zu weit, doch er meinte, natürlich könne sie, und so tat sie es. Sie kletterten auf das schaukelnde Rund und legten sich wie Seehunde in die Sonne. Claire betrachtete Will verstohlen. Er lag mit geschlossenen Augen da, seine Rippen traten hervor, und sein Körper war von Narben unbekannten Ursprungs übersät. Er trug eine kurze, mit Wasser vollgesogene Badehose. Für einen Anzug war er nicht der Typ.

Es war glühend heiß. Die Sonne versteckte sich für Momente hinter den Wolken und brannte dann von Neuem herab. Claire sehnte sich nach einem kalten Getränk, einem schattenspendenden Baum, aber beides schien unerreichbar fern am Strand.

»Wir hätten eine Thermosflasche mit Wasser mitnehmen sollen«, sagte sie.

»Nächstes Mal.« Seine Augen blieben geschlossen.

»Erzählen Sie mir Ihre Geschichte«, sagte sie, nachdem sie sich einen Moment Zeit gelassen hatte, die Bedeutung seiner Worte zu erfassen. Die seltsame Situation ließ sie noch immer erzittern – ein Badeausflug allein mit einem Mann, dessen Absichten sie nicht kannte.

»Ich bin in Tasmanien geboren, schottischer Abstammung«, sagte er spöttisch, als sei es der Anfang seiner Autobiografie. Er setzte sich auf und kreuzte die Beine – ein Swami.

»Wie das?«

»Mein Vater war Missionar, wir haben mal da, mal dort gelebt. In England war ich nur einmal, und ich fand es schrecklich. Meine Mutter war so ein bisschen leichtlebig, und von ihrer Familie her hatte sie Geld, daran hat es uns also nicht gefehlt.«

Hongkong war voll von Leuten wie Will, Weltenbummlern, die den Piccadilly Circus nie gesehen hatten. Claire war nur einmal dort gewesen; ein Mann in zerlumpten Kleidern hatte jedem Passanten »Hurenbock!« zugerufen.

»Und wo sind Sie zur Schule gegangen?«

»Gar nicht, ich hatte Hauslehrer, die haben mir eine gute Allgemeinbildung vermittelt – die Bibel, die Klassiker und so.« Er beschattete seine Augen mit den Händen. »Mehr braucht man doch eigentlich nicht, oder?« Es klang sarkastisch. »Eine solide Basis fürs Leben.«

»Und wie kam es, dass Sie jetzt als Chauffeur arbeiten?«

»Durch ein Ehepaar, das ich vor dem Krieg kannte. Ich hab in ihrer Wohnung gewohnt, solange sie im Ausland waren. Als sie zurückkamen, haben sie mir diese Stelle bei Verwandten von ihnen besorgt. Was hätte ich sonst machen sollen? Ich wollte nicht wieder in einem Büro arbeiten. Hab auch kaum was gelernt. Aber Hongkong kenne ich wie meine Westentasche.«

»Und wie hat es Sie hierher verschlagen?«

»Meine Eltern waren in Afrika und dann in Indien. Als sie nach England zurück sind, bin ich dort geblieben, als stellvertretender Leiter einer Teeplantage, aber nach drei Jahren hatte ich genug davon und hab mich eingeschifft, nach allen möglichen Orten, bis ich in Hongkong gelandet bin, ohne mir das eigentlich ausgesucht zu haben, also eher zufällig. Ich kam hierher wie jeder andere, ohne eine Ahnung von irgendwas, und hab dann einfach mal weitergesehen.« Er hielt inne. »Das ist jedenfalls die Geschichte, die ich den Damen erzähle.«

Sie wusste nicht, ob er scherzte.

»Ach ja?«

Sie lagen auf dem sonnenbeschienenen Floß, von den Wellen geschaukelt, der Himmel über ihnen zartblau.

»Wie war es in Indien?«, fragte Claire.

»Ziemlich kompliziert.«

»Und die Teilung?«

»Da war ich natürlich schon weg. Die wollten uns raushaben. Aber es muss ein Chaos gewesen sein. Züge mit Zehntausenden von Leichen fuhren da hin und her. Unglaublich, wozu Menschen fähig sind.«

Claire zuckte zusammen. »Warum?« Noch nie hatte sie erlebt, das jemand auf so persönliche Weise über historische Ereignisse sprach.

»Wer weiß?«

»Und wie war es dort davor?«

»Ziemlich seltsam. Wir haben uns trotz allem unsere eigene

Welt geschaffen, wissen Sie. Das gesellschaftliche Leben war natürlich ziemlich eingeschränkt. Frauen – unsere Frauen – waren Mangelware.«

»Waren Sie nie verheiratet?«

»Nein, nie.«

Eine Pause trat ein.

»Ist das Verhör beendet?«, fragte er.

»Ich weiß noch nicht.«

Er hatte ihr keine einzige Frage zu ihrem eigenen Leben gestellt. Sie lagen schweigend da und ließen die Sonne auf sich herabbrennen.

Sie gingen essen, scharfe, salzige Hähnchenschlegel; beim selben Händler bekamen sie auch zwei Flaschen Sojamilch. Es gab Buden rings um das Dorf, an denen man geflochtene Strandmatten, Badekleidung und kalte Getränke kaufen konnte. Will schaute Claire beim Essen zu. Ein räudiger Hund trottete zwischen den Tischen und Stühlen durch.

»Ich kann nicht viel essen«, sagte Will. »In mir drin ist alles durcheinander, noch vom Krieg her. Sie werden's nicht glauben, aber davor war ich ein ziemlich strammer Bursche.«

Er rückte näher an sie heran, und ihr Magen machte einen Satz.

Er nahm ihre Hand, führte sie an seinen Mund und nahm einen Happen. Sein Griff war fest und rau.

»Manchmal kommt es wieder hoch«, sagte er. »Wie Galle.« Er kaute langsam und verzog das Gesicht.

Nach dem Essen gingen sie zum Auto zurück. Er beugte sich vor und hielt ihr die Tür auf. Sein Hinken war wieder zu sehen. Er war wieder ein Mensch. Sie wandte sich ihm zu, den Rücken an der Tür, und er drückte ihre Schulter zurück und presste seine Lippen auf ihre, eine fließende Bewegung, die unausweichlich schien. Seine Hände lagen auf dem Wagen, seine Arme schlossen sie ein. Es war ein heftiger Kuss, und ihr war, als müsste sie ertrinken.

Das ist Hongkong, sagte sie sich. Ich bin eine Frau, eine Entwurzelte. Welten von dort entfernt, wo ich hingehöre.

Er richtete sich auf und sah sie an. Mit dem Finger zog er ihr Profil nach. »Fahren wir?«

»Magst du mich?«, fragte sie ihn auf der Rückfahrt, ihr Haar war voll und dicht vom Salz. Sie wusste nicht, wohin sie fuhren.

»Ich weiß noch nicht.«

»Sei lieb zu mir«, sagte sie. Es war eine Warnung. Sie wollte sich retten.

»Natürlich.« Aber es klang nicht überzeugt.

Nach einer Weile fragte er: »Willst du dem Mädchen noch lange Klavierstunden geben, was meinst du?«

»Keine Ahnung. Sie zeigt keinerlei Enthusiasmus, aber ihre Eltern wollen anscheinend unbedingt, dass sie es lernt.«

»Du magst sie?«

»Ja, doch. Aber ich habe keinen Draht zu Kindern.« Sie sagte es ganz automatisch; es waren die Worte, die sie immer von ihrer Mutter gehört hatte.

»Du bist zu jung. Du bist selbst noch ein Kind«, sagte er.

»Magst du Kinder?«

»Manche.«

Einige Wochen später fragte sie: »Warum ich?«

»Warum irgendwer?«, antwortete er. »Warum ist man mit jemandem zusammen?«

Verlangen, Nähe, Gewohnheit, Zufall. All das ging ihr durch den Kopf, aber sie sagte nichts.

Dann die Grausamkeit.

»Ich will nicht lieben«, sagte er. »Ich muss dich warnen. Ich glaube nicht daran. Und das solltest du auch nicht.«

Sie sah ihn an. Der Schmerz war heftig, aber sie verzog keine Miene. Sie kniete sich hin, sammelte ihre Kleider ein und ging ins Bad, um sich anzuziehen. Claire schwieg oft, wenn sie mit Will zusammen war, wusste oft nichts zu sagen. Da er so wenig von sich preisgab, mochte sie es auch nicht tun, aber wenn sie zusammen im Bett lagen, litt sie darunter, diese Intimität mit einem Mann zu teilen, dem sie nichts zu bedeuten schien. Und dann fuhr sie nach Hause, zu Martin. Mit ihm war es prosaisch, eine Pflichtübung, ein Keuchen und Stoßen, nicht im Mindesten lustvoll oder romantisch. Ganz anders mit Will: voller Spannung und Überraschung und Qual. Und wie eine Droge. Sie hatte nicht gewusst, dass es so sein konnte. Sie schloss die Augen und versuchte nicht daran zu denken, was ihre Mutter sagen würde, wenn sie davon wüsste.

Donnerstags fuhr er sie nach der Klavierstunde nach Hause. Die Amahs redeten inzwischen über sie, das merkte sie an ihren Blicken und ihrem Grinsen. Doch Claire beachtete sie nicht, allenfalls bat sie um eine Tasse Tee, von der sie einen Schluck nahm, um dann mehr Zucker oder Milch zu verlangen, sodass die beiden noch einmal laufen mussten. Sie wusste, wie kleinlich das war, aber es war die einzige Möglichkeit, sich für ihre demütigenden Seitenblicke schadlos zu halten.

Will öffnete mit Schwung die Wagentür.

»Wohin, Madam?«

»Ach, lass das«, sagte sie und stieg ein. »Fahren wir zu dir.«

»Lass uns ausgehen, irgendwas unternehmen«, schlug er vor. »Wie wär's mit einem Abendessen auf dem Wasser? Es gibt da ein Sampan-Restaurant, in das ich manchmal gehe. Man wird rausgerudert und bekommt einen Fisch gebraten.«

»Ich muss zu Hause essen. Martin ist heute Abend da, ich habe also nicht viel Zeit.«

»Oder wir fahren auf den Peak und schauen uns die Sterne an.«

»Hörst du mir überhaupt zu?«, fragte sie gereizt. »Ich weiß nicht mal, ob ich heute mit zu dir kann.«

»Wie du willst, Darling. Dann fahre ich dich nach Hause, und du kannst Martin ein köstliches Mahl vorsetzen.«

»Halt an«, sagte sie.

Er fuhr an den Straßenrand und stellte den Motor ab.

»Wie Sie wünschen.«

»Was soll das?« Sie wurde plötzlich wütend. »Immer tust du, was ich sage, egal, was, und dann … dann machst du doch nur, was du willst.«

Er sah sie belustigt an.

»Ich hab keine Ahnung, wovon du redest.«

»Hast du wohl. Du weißt genau, wovon ich rede, aber du tust so … Ach, vergiss es.« Sie hob resigniert die Hände.

»Fahr mich einfach nach Hause«, sagte sie dann. »Du hast alles verdorben.«

Manchmal hatte Claire das Gefühl gehabt, sie könne ein anderer Mensch werden. Sie spürte ihn in sich, wenn jemand beim Essen irgendetwas sagte und ihr die perfekte scharfe oder gar gewagte Erwiderung darauf einfiel. Ihr Mund öffnete sich, ihre Lunge sog Luft ein, aber die Worte kamen nicht heraus. Sie schluckte den Gedanken hinunter, und der Mensch, der sie hätte werden können, sank in sich zusammen unter der Last der Claire, die schon zu deutlich sichtbar in der Welt stand. Sie spürte es, wenn sie auf einer Cocktailparty ein Glas in der Hand hielt und plötzlich den Drang verspürte, es zu zerdrücken. Doch sie tat es nicht. So oft hatte sich dieser verborgene andere Mensch in ihr wie ein Ballon aufgebläht und war wieder zusammengesackt, dass seine Dehnbarkeit mit der Zeit nachgelassen hatte.

Aber dann kam Will. Bei ihm konnte sie alles aussprechen, was sie dachte, solange es nicht ihn selbst betraf. Nichts, was sie sagte, wunderte ihn. Er hatte kein Bild davon, wie sie zu sein hatte. Bei ihm war sie ein neuer Mensch, eine Frau, die eine Affäre haben konnte, eine, die lasziv sein konnte oder sarkastisch oder durchtrieben – er zeigte sich nie überrascht. Bei ihm war sie weit weg von allem. Sie war ein neuer Mensch. Manchmal schien es ihr, als sei sie mehr in diesen neuen Menschen verliebt, als sei ihre Affäre eine Affäre mit einer neuen Claire, und Will habe ihr dazu verholfen.

Dezember 1941

Die Feiertage rücken näher. Trotz des Kriegsgrollens legt Hongkong seinen Weihnachtsschmuck an. Lane Crawford, das Geschäft der tausend Geschenkideen, wirbt für sein original englisches Kristall als ideales Weihnachtsgeschenk, Kostümfeste werden geplant, der Drama Club führt *Tea for Three* auf. Die Luft ist frisch, die Feuchtigkeit von der Kühle aufgesogen, und die Leute auf der Straße schreiten zügig aus. Die Wongs, eine berühmte Kaufmannsfamilie, veranstalten zu ihrem sechzigjährigen Firmenjubiläum ein großes Fest im Gripps.

»Der neue Gouverneur kommt auch, dieser Young«, sagt Trudy. »Und der Gouverneur von Macao, ein dicker Freund von Vater. Ich bekomme heute drei neue Kleider geliefert! Ein gelbes aus Seidenchiffon, zum Sterben schön! Und ein unglaublich elegantes aus grauem Crêpe de Chine. Macht's dir was aus, wenn ich mit Dommie hingehe statt mit dir? Du kannst so was doch sowieso nicht leiden, oder?«

Will zuckt die Achseln. »Schon gut«, sagt er. »Kein Problem.«

Sie kneift die Augen zusammen.

»Für dich ist nie irgendwas ein Problem, stimmt's?«, fragt sie. »Das hat mir immer so gefallen, aber jetzt bin ich mir da nicht mehr so sicher. Na ja, egal – mein Vater hat mir heute etwas geschenkt. Etwas ganz Besonderes.«

Sie winkt ihn ins Schlafzimmer.

»Eigentlich wollte er es meiner Mutter schenken, sagt er, zum zehnten Hochzeitstag, aber dann, du weißt schon …« Sie verstummt. Trudy spricht normalerweise völlig emotionslos vom Verschwinden ihrer Mutter, aber heute schwankt ihre Stimme ein wenig.

»Trudy Darling«, sagt er und zieht sie an sich.

»Nein, komm, ich zeig's dir. Keine Zeit für Knutschereien.« Sie zieht eine Schublade auf und nimmt ein kleines schwarzes Samtetui heraus.

»Willst du mich heiraten?«, fragt sie scherzhaft, öffnet das Etui und hält es ihm hin. Ein riesiger Smaragd ist darin. Der Ring selbst ist kaum zu sehen. Der Smaragd leuchtet förmlich.

»Donnerwetter!«, sagt Will. »Das ist mal ein Stein!«

»Ich liebe Smaragde, dabei sollte ich als Chinesin eher Jade lieben. Smaragde sind so schön und so ungeheuer zerbrechlich. Jade ist so hart. Wenn ich mit dem Stein an einen Tisch stoßen würde – du weißt ja, wie ungeschickt ich bin –, könnte er zerbrechen. Smaragde sind nicht so haltbar wie Diamanten.« Sie nimmt den Ring heraus und wirft ihn dann plötzlich in die Luft. Wills Herz macht einen Satz, wie ein kleiner Vogel, und er greift hektisch nach dem grünen Stein, fängt ihn im Herabfallen auf. Er betrachtet das Kleinod in seiner Hand, und das Blut pocht ihm in den Adern. Wie ein kaltes Insekt schmiegt sich der Stein in seine Handfläche.

»Ich wusste, dass du ihn auffängst«, sagt Trudy ungerührt. »Das ist das Beste an dir. Du bist … nicht gerade zuverlässig, aber wenn's drauf ankommt, kann man auf dich zählen.«

Will gibt ihr den Ring verärgert zurück, und sie steckt ihn an ihren schmalen Finger.

»Schön, nicht?«, sagt sie. »Das ist das Schönste, was ich besitze.«

Er geht aus dem Zimmer.

Am Samstag findet wieder ein Fest statt, der Tin-Hat-Ball, bei dem hundertsechzigtausend Pfund gesammelt werden sollen, damit die Hongkonger England eine Bomberstaffel zur Verfügung stellen können. Trudy bittet Will mitzukommen; letztes Mal seien die einzigen attraktiven Männer lauter Amerikaner gewesen, und das »war nicht in Ordnung«.

»Du bist flatterhaft«, sagt er, aber sie hört nicht hin.

Im Ballsaal des Peninsula ist Trudy wie immer sehr gefragt. Dreimal hintereinander wird sie von einem kanadischen Major aufgefordert. Will sitzt bei einem Drink in der Long Bar und unterhält sich müßig mit Angeline Biddle, als Trudy hinter ihn tritt und ihm die Augen zuhält.

»Hast du mich vermisst?«, fragt sie.

»Warst du weg?« Er weiß, wie er mit ihr reden muss.

»Was trinkst du?«, fragt Trudy Angeline.

»Ox's Blood. Das ist Champagner mit Burgunder Sekt und vielleicht auch Brandy.«

»Klingt ja furchtbar.« Trudy greift nach Wills Whisky und nimmt einen Schluck. »Die Kanadier haben so komische Namen für ihre Mannschaften.«

»Regimenter, Trudy«, verbessert Will.

»Sind das die Royal Guns oder was?«, fragt Angeline.

»Nein, die Royal Rifles und die Winnipeg Grenadiers. Sie sind gerade erst aus Neufundland gekommen, zu unserem Schutz. Sie lieben Hongkong.«

»Kein Wunder«, sagt Will. »Die müssen sich hier wie im Paradies fühlen.«

Sie macht einen Schmollmund.

»Du wirst doch nicht zum eifersüchtigen Langweiler werden?« Zerstreut rückt sie den Träger ihres Kleides zurecht. »Also, für die nächsten Tänze bin ich vergeben. Angeline, du kümmerst dich um meinen Will, ja?«

Angeline und Will sehen sich achselzuckend an.

»Natürlich, Darling«, sagt Angeline.

Kaum ist Trudy weg, gehen die beiden ihrer Wege. Will trifft auf Angus Enderby, der an einer Wand lehnt. Trudys Cousin Dominick schlendert vorbei und grüßt mit einem knappen Nicken.

»Komischer Kerl«, sagt Angus. »Aus dem werd ich nicht schlau.«

»Trudy sagt, er ist eine Frau.«

»Irgendwie mehr als das. Weniger harmlos.« Angus hält inne. »Wissen Sie, dass eine Fünfte Kolonne Hongkong infiltriert? Die unterstützen diesen Wong Chang Wai, den die Japaner in China eingesetzt haben. Dominick soll mit vielen von ihnen gesehen worden sein. Und Victor Chen natürlich auch, der ist ja mit jedem gut Freund, der ihm nützlich sein kann. Vorige Woche soll er das japanische Konsulat zum Dinner eingeladen haben. Streng geheim. Der sollte sich in Acht nehmen. Das ist ein gefährliches Spiel.«

»Victor Chen ist ein Überlebenskünstler.«

»Ja.« Angus zuckt die Achseln. »Nicht zu fassen, dass die Kriegsanstrengungen jetzt die Form einer Party annehmen. Schön dumm von dem neuen Gouverneur, hierher zu kommen.«

An der Bar sitzt eine korpulente Frau mit einer schlankeren Dame. Beide trinken Whisky und schauen gleichmütig den Tanzenden zu.

»Kennen Sie Edwina Storch?«, fragt Angus mit einer Kopfbewegung zu den beiden hin.

»Gesehen hab ich sie schon öfter. Bin ihr aber noch nicht vorgestellt worden.«

»Eine von den Alteingesessenen hier, Rektorin von Essex. Streng, furchteinflößend. Schon ewig in Hongkong. Die andere ist Mary Winkle.«

Will und Angus gehen zu den Frauen hinüber. Edwina neigt majestätisch den Kopf, eine Königin, die Hof hält.

»Hallo, Angus. Frohe Weihnachten.«

»Edwina, darf ich Ihnen Will Truesdale vorstellen? Er ist noch ein Neuling an diesen Gestaden. Will, das sind Edwina Storch und Mary Winkle, zwei Institutionen in Hongkong. Sie wissen, wo hier die Leichen im Keller liegen.«

»Sehr erfreut«, sagt Will.

»Ich hab Sie schon mal gesehen«, sagt Edwina. »Sie sind mit dem Liang-Mädchen zusammen.«

»Ja.« Ihre Direktheit überrascht Will nicht. Er ist diesem Typ Frau schon öfter begegnet: die derbe englische Matrone, die kein Blatt vor den Mund nimmt, die sich gern als Abenteurerin sieht und nichts lieber tut, als andere einzuschüchtern.

»Sie haben ja keine Zeit verloren«, sagt sie.

»Nein, ich hatte Glück«, erwidert er leichthin. »Sie ist eine wunderbare Führerin durch Hongkong.«

Edwina Storch räuspert sich.

»Da kriegen Sie aber ein ziemlich verzerrtes Bild von Hongkong!«

Mary Winkle legt Edwina eine vorwurfsvolle kleine Hand auf den Arm.

»Na, na«, flüstert sie. »Trudy ist immer reizend, wenn auch missverstanden. Ich mag sie schrecklich gern.«

Will lächelt ihr zu. »Ja, sie ist wirklich reizend.«

Edwina nimmt geräuschvoll einen Schluck von ihrem Whisky.

»Was trinken Sie da?«, fragt sie.

»Single Malt.«

»Ein Männerdrink. Da Sie mit Trudy zusammen sind, dachte ich, Sie könnten Champagnertrinker sein.«

»Sind Sie mit ihr befreundet?«, fragt er höflich.

»Natürlich. In Hongkong muss jeder mit jedem befreundet sein, sonst wird es hier ziemlich ungemütlich.«

»Gewiss«, sagt er liebenswürdig. Er verabschiedet sich mit einer Verbeugung. Nach einer Weile gesellt sich Angus wieder zu ihm an die Bar.

»Irgendwie komm ich mir bei der Frau immer wie ein kleiner Junge vor, der sich gleich in die Hose macht«, sagt er.

»Und das wollen Sie immer wieder erleben«, erwidert Will trocken.

»Sie ist sehr auf ihr Wohl bedacht. Liegt mir ständig damit in den Ohren, was für ein Skandal die Besoldung der Staatsdiener sei. Habe noch nie eine Rektorin erlebt, die so hinterm Geld her war.«

Die beiden Männer nehmen einen Schluck.

»Ich hab gehört, der Gouverneur hat den Männern vom Junggesellenclub gesagt, sie seien wohl nicht ganz bei Trost, dass sie ihre Frauen zurückholen wollen. Seine eigene Frau ist noch in Malaya, oder?«

»Ja, aber ob sie da sicherer ist? Wie geht's Amelia?«

»Gut, aber sie redet davon, zurückzukommen. Sie ist in China, wissen Sie, wollte partout nicht nach Australien. Jetzt sitzt sie in Kanton und jammert fürchterlich. Ich hör das Geschrei bis hierher.« Angus wirft einen düsteren Blick zur Tanzfläche hinüber. »Vielleicht lass ich sie zurückkommen, nur damit Ruhe ist.« Er unterbricht sich. »Wäre allerdings wohl ziemlich unvernünftig, was?«

»Wenn's um Frauen geht, ist alles unvernünftig.«

»Trudy geht nicht weg?«, fragt Angus.

»Sie will nicht. Sagt, sie kann nirgendwohin. Was vermutlich zutrifft.«

»Schade. Man könnte sie jetzt vielerorts gebrauchen«, meint Angus.

»Ja, sie könnte alle verzaubern.«

»Eine Wunderwaffe.«

»Haben Sie's heute in der Zeitung gelesen? Dass Roosevelt Hirohito ein Telegramm geschickt hat?«

»Ja. Mal sehen, ob es was bringt. Wie sieht's bei Ihnen im Büro aus?«

»Vor ein paar Wochen kam ein Rundschreiben, dass unser freiwilliger Kriegseinsatz Vorrang vor der Firma hat, aber wenn wirklich Kämpfe ausbrechen, sollen wir uns in der Firma melden. Sie haben uns eine Telefonnummer gegeben, da sollen wir dann unseren Standort nennen. Ich frage mich, ob die überhaupt wissen, was sie tun.«

Sie beobachten Trudy, die lachend über die Tanzfläche wirbelt, ihre elfenbeinfarbenen Arme auf den Schultern ihres Partners. Glücklich und atemlos erzählt sie Will später, der Mann sei »der Kopf von dem Ganzen. Er ist furchtbar wichtig, und ich hab ihm anscheinend gefallen – er hat mir haarklein unsere Lage erklärt. Es ist wirklich ein Witz. Die größten Langweiler sind am sichersten: die Deutschen – Gott segne ihre Sturheit – und die Italiener mit ihrer grässlichen, komischen Art. Sie sind neutral, hast du das gewusst? Es wird furchtbar öde werden in Hongkong – keine Partys mehr, zu denen man überhaupt noch hin will.«

»Wenn dir so einer was vom Krieg erzählt, dann interessiert es dich also, ja?«

»Aber sicher, Darling, er weiß schließlich, wovon er redet.«

Die Kapelle spielt »The Best Things in Life Are Free«, und Trudy beklagt sich: »Grauenhaft.« Sie meint den Pianisten. »Das könnte ich jederzeit besser spielen.« Aber sie erhält keine Gelegenheit dazu, denn ein kleiner Mann mit einem Megaphon kommt durch den Saal marschiert und betritt das Podium. Die Kapelle hört zögernd auf zu spielen.

»Alle Männer, die bei der American Steamships Line beschäftigt sind, haben sich schnellstmöglich an Bord einzufinden. Ich wiederhole: Alle Männer, die bei der American Steamships Line beschäftigt sind, haben sich unverzüglich an Bord einzufinden.«

Es bleibt lange still, dann lösen sich auf der Tanzfläche Paare voneinander, und an der Bar stehen Männer von den Hockern auf und ziehen sich die Hemdbrust glatt. Einige steuern unsicher dem Ausgang zu.

»Scheußlich, der amerikanische Akzent«, sagt Trudy. »Der klingt so dümmlich.« Ihre große Liebe zu den Amerikanern scheint sie vergessen zu haben.

»Trudy«, sagt Will, »die Sache ist ernst. Verstehst du?«

»Ach was, Darling. Wen interessiert schon unser Winkel der Welt? Das ist alles nur Panikmache.« Sie ruft nach mehr Champagner.

Dominick kommt vorbei und flüstert ihr etwas ins Ohr. Dabei sieht er Will an.

»Guten Abend, Dominick«, sagt Will.

»Hallo«, lautet die knappe Antwort. Dominick ist einer jener sonderbaren Chinesen, die englischer sind als die Engländer selbst, aber er mag sie nicht besonders. Nach einer erstklassigen Erziehung in England ist er nach Hongkong zurückgekehrt, empfindet hier aber alles, was auch nur im Mindesten unfein ist, als Beleidigung – alles und jedes also: die Abfälle auf der Straße, das Gedränge unzivilisierter, ausspuckender Kulis und Fischhändler. Er ist ein Gewächs, das nur in den erlesensten Gesellschaftskreisen gedeiht, mit Damastservietten und funkelndem Kristall – Will würde zu gern einmal sehen, wie er, mit einer Gummischürze angetan, in einer Nudel-Garküche, in der die nackte Glühbirne gefährlich an einem Kabel von der Decke baumelt, Suppe an Fleischer und dergleichen austeilt.

»Schlimme Neuigkeiten, nicht wahr?«, sagt Will.

»Auch das geht vorbei«, antwortet Dominick mit einer wegwerfenden Bewegung seiner marmorweißen Hand. Will fragt sich, ob diese Hände jemals eine beschwerlichere Arbeit kennengelernt haben als das Schreiben von Dankesbriefen auf cremefarbenem Bütten oder das Heben eines Champagnerglases. Er beobachtet die beiden, wie sie miteinander tuscheln. Sie gehören zusammen (nicht nur, weil sie zufällig verwandt sind); er vermutet aber, dass diese Verbindung irgendwann verglühen, dass ihrer beider bleiches Feuer sie verzehren wird.

Plötzlich sagt Dominick: »Für Trudy und mich sieht es gar nicht schlecht aus. Die Japaner sind uns näher als die Engländer. Zumindest sind sie Asiaten.«

Das reizt Will zum Lachen, doch dann merkt er, dass Dominick es ernst meint.

»Aber ich kenne niemanden, der weniger von einem Asiaten an sich hat als du«, sagt er.

Dominick blinzelt. »Du hast doch keine Ahnung.«

»Ihr redet beide Unsinn«, schaltet Trudy sich ein. »Jetzt lasst doch dieses grässliche Nationalitäten-Thema, das macht mich ganz krank.« Sie streicht Will das Haar aus der Stirn. »Ich weiß nur, dass die Japaner ein sehr merkwürdiges Volk sind.«

»Du solltest so etwas nicht sagen«, sagt Dominick. »Wirklich nicht.«

»Ach, herrje! Trink noch was und halt den Mund.«

Zum ersten Mal sieht Will, dass Trudy sich über Dominick ärgert. Kurz darauf möchte sie gehen, aber zuvor gibt sie ihrem Cousin noch einen schnellen Kuss auf die Wange, zum Zeichen, dass sie ihm verziehen hat.

Am Sonntagmorgen gehen sie in die Stadt, um Dim Sum zu essen. Eine seltsame Spannung liegt in der Luft, und die Märkte sind voll von düster dreinblickenden Menschen, die ihre Einkaufstaschen füllen. Wieder zu Hause, hören sie Radio und nehmen ein einfaches Abendessen zu sich. Die Amahs huschen ununterbrochen schnatternd hin und her; Will bekommt Kopfschmerzen davon. Das Büro ruft an: Die Arbeit wird bis auf Weiteres eingestellt. In dieser Nacht wälzen Will und Trudy sich im Schlaf schnaufend hin und her und wecken sich mit ihrer Unruhe immer wieder gegenseitig auf.

Montag, 8. Dezember. Das schrille Klingeln des Telefons reißt Trudy und Will aus dem Schlaf. Angeline berichtet, was ihr Mann soeben erfahren hat: In einer Rundfunkansprache an alle Japaner war davon die Rede, dass ein Krieg gegen England und die Vereinigten Staaten unmittelbar bevorstehe. Die Ingenieure hätten Befehl erhalten, alle in die Kronkolonie führenden Brücken zu sprengen. Und während Trudy und Will, noch schlaftrunken, die Neuigkeit verdauen, hören sie den Fliegeralarm und kurz darauf, erst weiter weg, dann näher, das schreckliche Pfeifen und Heulen von Flugzeugen und dumpfe Bombeneinschläge. Das Telefon klingelt erneut. Alle Freiwilligen haben sich am Nachmittag um drei an ihren Standorten einzufinden. Sie schalten das Radio aus, und Will zieht sich an. Trudy schaut ihm vom Bett aus zu. Sie ist blass und still.

»Das ist Wahnsinn, jetzt rauszugehen«, sagt sie. »Wie willst du denn ins Büro kommen?«

»Mit dem Auto.«

»Aber du weißt doch gar nicht, wie es auf den Straßen aussieht. Eine Bombe könnte dich treffen, jemand könnte …«

»Trudy«, sagt er, »ich muss gehen. Ich kann nicht einfach hier herumsitzen.«

»Unsinn. Außerdem will ich nicht allein sein.«

»Lass uns nicht streiten«, sagt er sanft. »Ruf Angeline an. Und dann geh zu ihr. Sie soll ihren Boy schicken, dass er dich begleitet. Ich ruf dich dort an, wenn ich kann. Du solltest auch Lebensmittelvorräte anlegen.«

Er küsst sie auf ihre kühle Wange und geht.

In der Stadt fährt er am King's Theatre vorbei. Es scheint noch in Betrieb zu sein. *My Life with Caroline* läuft, und erstaunlicherweise stehen ein paar Leute an der Kasse.

Als er sich im Hauptquartier einfindet, wimmelt dort alles durcheinander. Bei der Ausgabe von Ausrüstung und Proviant gibt es ein wüstes Gedränge, eine Hektik, wie Will sie hier noch nie erlebt hat. Draußen herrscht eine unheimliche Stille, die nur hin und wieder von Bombeneinschlägen unterbrochen wird. Will setzt sich und wartet auf seinen Einsatzbefehl. Über einem Schreibtisch hängt eine Landkarte, auf der die Kolonie markiert ist. Eine gepunktete Linie führt von der Gin Drinkers Bay zur Tide Cove, mit einer Festung in Shing Mun – die erste Verteidigungslinie. Südlich des Jubilee-Staudamms hat man einen Betontunnel mit MG-Unterständen gebaut. »Das müsste fürs Erste reichen«, sagt ein Mann, als er sieht, dass Will die Karte studiert. »Dürfte nicht so leicht zu durchbrechen sein.« Jemand hat Auszüge aus der Rede, die General Maltby am Morgen gehalten hat, abgetippt und an die Wand gepinnt. »Ihnen allen ist klar, dass die Bewährungsprobe, deretwegen wir hier sind, in naher Zukunft stattfinden wird. Ich erwarte von jedem einzelnen meiner Männer, dass er sie unerschrocken besteht und dass meine Truppe zu einem leuchtenden Vorbild der Tugend und Tapferkeit für das britische Weltreich wird, das für den Fortbestand von Wahrheit und Gerechtigkeit kämpft, von Freiheit für die Welt.«

Plötzlich ertönt im Radio Roosevelts Stimme. »Ruhe, verdammt noch mal!«, ruft jemand. Das Radio wird lauter gestellt. Roosevelt gibt bekannt, dass Pearl Harbour bombardiert worden ist. Betroffene Stille senkt sich über das Büro.

Nachdem Roosevelt geendet hat, brummt es im Radio, dann sagt der Sprecher: »Das war der Präsident der Vereinigten Staaten, Theodore Roosevelt …«

»Das ist gut für uns«, sagt schließlich jemand. »Das heißt, die Amerikaner sind jetzt mit dabei, ob's ihnen passt oder nicht.«

»Das heißt, der Krieg weitet sich aus«, sagt jemand anderer leise.

November 1952

Sie litt unter Verfolgungswahn. Schon immer. Wenn sie eine Tür öffnete oder nach einem Weinglas griff, achtete sie darauf, die blassen Spuren von Handcreme, Fingerabdrücken und Staub zu verwischen – als wäre ihr Scotland Yard auf den Fersen. Sie mochte nirgendwo Hinweise hinterlassen, Fragmente, Teile ihrer selbst. Wenn sie sich durchs Haar fuhr und einzelne Haare sich lösten, warf sie sie in den Mülleimer. Ihre abgeschnittenen Fingernägel wickelte sie in ein Kosmetiktuch und spülte sie in der Toilette hinunter.

Doch ihr Verfolgungswahn erwies sich als nützlich. Martin, durch seine Arbeit abgelenkt, merkte nicht, dass ihr Kommen und Gehen neuerdings viel planvoller verlief. Ich muss Darjeeling kaufen, muss jeden Donnerstag einen Besuch im St. Stephen's Hospital machen, muss jeden Mittwoch mit den Damen ein Essen veranstalten. Die Intimität mit ihm beschränkte sie auf ein Minimum. Es erschien ihr unfassbar, dass diese Frau sie selbst war, eine Frau, über die ihre Mutter und deren Freundinnen in der Küche geredet hatten, eine Frau, die an einem einzigen Tag von einem Mann zum nächsten wanderte. Die Sorte Frau, die mit Schimpf und Schande der Kolonie verwiesen und auf ein Schiff Richtung Heimat gesetzt werden konnte.

Das Schlimme war, dass sie sich nicht so verdorben vorkam, wie sie hätte sollen. Frauen, die einen Liebhaber hatten, waren für sie immer Frauen ohne Moral gewesen, Frauen, die sich nicht um die Gesellschaft, um Benimm und die Ordnung der Dinge scherten.

Und nun hatte sie selbst ein Verhältnis mit einem Mann, der sie nicht einmal besonders zu mögen schien. Dabei war Martin ein so guter Mensch. Daran führte kein Weg vorbei. Er behandelte sie gut. Ob er sie liebte, wusste sie nicht. Er freute sich, eine Frau zu haben und ein Zuhause, für das sie sorgte, doch wie viel das mit ihr als Person zu tun hatte, hätte sie nicht zu sagen vermocht. Manchmal schien es ihr, als habe er sie geheiratet, sie dann in eine Schublade mit der Aufschrift »Ehefrau« gepackt und weitergelebt wie zuvor. Aber sie war vernünftig genug, um zu sehen, dass sie der schuldige Teil in dem Arrangement war. Martin hatte sich nichts anderes zuschulden kommen lassen als gutmütige Vernachlässigung. Sie nutzte einen guten Menschen aus.

Doch das Unbehagen, das die Situation ihr bereitete, wurde immer aufs Neue verdrängt von dem prickelnden Gefühl, das sich einstellte, wenn Will sich ihr näherte, den Raum zwischen ihnen halbierte und noch einmal halbierte, wenn er mit diesem sarkastischen Blick unter den schweren Lidern auf sie zukam. Es war berauschend, dieses Gefühl, und sie sehnte sich ständig danach.

Claire versuchte sich unsichtbar zu machen, um bei Will umso sichtbarer zu sein. Sie redete immer weniger, traf sich nicht mehr mit den anderen Ehefrauen, verließ die Wohnung nur noch, wenn es sein musste. Ihre Tage kreisten um Will, um die Frage, wann sie ihn wiedersehen, was sie ihm sagen, wie er sie berühren würde. Manchmal verweigerte er sich. Sie kam zu ihm und legte sich ins Bett, aber er drehte sich weg, sagte, er sei müde, und schlief ein, und sie blieb allein zurück, ihr warmer Atem strömte ein und aus, und in ihrem Kopf drehte sich alles vor Enttäuschung. Sie wollte ihn besitzen, wollte von ihm besessen werden, aber er bewegte sich leichtfüßig um sie herum, darauf bedacht, keine Abdrücke zu hinterlassen. Sie aber wollte gebrandmarkt werden – eine rote, offene Wunde.

Wenn sie bei Will im Bett lag, hörte sie, wie in der Wohnung über ihnen jemand immer wieder dasselbe Lied spielte. Es war eine melancholische Melodie, die sie nicht kannte, und der Text war nicht zu verstehen. Sie sagte Will nichts davon, als wollte sie ein Geheimnis vor ihm haben, ein Wissen, dass ihr allein gehörte, etwas, das ihn betraf, das aber nur sie kannte.

Wenn sie ihm etwas schenken wollte, fühlte sie sich völlig gehemmt. Sie hatte Pantoffeln für ihn kaufen wollen, aber die Sohlen waren zu glatt, und sie malte sich in allen Einzelheiten aus, wie er mit den Pantoffeln ausrutschte, stürzte und sich den Kopf aufschlug; bleich und voller Bedauern und Sehnsucht stand sie in ihrer Phantasie daneben. Sie ließ die Pantoffeln stehen und kaufte ihm stattdessen eine neue Teekanne. Er warf kaum einen Blick darauf und übergab sie Ah Yik.

Weihnachten rückte näher, und sie war voller Furcht. So wie ich mich fühle, dachte sie, so ist Martin. Ein wenig beschränkt, schlicht, in jemanden verliebt, der diese Liebe nicht erwidert. Ihr war elend zumute. Will wollte während der Feiertage nicht von ihr angerufen werden. Es sei eine schwierige Zeit für ihn, sagte er. Voller Erinnerungen. Sie rief dennoch an, nur um das Telefon klingeln zu hören. Manchmal nahm er ab, und seine Stimme klang angespannt und verärgert. Dann wieder läutete das Telefon endlos, und sie stellte sich vor, wie die Amah den Kopf schüttelte und genau wusste, wer anrief, wie Frauen so etwas eben wissen – erstaunlicherweise über die Kulturen hinweg.

Bruce Comstock, Martins Vorgesetzter, hatte sie in seinen Beach Club in Shek O eingeladen, wo er für Samstag eine Strandhütte gemietet hatte, und so packten sie Handtücher und Badesachen ein, kurbelten am Morgen in dem Morris, den die Firma Martin gestellt hatte, die Fenster herunter und fuhren ans Ende der Insel.

Die schmale Straße war direkt in die Hügel gehauen. Links stieg wie eine Wand ein üppig grüner, in der Hitze dampfender Hang auf, rechts bot sich ein grandioser Blick auf das Blau von Meer und Himmel. Weiße Boote schaukelten auf dem Wasser, wie Spielzeugschiffchen in einer riesigen Badewanne.

»Das ist hier wie an der italienischen Küste«, sagte Claire. »Jedenfalls stelle ich sie mir so vor.«

»Herrlich, nicht?«, antwortete Martin. Claire holte Melody Chens Schal aus ihrer Tasche und band ihn sich um den Kopf.

»Neu?«, fragte Martin.

»Ja«, sagte sie leichthin, »den hab ich an einem dieser Karren in der Upper Lascar Row gekauft. Du weißt schon, das Viertel mit den Curryrestaurants und Teppichgeschäften.«

»Steht dir gut.«

Der Schwimmclub war einfach und gut besucht. Sie fanden die Comstocks an der Bar und tranken etwas, dann gingen die Damen sich umziehen.

Minna Comstock war Anfang fünfzig, eine beeindruckende Frau. Sie hatte zwei Kinder, die an fernen Universitäten studierten, und sie lebte ihr Leben voller Kraft und Energie. Sie spielte zweimal in der Woche Tennis und am Ladies' Day in Fanling Golf. Im Umkleideraum zog sie sich ungeniert aus. Ihr Körper war fest, aber an Brust, Bauch und Armen faltig. Es sah aus, als hätte sie zu viel Haut für ihre Figur.

»Ich habe bei Wing On einen hübschen Badeanzug gekauft«, begann Claire vorsichtig. »Die haben dort eine riesige Auswahl.«

»Kaufen Sie britisch«, blaffte Mrs. Comstock. »Die Kleider hier sind auf chinesische Maße zugeschnitten, für uns sind die nichts. Zu klein. Ich kaufe ausschließlich bei Marks and Spencer und bringe aus England jedes Mal eine Menge Sachen mit, gute Marmelade, anständige Messer und dergleichen. Haben Sie gesehen, was sich hier Hackmesser schimpft? Barbarische Dinger sind das.« Sie stellte ein muskulöses Bein auf eine Bank und begann es einzuölen. »Hier, bedienen Sie sich.« Sie reichte Claire die glitschige Flasche. »Das schützt vor zu viel Sonne.« Mrs. Comstock war an den seltsamsten Stellen gebräunt: an den Waden zwischen Socken und Shorts, an den Armen zwischen Ärmeln und Golfhandschuhen.

»Danke.« Claire ölte sich das Gesicht ein. Sie hielt sich nicht gern in der Sonne auf; die Mode, sich wie ein Spanferkel zu bräunen, fand sie reichlich sonderbar.

Die Hütten am Strand hatten Wände aus festem weißen Stoff, sie waren groß und luftig, mit Haken für Bademäntel und Fächern für Taschen.

»Wir haben Nummer dreiundzwanzig«, sagte Bruce. »Ihr könnt eure Sachen dort lassen, solange wir im Wasser sind.« Es gab darin Liegestühle und einen Kühlschrank. Bruce schenkte ihnen verstohlen Gin und Schweppes ein (»Was die an der Bar verlangen, ist der reinste Wucher«, flüsterte er), dann nahmen sie Platz und tranken.

»Schön ist es hier«, sagte Claire. »So erholsam.«

Plötzlich erschrak sie: Sie sah Locket in einem rot-weiß getupften Badeanzug ans Wasser laufen. Sie verfolgte ihren Weg zurück und entdeckte die Chens, die auf der Clubterrasse mit ein paar Leuten Cocktails tranken. Melody Chen sah mit ihrem breitkrempigen Strohhut und ihrer Sonnenbrille wie ein Filmstar aus.

»Entschuldigen Sie uns«, sagte Claire zu den Comstocks. »Ich muss rasch jemanden begrüßen.«

Sie ging mit Martin an den Tisch der Chens.

»Hallo«, sagte Victor Chen, als sie vor ihm stand. Er blinzelte. »Ach, das ist ja …« Er unterbrach sich. »Darf ich Ihnen Mr. und Mrs. Silva vorstellen«, fuhr er mit einer Geste in Richtung seiner Tischnachbarn fort. »Michael ist Hongkongs bester Geburtshelfer. Und das ist Dave Bradley von NBC. Er kommt aus den Vereinigten Staaten; er und Melody verstehen sich etwas zu gut für meinen Geschmack.« Er wandte sich den anderen zu. »Und das ist Lockets Klavierlehrerin.« Claire nickte lächelnd. Mrs. Chen stieß einen kleinen Schrei aus. »Locket!« Sie sprang auf und lief ans Wasser, wo Locket in einer riesigen Welle zu verschwinden drohte. Die anderen sahen ihr nach.

»Victor«, stellte Claire vor, »das ist mein Mann, Martin Pendleton.«

»Aber natürlich«, sagte Victor Chen.

»Freut mich, Sie kennenzulernen.« Martin lächelte unbehaglich.

Melody Chen hatte Locket ausgeschimpft und kam nun an den Tisch zurück. »Zu dumm, dass Dienstboten im Club keinen Zutritt haben. Das ist eine so unsinnige Vorschrift. Es ist wirklich mühsam, wenn Tai nicht dabei ist. Ich meine, Francesca.« Sie wandte sich vertraulich Mrs. Silva zu. »Hab ich dir schon das Neueste erzählt?« Die beiden begannen sich leise zu unterhalten. Claire konnte sich nicht entscheiden, ob sie sich an Martins Gespräch mit Victor Chen oder an dem seiner Frau mit ihrer Freundin beteiligen sollte.

»... mit Bruce Comstock hier ...«

»... österreichische Kristallfiguren, die meine Mutter mir geschenkt hat ...«

»... sehr guter Bankier ...«

»... alle probieren es jetzt mit jungen Chinesinnen vom Land, aber in der Küche sind die eine Katastrophe, sie haben keine Ahnungen vom Kochen, und ihre eigenen Gerichte sind ungenießbar, jede Kleinigkeit muss man ihnen erst beibringen ... Ich habe ihr natürlich einen anderen Namen gegeben, Francesca, weil ich demnächst nach Italien will ...«

Claire stand verloren da; es war einer jener Momente, in denen alle sich unterhalten, nur man selbst ist ausgeschlossen. Sie fühlte sich unbehaglich, so als hätte man sie vergessen.

»Ein schönes Kopftuch haben Sie«, sagte Mrs. Chen plötzlich zu ihr. »Ich habe ein ganz Ähnliches.« Ein befremdeter Ausdruck glitt über ihr Gesicht.

»Danke«, sagte Claire mit einer Kaltblütigkeit, die sie sich gar nicht zugetraut hatte. Das Tuch hatte sie völlig vergessen. Sie klopfte sich wie nebenbei leicht an den Kopf und kämpfte gegen die aufsteigende Panik an. »Vielen Dank.«

»Von Hermès?«, fragte Melody Chen. »Schöne Farben. Orange und braun sind meine Lieblingsfarben – Herbstfarben.«

»Nein, nein, das ist von hier. Ich habe es ganz billig bei einem Straßenhändler bekommen. Ich kann Ihnen sagen, wo genau, wenn Sie …«

»Es ist so hübsch wie ein echtes Hermès-Tuch«, unterbrach Melody Chen sie. »Hochgewachsene Frauen wie Sie können einfach alles tragen.« Sie trank von ihrem Martini.

»Hat mich gefreut, Sie zu sehen«, unterbrach Mr. Chen das eingetretene Schweigen.

In der Nacht konnte Claire nicht schlafen. Als Martins Atemzüge sich vertieften, stand sie auf und trat barfuß ans Fenster. Der lackierte Holzboden unter ihren Füßen war glatt und kühl und, da Yu Ling ihn jeden zweiten Tag wischte, makellos sauber. Ihr Körper war noch überhitzt vom Strand; ihre Arme und Beine fühlten sich an, als siedeten die Sonnenstrahlen noch unter ihrer Haut. Sie öffnete langsam das in den Angeln quietschende Fenster. Einzelne Lichtpunkte sagten ihr, dass auch andere keinen Schlaf fanden. Ein leichter Wind wehte die feuchte Nachtluft ins Zimmer und kühlte ihren Körper. In ihrem Kopf drehte sich alles. Seit ihrer Begegnung mit den Chens hatte sie sich auf nichts mehr konzentrieren können. Den Comstocks gegenüber hatte sie sich wohl ziemlich merkwürdig benommen, dem Blick nach zu schließen, den Minna ihrem Mann zuwarf, nachdem sie zum zweiten Mal ihr Glas umgestoßen hatte. Zu Martin hatte sie nichts gesagt; sie hätte gar nicht gewusst, was. »Darling, ich bestehle die Chens, und ich fürchte, sie sind mir auf die Schliche gekommen. Aber keine Sorge, ich tu's nicht wieder.« Er hätte sie für verrückt erklärt. Und vielleicht war sie das auch gewesen. Sie lehnte den Kopf an die kühle Scheibe. Sie glaubte nicht, dass Melody Chen zwei und zwei zusammengezählt hatte. Und ohne einen konkreten Beweis würde sie Claire doch nicht des Diebstahls bezichtigen? Sie blickte in die Dunkelheit hinaus und fragte sich, ob die Nacht zu Hause in England genauso aussah.

ZWEITER TEIL

9. Dezember 1941

Es ist Krieg. Früher hätte er es Autofahren genannt. Er bringt einen Laster voll Kabeltrommeln nach Causeway Bay, zusammen mit fünf oder sechs chinesischen Arbeitern, die hinten auf der Ladefläche kauern. Neben ihm sitzt Kevin Evers, der offenbar weiß, was mit den Kabeln geschehen soll oder welche Anweisungen den Arbeitern zu geben sind. Im Hauptquartier herrscht inzwischen das reine Chaos, ständig klingelt das Telefon, und das Radio quäkt ununterbrochen. Vor wenigen Stunden ist der Flughafen bombardiert worden, fünfundzwanzig Maschinen sind zerstört, und die Spannung steigt. Will soll die Trommeln abliefern und auf dem schnellsten Weg zurückkommen. Alles schnattert nervös durcheinander.

Wenigstens sind kaum noch Fahrzeuge auf den Straßen, nur Massen von Menschen. Eine Frau schlägt mit ihren kleinen Händen schreiend auf einen Mann ein, der einen großen Rupfensack auf dem Rücken trägt, doch er schüttelt sie ab und läuft davon. Die Plünderungen haben begonnen. Will kann es kaum glauben: Vor ein paar Tagen hat er noch im Smoking auf einer Party Champagner getrunken und sich mit Trudy und ihrer Clique bissige Witze erzählt.

In Causeway Bay findet er das Gebäude, an dem er die Kabeltrommeln abladen soll, und als sie gerade dabei sind, fangen die Sirenen wieder an zu heulen. Alle hasten ins Haus; man hört ein Pfeifen, dann die Detonation. Die Erde bebt. Evers atmet heftig. Sie rufen im Hauptquartier an und erhalten Anweisung, zu bleiben, wo sie sind, das Bombardement werde sich noch verstärken, sie sollen den Laster an einem geschützten Platz abstellen und eine Wohnung in der Montgomery Street aufsuchen. Mit einem Bleistiftstummel schreibt Will die Hausnummer auf einen ölverschmierten Zettel: hundertvierzig. Sie kommt ihm bekannt vor.

Dort angelangt, werden sie auf ihr Klingeln von einer verschreckten Amah eingelassen. Sie fördert einen zerknitterten Umschlag aus ihrem langen Hemd zutage. Er enthält einen kurzen, bewegenden Brief:

An den Leser dieser Zeilen:
Willkommen in unserem Zuhause. Wir hoffen, Sie können es sich in dieser schweren Zeit ein wenig gemütlich machen. Wir sind ein englisches Ehepaar, das vor sieben Jahren nach Hongkong gekommen ist. Wir finden es hier wunderschön und hoffen deshalb, dass dies nicht das letzte Kapitel ist. Wir sind weisungsgemäß ins Landesinnere gezogen und hoffen, unsere Wohnung wird Ihnen Schutz und Sicherheit bieten. Im Geiste dieser Kriegszeiten bitten wir Sie, unsere Amah zuvorkommend zu behandeln, das Mobiliar zu schonen und das Rauchen zu unterlassen.
Mit freundlichen Grüßen
Edna und George Weatherly

»Aaah«, macht Will plötzlich.

»Was ist?«, fragt Evers. Er zündet sich eine Zigarette an und gibt Will auch eine.

»Nichts.« Aber Will kennt die Weatherlys. Er war schon einmal auf einen Drink hier, kurz nach seiner Ankunft – bevor er Trudy kennengelernt hat, bevor alles begann, denn jemanden wie die Weatherlys würde sie ganz bestimmt nicht kennen. Es waren liebe, achtbare Leute, und Hongkong war ihr großes Abenteuer. Sie stammten aus einem Dorf in den Cotswolds und staunten noch immer wie Kinder darüber, wie groß die Welt war und dass es sie in den Fernen Osten verschlagen hatte. Will hatte sie einige Wochen nach seiner Ankunft kennengelernt, in einem kleinen englischen Geschäft in Causeway Bay, in dem er Tee gekauft hatte. Man war ins Gespräch gekommen, und sie hatten ihn zu sich eingeladen. Nette Leute. Seit er mit Trudy zusammen war, hatte er sie nicht mehr gesehen.

Sie werfen eine Münze, wer das Bett bekommt – Will muss auf dem Boden schlafen.

»Du könntest das Bett von der Alten nehmen«, sagt Evers mit einer Kopfbewegung zu dem kleinen Zimmer der Amah im hinteren Teil der Wohnung.

»Nein, nein, lass nur. Sie hat's auch so schon schwer genug, da muss ich sie nicht auch noch aus ihrem Zimmer vertreiben.«

»Hab's nur gut gemeint, Kumpel.« Evans zuckt die Schultern. »Meinst du, sie könnte uns was zu essen machen?«

Will kramt in seinem Rucksack. Trudy, noch so weit Chinesin, dass sie das Essen ungeheuer wichtig nimmt, hat ihm ein paar Konservendosen mitgegeben, obwohl er gemeint hatte, das sei nicht nötig. »Ich hab Cornedbeef und Karotten dabei.«

Die Amah ist froh, dass sie etwas zu tun hat. Sie kocht eine Tasse Reis mit dem Fleisch und dem Gemüse, und dann essen sie – die Amah nimmt ihre Schale mit in ihr Zimmer, die beiden Männer setzen sich in die Essecke. Im Radio bringt eine geisterhafte Stimme unter Knistern und Rauschen Kriegsnachrichten.

»Die Brücken an der Nordgrenze wurden gesprengt, um den Vormarsch japanischer Truppen zu stoppen …« Später wird jemand, der dort war, Will die unwirkliche Szene schildern: Die Briten brachten direkt vor den Augen der Japaner emsig ihre Sprengladungen an, während die Japaner ebenso emsig eine neue Brücke bauten, um nach der Zerstörung der alten den Fluss überqueren zu können. Beide Seiten ignorierten einander geflissentlich; weder stellten sie die Unausweichlichkeit dessen, was der andere tat, in Frage, noch versuchten sie, ihn daran zu hindern. »Das sagt doch alles«, meinte der Mann, ein Polizist. »Total verrückt.«

Die ganze Nacht bebt das Haus von den Bombeneinschlägen, wird es vom Feuerschein erhellt. Will hört Evers' schnelles Atmen; keiner der beiden schläft.

Am Morgen wäscht sich Evers gründlich.

»Wer weiß, wann ich wieder Gelegenheit dazu habe.« Er trocknet sich mit einem Handtuch der Weatherlys ab und wirft es dann in die Ecke. »Meinst du, das Frühstück ist im Anmarsch?«

»Denkst du eigentlich auch mal an was anderes als ans Essen?«

»Woran soll man sonst schon denken, Kumpel? In Zeiten wie diesen besinnt man sich wieder aufs Wesentliche – was man isst, wo man scheißt, wo man einen Platz zum Schlafen findet. So bleibt man bei Verstand.«

Sie rufen im Hauptquartier an, um zu hören, was als Nächstes zu tun ist. Niemand weiß es.

»Bleibt vorerst, wo ihr seid«, blafft eine Stimme. Dann hört man ein Klirren und laute Rufe. Die Verbindung bricht ab.

»Gut zu wissen, dass die dort die Lage im Griff haben«, sagt Evers.

»Wir sind Zivilisten. Die da oben werden schon wissen, was los ist.«

»Hoffen wir's.«

Sie beschließen, aus dem Haus zu gehen. Die Montgomery Street ist leer; sie ist mehr oder weniger eine Enklave im Ausland lebender Europäer, die nun in höher gelegene Gebiete oder nach China geflohen sind. Die wenigen Geschäfte – eine Bäckerei, eine Schusterwerkstatt – sind verschlossen; drinnen ist es dunkel. Die Schaufensterscheiben sind bereits rußig und voller Schmutz, den die Bomben hochgeschleudert haben, aber durch eines erspäht Will eine verrottende Eiertorte, deren gelb glänzende Oberfläche sich allmählich mit grünem Schimmel überzieht. Ein Insekt lässt sich darauf nieder und krabbelt mit tastenden Fühlern über den Schimmel. Plötzlich heult ein Flugzeug über die Häuser hinweg. Will zuckt unwillkürlich zusammen.

Als sie in die Wohnung zurückkommen, ist die Amah fort, ihr Zimmer so sauber, als hätte sie es nie benutzt.

»Hier können wir nur Däumchen drehen«, sagt Evers. »Ich finde, wir sollten versuchen, ins Hauptquartier zurückzukommen. Das Nichtstun hier macht mich noch wahnsinnig.«

Sie packen ihre Sachen zusammen und machen sich in der hereinbrechenden Dämmerung auf den Weg. Unrat häuft sich inzwischen an den Bordsteinen, und ein penetranter Gestank hängt in der Luft. Ein Auto taucht auf, beschleunigt und kommt näher; darin sitzt mit abgewandtem Blick ein Chinese. Der Laster kommt in Sicht. Die Türen stehen offen, stellt Will fest, und in diesem Moment hören sie das Heulen. Evers wirft den Kopf zurück, und Will sieht, wie er die erste Bombe fallen und keine fünfzehn Meter entfernt in ein Gebäude einschlagen sieht. Es geschieht wie in Zeitlupe. »Achtung!«, schreit Evers und wirft sich zu Boden. Will folgt ihm, und dann tut sich die Erde auf und sackt unter ihnen ab, ein gewaltiger Schlag trifft seinen Körper, in seinen Ohren gellt es, seine Augen brennen, und im nächsten Moment – im nächsten klaren Moment – kriechen sie auf den Laster zu, um dort Schutz zu suchen; etwas anderes ist nicht in der Nähe. In dem zunehmenden Chaos, das die Erde erschüttert, nimmt Will halb bewusst wahr, dass der Laster geplündert worden ist. Die Reifen sind weg, das Lenkrad fehlt. Evers schreit noch etwas – hier sei ziviles Gelände, wieso es bombardiert werde –, den Rest hört Will nicht mehr, denn er muss daran denken, dass die Reifen weg sind, dass man auf dem bebenden Grund kaum vorwärtskommen wird, und dann ist alles weiß.

15. Dezember 1941

Benommen und frierend wacht er auf. Ein riesiges gleißendes Licht scheint auf ihn herab. Die Laken liegen wie Eis um seine geschwollenen Glieder. Er hat Angst davor, seinen Körper anzusehen.

Dann die Erleichterung. Er ist nicht tot. Die Erinnerung kehrt zurück. Evers. Die Erinnerung schwindet wieder. Jeder Teil seines Körpers schmerzt so heftig, dass er das Gefühl hat, sein Kopf könnte jeden Moment platzen. Er hebt das Laken an. Sein linkes Knie ist auf den Umfang einer kleinen Melone angeschwollen. Unter dem Verband quillt das Fleisch hervor, violett, schwarz, fahl, entzündet.

Jane Lessig – er kennt sie von Partys – tritt an sein Bett. Sie ist weiß gekleidet, und in seinem umnebelten Zustand erscheint sie ihm wie ein Engel.

»Na?«, sagt sie. »Sie haben uns ganz schön Sorgen gemacht.«

»Wasser?«

»Im Moment noch kein Wasser für Sie. Anordnung des Arztes.«

So furchtbar hat er sich in seinem ganzen Leben noch nicht gefühlt.

»Es ist mir so peinlich«, sagt er.

»Was denn, um Himmels willen?« Sie sieht ihn fragend an und stellt das Kopfteil seines Bettes höher.

»Das war alles so schnell vorbei«, versucht er zu erklären. »Gar nicht wie Krieg.«

»Das ist doch Unsinn.«

Sie versteht offenbar nicht, was er meint. Er versucht es noch einmal.

»Evers?«

»Um den machen Sie sich mal keine Sorgen«, sagt sie und geht rasch davon.

Er driftet zwischen Wachsein und Bewusstlosigkeit hin und her.

Er sieht Trudy in einem weißen Kleid, wie eine Krankenschwester, wie eine Braut, wie in ein Leichentuch gehüllt. Sie tupft ihm die Stirn ab. Aber ihr Haar ist jetzt blond. Es ist nicht Trudy.

»Hören Sie zu«, flüstert die erstaunliche Jane Lessig. »Sie waren nicht bei den Freiwilligen. Sie sind ein Zivilist, der die Straße entlanggegangen und bei einem Bombeneinschlag von den Trümmern getroffen worden ist.« Sie will verhindern, dass er in ein Kriegsgefangenenlager kommt. Wer wohin kommt, ist noch unklar, aber Zivilisten, glaubt sie, werden besser dran sein als Soldaten. Er nickt. Er versteht, dann vergisst er es wieder. Sie sagt es ihm jeden Tag von Neuem, wie eine Beschwörungsformel, die ihn retten wird.

Jane Lessig bringt ihm eine Schale Pudding.

Als er aufsteht – das erste Mal –, um aus dem Fenster zu schauen, stellt er überrascht fest, dass er hinkt.

»Ich hinke!«, sagt er zu Jane Lessig.

»Allerdings«, erwidert sie. »Und wie schön.«

»Aber es geht mir schon viel besser. Ich denke, ich kann bald entlassen werden.«

»So, denken Sie?«, sagt sie spitz. »Das zu entscheiden überlassen wir besser den Ärzten.«

Doch er fühlt sich tatsächlich besser, und als Dr. Clark kommt, ist er fertig angezogen und bereit zum Aufbruch.

»Was soll ich hier denn noch?«, fragt er.

»Will«, sagt Dr. Clark, »da draußen sieht es inzwischen ziemlich anders aus. Kowloon wird belagert, und wir versuchen, hier so lange wie möglich die Stellung zu halten. Es hat enorm viele Opfer gegeben. Wissen Sie, wo Sie hinkönnen?«

»Zu Trudy?«

»Sie war jeden Tag hier, aber ich hab sie nicht reingelassen. Es hätte sie zu sehr aufgeregt – sie sind im Moment nicht gerade ein Ausbund an Schönheit. Ich soll Ihnen sagen, dass sie jetzt bei Angeline wohnt und später vorbeikommt.«

»Ah. Dann bleibe ich noch so lange hier.«

Der Arzt wirft ihm einen seltsamen Blick zu und nickt. Seine Untersuchung von Wills Knie ist beendet.

Trudy ist irgendwie verändert. Will weiß erst nicht, woran es liegt, aber dann sieht er es: Sie trägt keinen Lippenstift und keinen Schmuck, und ihre Kleidung ist grau in grau, bar jeglicher Farbe. Er spricht sie darauf an, als eine Art Aufhänger, um davon abzulenken, dass er verwundet im Krankenhaus liegt, dass die Welt sich im Krieg befindet. Es ist seltsam, Trudy gegenüber befangen zu sein. Er will nicht, dass sie ihn in diesem Zustand sieht.

»Ich möchte keinerlei Aufmerksamkeit erregen«, sagt sie. »Man geht da draußen wie auf Nadeln – jeden Moment kann man einem Japsen über den Weg laufen. Vater ist in Macao. Ich sollte mit, aber ich wollte nicht.« Sie tritt ans Fenster. »Er macht sich Sorgen um mich.« Sie senkt den Blick und fingert an ihrem Rock herum. »Wenn die Japaner siegen, werden sie unvorstellbar grausam sein.«

»Wie bist du hierhergekommen?«

»Angelines Chauffeur hat mich gefahren. Wir kampieren jetzt bei ihr auf dem Peak, dabei sollte der ganze Peak inzwischen evakuiert sein. Er sei zu exponiert, heißt es, aber bis jetzt hat man uns nicht entdeckt, und es ist ruhig da oben. Angeline hat ihre Hunde und den Hausboy, außerdem die Amahs und den Chauffeur, wir haben also einen gewissen Schutz.«

Die Oberschicht macht doch immer, was sie will, denkt Will unpassenderweise.

»Es ist nervenaufreibend, wie beim Pokern«, sagt Trudy. »Man weiß nie, ob man auf der Straße angehalten wird, und die Leute gehen aufeinander los. Der alte Enderby ist von ein paar Sikhs verprügelt worden, weil er sie angeblich komisch angeschaut hat. So ein lieber alter Mann.« Sie bricht ab. »Wie fühlst du dich? Da erzähle ich dir stundenlang, was da draußen los ist, dabei bist du so ...« Sie verstummt.

»Evers ist tot«, sagt er. »Du hast ihn nicht gekannt. Wir waren zusammen, als uns die Bombe erwischt hat.«

Trudy sieht ihn ausdruckslos an. »Stimmt«, sagt sie, »ich hab ihn nicht gekannt.«

»Ich will sämtliche Neuigkeiten hören. Hast du welche?«

»Angeline sagt, es sieht nicht sehr gut aus für uns. Offenbar haben wir die Japsen im Süden erwartet, vom Meer her, aber sie sind von Norden gekommen und waren im Nu durch unsere Verteidigungslinien durch. Es ist wirklich furchtbar da draußen.« Sie spricht abgehackt. »Auf dem Weg hierher hab ich ein totes Baby auf einem Schutthaufen gesehen. Schutt und Leichen, die sind überall, und die Leichen werden verbrannt – so muss es in der Hölle riechen, stelle ich mir vor. Ich hab gesehen, wie eine Frau mit Bambusstöcken geschlagen und an den Haaren weggeschleppt worden ist. Halb hat man sie gezerrt, halb ist sie gekrochen, und geschrien hat sie wie am Spieß. Die Haut hing ihr in Fetzen runter. Wir sollen Monatsbinden tragen, damit ... also ... wenn ein Soldat ... du weißt schon. Einheimische und Japaner plündern alles, was nicht niet- und nagelfest ist, sie stehlen und sind überhaupt unmöglich. In Kowloon sind sie inzwischen überall. Die laufen Amok. Wir überlegen, ob wir nicht besser in ein Hotel gehen sollen, da wären wir mehr im Zentrum des Geschehens. Wir könnten Leute treffen und kämen eher an Informationen. Das Gloucester ist bis unters Dach voll, aber meine alte Freundin Delia Ho hat ein Zimmer im Repulse Bay, das können wir haben, sagt sie, sie selbst geht nach China. Wir könnten uns das Zimmer mit Angeline teilen, meinst du nicht? Und im American Club sollen sie Feldbetten aufgestellt haben, da wohnen auch Leute. Die haben da wahrscheinlich jede Menge zu essen, das haben die Amerikaner ja immer. Jeder will unter Leuten sein.«

»Wahrscheinlich keine schlechte Idee«, sagt Will.

»Dommie meint, es ist nur eine Frage der Zeit, bis den Japanern die ganze Insel gehört, es ist also eigentlich egal, sagt er.«

»Das lässt hoffen. Immer optimistisch, der Mann.«

»Es ist ihm wohl wirklich egal.« Trudy lacht, ein schriller Laut. »Er wartet einfach ab, auf welche Seite er sich schlagen soll. Er lernt schon mal im Schnellverfahren Japanisch.«

»Du weißt, wie gefährlich das ist, was er da macht. Das ist nicht zum Lachen.«

»Ach, zum Kuckuck damit!« Trudy setzt sich neben Will. »Deine Verletzung hat dir anscheinend den Humor geraubt. Dommie ist ein Überlebenskünstler, genau wie du und ich, der kommt schon klar. Wann darfst du hier raus?«

»Bald wahrscheinlich. Sie können's kaum erwarten, mich loszuwerden. Andere sind wahrscheinlich viel schwerer verletzt.«

»Kannst du überhaupt laufen?«

»Ja, ja«, antwortet er knapp. »Keine Sorge.«

Dr. Clark entlässt ihn widerstrebend.

»Nur Trudy zuliebe«, sagt er, während er Wills Bauch und sein Knie frisch verbindet. »Normalerweise würde ich Sie auf keinen Fall gehen lassen. Aber ich weiß, sie wird sich um Sie kümmern.«

Trudy sitzt am Fußende des Bettes. »Und weil Sie ganz nebenbei auch zu wenig Betten haben«, gibt sie zurück. »Will nimmt hier nur kostbaren Platz weg. Ich bin ganz auf Ihrer Seite, Doktor. Ich war doch zwei Wochen lang Krankenschwester. Wissen Sie noch?«

Der Arzt lacht. »Natürlich. Wie könnte ich das vergessen?« Dann wird er wieder ernst. »Sie müssen die Verbände täglich wechseln, Trudy, und Sie müssen die Haut und die Wunden mit einer Wasserstoffperoxidlösung reinigen; die Schwester macht Ihnen welche zurecht. Auch wenn Will meint, er braucht das nicht: Es muss sein, täglich, ohne Ausnahme.«

Trudy nickt. »Ich werde ein Muster an Zuverlässigkeit und Tüchtigkeit sein«, sagt sie.

Bei Angeline angekommen, steckt sie ihn sofort ins Bett, obwohl er sich gut fühlt. Das Zimmer ist ein einziges Durcheinander: Aus einem Koffer quellen Trudys Kleider auf den Boden, ihre Toilettensachen liegen über die Fensterbretter, das Waschbecken im Bad und das Bett verstreut. Modellflugzeuge hängen an Schnüren von der Decke, und auf einem Schreibtisch stapeln sich Schuljungengeheimnisse.

»Wessen Zimmer ist das?«

»Das von Giles, meinem Patenkind«, sagt Angeline. »Kennst du ihn?«

»Ich bin ihm nie begegnet.«

»Er ist im Internat, und jetzt haben sie ihn erst mal zu Verwandten von Frederick nach England geschickt, bis sich alles wieder beruhigt hat.«

»Ah.« Staubpartikel tanzen in den Sonnenstreifen, die durch eines der Fenster fallen. »Ich bin kein Invalide«, sagt Will. »Ich könnte wahrscheinlich zu Fuß nach Central und zurück.«

»Sei nicht albern«, sagt Trudy. »Du musst dich noch schonen.«

Aber es geht ihm besser, das sieht sie, und bald wagen sie sich hinaus, gehen durch leere Straßen mit verschlossenen Ladenfronten, in denen Leute von hier nach dort huschen, den Blick auf den Boden geheftet.

»Es ist unglaublich viel geplündert worden«, sagt Trudy. »Und jetzt wird der Reis rationiert. Wirklich erstaunlich. In der Gloucester Road habe ich gesehen, wie die Polizei in die Luft geschossen hat, um eine Menschenmenge auseinanderzutreiben. Da hab ich mich gefragt, wo die Kugeln eigentlich landen. Wenn sie jemandem auf den Kopf fallen, kann er doch tot sein, oder?«

»Trudy Darling, du machst dir Gedanken über Dinge, auf die andere nie kommen würden.«

»Wahrscheinlich mit gutem Grund. Ich bin eben ein bisschen dumm, in jeder Hinsicht.«

Sie gehen weiter.

»Kommt einem gar nicht mehr vor wie unsere Stadt, nicht wahr?«

»So trostlos.«

Sie kehren untergehakt nach Hause zurück, wo Angeline weinend im Keller sitzt und die Amahs eine kleine Mahlzeit mit Reis, chinesischem Gemüse und etwas gepökeltem Schweinefleisch zubereitet haben. Sie essen, sie trinken dünnen Tee, und sie spüren die unsichtbaren Zwänge der Realität ringsum.

In den nächsten Tagen ist alles spartanisch geregelt, sie durchleben sie, als könnten es die letzten sein, unwirklich überhöht. Sie essen, um bei Kräften zu bleiben, sie hören im Radio die neuesten Nachrichten, sie holen in der Verteilungsstelle, was dort sporadisch und willkürlich ausgegeben wird. Mal gibt es Brot und Marmelade, mal Bananen, mal Taschenlampen. Sie nehmen mit, was sie bekommen können, den Rest besorgen sie sich auf dem Schwarzmarkt, denn Trudy und Angeline haben noch eine Menge Bargeld. Die Atmosphäre auf dem Schwarzmarkt in der Stadt ist gespannt, die Käufer regen sich über die Preise auf und schreien die Verkäufer an, von denen einige immerhin verlegen dreinschauen hinter ihren Tischen mit irgendwelchen Waren: Dosenfleisch, kleine Zuckertüten, Küchengeräte. Reis ist teuer wie nie, kostbar wie Gold. Ab und an bebt die Erde, und Feuerschein erhellt die Nacht. Sie sehen Leichenberge und daneben weinende Frauen. Dominick bringt Lebensmittel vorbei, die er irgendwo ergattert hat, und sie stellen ihm taktvollerweise keine Fragen. Er meint, sie sollten so lange wie möglich bei Angeline bleiben. Dass sie bisher nicht behelligt worden sind, sei ein gutes Zeichen. Einige andere Familien halten ebenfalls noch in ihren Häusern die Stellung. Will kann mit seiner Verletzung nicht weit laufen. Angelines Chauffeur treibt an den meisten Tagen eine Zeitung auf, und die Nachrichten sind schlimm: Die Japaner rücken unaufhaltsam und überraschend schnell vor.

»Nicht zu fassen, dass die Zeitung noch jeden Tag erscheint«, sagt Angeline. Sie hat sich tagelang nicht gewaschen und riecht allmählich etwas streng. Von ihrem Mann hat sie nichts gehört. Die letzte Nachricht kam vor einer Woche, als er mit den Freiwilligen auf dem Mount Nicholson gekämpft hat.

»Sollen wir ins Repulse Bay?«, fragt Trudy.

»Ich komme mir komisch vor, so untätig«, sagt Will. »Andere Männer kämpfen, und ich sitze hier herum.«

»Du bist doch verwundet, Dummkopf. Du wärst für die nur ein Klotz am Bein. Mich behinderst du auch, aber das nehm ich in Kauf, weil du einen warmen Körper hast, neben dem ich nachts schlafen kann. Manche würden da garantiert anders denken.«

Als sie am nächsten Tag aufwachen, sind die Dienstboten weg. Trudy ist nicht im Mindesten überrascht.

»Ein sauberer Abgang. Erstaunlich, dass uns die Hunde nicht auch verlassen haben.« Sie macht sich daran, das Geschirr zu spülen, das noch im Becken steht. Will erhebt sich, um ihr zu helfen. »Du bleibst sitzen«, kommandiert sie. »Sie sind länger geblieben, als ich gedacht hätte. Angeline zahlt zwar doppelt so viel wie üblich, aber sie behandelt ihr Personal miserabel.«

»Was ist eigentlich aus Ah Lok und Mei Sing geworden?«, fragt Will, der plötzlich an die beiden denken muss.

»Ich hab ihnen gesagt, sie sollen gehen, aber sie wollten nicht, da hab ich sie ausgesperrt, so lange, bis sie weg sind. Das Geheul und Gejammer kannst du dir vorstellen. Sie haben Verwandte, bei denen sie bestimmt besser aufgehoben sind.«

»Ihre Familie bist doch du, Trudy.«

»Nein, nicht wirklich. Und es ist gefährlicher für sie, wenn sie bei mir sind. In der Menge da draußen wird sie niemand behelligen. Ich bin's, die Aufmerksamkeit erregt, weil ich mich mit euch Ausländern herumtreibe.«

»Es war bestimmt bitter für dich, sie wegzuschicken.« Er nimmt ihre Hand.

Sie schüttelt ihn ab.

»Schon gut, Will. Werd jetzt bitte nicht sentimental, das könnte ich nicht ertragen.«

»Was für ein Tag ist heute?«, fragt er.

»Bald Weihnachten. Der Zwanzigste, glaube ich.« Sie schaut wehmütig drein. »Jetzt müssten überall Partys steigen.« Und dann: »Will.«

»Trudy.«

»Ich musste ein paar Sachen verstecken, aber ich möchte, dass du weißt, wo sie sind, für den Fall, dass mir etwas zustößt. Dann solltest du sie an dich nehmen.«

»Was ist es?«

»Ziemlich viel Geld, das mein Vater mir gegeben hat, bevor er nach Macao ist, und mein Schmuck. Das ist zusammen eine Menge wert… mehr als genug, um eine Ewigkeit davon zu leben.«

»Ich nehm's zur Kenntnis, aber ich brauche es nicht, wenn du das meinst. Was ich habe, genügt mir.«

»Ich habe ein Bankschließfach gemietet. Und ich habe deinen und Dominicks Namen angegeben – ihr habt beide Zugang dazu. Allerdings müsst ihr auch beide unterschreiben, es sei denn, einer von euch ist tot; ihr müsst euch also vertragen. Obwohl in Kriegszeiten wahrscheinlich alles anders ist. Der Schlüssel ist in meiner Wohnung, in dem Blumenkasten am Schlafzimmerfenster. Ich hab ihn reingeholt, es ist jetzt nur noch Erde drin. Er liegt ganz unten, du musst ihn ausgraben. Aber du kommst auch ohne Schlüssel an das Schließfach, es dauert nur länger. Die Formalitäten, du weißt schon.«

»Alles klar.«

»Du darfst das nicht vergessen«, sagt sie. »Auf keinen Fall.«

Angeline taucht im Morgenrock aus ihrem Zimmer auf, und sie eröffnen ihr, dass die Dienstboten weg sind. Sie lässt sich in einen Sessel fallen.

»Das versteh ich nicht«, sagt sie immer wieder. »Die waren doch jahrelang bei mir.« Aber schnell erwacht ihr Sinn fürs Praktische wieder. »Haben sie was mitgenommen?«

Daran haben Trudy und Will gar nicht gedacht. Sie gehen in die Speisekammer. Ihre rasch dahinschwindenden Vorräte – Reis, ein paar Kartoffeln und Zwiebeln, Mehl, Zucker, einige weiche Äpfel – sind unberührt.

»Dienstboten haben schlechte Karten«, sagt Will. »Sie sind immer die Letzten, bei denen man sich bedankt, und die Ersten, die man beschuldigt.«

»So ist das Leben«, sagt Angeline. »Es wundert mich, dass sie nichts genommen haben. Ich hätte es getan, ohne die geringsten Skrupel.«

»Trinken wir was«, sagt Trudy.

»Das ist das Vernünftigste, was du diese ganze Woche gesagt hast«, meint Will.

Er holt eine Flasche Scotch – dass ihnen in nächster Zeit der Alkohol ausgeht, ist nicht zu befürchten. Sie füllen die Gläser und schalten das Radio an. Der Sprecher verliest eine Botschaft von Churchill. »Die Augen der Welt sind auf euch gerichtet. Wir erwarten, dass ihr bis zum Schluss Widerstand leistet. Die Ehre des Empire liegt in eurer Hand.«

»Wir werden im Stich gelassen«, sagt Trudy. »Sie tun nichts, um uns zu helfen. Was erwarten Churchill und das gottverdammte britische Weltreich denn von uns?« Ihr Blick ist hart, aber Will sieht den Tränenfilm auf ihren Augen.

Täglich fallen Flugblätter vom Himmel, japanische Flugzeuge werfen in der ganzen Kolonie Propagandamaterial ab und fordern Chinesen und Inder auf, nicht zu kämpfen, sich mit den Japanern in einer »Großostasiatischen Wohlstandssphäre« zusammenzuschließen. Trudy und Will heben die Flugblätter auf und stapeln sie, und am Morgen des ersten Weihnachtstages kündigt Trudy ein Projekt an: Sie will eine Wand damit tapezieren. Im Morgenrock legen sie Weihnachtsplatten auf, machen sich Hot Toddys, verbrauchen in einem Anfall von wilder Weihnachtsschwelgerei das ganze Mehl für Pfannkuchen und kleben die Flugblätter im Wohnzimmer an die Wand – eine Dekoration voll bitterer Ironie. Auf einem der Flugblätter sitzt eine Chinesin auf dem Schoß eines fetten Engländers, und darunter steht laut Trudy auf Chinesisch so etwas wie: Jahrelang haben die Engländer eure Frauen vergewaltigt – jetzt ist Schluss damit!

»Hmmm … sind das nicht wir beide?«, fragt Trudy. Sie setzt sich auf Wills Schoß, schlingt die Arme um seinen Hals und klimpert mit den Wimpern. »Bitte, Sir, Sie zahlen Drink für mich?«

»Quatsch, das bin ich mit Frederick«, sagt Angeline. »Seht doch, wie dick der ist.« Zum ersten Mal seit Tagen spricht sie von ihrem Mann.

Auf einem anderen Flugblatt geben sich zwei Asiaten die Hand. »Japaner und Chinesen sind Brüder. Wehrt euch nicht, stellt euch auf unsere Seite!«, übersetzt Angeline.

»Nanking haben sie anscheinend schon vergessen«, sagt Trudy. »Da waren sie ja nicht so brüderlich.«

»Ich fühle mich so … unterdrückt«, wendet sich Angeline an Trudy. »Ich finde, wir sollten Will ausliefern, meinst du nicht, Darling?«

»Ich glaube, der da ist Dominick.« Will zeigt auf einen der Chinesen.

Trudy macht einen Schmollmund. »Mach darüber bitte keine Witze. Was glaubst du, warum wir so viel zu essen haben? Dommie sorgt für uns, und wie er das macht, das ist mir unter den gegebenen Umständen ziemlich egal.«

»Kapiert, aber nicht akzeptiert«, antwortet Will. »Warum sind diese verdammten Flugblätter so plump und hetzerisch?«

Sie hören ein Auto die Einfahrt heraufkommen und erstarren. Trudy läuft ans Fenster und hebt vorsichtig die Gardine.

»Es ist Dommie!«, ruft sie erleichtert und läuft zur Tür.

»Wenn man vom Teufel spricht ...«, sagt Will.

Dominick tritt ein und wickelt seinen dicken Schal ab.

»Frohe Weihnachten und so weiter«, sagt er, lässig noch mitten im Krieg.

»Dir auch«, erwidert Will.

»Ich hab was zu essen mitgebracht, für die richtige Festtagsstimmung.« Er schwenkt einen Korb, aus dem er die *South China Morning Post* hervorholt, eine Dose Blutente, einen Sack Reis, einen Laib Brot, zwei Gläser Erdbeermarmelade und ein Früchtebrot. Die Frauen klatschen in die Hände, glücklich wie Kinder. »Kannst du da was draus machen, Trudy?« Er lässt sich in einem Sessel nieder, Arme und Beine elegant von sich gestreckt, der Jäger, der Nahrung für seine Frauen herbeischafft.

»In der Küche bin ich ein hoffnungsloser Fall, das weißt du doch.« Trudy greift nach der Zeitung.

»›*Tag der Freude*‹«, liest sie vor. »Das ist die Überschrift. ›*Hongkong erlebt das seltsamste und schlichteste Weihnachtsfest seiner hundertjährigen Geschichte.*‹«

»Als ob es Hongkong vor den Engländern gar nicht gegeben hätte«, wirft Dominick ein.

»Ruhe, ich lese weiter«, sagt Trudy. »›*Die Stimmung wird gedämpft sein auf den bescheidenen Feiern heute … Ein erfreuliches Intermezzo gab es gestern Abend im Parisian Grill, kurz bevor das Restaurant schloss: Ein Freiwilliger, der noch einen Happen essen wollte, bevor er auf seinen Posten zurückkehrte, setzte sich ans Klavier und spielte einige beliebte Lieder, und die Anwesenden sangen begeistert mit.*‹« Sie blickt auf. »Da sind Leute im Grill, und ich bin nicht dabei? Was sagt man denn dazu! Ich sitze hier von der Welt abgeschnitten auf dem Peak, und andere gehen aus? Du auch, Dommie? Was fällt dir ein, mich nicht mitzunehmen?«

»Trudy. Frauen sollten im Moment besser nicht draußen sein. Ihr solltet euch zu Hause versteckt halten. Und jetzt flick meine Hose und mach uns was zu essen.«

Sie wirft ihm die Zeitung an den Kopf.

»Was gibt's für Neuigkeiten?«, fragt Will.

»Keine guten für die Engländer«, antwortet Dominick leichthin. »Sie sind zahlenmäßig und auch sonst in jeder Hinsicht unterlegen. Die Japaner sind einfach zu viele, und sie sind bestens ausgebildet. Sie sind bereits auf der Insel und wimmeln überall herum. In der Nacht vom Achtzehnten auf den Neunzehnten sind sie gelandet. Die Engländer sind auf Soldaten angewiesen, die keine Geländeausbildung haben und gar nicht wissen, was sie tun sollen. Die Befehlskette funktioniert nicht richtig. Und die Malaria greift um sich.«

Will stellt fest, dass Dominick die Worte »wir« und »uns« sorgsam vermeidet.

»Es steht nicht gut für uns, so wie sich das anhört.«

»Nein«, stimmt Dominick gleichmütig zu. »Es steht ganz und gar nicht gut für euch. Der Gouverneur, dieser Schwachkopf, hat mit einer absurden Proklamation britischer Überlegenheit ein Waffenstillstandsangebot abgelehnt. Er steckt den Kopf in den Sand. Ich erfahre so etwas von unserem Cousin Victor, der immer über alles Bescheid weiß. Er ist noch hier.«

»Möchtest du Pfannkuchen?«, unterbricht ihn Trudy.

»Nein, danke. Ich kann nicht lange bleiben.«

»Was treibst du denn so zur Zeit?«, fragt Angeline. »Außer uns zu versorgen, meine ich.«

»Ihr macht euch keine Vorstellung, was im Moment los ist«, antwortet er. »Ihr sitzt hier in eurem gemütlichen kleinen Bunker, aber da draußen ist es grauenvoll. Ich versuche einfach, den Überblick über die Lage zu behalten.« Sein Gesicht ist glatt und sanft, die Augen wie schwarze Kohlen. Will fragt sich, ob man einen Mann schön nennen darf.

»Wenn wir etwas von Kapitulation hören, gehen wir«, sagt

Will. »Hier oben auf dem Peak wird wahrscheinlich als Erstes geplündert.«

»Und auch wenn ihr irgendwelche Uniformen seht, macht schleunigst, dass ihr wegkommt.«

»Müssen wir sonst noch irgendwas beachten?«, fragt Angeline.

»Nein, eigentlich nicht. Geld habt ihr ja wohl. Wenn es ganz schlimm wird, ist man in einem Krankenhaus an sichersten. Wo die sind, wisst ihr ja. Die Mineralwasserfabrik in Kowloon drüben ist auch in einen behelfsmäßigen Bunker umfunktioniert worden. Aber dahin gelangt ihr nur über den Hafen. Bleibt besser auf dieser Seite. Bei den Japanern ist es üblich, dass sich die Soldaten nach einer gewonnenen Schlacht drei Tage lang austoben dürfen. Sie können dann machen, was sie wollen, und das ist natürlich die gefährlichste Zeit. Bleibt am besten immer im Haus.« Dominick sieht Will an. »Ach, übrigens, ich hab ein Weihnachtsgeschenk für dich.«

Er geht zum Wagen und kommt mit einem Spazierstock zurück. Es ist ein schönes Stück, poliertes Nussbaumholz mit Messingspitze.

»Ich hatte leider keine Zeit, ihn einzupacken. Aber ich dachte, du könntest ihn vielleicht gebrauchen.« Mit einem schiefen Lächeln überreicht er Will den Stock. »Hier, alter Junge.«

»Danke.« Will hängt ihn an die Armlehne seines Sessels.

»Und ich?«, fragt Trudy. »Für mich hast du nichts?«

»Der Stock war ein Zufallstreffer. Ich hab ihn auf dem Schwarzmarkt gesehen und hatte gerade genug Geld dafür bei mir. Hat nicht viel gekostet. Das Stockgeschäft scheint in Kriegszeiten nicht so gut zu laufen.«

»Komisch. Ich hätte gedacht, Stöcke wären da gerade gefragt, bei den vielen Krüppeln«, sagt Will.

»Sollte man meinen, ja.«

Trudy schaltet sich ein: »Der Arzt sagt, Will wird wieder wie neu, dann braucht er den Stock in ein paar Wochen nicht mehr, oder, Will? Dann nehmen wir ihn als Schürhaken.«

Nachdem Dominick gegangen ist, bleiben sie noch sitzen. Es ist, als wäre die Luft aus dem Raum gewichen. Der Abend kommt, und es wird kälter.

»Stellt das Grammophon an«, sagt Angeline. »Ich will Musik hören und tanzen und mich normal fühlen.«

»Und Drinks brauchen wir!«, ruft Trudy. »Es ist Weihnachten, da müssen wir doch was trinken.«

Sie holt neue Gläser, zündet Kerzen an und stellt Ente, Brot und Marmelade auf den Tisch. Es schmeckt köstlich, dieses Weihnachtsessen, und der Alkohol wärmt ihnen Wangen und Bauch.

Und so machen sie weiter, Trudy und Angeline tanzen, Weihnachtslieder erklingen, Will klatscht Beifall und füllt die Gläser nach. In der hereinbrechenden Dämmerung trinken und tanzen sie im kalten Wohnzimmer von Angelines prachtvollem altem Haus, die Gläser in der Hand, sie zechen, bis sie ziemlich betrunken sind, dann taumeln sie in ihre Zimmer und fallen aufs Bett. Trudy ist zärtlich, ihre Hände und ihr Mund wandern über Wills Körper, bis er das dumpfe Pochen in seinem Knie und das Kreisen der Decke vergisst. Es ist Weihnachten 1941, ein wehmütiger, melancholischer Tag, ein Schwebezustand, den er nie mehr vergessen wird.

Am Morgen klopft Angeline an ihre Tür. Will macht auf, schlaftrunken, im Mund ein Gefühl wie Stoff. Aus irgendeinem Grund ist ihre Hand mitten im Klopfen in der Luft erstarrt.

»Morgen«, sagt er. Sie sieht ihn an, bleich und verkatert.

»Fröhliche Weihnachten«, sagt sie. »Es ist vorbei. Ich hab's gerade im Radio gehört. Wir haben kapituliert.«

26. Dezember 1941

TRUDY FRAGT SICH VERZWEIFELT, wo Dominick ist. »Er wüsste, was wir tun sollen«, sagt sie immer wieder.

Will versucht sie zu beruhigen. »Wir bleiben einfach hier, bis es nicht mehr geht. Es wird schon alles in Ordnung kommen. Die Japaner können schließlich nicht England, Amerika, Holland und China besiegen. Es wird eben eine Weile dauern.«

Trudy hört nicht auf ihn. »Würde es dir was ausmachen, wenn ich in die Stadt gehe und ihn suche?«, fragt sie. »Oder vielleicht sollte ich sehen, ob ich Victor finde. Du bleibst besser hier.«

»Ich wär dir nur ein Klotz am Bein, ich weiß.« Er kann sie nicht beruhigen. »Aber wie willst du die beiden denn finden? Das ist unmöglich. Bleib hier und warte einfach ab. Alles wird gut, du wirst sehen.«

Sie wirbelt zu ihm herum; ihr Gesicht ist kaum wiederzuerkennen.

»Und bis dahin?« Sie spuckt die Worte förmlich aus. »Was schlägst du vor, was wir bis dahin tun sollen, während die Japaner über die ganze Stadt ausschwärmen und machen, was sie wollen, mit wem sie wollen? Die werden überall sein, wie dreckige kleine Ameisen. Was meinst du, was Amerika, Holland und das gute alte England dann tun werden? Kannst du mir etwa helfen? Mit deinem Bein? Wir müssen *dir* helfen.«

Er zögert einen Moment, dann fasst er sie mit einer Hand an der Schulter und schlägt ihr mit der anderen ins Gesicht. »Du musst dich beruhigen«, sagt er. »Du bist hysterisch.«

Sie sinkt weinend zu Boden.

»Will«, sagt sie zwischen ihren Fingern hindurch. »Ach, Will. Was sollen wir bloß tun?«

Er steht mit einiger Mühe auf und kniet neben ihr nieder.

»Trudy Darling«, sagt er, »ich kümmere mich schon um dich, auch mit diesem schrecklichen Hinkebein, ich schwör's dir.«

Später, nachdem er ein Bad für sie eingelassen und ihr einen Drink gebracht hat, klopft es an der Haustür. Die Frauen sind oben, und so macht er selbst auf, schaut aber vorher aus dem Fenster. Ein Mann mit sandfarbenem Haar steht draußen. Er ist in Uniform.

»Wer ist da?«, ruft Will.

»Bitte, Sir, ich bin Ned Young, aus Kanada. Von den Winnipeg Grenadiers.«

Will öffnet die Tür.

»Kommen Sie rein. Was ist passiert? Sind Sie allein? Was zum Teufel machen Sie hier draußen?«

»Ja, Sir, ich bin allein. Ich war in einem Kriegsgefangenentransport, aber ich konnte vom Laster springen. Ich bin einfach los und hab an Türen geklopft, die ungefährlich aussahen.«

Drinnen entpuppt sich der Mann als ein Junge, so jung, dass er noch Aknepickel im Gesicht hat. Seine Hose starrt vor Dreck, und er stinkt zum Himmel.

»Hatten Sie was zu essen?«

»Die letzten Tage nicht mehr, Sir.« Er ist ausgehungert und bleibt trotzdem höflich.

»Kommen Sie, setzen Sie sich hier ins Esszimmer. Ich bring Ihnen was.« Er stellt einen Teller mit Brot und Resten von der Ente auf den Tisch, macht ein Bier auf und schenkt auch ein Glas Wasser ein. Der Junge stürzt sich darauf und stopft sich das Essen nur so in den Mund.

»Es ist noch mehr da, keine Sorge«, sagt Will. »Sie werden schon satt werden.«

»Es war furchtbar da draußen«, sagt der Junge mit vollem

Mund. Er fängt an zu weinen. »Es war furchtbar. Wir waren in den Bergen, in Schützengräben.«

»Nicht sprechen. Essen Sie erst mal, und versuchen Sie sich zu beruhigen.«

Der Junge redet weiter, als hätte er nichts gehört. »Ich hab gesehen, wie meinem Kumpel die Gedärme rausgequollen sind. Er hat noch gelebt. Er hat mit mir geredet, und seine Gedärme waren draußen. Dann hab ich es gerochen, er hat gekocht, seine Gedärme haben gekocht, das hat gerochen wie Essen. Ich hab eine Frau mit abgerissenem Kopf gesehen, und ihr Kind hat neben ihr gesessen, nackt, die Scheiße ist ihm hinten runtergelaufen, und die Fliegen sind darum herumgesummt. Wir mussten es zurücklassen. Die haben uns das Kind nicht mitnehmen lassen. Ich hab so was noch nie gesehen. Vor vier Wochen waren wir noch in der Ausbildung in Jamaika, da haben wir Bananen gegessen. Die haben uns gesagt, wir würden hier in keine Kampfhandlungen verwickelt werden.« Er weint und weint, isst aber weiter. »Und ich hatte tagelang kein Wasser. Ich wollte nur noch sterben, aber ich bin von dem Laster gesprungen, weil ich gesehen hab, was die Japsen machen. Das sind keine Menschen. Was die den Leuten antun – das sind keine Menschen. Ich hab gesehen, wie sie einer Schwangeren ihr Baby aus dem Leib gerissen haben. Ich hab gesehen, wie sie Köpfe abgeschlagen und auf Zaunpfähle gesteckt haben.«

Angeline kommt herein.

»Was um Himmels willen …?«

Der Junge steht auf, immer noch weinend, immer noch essend.

»Hallo, Ma'am. Ich bin Ned, Ned Young, aus Winnipeg.«

»Aha.« Angeline setzt sich. Diesmal weiß Will ihre in Friedenszeiten so entnervende, zupackende Weltgewandtheit zu schätzen. »Wo kommen Sie her, Ned Young? Haben Sie Freiwillige gesehen?«

»Wir haben verloren. Wir haben kapituliert. Was anderes als Japsen hab ich nicht gesehen. Die sind hervorragend ausgerüstet. Die haben Bergstiefel und Gürtel mit Nahrungskonzentrat und Landkarten. Wir hatten so was alles nicht. Man hat uns Rum zum Frühstück gegeben. Vor ein paar Wochen hat man uns einfach hier abgesetzt und gesagt, wir hätten genug Zeit für die Ausbildung.«

»Was haben Sie in der Stadt gesehen?« Sie wollen Informationen. Er will Trost.

»Aufstände, und tote Menschen. Alles stinkt so furchtbar, dass man am liebsten selber sterben würde. Der Geruch ist überall, und die Leute haben Angst, aber die Halunken sind unterwegs, die plündern und legen Feuer. Die nutzen die Lage aus, bevor alles den Japsen in die Hände fällt.«

»Ruhen Sie sich doch erst mal aus.« Will begreift, dass sie von Ned nichts erfahren werden. »Nehmen Sie ein Bad und ruhen Sie sich aus. Oben ist ein Bett – wir wecken Sie, wenn was ist.«

Angeline führt ihn hinauf. Will verspürt das Bedürfnis, ins Freie zu gehen und Luft zu schnappen. Der Junge hat ein verstörendes Bild der Welt draußen mitgebracht.

»Ich geh raus«, sagt er. »Meinem Bein geht es besser, und ich muss wissen, was los ist. Es macht mich wahnsinnig, die ganze Zeit hier eingesperrt zu sein.«

»Gut«, sagt Angeline, »aber geh nicht zu weit. Trudy wird nach dir fragen, wenn sie aufwacht.«

Der Himmel ist noch blau, und man hört leises Vogelgezwitscher. Von vereinzelten Rauchwolken abgesehen ist es ruhig und schön hier oben in den sauber asphaltierten Straßen zwischen den gepflegten Hecken des Peak. Von einem eingezäunten Felsvorsprung aus schaut er auf Hongkong hinab. Die Stadt breitet sich vor ihm aus, der Hafen glitzert, der Himmel leuchtet. Es ist so still, dass er sich selbst atmen hört.

»Das ist so ein Moment …«, sagt er und merkt dann, dass er es laut ausgesprochen hat.

Als er zurückkommt, stehen Trudy und Angeline in der Küche und leeren die ganzen Scotch-Flaschen ins Spülbecken.

»Keine Sorge«, sagt Angeline, »wir haben uns vorher volllaufen lassen. Wir haben auch was für dich aufgehoben. Und für unseren neuen Freund, den kleinen Ned Young.«

»Schlimmer als ein Japse ist nur ein betrunkener Japse?«, fragt Will. »Hebt die Flaschen auf, vielleicht können wir sie noch gebrauchen.«

»Wir haben nachgedacht«, sagt Trudy, »und wir meinen, wir bleiben am besten erst mal hier, weil wir ja nicht wissen, ob es anderswo besser ist. Aber du und Ned, ihr solltet euch verstecken. Es ist ja nicht zu übersehen, dass ihr keine Chinesen seid. Es sei denn, wir brauchen euch, damit ihr uns rettet. Angeline und ich könnten uns als Hausmädchen ausgeben, vielleicht lassen sie uns dann in Ruhe.«

Will legt den Kopf schräg.

»Im Ernst? Das hat entschieden was Komisches, aber ich weiß nicht, ob es das Richtige ist.«

»Es klingt verrückt, ich weiß, aber wo sollen wir sonst hin? Was meinst du, was wir machen sollen?«

»Wir könnten in die Stadt fahren und sehen, was die anderen machen.«

»Aber dann wissen wir vielleicht nicht, wo wir schlafen sollen, und haben nichts zu essen.«

»Trotzdem«, sagt Will, »machen wir's so. Morgen früh fahren wir mit dem Auto nach Central runter und schauen, wie es dort aussieht, dann können wir immer noch hierher zurückkommen.

»Alle zusammen?«

»Ned bleibt besser hier, er hat eine harte Zeit hinter sich, aber du und Angeline, ihr könnt mitkommen, wenn ihr wollt.«

Am nächsten Morgen steigen sie ins Auto, auch Ned, der nicht allein zurückbleiben will. Er ist frisch gebadet und mit Sachen von Frederick absurd ausstaffiert: Das teure Hemd leuchtet unter seinem Kindergesicht, sein Rumpf schwimmt in einer Hose aus

Tropenstoff, die auf Fredericks nicht unbeträchtlichen Leibesumfang zugeschnitten ist und von einem Krokodilleder-Gürtel mehr schlecht als recht zusammengehalten wird.

Die Straße windet sich den Hügel hinab, und in der einen oder anderen Kurve geht der Blick auf Central und den Hafen hinab, die gespenstisch ähnlich aussehen, nur ohne Autos. In der Stadt angelangt, verstummen die vier und betrachten die leeren Häuser, die ausgestorbenen Straßen.

»Fahren wir zum Gloucester«, sagt Trudy. »Da ist bestimmt jemand.«

Sie parken und gehen die Connaught Road hinunter. Ned berührt Wills Hand und zeigt zur Seite. Zwischen zwei Gebäuden liegt die verkrümmte Leiche eines Mannes in blutverschmierten Kleidern. Sie gehen schweigend vorbei.

»Es ist so still«, flüstert Trudy.

»Nirgends Autos oder Leute«, sagt Will.

Aber im Gloucester drängen sich mehr Menschen, als sie je in der Lobby des eleganten Hotels gesehen haben. Sie schlafen auf Sofas oder auf dem Marmorboden; die Topfpflanzen stehen fein säuberlich an den Rand gerückt und bilden einen grünen Saum für dieses seltsame Flüchtlingslager. Pagen in Uniform eilen mit Kaffeetassen auf silbernen Tabletts hin und her und versuchen, die ungewöhnlichen Gäste nach besten Kräften zu bedienen.

»Da ist Delia Ho!«, ruft Trudy. »Ich dachte, sie ist längst in China. Und da sind Anson und Carol. Und Edwina Storch mit Mary. Alle sind sie da!«

Die Leute drängen sich um die Neuankömmlinge, wollen wissen, wo sie waren, was sie erlebt haben.

»Tut uns leid«, sagt Angeline. »Wir halten uns zu Hause versteckt.«

»Ganz ungestört?«, fragt ein Amerikaner.

»Mehr oder weniger«, antwortet Trudy. »Aber wir ernähren uns wie Hunde. Gibt's hier was zu essen?«

Viel ist leider nicht da; das Hotel tut jedoch sein Bestes, die

Gäste mit den letzten Vorräten aus dem Keller zu versorgen. Trudy nimmt Platz und teilt sich einen Reispudding mit Delia. Sie schiebt Will ein paar Löffel in den Mund, und als sie Ned in einer Ecke entdeckt, winkt sie ihn heran und gibt ihm auch etwas ab.

»Der Kaffee ist grauenvoll«, sagt sie. »Die machen den jetzt mit Brunnenwasser.«

»Was gibt's Neues?«, wendet sich Will an Dick Gubbins, einen amerikanischen Geschäftsmann, der vor Kriegsausbruch immer bestens informiert war.

»Ich war die ganze Zeit im American Club und bin hierhergekommen, um selbst etwas zu erfahren. Die feiern jetzt ihren Sieg und wüten in der ganzen Stadt. Mitzy, die Alte von dem Antiquitätenladen in der Carnarvon Road, ist von einem betrunkenen Soldaten erstochen worden, wegen nichts und wieder nichts, nur weil sie ihm nicht schnell genug ihre Geldtasche gegeben hat oder was auch immer.« Er senkt die Stimme. »Und was im Krankenhaus passiert ist, wissen Sie ja.«

»Nein.«

»Grauenhaft. Manchmal sind sie wie Tiere. Die Nonnen haben sie vergewaltigt, die anderen Krankenschwestern auch, die Ärzte haben sie mit dem Bajonett aufgeschlitzt, als sie den Frauen helfen wollten. Medizinisches Personal dürfen sie natürlich nicht anrühren, aber sagen Sie das mal einem blutdürstigen Mob. Drew McNamara ist dort und versucht, die Bescherung zu beseitigen und dafür zu sorgen, dass die Täter zur Verantwortung gezogen werden. Aber im Moment ist alles ein einziges Chaos. Laut Haager Landkriegsordnung muss die Polizei in der Lage sein, die Ordnung aufrechtzuerhalten, die alte Hongkong-Polizei, aber von denen hab ich nicht viel gesehen. Das ist der nackte Wahnsinn da draußen, kann ich Ihnen sagen. Die Japaner lassen ein paar von den britischen Polizisten vor ihrem Konsulat Wache stehen. Von Ironie haben die anscheinend noch nichts gehört.

Chinesen und Inder dürfen sich frei bewegen. Trudys Cousin,

dieser Victor Chen, agiert als Verbindungsmann und versucht Gewalt und Plünderungen einzudämmen; er macht das recht gut. Die neutralen Europäer dürften keine Probleme haben, aber das ist eine heikle Sache. Die Japaner schwärmen nicht nur über die Bordelle in Wanchai aus, sie lassen sich auch Prostituierte ins Haus kommen. Das dämpft ihren Tatendrang hoffentlich ein bisschen. Wenn sie betrunken sind oder durchdrehen, schwingen sie ihre Schwerter, und wenn sie jemandem dabei den Kopf abschlagen, kümmert sie das nicht. Wer ihnen auf der Straße über den Weg läuft, dem nehmen sie Geld, Uhren und Schmuck ab. Am Neunundzwanzigsten soll eine Siegesparade stattfinden.«

»Weiß man, was sie mit uns vorhaben?«

»Nein. Aber wenn Sie eine Möglichkeit haben, nach China zu kommen, tun Sie's. Ich versuche im Moment, eine Passage für mich und ein paar von meinen Leuten zu organisieren.«

»Trudy will nicht weg, ich weiß nicht, warum.«

»Sie sollten auch weg, Mann. Das hier ist nichts für Sie. Also, viel Glück – wenn das alles vorbei ist, trinken wir was zusammen, ja? Rufen Sie mich an, wenn Sie mal nach New York kommen.« Sie schütteln sich die Hand, und Gubbins geht davon, gefolgt von einer fast greifbaren Wolke amerikanischer Prosperität und Selbstgewissheit.

Trudy kommt heran.

»Erinnerst du dich an Sophie Biggs und ihren Mann? Wir sind ihnen auf Manleys Party begegnet«, sagt sie. »Ihr Mann kennt ein paar Japaner, deshalb hat er auf der Straße japanische Soldaten angesprochen, aber die fanden das respektlos und haben ihm ins Knie geschossen. Da hat er noch Glück gehabt, sagt Sophie. Es geht ihm nicht gut, die Krankenhäuser sind bombardiert worden und können sich nur notdürftig um die schwersten Fälle kümmern. Delia sagt, demnächst werden Kontrollstellen eingerichtet, dann kommen wir ohne Passierschein nirgends mehr hin. Sollen wir nach Hause fahren und unsere Sachen holen? Sollen wir auf dem Peak bleiben, oder wieder hierherfahren? Es ist viel geselliger hier unten in der Stadt. Da oben dreh ich allmählich durch.«

»Es wäre schon schön, in die Stadt zu ziehen, aber hier ist kein Platz. Wieso sollten wir auf dem Boden schlafen, wenn wir zu Hause tadellose Betten haben? Wir müssen unsere Kräfte schonen – wer weiß, was noch kommt.«

»Du meinst also, wir bleiben besser bei Angeline?«

»Ich weiß einfach nicht, wo wir in der Stadt hin sollten. Hier bleibe ich jedenfalls nicht.« Er zeigt auf die Lobby. »Da kann jeden Moment ein Aufruhr ausbrechen. Das wird übel, und zwar nicht wegen der Japaner.«

»So zynisch? Ist das nicht mein Part?« Aber sie ist einverstanden. »Komisch, nicht wahr?«, fragt sie. »Es ist Krieg, aber bisher warten wir eigentlich nur darauf, dass etwas passiert.«

»Hoffentlich passiert nichts, Trudy. Hoffentlich bleibt alles so langweilig und ereignislos.«

»Du weißt schon, wie ich's meine. Wir sitzen nur zu Hause herum und schauen uns an. Sieht so ein Krieg aus? Ich frage mich, was Vivian Leigh in diesem Moment macht.«

Er gibt ihr einen Klaps auf den Po. »Die schläft tief und fest.«

Edwina Storch gesellt sich mit Mary, ihrer Lebensgefährtin, zu ihnen.

»Wie geht es Ihnen, meine Liebe?«, wendet sie sich an Trudy.

»Gut, Darling. Und Ihnen?«

»Wir können uns nicht beklagen. Wir versuchen nur herauszufinden, wie die neue Ordnung funktioniert und wie wir uns verhalten sollen.«

»Das ist wie Treibsand, nicht wahr?«, sagt Trudy.

»Aber Sie sind ja eine Überlebenskünstlerin.« Ein seltsamer Unterton schwingt in Edwinas Stimme mit.

Trudy schweigt einen Moment.

»Genau wie Sie«, sagt sie dann. »Wenn das alles vorbei ist, stoßen wir mit Champagner auf uns an.«

»Das hoffe ich doch. Sind Sie noch in Ihrer Wohnung?«

»Nein, bei Angeline. Keine Ahnung, ob das so günstig ist, aber da bleiben wir vorerst.«

»Na, machen Sie's gut. Wir sehen uns bestimmt bald wieder.«

»Das hoffe ich doch.« Als die beiden Frauen gegangen sind, schneidet Trudy eine Grimasse und streckt die Zunge heraus.

Sie holen Ned und Angeline, Trudy küsst alle ringsum, sie halten an einem neu entstandenen Markt und kaufen zu horrenden Preisen Reis, *choi sam* und Rambutanfrüchte, dann fahren sie vorsichtig nach Hause, meiden die Hauptstraßen und kommen sich vor wie eine seltsame, soeben verwaiste Familie.

An Silvester fällt der Strom aus. Will versucht auf kurzen, hektischen Fahrten in die Stadt an Informationen und Lebensmittel zu gelangen und dabei den Japanern aus dem Weg zu gehen. Meist mit Erfolg, nur einmal, als er mit Ned unterwegs ist und mit einem Sack Reis, Melonenkernen und einigen Dosen Cornedbeef voll Stolz auf den erfolgreichen Beutezug nach Hause fährt, taucht plötzlich ein japanischer Soldat vor ihnen auf und stoppt sie. Will rutscht das Herz in die Hose.

»Sag nichts«, warnt er Ned. Sie müssen den Kofferraum öffnen. Der Soldat sieht den Reis an, er sieht sie an und bedeutet ihnen mit seinem Gewehr auszusteigen. Sie müssen ihre Taschen leeren und ihre Armbanduhren abnehmen.

»Amerikaner?«, fragt er.

»Engländer.«

Der Mann lacht. Er ist Anfang zwanzig und hat ein breites, kindliches Gesicht.

»Wir siegen!« Er schiebt seinen Ärmel hoch, und an seinem bleichen Arm kommen fünf Armbanduhren zum Vorschein.

Nachdem der Soldat ihnen Geld, Uhren, Reis und Fleisch abgenommen hat, steigen Will und Ned schweigend wieder ein und fahren nach Hause. Sie haben Glück gehabt, finden sie.

Und an Silvester, als Will aufwacht und Licht machen will, ist der Strom weg. Das Telefon funktioniert nur noch sporadisch.

Trudy unterbricht das Schweigen, das auf diese Mitteilungen folgt. »Wer braucht schon den ganzen Kram?«, sagt sie. »Der macht nur Arbeit. Außerdem sieht man bei Kerzenlicht sowieso besser aus.« Sie schweigt einen Moment. »Ich finde, wir sollten eine Party geben«, fährt sie dann fort. »Eine richtig tolle Party, zu der wir alle einladen, die sonst noch hier auf dem Peak ausharren. Ich seh mal nach, was wir da haben, und dann kann jeder noch was mitbringen.«

Die Millers wohnen in derselben Straße – eine sechsköpfige amerikanische Familie, feine Leute mit sechs oder sieben Bediensteten: zwei oder drei Amahs, dem Baby einer Amah, einem Koch, einem Boy und einem Gärtner. Von Zeit zu Zeit schauen sie vorbei, um mit anderen Leuten zu sprechen und Neuigkeiten auszutauschen. Trudy geht mit Will zu ihnen und lädt sie ein. Sie besteht darauf, dass alle kommen, auch die Dienstboten und das Baby.

»Sie können sich ja in der Küche aufhalten und einfach ein bisschen dabeisein. Sie werden sie nicht allein hier lassen wollen – dann sind sie vielleicht nicht mehr da, wenn Sie zurückkommen!«

Die Millers sagen etwas verwirrt zu; sie wollen mitbringen, was immer sie erübrigen können, und auch anderen Bescheid sagen.

Auf dem Nachhauseweg fragt Trudy: »Kennst du eigentlich die Geschichte von dem Dorf mit der Suppe?«

»Nein«, sagt Will. »Was für ein Dorf?«

»Der Dorfvorsteher wollte mal ein großes Fest geben, mit einer Suppe für alle, zu der jeder etwas beisteuern sollte – Fleisch oder Gemüse oder sonst was Gutes. Aber alle dachten, die anderen würden schon genug mitbringen, und haben selbst nur einen Stein mitgenommen. Das würde schon niemand merken, haben sie geglaubt. Und so kam es tragischerweise, wie es kommen musste: Die Suppe hat nach nichts geschmeckt.« Sie hält inne. »Ich weiß gar nicht, warum ich dir das jetzt erzähle. Die Leute in dem Dorf waren bestimmt keine Chinesen, sonst hätten sie mehr Achtung vor dem Essen gehabt.«

»Hast du Angst, die Millers könnten Steine zu unserer Party mitbringen?«

»Nein, du Dummkopf. Ich habe Angst, die Leute sind nicht ehrlich.«

Aber natürlich wird die Party ein Riesenerfolg. Obwohl von Abendgarderobe nicht die Rede war, kommen alle in ihrem besten Staat – ein letztes Zugeständnis an die ihnen vertraute Welt.

Sie versammeln sich in Angelines Haus wie Motten ums Licht und bringen aus geheimen Kellern zutage geförderte, erstaunliche Köstlichkeiten mit: eine Kiste Champagner (»Warum nicht?«, sagt der Spender. »Ich dachte, jetzt oder nie – später badet womöglich ein Japse drin«), fünf frisch geschlachtete Hühner, Sardinen, einen kleinen Sack Reis, Brunnenkresse, Käse, Bananen. Und da man immer noch in Hongkong ist, haben die Gäste auch ihre Dienstboten mitgebracht, um das Essen von ihnen zubereiten und servieren zu lassen.

»Ein richtiges Festmahl.« Trudy betrachtet die Speisen.

»Die sprichwörtlichen Tische, die sich biegen«, sagt Will.

»So weit würde ich nun wieder nicht gehen, Darling.« Sie küsst ihn auf die Wange. »Es ist wie Ferien, findest du nicht? Du musst nicht zur Arbeit, und ich muss nicht so tun, als wüsste ich etwas mit meiner Zeit anzufangen. Erlaubt ist, was gefällt.«

Ned Young, der sich inzwischen ein wenig wohler in seiner Haut fühlt, nimmt Will beiseite. »Diese Trudy«, sagt er, »die ist was ganz Besonderes. Wo haben Sie die her? So eine wie die hab ich noch nie kennengelernt.«

Männer im Smoking und Frauen in Abendkleidern räkeln sich in den Sesseln oder auf dem Boden, trinken Bier aus den sonderbarsten Gefäßen – Marmeladengläsern, Konservendosen – und essen Cracker und Sardinen. Da keine Musik spielt, erbieten sich ein paar Leute, selbst zu singen und Klavier zu spielen. Das Instrument ist schrecklich verstimmt, aber die Musik tut gut, und die Stimmen klingen schön.

Kurz vor Mitternacht versammeln sich alle um die größte Kerze im Wohnzimmer und fangen an, rückwärts zu zählen.

»Zehn, neun«, beginnen sie, da unterbricht Trudy sie. »Wollen wir das nicht ein bisschen in die Länge ziehen?«, fragt sie. »Zählen wir von fünfzig abwärts. Oder haben wir irgendwas Besseres vor?« Die Gäste sind einverstanden und fangen noch einmal von vorn an.

»Fünfzig, neunundvierzig, achtundvierzig ...« Und dann geschieht etwas Merkwürdiges. Zwischen vierunddreißig und dreiunddreißig verändert sich die Stimmung plötzlich, und es ist, als zählten sie zu einem ersehnten Endpunkt hin. Sie skandieren die Zahlen, ihre Stimmen gewinnen an Kraft und Entschlossenheit, und als sie die Zwanziger, die Zehner und dann die einstelligen Zahlen erreichen, werden sie lauter und kühner, und nach »fünf, vier, drei, zwei ... eins« brechen alle in Jubelrufe aus und fallen sich um den Hals, und einen Moment lang kommt es ihnen vor, als wäre etwas gerettet worden. Frauen wischen sich die Tränen fort, Männer klopfen einander auf den Rücken.

»Gutes neues Jahr, mein Schatz«, sagt Trudy und küsst Will. »Möge dies das schlimmste Silvester sein, das wir je erleben werden.«

Sie erhebt ihr Glas zu den anderen hin. »Es wird Zeit«, sagt sie, »das Silber zu vergraben und die Bettwäsche in Sicherheit zu bringen. Irgendwann ist das alles vorbei, wir wissen nur nicht, wann.«

In den frühen Morgenstunden brechen die ersten Gäste auf, andere bleiben, auf die vielen Sofas und Sessel verteilt, noch da. Auch sie wollen nach Hause, wagen sich aber nicht hinaus. Trudy kümmert sich um sie, bringt ihnen Wasser und redet ihnen gut zu, bis sie schließlich Mut fassen und sich aufraffen, die Wirkungen des Alkohols abschütteln und in die Nacht hinaustaumeln, ein Auge immer am Himmel, falls feindliche Flugzeuge auftauchen.

4. Januar 1942

Am vierten Tag des neuen Jahres kommt Trudy mit einem Flugblatt in der Hand ins Zimmer.

»Jetzt treiben sie die Leute zusammen«, verkündet sie und liest vor: »›Seit der japanischen Besetzung Hongkongs am ersten Weihnachtstag durften sich feindliche Ausländer praktisch in allen städtischen Bezirken der Kolonie frei bewegen‹ – wie großzügig von ihnen! Dann kommt was von Generälen und Anordnungen des Militärs, und dann steht da ›Alle feindlichen Zivilisten‹ – das klingt ja, als seist du richtig gefährlich, Will – ›alle feindlichen Zivilisten haben sich am fünften Januar auf dem Murray Parade Ground einzufinden.‹ Ihr dürft persönliche Dinge mitnehmen; was mit euren Wohnungen passiert, darum müsst ihr euch selbst kümmern. Feinde sind Briten, Amerikaner, Niederländer, Panamaer und wer sonst noch so unfreundlich war, mit unseren Eroberern Krieg zu führen.« Sie blickt auf. »Ich komme wohl ungeschoren davon.«

»So?«

»Na, ich falle doch unter keine dieser Kategorien. Und meinen englischen Pass habe ich gut versteckt, von dem braucht niemand was zu wissen. Meine Abneigung gegen Origami wird mich wohl nicht gerade zum Kriegsgegner der Japaner machen. Aber du wirst hin müssen, Will, oder hast du andere Pläne?« Sie runzelt die Stirn. »Willst du nach China? Ein paar Leute organisieren zurzeit eine Schiffspassage.«

»Nein, ich glaube, es ist besser, wenn ich in Hongkong bleibe.

Sie werden die Sache auf nachvollziehbare Weise handhaben müssen. Wenn sie uns zusammentreiben, müssen sie uns registrieren und unsere Regierungen informieren, nehme ich an.« Er zuckt die Schultern. »Aber wir müssen entscheiden, was mit Ned geschehen soll.«

Bei einem frugalen Mahl aus Reis und gesalzenem Kohl beschließen sie, Neds kanadische Nationalität unter den Tisch fallen zu lassen und ihn als Engländer zu melden.

»Sag einfach, du hast deinen Pass verloren – ein Feuer bei einem Bombenangriff oder etwas in der Art«, schlägt Trudy vor. »Dein Akzent ist allerdings ein Problem. Ob die Japaner so was merken?«

»Ich könnte mich ja als Amerikaner ausgeben«, sagt Ned ernst.

»Aber wir kennen keine Amerikaner, die dich unter ihre Fittiche nehmen könnten. Du bleibst besser mit Will zusammen und hältst den Mund.«

Trudy erklärt noch einmal, dass sie sich nicht melden wird.

»Angeline, du könntest mit Will und Ned gehen, Frederick ist ja Engländer. Dann wirst du auch als Engländerin registriert. Deine Heiratsurkunde hast du doch irgendwo, oder? Ich komme hier schon ohne euch zurecht. So viele Freunde der Familie haben angeboten, mich bei sich aufzunehmen, ich bin also nicht allein.« Trudy streichelt Wills Arm.

»Ich glaube, ich bleibe auch hier, was meint ihr?«, fragt Angeline.

»Kannst du nicht so tun, als wärst du Regierungsbeamter, und einfach nicht hingehen?«, wendet sich Trudy an Will. »Kolonialbedienstete sind von dem Erlass nicht betroffen.«

»Darling«, antwortet Will, »so etwas lässt sich doch nachprüfen. Wenn ich lüge und sie kommen mir drauf, macht das alles nur schlimmer.«

»Aber wenn du hingehst, lassen sie dich bestimmt nicht mehr hierher zurück. Sie werden ja nicht deinen Namen aufschreiben und dich dann mit einem Schulterklopfen wieder wegschicken?«

»Realistisch wäre, dass sie uns als Gruppe zusammenfassen. Dann werden wir wohl eine Zeit lang so eine Art Gemeinschaftsleben führen, bis sie wissen, was sie mit uns anstellen sollen. Ich habe von einem Massenaustausch von Staatsangehörigen der beteiligten Länder gehört; vielleicht tauschen sie uns gegen Japaner aus, die in anderen Ländern leben. Bis sie das geregelt haben, könnte es aber ziemlich lange dauern, deshalb brauchen wir unbedingt einen Plan, wie wir in Kontakt bleiben können.«

Nach dem Essen gehen Will und Trudy zum Packen nach oben.

»Was brauchst du? Eine Zahnbürste.« Sie gibt ihm eine neue. »Zahnpulver. Das mal auf jeden Fall. Einen Kamm. Ich kann dich schließlich nicht verstrubbelt dort herumlaufen lassen. Andererseits darfst du auch nicht zu gut aussehen, sonst bringst du dich und die ganzen Damen in Schwierigkeiten.«

»Kommst du mit?« Die Frage hat er ihr schon den ganzen Vormittag stellen wollen. Der Gedanke, sie zurücklassen zu müssen, nimmt ihm den Atem. Seit Monaten ist er täglich mit ihr zusammen, war nie mehr als ein paar Stunden ohne den Duft ihrer Haut, ihres Haars. Andere Frauen erscheinen ihm inzwischen geradezu absurd – zu dick, zu laut, zu schwerfällig. Einmal, nicht lange nach seiner Ankunft in Hongkong, hatten er und Simonds an ihren Schreibtischen gesessen und fasziniert – wie das Alltägliche eben faszinieren kann – zugeschaut, wie Miss Tai, die Sekretärin, Wasser kochte und in eine Thermoskanne füllte. Miss Tai war dünn und trug eine Nickelbrille, und ihre Schultern, die sie Tag für Tag mit derselben grauen Strickjacke bedeckte, waren so schmal, dass sie zerbrechlich wie Vogelknochen wirkten. Ihr Haar war kurz geschnitten und glänzte oft fettig. Simonds hatte Will angesehen – das war noch vor Trudy gewesen – und gesagt: »Ich versteh nicht, wie man chinesische Frauen attraktiv finden kann. Die haben doch überhaupt kein Sexappeal, so spindeldürr, wie die sind.« Will wünscht sich, Simonds wäre Trudy einmal begegnet, hätte sehen können, was für ein verführerisches Persönchen sie war. Simonds hatte sich zwar ein wenig umorientiert, nachdem Will auf der Party Trudy kennengelernt hatte, dann aber nach wie vor erklärt, er sei auf der Suche nach einer drallen jungen Engländerin, mit der er eine Familie gründen könne. Wahrscheinlich hat er sie inzwischen gefunden. Aber ihm, Will, wäre seine englische Liebste wahrscheinlich zu rosig und zu üppig gegen Trudys gertenschlanke Figur.

Sie hält inne, als er ihr die Frage stellt, aber nur einen Moment, dann packt sie weiter. »Warum in aller Welt sollte ich mich einsperren lassen, wenn ich nicht muss?«

»Man weißt nicht, was hier noch passiert. Da drin bekommt man wenigstens ein Bett und dreimal täglich eine anständige Mahlzeit.« Er bringt es nicht über sich, sie einfach zu bitten, sie möge mitkommen. Stattdessen stellt er das Ganze wie einen billigen Urlaub dar.

Als Trudy mit seiner Tasche fertig ist, beginnt sie einen Koffer für sich selbst zu packen.

»Ich riskier's lieber hier draußen«, sagt sie. »Man weiß ja nicht, wie es in den Lagern wird. Die Japsen können brutal sein. Und für dich ist es gut, wenn du draußen jemanden hast. Ich komme dann und bring dir Pakete und Nachrichten. Im Lusitano Club nehmen sie alle Portugiesen auf, auch Mischlinge wie mich; die Schlafgelegenheiten sind da ganz passabel. Notfalls geh ich da hin. Außerdem kümmert sich Dommie um mich.«

»Wir könnten heiraten«, sagt Will. »Ich sorge besser für dich.«

Sie blickt auf. Ihre bewusst ausdruckslose Miene erschreckt ihn.

»Man weiß nicht, was hier draußen noch passiert«, sagt er noch einmal. »Wir wären dann wenigstens zusammen.«

Sie fährt fort, mit schnellen, sicheren Bewegungen ihre Pullover zu falten.

»Weißt du, wie die Chinesen über die Engländer denken?«, fragt sie nach einem Augenblick, als hätte er nichts von Bedeutung geäußert.

»Nein, aber ich hoffe, Dominick ist nicht repräsentativ dafür.«

Trudy lacht.

»Na ja, ein bisschen schon, aber da steckt mehr dahinter. Urteile nicht so hart über ihn. Er hat seine Gründe. Viele Chinesen finden die Engländer grob und arrogant. Sie bilden sich so viel auf ihre Kultur ein, dabei ist unsere viel älter und reicher. Und sie sind fürchterlich geizig. Ich hab noch nie erlebt, dass ein Engländer im Restaurant die Rechnung übernimmt – noch der ärmste Chinese würde sich schämen, jemand anderen zahlen zu lassen, wenn es seine Einladung ist. Komisch, findest du nicht? Da ist mir unsere Art wesentlich lieber. Wir Chinesen sind nicht dumm. Wir wissen, dass die meisten Engländer hier ein Leben führen, das sie sich im eigenen Land nie leisten könnten. Aber hier leben sie wie die Könige, weil sie mit ihrem Geld nun mal sehr viel mehr chinesische Arbeitskraft bezahlen können als wir mit unserem Geld. Sie sehen sich hier als die Herren und uns als ihre Leibeigenen. Das ändert aber nichts daran, dass sie zu Hause niemals so üppig leben könnten wie hier. Sie leben von geborgtem Geld, mit einer angenommenen Identität. Aber du bist nicht sehr englisch, Will. Du bist ausgesprochen großzügig und sehr gütig und bescheiden. Ich bin so froh, dass du nicht so bist wie die meisten deiner Landsleute.«

»Ach was. Wir sollten jetzt nicht über solche Dinge reden. Das ist doch ein besonderer Moment.«

»Ich weiß, ich weiß«, sagt sie ungeduldig, als hätte er nicht begriffen. »Ich wollte damit nur sagen, dass es vielen Einheimischen im Grunde egal ist, was aus den Briten wird. Aber die Japaner sind ihnen auch ziemlich egal. Jeder will nur ungestört sein Leben leben, ein bisschen Geld verdienen, ein bisschen geliebt werden, mit vollem Magen sterben. Mehr nicht.«

Es dauert immer eine Weile, bis er Trudys Argumente ganz begriffen hat, weil sie so unerwartet kommen, wie aus Kindermund, und jedes Mal wird ihm dann wieder bewusst, wie klug sie ist. Und wie praktisch sie denkt. Er schaut ihr zu, wie sie ein Abendkleid und nach kurzem Zögern eine dazu passende Stola einpackt.

»Hast du meine silbernen Abendschuhe irgendwo gesehen?«, fragt sie.

»Ich wusste gar nicht, dass du silberne Abendschuhe hast.« Er fragt sie nicht, warum sie in Kriegszeiten Abendkleidung zu brauchen glaubt.

»Ich schaue immer nach vorn«, sagt Trudy plötzlich. »Nie zurück. Ich hasse Fotos, Tagebücher, Zeitungsausschnitte. Wozu braucht man die? Wie man Tagebuch führen kann, ist mir ein Rätsel – grauenhaft finde ich so was.« Ihre Heftigkeit überrascht ihn.

»Ich habe auf meinen Reisen immer ein Reisetagebuch geführt.«

»Das ist was anderes, finde ich, mehr wie ein Reisebericht.«

»Ich schreibe jedenfalls über meine Eindrücke. Und über die Menschen, denen ich begegne.«

»Hoffentlich komme ich nicht in deinem Tagebuch vor.«

»Du wärst enttäuscht«, sagt er nach kurzem Schweigen.

»Die Menschen können wirklich abscheulich sein, findest du nicht?«, sagt sie. »Wenn wir irgendwann nicht mehr zusammen sind, denk bitte nicht voll Hass an mich. Denk freundlich an mich, oder vergiss mich. Ich versuche das jedenfalls immer. Denk freundlich und fälle kein Urteil. Und behalte die ganze Situation im Auge.«

»Was soll denn das, um Himmels willen? Mach nicht solche absurden Gedankensprünge.« Er fühlt sich, als hätte sie ihm einen Schlag in den Magen versetzt. Er kann nicht einfach darüber hinweggehen, er kann aber auch nicht sagen, verlass mich nicht.

»Wenn du mich liebst, weißt du genau, wer ich bin.«

»Trudy, das bist doch nicht du. Das bist nicht du.«

»Und du bist nicht dumm, mein Schatz.« Sie gibt ihm seine Tasche. »Hier, alles bereit für das große Abenteuer.«

Auf dem Paradeplatz sieht er zu seinem Leidwesen, dass andere ihren gesamten Besitz mitgenommen zu haben scheinen, in riesigen, zum Bersten vollen, mit Stricken verschnürten Koffern. Ein Spaßvogel hat seine Golfschläger dabei. Manche sitzen auf ihrem Gepäck und trinken mit verlorenem Blick aus Thermosflaschen. Seltsamerweise sind auch Chinesen da. Sie kauern im Schatten, ihre Habseligkeiten in rosa und roten Bündeln über der Schulter.

Will hat Geld eingesteckt und ein paar goldene Ringe und Armreife, die Trudy ihm aufgedrängt hat. Er hat ihre Worte noch im Ohr: »Gold ist gut, das wird immer gern genommen.« Er selbst hat nur die kleine Tasche mit dem Nötigsten, die sie für ihn gepackt hat. Ned hat ein paar von Fredericks viel zu großen Kleidern dabei, die Angeline ihm gegeben hat – der junge Kanadier hat in beiden Frauen mütterliche Instinkte geweckt.

Trudy hat gerade lange genug angehalten, um sie aussteigen zu lassen und Will einen flüchtigen Kuss zu geben, dann ist sie schnell davongefahren. Man konnte es kaum einen Abschied nennen. Will bleibt einen Moment stehen. Neben ihm tritt Ned unbehaglich von einem Fuß auf den anderen, und so nimmt er seine Tasche, ein wenig verlegen, weil der junge Mann Zeuge dieses unterkühlten Abschieds geworden ist. Er entdeckt die Trotters, die Arbogasts. Er geht zu Hugh Trotter, stellt ihm Ned vor und erklärt ihm dessen Situation.

»Es sieht ziemlich übel aus«, sagt Hugh, unbekümmert um die Nöte des jungen Mannes. »Drüben am Ufer verbrennen sie irgendwelche Papiere, hab ich gehört, damit sie nicht in falsche Hände gelangen.«

»Ja«, sagt Will. »Es sieht überhaupt nicht gut aus.«

»Vor zwei Tagen ist eine Militärregierung für die chinesischen Zivilisten eingesetzt worden – Zivilabteilung der japanischen Armee nennen sie's –, und sie versuchen, die Ordnung wiederherzustellen: Gas, Wasser, Strom, alles soll wieder reibungslos funktionieren. Die Leute sollen wieder in Bewegung kommen, ihre Läden aufmachen, zur Arbeit gehen. Nur wir natürlich nicht. Wir sind jetzt feindliche Gefangene.«

»Warum sind dann Chinesen hier?« Wills Blick wandert zu

den Einheimischen hinüber. »Die können doch nicht alle Bewohner der Kolonie registrieren.«

»Nein, das ist ein Missverständnis. Die Japaner wussten nicht, dass sich die Chinesen in Hongkong als britische Staatsangehörige betrachten, aber genau deswegen sind viele Chinesen hierhergekommen. Im Moment ist anscheinend völlig unklar, was mit ihnen geschehen soll. Man will wahrscheinlich nur die *gweilos* hier haben, um es mal so direkt zu sagen. Die Chinesen werden wohl heute wieder nach Hause gehen.«

Will sieht ein paar spielende Kinder. Was machen sie hier? Sie hätten schon vor Monaten fortgeschickt werden sollen. Hugh folgt seinem Blick.

»Ja, die Kinder... Verdammte Idioten, die Eltern«, sagt er. »Nichts als Rührseligkeit. Wollten sich nicht von der Familie trennen, haben sie nicht in Sicherheit gebracht. Reine Vogel-Strauß-Politik. Hoffentlich sind die Verhältnisse halbwegs.«

»Ja, wollen's hoffen.«

»Haben Sie gehört, dass Millicent Potter vor Schreck erblindet ist?«

»Nein.«

»Ihr Sohn ist von einem Granatsplitter getroffen worden und in ihren Armen gestorben, und plötzlich konnte sie nichts mehr sehen, sagt ihr Mann. Es wechselt offenbar, aber das geht jetzt schon eine ganze Weile so.«

»Schrecklich.«

»Und Trudy?«, fragt Hugh. »Sie ist von der ganzen Sache nicht betroffen, nehme ich an.«

»Nein, sie ist ja Portugiesin und Chinesin, das ist im Moment beides günstig.«

»Gut, wenn man draußen jemanden hat. Sie kann Ihnen Nachrichten bringen und Sachen, die Sie brauchen. Für uns tun das erst mal unsere Amah und unser Boy. Ich hab ihnen mehr Geld gegeben, als sie je wieder zu Gesicht bekommen werden, ich hoffe also, sie brennen nicht damit durch. Was kann man sonst schon tun?«, fragt er mit einem frostigen Lächeln. »Der blanke Hohn ist das.«

Reggie Arbogast tritt zu ihnen.

»Es sieht böse aus im Moment. Sie siegen auf den Philippinen und in ganz Malaya und Burma.

Ein japanischer Soldat kommt angeritten.

»Aufstellen!«, ruft er. »Eine Reihe. Keine Chinesen.«

Die Leute zögern, bilden eine amorphe Masse – wie eine aufgestörte Qualle, wenn man sie aus der Vogelperspektive sehen würde, denkt Will.

»Eine Reihe! Keine Chinesen!«, ruft der Soldat wieder, noch lauter diesmal. Er reitet in kurzem Galopp hin und her und schwingt sein Schwert. Die Asiaten in der Menge stehen auf und begeben sich an den Rand des Platzes, eine langsame Trennung der Rassen.

»Der treibt uns hier wie Vieh zusammen«, sagt Hugh zu Will.

Will schaut an sich hinab. Er hat eine Hose aus robustem Baumwollstoff an, zwei Hemden, einen Pullover und ein Jackett. Plötzlich wird ihm bewusst, dass er die Sachen womöglich sehr lange am Leib tragen wird. Zum Glück hat er einen schweren Gürtel dabei. Das dicke Leder und das Metall, denkt er, wird er gut gebrauchen können.

Der Soldat macht kehrt und verschwindet. Die Menge schweigt. Eine Frau setzt sich auf ihren Koffer und fängt an zu weinen. »Kopf hoch!«, sagt ihr Mann. »Das ist erst der Anfang.«

Sie werden nach Nationalitäten aufgeteilt und müssen sich dann im Gänsemarsch in Bewegung setzen. Die Amerikaner entfernen sich, zusammen mit Niederländern und Belgiern. Die Briten müssen bis zum Schluss ausharren. Gegen sie scheinen die Japaner besonders große Vorbehalte zu hegen.

Sie laufen stundenlang durch kaum wiederzuerkennende Straßen. Vor rußgeschwärzten Gebäuden brennen Schutthaufen, und in der Luft hängt ein penetranter Geruch nach verwesenden Leichen und menschlichen Exkrementen. Mütter und Kinder marschieren mit, Babys weinen. Am Straßenrand stehen Einheimische und sehen sich schweigend das ungewohnte Schauspiel an: Menschen aus dem Westen, die von Asiaten abgeführt werden. Einige spucken vor ihnen aus, aber die meisten schauen nur. Will sieht Erleichterung in ihren Mienen, Erleichterung darüber, dass nicht sie die Opfer sind, für dieses Mal zumindest. Einige ältere Gesichter verraten auch Mitleid. Ein Mann in dem Zug stimmt mutig »Hail Britannia« an, doch sein Gesang verebbt unter dem strengen Blick eines Soldaten, der seinen Schritt verlangsamt und sich drohend vor dem Mann aufbaut. Dann herrscht wieder Stille, unterbrochen nur vom Geräusch der Schritte und dem Keuchen der Besiegten.

Sie werden ins Nam Ping Hotel getrieben, das in jüngster Vergangenheit offensichtlich als Bordell benutzt worden ist. Die Lobby ist schäbig und verschmutzt, von den Wänden blättert rote Farbe ab, auf Schildern leuchten grell goldene chinesische Schriftzeichen.

Als Erstes werden sie angewiesen, Uhren und Schmuck abzulegen und in einen großen Sack zu tun. Dann schwenkt ein japanischer Soldat sein Gewehr zur Treppe hin: Sie sollen hinaufgehen.

Die Räume sind winzig, und es kommt zu hässlichen Szenen, wenn Einzelne vorstürmen, um sich einen Platz zu sichern. Bald zeigt sich jedoch, dass sie noch so schnell sein können – sie müssen sich zu viert oder fünft in ein Zimmer zwängen. Die Gipswände sind so alt und feucht, dass sie Blasen werfen, und von der Decke rieselt bei der geringsten Erschütterung der Putz. Eisenbetten stehen in den Räumen, mit hauchdünnen Matratzen und *mintois* – den chinesischen Steppdecken –, auf denen große kupferfarbene Flecke zu sehen sind. Durch die plötzliche Invasion aufgeschreckt, flitzen riesige Kakerlaken umher, und die Böden sind unangenehm feucht. Es ist ein einziges Chaos. Die Leute verlangen nach Toilettenpapier, Handtüchern, sauberem Wasser –

noch wissen sie nicht, dass niemand da ist, der sie damit versorgen könnte. Manche scheinen noch immer nicht zu begreifen, dass die Tage der Amahs und Chauffeure vorbei sind. Die Toiletten sind nach kürzester Zeit verstopft, und in den Fluren hängt ein unsäglicher Geruch. Will und Hugh stellen Reinigungstrupps zusammen. Manche weigern sich mitzumachen oder treten nicht an. Den anderen sagt Will, sie sollten sich nicht grämen, es werde in nächster Zeit reichlich Arbeit geben, jeder müsse mit anpacken. Die Japaner greifen nicht ein. Einige sehen sich das Durcheinander belustigt an, andere nehmen es gar nicht wahr, sie legen die Füße auf den Tisch und lassen sich von chinesischen Kindern Bier oder Tintenfisch holen.

Am ersten Abend gibt es nichts zu essen, und sie gehen hungrig zu Bett. Die Zimmer sind vom Weinen der Kinder und den schweren Atemzügen ihrer Eltern erfüllt. Will schiebt die Hände in die Achselhöhlen, er hört Ned neben sich schnarchen – ein seltsam abgehacktes, bellendes Geräusch – und fragt sich, was Trudy wohl macht.

Er sondiert die Lage. Nicht Zahnpasta, sondern Nahrungsmittel. Nahrungsmittel sind der Luxus. Am Abend verteilen die Japaner wässrigen Reis. Die angeschlagenen Schalen und die Löffel reichen nicht für alle. In braunem Wasser schwimmen verdorbenes Fleisch und fauliges Gemüse. Am ersten Abend weigern sich einige Frauen, davon zu essen, am nächsten zögert niemand mehr. Es finden sich Chinesen, die bereit sind, für die Münzen, die ihnen vom Balkon aus zugeworfen werden, etwas zu essen zu holen. Das ist jedoch eine unsichere Sache, denn einige verschwinden mit dem Geld und lassen sich nicht wieder blicken. Wer das Glück hat, dass ihm seine Amah oder sein Boy gefolgt ist, wirft ebenfalls Geld hinunter und bekommt im Gegenzug Fisch und Gemüse heraufgeworfen.

Für das Hotel ist ein Leutnant namens Ueki zuständig, ein schnurrbärtiger kleiner Mann mit einer Nickelbrille. Seine Miene verrät nichts, stellt Will fest, als er dazu ausersehen wird, mit ihm über Unterbringung und Verpflegung zu verhandeln. Es ist ein seltsames Gespräch, angespannt und übermäßig höflich.

Ueki hat das Büro des Hoteldirektors hinter der Empfangstheke mit Beschlag belegt und sitzt an einem Metallschreibtisch, vor sich eine geöffnete Whiskyflasche und einen randvollen Aschenbecher mit einer brennenden Zigarette. Rauchschwaden hängen unbeweglich im Raum, obwohl sich der Deckenventilator dreht.

Will verbeugt sich, weil ihm das opportun scheint. Ueki neigt leicht den Kopf.

»Es gibt da einige Punkte, die ich Ihnen zur Kenntnis bringen möchte«, beginnt Will.

»Reden Sie.«

»Die Toiletten müssen sauber gemacht werden, und wir brauchen einiges dafür. Können Sie uns Klobürsten und Scheuerpulver zur Verfügung stellen? Eine Saugglocke wäre auch hilfreich.«

»Ich will sehen, was ich machen kann.«

»Mrs. Aitken ist im achten Monat schwanger und fühlt sich denkbar unwohl. Ließe sich ein Bett für sie allein finden? Im Moment teilt sie sich eines mit zwei anderen. Alle schlafen zu zweit oder zu dritt in einem Bett.«

Ausgenommen der dicke Botschaftsrat aus Australien, aber das steht auf einem anderen Blatt.

»Gut.«

Ueki winkt ab, und Will weiß nicht, ob das ein Ja oder ein Nein ist.

»Und das Essen …« Will zögert.

»Ja?«

»Das Essen ist unzureichend.«

Der kleine Leutnant mustert Will.

»Zigarette?« Er hält ihm ein silbernes Etui hin, wahrscheinlich frisch geplündert bei Freunden von Trudy.

Will nimmt eine Zigarette und beugt sich vor, damit Ueki sie anzünden kann.

»Wissen Sie, wo ich habe Englisch gelernt?«

»Nein, aber Sie sprechen es sehr gut.« Ich biedere mich nicht an, sagt sich Will, ich bin nicht unterwürfig, nur ehrlich.

»Englischer Missionar kam nach Japan, gab mir drei Jahre Unterricht.«

»Es gibt eine Menge Missionare, die dort draußen viel Gutes tun.« Will kommt sich idiotisch vor.

»Er war guter Mann. Für ihn ich werde versuchen, Ihnen zu helfen.«

Will bedankt sich und bleibt noch einen Moment sitzen, ehe er begreift, dass er entlassen ist. Er steht auf und bedankt sich noch einmal.

Nichts ändert sich nach dem Gespräch.

An diesem seltsamen Ort, in diesem einstigen Bordell tragen die Gefangenen Informationen zusammen und erzählen einander, was sie in letzter Zeit erlebt haben. Da sie nichts anderes haben als Zeit, kommen sie zusammen, tauschen Berichte aus und versuchen, eine zusammenhängende Geschichte der chaotischen Tage vor der Kapitulation zu rekonstruieren.

Regina Arbogast, eine Dame der Gesellschaft mit fein geschnittenen Zügen – sie ist in einer Rikscha auf dem Paradeplatz erschienen, mit sieben Koffern, von denen ihre Dienstboten sechs wieder mitnehmen mussten –, sprudelt über von Gräuelgeschichten, die nicht sie, sondern Freunde von Freunden von Bekannten erlebt haben. Sie hat zu allem eine Meinung und ist voll gerechter Empörung.

»Die Chinesen sind im Grunde die Hauptleidtragenden. Ohne eine richtige Regierung, die sie schützt, sind sie hilflos. Sie haben so lange unter unserem Schutz gestanden, dass sie jetzt nicht wissen, was sie tun sollen. Die Mädchen sind samt und sonders vergewaltigt worden. An die Engländerinnen wagen die Japaner sich nicht heran. Sie wissen, dass sich das Blatt irgendwann wenden wird.«

Regina war bei ihrer Freundin May Gibbons untergekommen, und sie hatten dort auf recht großem Fuß gelebt, bis eines Tages chinesische Gangster eindrangen, sie fesselten und das Haus plünderten. Sie redet ununterbrochen von dem Schmuck, den sie verloren hat, und davon, wie unersetzlich er war. Ihr Mann, ein erfolgreicher Importeur und Geschäftsmann, hört sich das erstaunlich lange an, dann explodiert er.

»Um Himmels willen, Regina, halt endlich den Mund, und gönn uns ein bisschen Ruhe. Ich kauf dir in China neuen Schmuck, wenn alles vorbei ist.«

Sie sieht ihren Mann böse an und flüstert ihrer Freundin Patricia Watson zu, wie mitgenommen sie sei und dass Reginald sich einfach unmöglich benehme. Patricia lächelt selbstzufrieden. Sie hat ihre Wertsachen noch, durch reinen Zufall: Sie hatte sie im Hotel vor sich auf den Boden gelegt, die Japaner hatten es abgelehnt, sich zu bücken, um sie aufzuheben, und sich nicht damit aufgehalten, Patricia selbst dazu aufzufordern.

Eine junge Frau namens Mary Cox erzählt, japanische Soldaten hätten ihren Mann mitgenommen und ihn gezwungen, die Straße von Leichenteilen zu säubern, nachdem sie Tote dort entlanggezerrt hatten. Die Leichen mussten weg, bevor sie das Trinkwasser verunreinigen und Krankheiten ausbrechen konnten. Er kam mit blutgetränkten Kleidern zurück, verwesende Fleischfetzen klebten daran, er weinte und ließ sich erschöpft aufs Sofa fallen. Am nächsten Morgen war er verschwunden, und Mary hat ihn seitdem nicht mehr gesehen. Sie hat einen zweijährigen Sohn namens Tobias, der ihr überallhin folgt, eine Hand irgendwo an seiner Mutter, in der anderen einen Spielzeugflieger. Seit Weihnachten hat er nicht mehr gesprochen, sagt sie. Ein Mann mit sorgenvoll ausgemergeltem Gesicht erzählt, er sei mit seiner Frau durch die Carnarvon Street gegangen, da seien Soldaten aufgetaucht und hätten sie gepackt. Ihn hätten sie mit ihren Waffen bedroht, seine Frau hätten sie weggeschleppt. Er hat sie auch nicht wiedergesehen. »Dabei dachte ich immer«, sagt er, »die Japaner seien ein so friedfertiges, heiteres Volk mit ihren Kirschblütenmalereien und ihrer kunstvollen Teezeremonie. Wie können sie nur so grausam sein?«

»Soldaten sind nicht repräsentativ für das ganze Volk«, sagt Hugh. »Und der Krieg macht uns alle irgendwie zu Tieren.«

»Wie können Sie so etwas sagen?«, ruft Regina Arbogast. »Von denen ist einer so grausam wie der andere, wenn Sie mich fragen. Ein britischer Soldat würde sich nie so benehmen wie diese Bestien.«

»Sie haben natürlich recht, meine Liebe.« Damit beendet Hugh das Gespräch.

Am nächsten Tag kommt Mickey Wallace in die Lobby, wo einige der Gefangenen teilnahmslos herumsitzen. Er blutet aus den Ohren, und seine Augen schwellen bereits blau zu. Er war auf dem Dach gewesen und hatte hinuntergeschaut, als einige Japaner ihn entdeckten. Sie stürmten hinauf und prügelten ihn grün und blau – niemand hat auf die Japaner herabzuschauen, das dürfen nur sie selbst. Dass bei den meist kleiner gewachsenen Japanern der Standort ihres Gegenübers und insbesondere dessen Körpergröße eine so große Rolle spielen, ist allen Gefangenen noch viele Jahre nach dem Krieg tief ins Bewusstsein eingebrannt: Ganz automatisch achten sie darauf, wer wo steht, um nur ja keinen Japaner zu überragen.

Sie nehmen sich in Acht vor der Willkür und Grausamkeit der Japaner. Ein betrunkener, wegen seiner Verluste im Glücksspiel in Wut geratener Soldat schlägt im Vorübergehen ein kleines Kind. Dem Jungen wird das Nasenbein gebrochen, und er verliert drei Zähne. Ein höherrangiger Japaner führt ihn und seine Mutter weg, und man sieht die beiden nie wieder. Beseitigung von Beweismaterial. Als Will die Treppe hinaufgeht, fällt sein Blick aus dem Fenster in die Gasse zwischen dem Hotel und dem Nachbargebäude. Er sieht eine zugedeckte Leiche und einen hellen Haarschopf, kann von oben aber nicht erkennen, wer es ist. Als er hinuntergeht, ist die Leiche weg. Er fragt sich einen Moment, ob er sich alles nur eingebildet hat, aber er weiß, dass es nicht so ist. An einem anderen Tag kommt Trotter zu ihm und sagt leise: »Ich glaube, ich verliere den Verstand. Ich hab auf dem Balkon eine Zigarette geraucht und hätte schwören können, dass in einer Gasse zwischen den Häusern zwei Männer jemandem den Kopf abgeschlagen haben.« Seine Stimme zittert, aber seine Miene bleibt ruhig. »Ich hab das Blut spritzen sehen, und der Mann ist zusammengesackt; seine Hände waren auf dem Rücken gefesselt. Ich hätte schwören können, ich hab's gesehen.« Wie soll man das ertragen? »Ich bin dann wieder rein. Wollte nicht zuschauen, wie die Leiche weggeschafft wird.« Wie soll man da bei Verstand bleiben?

Zum allgemeinen großen Übel kommen kleinere hinzu. Eine Mückenplage – es sind die größten Mücken, die Will je gesehen hat –, verursacht durch verstopfte Abflussrohre. Will ist mit dicken, rot entzündeten Stichen übersät. Wenn er die Mücken totschlägt, spritzt das Blut der zahlreichen Opfer, an denen sie sich gelabt haben, nach allen Seiten. In den dünnen Matratzen nistet sich Ungeziefer ein, das sie vergeblich zu bekämpfen suchen, indem sie die eisernen Beine der Betten in Schalen mit Kampferwasser stellen. Rüsselkäfer im Reis. Stinkendes warmes Wasser – sie müssen sich die Nase zuhalten, um es trinken zu können. Als Folge davon Durchfall, bis sie ein paar Konservendosen auftreiben und das Wasser abkochen. Verbrannte Zungen, weil sie es trinken, kaum dass es vom Feuer genommen wird – eine verbrannte Zunge erscheint ihnen als das kleinere Übel, so quälend ist der Durst.

Und aus den schmutzigen Fenstern sehen sie, wie sich betrunkene japanische Soldaten im Siegestaumel, von chinesischen Prostituierten gestützt, auf den Bürgersteigen übergeben. Manchmal wird ein armer Kuli herbeigeschleppt, der die Bescherung beseitigen muss, meist aber bleibt alles liegen. Will dankt Gott, dass nicht Hochsommer ist – der Gestank wäre dann noch viel schlimmer.

Er weiß schon gar nicht mehr, wie es ist, frische Luft zu atmen.

Urin, Fäkalien – der widerliche, durchdringende Geruch menschlicher Exkremente bleibt an seinen Nasenschleimhäuten haftet. Seine Haut, sein Haar, seine Finger, alles ist von dem Gestank durchtränkt, er kann sich noch so gründlich waschen. Seine Hände machen mit dem Matsch in den Toilettenschüsseln Bekanntschaft, wenn er versucht, die faulige Masse aus Erbrochenem, Urin und Kot zu lockern und hinunterzuspülen. Die Abwasserrohre sind fünfhundert rapide erkrankenden Flüchtlingen, die sich von verseuchtem Reis und verschmutztem Wasser ernähren, nicht gewachsen – und Flüchtlinge sind sie, egal, ob sie einmal Bankiers oder Rechtsanwälte waren. Die Wachen sind brutal, mit Ausnahme eines Jungen in Soldatenuniform, auf dessen breitem, friedfertigem Gesicht immer ein entschuldigendes Lächeln liegt. Wenn seine Kameraden die Internierten schlagen oder mit ihren Bajonetten malträtieren, senkt er den Blick. Er spricht gebrochen Englisch, aber nur, wenn keiner seiner Landsleute in der Nähe ist.

Trudy lässt sich nicht blicken – die Angehörigen und Freunde anderer Internierter finden Möglichkeiten, herzukommen oder Nachrichten zu übermitteln. Will redet mit jedermann über sie, erwähnt sie in jedem Gespräch, als könnte die Beschwörung ihres Namens bewirken, dass sie real bleibt, lebendig bleibt. Ihr Jasminduft verfliegt immer mehr, wird zur bloßen Erinnerung; der Geruchssinn bewahrt ihn nicht. Nachts wälzt er sich ruhelos im Bett, so ungewohnt ist die Enge ohne eine Gefährtin, ohne ihre zarte Wärme. Noch ist er nicht wütend auf sie. Wer weiß, was sich draußen abspielt.

Ned verliert den Verstand. Der junge Soldat ist weit weg von zu Hause, weit weg von jeglicher Liebe, jeglichem Trost. Er spricht nicht mehr und isst kaum noch. Sein Gesicht ist bleich und aufgedunsen. Will versucht ihn dazu zu bringen, dass er sich täglich etwas Bewegung verschafft, aber er zieht sich mit jedem Tag ein wenig mehr in sich zurück.

Trotz allem spielt sich das Leben für die meisten erstaunlich schnell ein. Es ist, als wären sie schon seit Monaten Flüchtlinge, dabei ist erst eine Woche vergangen. Geschäftsleute schlurfen mit heraushängendem Unterhemd umher; ihre schicken Anzüge haben sie weggepackt. Damen der Gesellschaft waschen Seite an Seite mit Lehrerinnen und Ladenbesitzerinnen die Wäsche. Ein Schwarzmarkt entsteht. Einige haben viel Geld, und so richten Arbogast und Trotter einen Fonds ein, damit alle etwas zu essen bekommen. Jeder steuert bei, so viel er möchte, und dann wird russisches Schwarzbrot für sechs Hongkong-Dollar das halbe Pfund gekauft, Milchpulver, Sojabohnen, Karotten und manchmal Butter, die sie ganz dünn aufs Brot schmieren. Sie essen es langsam, um das kostbare Fett im Mund zu genießen. Junge Chinesen schmuggeln die Lebensmittel herein. Sie müssen an den Wachen vorbei, die sich nach Belieben von den spärlichen Vorräten bedienen. »Steuer«, sagt einer jedes Mal und lacht über seinen dummen Witz. Der Mann nimmt immer fast die Hälfte.

»Also, ich finde«, beklagt sich Trotters Frau bei Will, »so wie das auf alle verteilt wird, hat keiner was davon. Wäre es nicht besser, eine Art Lotterie zu veranstalten, sodass ein Einzelner sich einmal richtig satt essen kann?«

Will zuckt die Schultern. Er will sich nicht mit ihr auf Diskussionen einlassen, stellt aber fest, dass sie so füllig ist wie eh und je. Einige Frauen übernehmen das Kochen, darunter Mary, die Mutter des stummen Tobias, die ihren Mann nicht wiedergesehen hat. Sie ist ruhig und freundlich und nutzt ihren Posten in der Küche nicht dazu aus, sich und ihrem Sohn mehr Nahrung zu verschaffen; Will hätte es ihr nicht verübelt. Die Kochfrauen, wie sie sich nennen, zaubern erstaunliche Gerichte: Broccoli-Schwarzbrot-Sandwiches mit Austernsoße, Suppen aus mit Wasser gestreckter Kondensmilch, in der Pflaumen schwimmen, Gemüse mit Ei. Von draußen haben sie sich einen Kocher beschafft, und abends drängen sie sich um die blaue Flamme.

Wenn sie sich von den Wachen fernhalten, werden sie meist in

Ruhe gelassen; die Wachen sind vollauf damit beschäftigt, sich Frauen, Alkohol und Diebesgut zu verschaffen. Ständig kursieren Gerüchte, wohin man die Gefangenen verlegen wird. Manche glauben, sie werden unverzüglich repatriiert, andere, Realistischere, hoffen auf einen bequemeren Ort, an dem sie den Krieg aussitzen können. Doch auch sie sind überzeugt, dass in wenigen Wochen oder gar Tagen alles vorbei ist.

21. Januar 1942

Nach zweieinhalb Wochen ist es so weit. Dr. Selwyn-Clarke, der Leiter des Sanitätsdienstes, hat die Japaner überredet, die Zivilisten in das leere Gefängnis in Stanley an der Südspitze der Insel zu verlegen. Die frische Luft dort und die Nähe des Meeres würden dem Ausbruch von Infektionskrankheiten entgegenwirken, meint er. Aufgeregt suchen die Frauen ihre Habseligkeiten zusammen und machen die Betten, egal, wie schmutzig sie sind – Gewohnheiten sind selbst in Kriegszeiten unausrottbar. Die Männer versuchen, Näheres von den Wachen zu erfahren, werden aber schroff zurückgewiesen. Will holt Ned aus dem Bett und sorgt dafür, dass er mitgezählt wird.

Sie müssen sich draußen vor dem Hotel aufstellen und werden auf große Lastwagen verfrachtet. Die Kinder spähen durch die Latten der Ladewand und jubeln, wenn sie etwas Bekanntes sehen. Überhaupt sind die Kinder nachgerade ein Segen, so schwer sie es auch haben. Sie erfinden aus dem Nichts Spiele, sie benutzen Kieselsteine als Murmeln, sie rennen schreiend herum. Die Frauen sitzen auf ihren Taschen, und die holprige Straße lässt ihr Fleisch vibrieren. Würdige Damen sehen genauso abgehärmt aus wie die Gouvernanten und Krankenschwestern neben ihnen.

Bald treten Bäume an die Stelle der Häuser. Sie fahren durch Aberdeen und auf die South Side, wo Meer und Berge aufeinandertreffen, und eine einsame, gewundene Straße bringt sie nach Stanley. Es ist ruhig dort, die Halbinsel scheint unberührt von der Gewalt der vergangenen Wochen.

Die Laster passieren ein großes Tor und gelangen auf ein Gelände mit gedrungenen dreigeschossigen Betonbauten, die hastig mit großen aufgesprühten Buchstaben gekennzeichnet worden sind. Soldaten schwenken ihre Gewehre und bedeuten ihnen auszusteigen. Sie müssen nach Nationalitäten getrennt antreten, um gezählt und registriert zu werden – Name, Alter, Staatsangehörigkeit, Familienstand und so weiter –, eine Prozedur, die ihnen in den folgenden Wochen und Monaten nur allzu vertraut werden wird.

Alles in allem: 60 Niederländer, 290 Amerikaner, 2325 Briten und einige andere: Belgier, Weißrussen, ausländische Ehefrauen, sogar Akiko Maartens, eine Japanerin, die mit einem Niederländer verheiratet ist und sich nicht von ihm trennen will. Die Wachen spucken vor ihr aus und grinsen anzüglich. Sie wissen, dass sie eine der Ihren ist, und geben, wie Will nur vermuten kann, die übelsten Obszönitäten von sich, doch sie würdigt sie keines Blickes, als sie mit ihrem Mann für die Zuweisung der Zimmer Schlange steht. Man hört niemals auch nur ein japanisches Wort von ihr, aber ihre Verbeugungen und andere Eigenheiten verraten sie auf den ersten Blick. Alle feindlichen Staatsbürger werden in Stanley zusammengefasst und interniert. Will erkennt einzelne Gesichter vom Murray Parade Ground wieder. Jeder sagt zum anderen: »Ich hab gehört, Sie wären tot«, und lächelt erleichtert, weil dem nicht so ist. Will entdeckt Mary Winkle, die kleine Lebensgefährtin von Edwina Storch. Sie wirkt verstört. Ihre ständige Begleiterin scheint nicht bei ihr zu sein. Amerikaner und Niederländer waren bisher in verschiedenen Hotels untergebracht, die Belgier in ihrem Konsulat, weil es so wenige sind. Aus hastig geflüsterten Bemerkungen schließt Will, dass sie alle Ähnliches durchgemacht haben: Alle sind verdreckt und hungrig. Er fragt nach Dick Gubbins, dem amerikanischen Geschäftsmann, den er im Gloucester getroffen hat, aber niemand hat etwas von ihm gehört. Hoffentlich hat er es über die Grenze ins freie China geschafft.

Die Amerikaner bekommen das beste Gebäude zugewiesen, und als sie in ihr neues Zuhause geschickt werden, tun sie sich sofort zusammen und organisieren alles bis ins Kleinste, beschaffen sich Möbel, regeln Unterbringung und Nahrungsmittelverteilung und richten einen Laden ein – alles fröhlich und tatkräftig, wie bei einem Picknick. Sie scheinen bereits eine Art Selbstverwaltung zu haben, noch von ihrem Aufenthalt in den Hotels her. Am ersten Abend sieht man sie in der Dämmerung auf behelfsmäßigen Stühlen behaglich draußen sitzen. Sie lachen, sie unterhalten sich und trinken dünnen Tee aus eingeschmuggelten Teebeuteln.

Die Amerikaner haben's am besten getroffen, sagt ein Mann, den Will wiederzuerkennen glaubt, als er die Leute in Block D führt, der ihnen zugewiesen worden ist. Aber was soll man machen? Die haben sogar eigene Toiletten. Scheinen bessere Karten zu haben bei den Japanern – vielleicht gibt es zwischen den Regierungen irgendein Abkommen. Unsere Polizei hat das zweitbeste Quartier, aber sie wollen es nicht den Frauen und Kindern überlassen. Sie sind schon vor ein paar Tagen hierhergekommen, um alles vorzubereiten, und haben sich die Rosinen herausgepickt. Eigentlich gehören die ins Kriegsgefangenenlager in Sham Shui Po, finde ich, und jetzt sind sie mit uns Zivilisten hier gelandet. Aber was kann man machen? Will nickt nur. Hier können Sie nicht schlafen, das ist unser Zimmer!, blafft jemand aus einer Ecke hervor. Schon gut, sagt Will, und sie gehen weiter, bis sie ein leeres Zimmer finden, in dem sie ihr Gepäck ablegen.

Sie werden aufgeteilt, und die Gruppen werden immer kleiner, je mehr Menschen hereinströmen. Schließlich kommen auf jede ehemalige Wohnung der Gefängniswärter fünfunddreißig Personen, auf jeden Bungalow fünfzig, auf jedes Zimmer sechs bis sieben. In vielen Zimmern steht kein einziges Möbelstück. Einige Leute beeilen sich, die Wärterwohnungen zu belegen, weil sie größer und etwas besser möbliert sind, aber am Ende sind sie auch voller. Zwei, mitunter drei Ehepaare teilen sich ein Zimmer, zahlreiche Familien die Verwaltungsgebäude. Die Junggesellen sind in ihren Einzelzellen besser dran, müssen aber eine einzige verschmutzte Toilette mit hundert anderen benutzen. Auch Will landet in einer zwei mal zwei Meter großen einstigen Gefängniszelle, zusammen mit Ned und einem dritten Mann, Johnnie Sandler, den man früher ständig im Gripps gesehen hat, im Smoking, an einem Arm eine Blondine, am anderen eine chinesische Schönheit. Erstaunlicherweise wirkt er trotz seiner schmutzigen Hose und des schon etwas ausgefransten Hemdes noch immer elegant. Uneigennützig bietet er anderen sofort seine Hilfe an, stellt Betten um und schleppt Gepäck. Es ist verblüffend, wie in einer Notlage nach wenigen Wochen das wahre Wesen eines Menschen zutage tritt. Die Schlimmsten sind die Missionare. Sie stehlen Lebensmittel, sie drücken sich vor der Arbeit und jammern ununterbrochen.

Am ersten Tag, nachdem alle ihren Platz gefunden haben, versammeln sie sich in dem großen Hof in der Mitte und setzen sich auf die Erde. Jeder hat Angst, es könnte ihm etwas entgehen, eine Mahlzeit, ein Almosen, eine Information. Hugh Trotter sammelt die Briten um sich und erklärt ihnen die Notwendigkeit einer richtigen Selbstverwaltung und einer gewissen Ordnung. Will hat mit ihm darüber geredet und festgestellt, dass sie einer Meinung sind.

»Machen wir doch Hugh zu unserem Führer«, sagt Will. Nach einer Weile ertönt zustimmendes Gemurmel. »Wer dafür ist, hebt die Hand.« Will blickt in die Runde. Ein Wald von hochgereckten Armen. »Gegenstimmen?« Niemand rührt sich. Zumindest hier, bei diesem ersten Versuch gemeinschaftlicher Aktion, herrscht Einigkeit. Das ist immerhin etwas.

Hugh wählt Leute aus, die diverse Komitees leiten sollen. Man entscheidet sich für die Bereiche Unterbringung und sanitäre Anlagen, Verpflegung, Gesundheit und Beschwerden; bei Bedarf sollen weitere Komitees gebildet werden. Will wird für die Unterbringung eingesetzt; bei Unstimmigkeiten soll er vermitteln.

An Schlaf ist in der ersten Nacht nicht zu denken. Man versucht sich an die neue Umgebung zu gewöhnen, und auch die glücklichen Besitzer eines Bettes wälzen sich, von dem neuen Quietschen und Knarren wach gehalten, unruhig hin und her. Will liegt auf dem schmutzigen, kalten Steinboden, seinen Rucksack als Kopfkissen, diverse Kleidungsstücke als Decke. Er friert, auch noch, nachdem er weitere Kleidungsstücke unter sich ausgebreitet hat. Es gelingt ihm nicht, mehr als zehn Minuten zu dösen, und er ist froh, als die ersten Sonnenstrahlen durchs Fenster fallen und er nicht mehr so tun muss, als würde er schlafen.

Unten finden sie Aushänge vor, die eine Durchsuchung aller Räume für den Nachmittag ankündigen. Die meisten eilen wieder nach oben, um ihre Habseligkeiten wegzupacken, in der Hoffnung, dass sie keinem Aufseher auffallen.

»Bei mir gibt es nichts zu holen«, sagt Will zu Ned, »und bei dir ja wohl auch nicht.« Sie gehen weiter in den Speisesaal. Und am Nachmittag schauen Will, Ned und Johnnie zu, wie ein dicklicher Soldat ihre Sachen durchwühlt. Er hält ein Hemd aus feinster Baumwolle hoch, das natürlich Johnnie gehört, schüttelt es abfällig und sagt etwas auf Japanisch zu seinem Kameraden.

»Der geht damit tanzen«, sagt Johnnie. Der Soldat wirbelt herum und brüllt etwas – offensichtlich, dass sie den Mund zu halten hätten, bis die Durchsuchung beendet ist –, dann wirft er das Hemd auf den schmutzigen Boden.

Am Ende kommen sie glimpflicher davon als die meisten anderen. Sie haben ein paar goldene Manschettenknöpfe eingebüßt (»Dachte, die könnte ich mal gegen irgendwas eintauschen«, sagt Johnnie achselzuckend), eine kleine Schachtel mit Werkzeug – Zange, Hammer und Schere –, die Johnnie hereingeschmuggelt hatte, und eine Wollmütze.

»Ihr habt so miserabel gepackt, dass sie nichts von euren Sachen wollten«, sagt Johnnie zu seinen Zimmergenossen, als die Soldat weg sind. »Gratuliere!«

»Ein Glück, dass die meisten von uns größer sind als die«, sagt Will. »Sonst müssten wir splitternackt herumlaufen.«

»Sie können ja die Sachen von den Frauen nehmen. In einem hübschen Popelinkleid würden sie doch bezaubernd aussehen.«

In den Fluren tauschen sich die Internierten darüber aus, was man ihnen weggenommen hat. Einige sind außer sich über den Verlust von Familienerbstücken, andere freuen sich, weil ihre Wertsachen unentdeckt geblieben sind.

»Dann habt ihr sie wohl in eurem Hintern versteckt«, sagt Harry Overbye, ein unangenehmer Typ, der sich etwas darauf einbildet, dass er draußen eine chinesische Freundin hat, die ihn, wie er fest glaubt, versorgen wird. Seine Frau hat er vor einigen Monaten nach England zurückgeschickt. Niemand beachtet ihn.

»Da wir schon mal beisammen sind ...«, sagt Will. »Ich organisiere einen Putztrupp, damit es hier etwas angenehmer wird. Wenn ich Putzsachen bekomme, mache ich einen Aushang. Ich gehe davon aus, dass alle mit anpacken, um unser provisorisches Zuhause einigermaßen sauber zu halten.«

Overbye schnaubt, die anderen signalisieren Zustimmung.

»Gut«, sagt Will. »Das ist hier nicht das Ritz, aber jetzt muss es eben erst mal so gehen.«

»Das ist die größte Untertreibung, die ich je gehört habe«, sagt Johnnie.

Will macht sich große Sorgen um Ned. Der junge Kanadier redet nur, wenn man ihn direkt anspricht, und auch dann bleibt er einsilbig. Es gehe ihm gut, sagt er, aber er verfällt immer mehr, seine Haare sind dünn und verfilzt, die Augen trübe. Er schläft den ganzen Tag und zeigt kaum Interesse fürs Essen.

»Das ist der Schock«, sagt Dr. McAllister, als Will sich an ihn wendet. »Er hat einen so heftigen Schock erlitten, dass er nichts verarbeiten kann. Ich weiß nicht, ob er ihn überwinden wird. Das ist hier nicht gerade die ideale Situation, um wieder gesund zu werden.« Auf die Frage nach einem Stärkungsmittel oder derglechen wirft er die Hände empor. »Ich habe nichts! Nicht mal ein Aspirin! Ich habe bei Selwyn-Clarke und den Behörden hier die allernötigsten Medikamente und Materialien beantragt, aber bisher habe ich nichts gehört. Behalten Sie ihn im Auge. Mehr kann ich im Moment leider nicht tun.«

Zum Abendessen versammeln sich alle im Speisesaal, wo die Trennung nach Nationalitäten von Neuem deutlich wird. Bill Schott, ein hochgewachsener, schlaksiger Amerikaner, ein Geschäftsmann, der von den Japanern zum Lagersprecher ernannt worden ist, erhebt sich zu einer Ansprache an das ganze Lager.

»Die Japaner haben beschlossen, dass wir unser Essen selbst kochen sollen. Die Arbeit in der Küche wird sehr begehrt sein, deswegen wird das Personal turnusmäßig ausgewechselt, sodass jeder einmal an die Reihe kommt.« Weshalb die Arbeit so begehrt sein wird, sagt er nicht, aber da sie mit dem Essen zu tun hat, kann es sich jeder denken. »Außerdem wird man uns gewisse häusliche Arbeiten übertragen, wie ich es einmal nennen will. Das heißt, wir werden nicht nur unsere eigenen Räume sauber halten – sie werden regelmäßig kontrolliert –, sondern auch den Hof fegen und andere Arbeiten ausführen, die die Japaner für notwendig erachten. Man hat mir versichert, dass diese Aufgaben im Einklang mit der Genfer Konvention stehen werden, auch wenn Japan eigentlich nicht an sie gebunden ist, weil es das Abkommen zwar unterzeichnet, aber nicht ratifiziert hat. Als Geste des guten Willens will man sich aber daran halten. Der Konvention entsprechend werden wir angemessen ernährt werden, mit etwa zweitausendvierhundert Kalorien pro Tag, glaube ich. Ich habe mich auch bezüglich Briefverkehr und Kontakten mit der Außenwelt erkundigt: An bestimmten Wochentagen dürfen wir Briefe und Päckchen empfangen. Ob darauf Verlass ist, weiß man natürlich nicht, aber die Japaner haben es zugesagt. Unsere Regierungen werden von unserem Aufenthalt hier und unseren Lebensbedingungen in Kenntnis gesetzt. Vertreter des Roten Kreuzes werden regelmäßig Inspektionen bei uns durchführen. Im günstigsten Fall werden Vorkehrungen für eine Repatriierung getroffen werden, außerdem wird es eine Art Austausch von Staatsbürgern Japans und unserer Länder geben.« Er hält einen Moment inne. »Wann das alles geschehen wird, ist unklar. Denn eines dürfen wir nicht vergessen: Wir befinden uns in einem Krieg, der noch in vollem Gange ist. Es kann Wochen dauern, es kann aber auch Monate dauern. Bis dahin werden wir, hoffe ich, in Eintracht zusammenleben und versuchen, einander in dieser Situation nach besten Kräften zu unterstützen. Wer Beschwerden oder Anmerkungen vorzubringen hat, möge sich bitte an mich wenden. Ich werde versuchen, den Lageraufsehern unsere Sicht der Dinge zu vermitteln, auch wenn wir leider nicht gerade aus einer Position der Stärke agieren können. Jedenfalls wünsche ich allen hier das Beste. Sorgen wir dafür, dass unsere Länder stolz auf uns sind.«

Er nimmt wieder Platz. Alle atmen tief durch, während sie das Gehörte in sich aufnehmen. Dann fliegen die Hände hoch. Schott steht wieder auf, um Fragen zu beantworten.

»Haben Sie eine Vorstellung davon, wie lange wir hier bleiben müssen?«

»Nicht die geringste, leider.«

»Dürfen wir Geld haben? Oder darf man uns von draußen Geld bringen?«, fragt ein Niederländer.

Schott lacht. Er ist sehr reich und hat den Amerikanern bereits viele Annehmlichkeiten verschafft, die von den anderen Gruppen genau und neidvoll registriert werden.

»Man darf haben, was man will, nehme ich an, sofern man es geheimhalten kann oder den Japanern etwas davon abgibt. Ich weiß es nicht. Das ist eine Grauzone, mit der man sich besser nicht offiziell befasst. Benutzen Sie einfach Ihren gesunden Menschenverstand.«

»Können wir Briefe nach draußen schreiben?«, fragt Hugh Trotter.

»Ich denke nicht. Und wenn wir es dürften, würden die Adressaten sie vermutlich nie erhalten oder aber in so stark zensierter Form, dass sie sinnlos würden – es wäre vergebliche Liebesmüh. Ich werde mich natürlich erkundigen, halte es aber für unwahrscheinlich. Ich werde versuchen, Otah – das ist der Leiter des Lagers – günstig zu stimmen, und ihn dann fragen.«

Die Fragen jagen einander; meist geht es um Alltägliches – die Gefangenen sorgen sich um ihre Bequemlichkeit. Will beginnt zu essen.

»Was ist mit mir?«, fragt Ned plötzlich die anderen am Tisch. Es ist das erste Mal an diesem Tag, dass er etwas sagt.

»Was meinen Sie?«

»Ich bin als Brite registriert, aber es gibt keinen britischen Ned Young. Das ist ein einziges Durcheinander. Niemand bei mir zu Hause weiß, dass ich hier bin. Wo sind die Kanadier?«

»Wahrscheinlich sind Ihre Landsleute im Kriegsgefangenenlager in Sham Shui Po. Komisch, dass keine anderen kanadischen Zivilisten da sind; vielleicht sind sie nach Hause zurück, bevor das alles losging. Aber Sie sind hier vermutlich besser aufgehoben als bei Ihren Truppen. In England dürfte es genug Ned Youngs oder Edward Youngs geben – der Name ist ja nicht gerade selten. Man wird Sie dort erst mal aufnehmen, alles Weitere können Sie dann regeln, wenn Sie da sind. Wenn Sie zu Ihren Kameraden wollen, gibt das nur Ärger.«

»Nein, nein«, sagt Ned. »Das ist ein einziges Durcheinander. Das ist jetzt ein einziges Durcheinander. Niemand weiß, dass ich hier bin. Kein Mensch. Meine Mum weiß nicht, ob ich überhaupt noch lebe.«

»Ist ja gut. Sie sind hier, und Sie leben. Das ist die Hauptsache. Zerbrechen Sie sich nicht den Kopf über Registrierung und dergleichen.«

»Sie haben gut reden«, versetzt der junge Kanadier. »Sie sind alle ordnungsgemäß gemeldet, aber ich bin hier allein.« Er steht auf und geht hinaus.

»Lassen Sie ihn, er braucht einen Moment für sich«, sagt Johnnie. »Der fängt sich schon wieder.«

Will schaut Ned nach. »Es ist schwer für ihn. Ich glaube, er ist noch nicht mal achtzehn. Und jetzt ist er am anderen Ende der Welt, ganz allein, ohne Hoffnung.«

»Willkommen im Club«, sagt Johnnie. »Das ist alles ein einziges Elend hier im Camp Stanley. Und wir sind erst den zweiten Tag hier.«

Nach dem Essen gehen Will und Johnnie in ihr Zimmer zurück. Auf Wills Bett liegt ein ordentlich gepacktes Bündel mit einem Zettel darauf. Er trägt keine Unterschrift, ist aber offensichtlich von Ned.

»Ich wünsche Dir alles Gute. Mach Dir keine Sorgen, und danke für alles.« Er hat den größeren Teil der geborgten Kleidungsstücke zurückgelassen.

»Wie in aller Welt will er denn hier rauskommen?«, fragt Johnnie.

»Weiß der Himmel. Wahrscheinlich wollte er sich und uns mit diesem kryptischen Zettel nicht belasten. Ich befürchte das Schlimmste. Er kennt sich hier draußen doch überhaupt nicht aus, und in der Stadt auch nicht, er hat keine Freunde, er spricht nicht Chinesisch, nichts. Selbst wenn er aus dem Lager rauskommt – hier ist er verloren. Und er hat seine ganzen Sachen hiergelassen ...« Will verstummt.

»Spricht nicht gerade für volle Zurechnungsfähigkeit«, meint Johnnie.

»Nein.« Will zerknüllt den Zettel und steckt ihn in die Tasche.

Am nächsten Morgen beim Frühstück unterhalten sich einige der Internierten darüber, dass sie mitten in der Nacht in der Nähe der Südmauer des Lagers Schüsse gehört haben.

In der Woche darauf bricht der Februar an, und es ist kalt. In Hongkongs subtropischem Klima haben die Gebäude keine Heizung, sodass im Winter eine permanente, tückisch schleichende Kälte herrscht, die einen mitten in der Nacht überfällt oder wenn man zu lange draußen ist. Von Trudy kein Lebenszeichen. Über drei Wochen ist es her, dass Will sie zuletzt gesehen hat. Es ist allmählich mehr als entmutigend – es ist peinlich, weil sich die Leute jetzt nach ihr erkundigen. Amahs, Boys, chinesische Freundinnen, Ehefrauen, die aus irgendwelchen Gründen noch in Hongkong sind – alle wollen zu den Internierten, aber es gibt noch keine Besuchsregelung, und sie werden mit ihren Paketen wieder weggeschickt. Immerhin dürfen sie eine Nachricht hinterlassen, dass sie da waren.

Will konzentriert sich darauf, die Gebäude nach besten Kräften winterfest zu machen. Sie haben Betten bekommen und auch so etwas wie Bettwäsche, aber nachts wird es bitterkalt. »Kalt« in Hongkong war bisher für ihn allenfalls »etwas frisch« gewesen, aber da hatte er einen richtigen Wintermantel gehabt, und die Wände waren gut isoliert. Alles läuft mit hochgezogenen Schultern geduckt umher, um die Körperwärme zu halten, man schläft in sämtlichen Kleidern, zittert auf den Toiletten, wäscht sich nicht mehr. Beim Zähneputzen fühlt sich das Wasser wie Eis an. Will reicht einen offiziellen Antrag auf Wintermäntel und mehr Decken ein, insbesondere für die Kinder, die in zusätzlichen Kleidern ihrer Eltern herumlaufen; Ärmel und Säume schleifen am Boden. Er stellt einen Instandsetzungstrupp auf die Beine, der überall die Runde macht und die Löcher in den Wänden mit einer Mischung aus Matsch und Laub verstopft. Doch all das vermag das konstante, schleichende Elend und Unbehagen, das ihre Tage verdüstert, kaum zu mildern.

Trudy kommt, als Will sie am wenigsten erwartet. Ein Wachposten holt ihn aus der Schlange an der Essensausgabe und bringt ihn in das Büro des Lagerleiters Otah.

Will glaubt, es geht um seinen Antrag auf Decken und Wintermäntel, erfährt jedoch zu seiner Verblüffung, dass er Besuch hat. Besucher werden immer noch nicht vorgelassen, aber für Trudy haben Regeln im Grunde nie gegolten.

Otah, ein stattlicher Mann mit fettglänzender Haut und einer verschmierten Nickelbrille, bedeutet Will, Platz zu nehmen. Er trägt die japanische Variante des Safari-Anzugs, mit langen Ärmeln und Hosenbeinen.

»Sie haben Besuch.«

»So?«

»Besucher wir haben noch nicht erlaubt.«

»Das ist mir bekannt. Aber ich weiß von nichts.«

Otah mustert Will über den Schreibtisch hinweg.

»Sie möchten Drink?«

Will bejaht wohlweislich.

Otah macht dem Soldaten an der Tür ein Zeichen und blafft etwas auf Japanisch. In verstaubte kleine Gläser wird Whisky eingeschenkt.

»*Kampai!*« Mit einer Hand wie ein rosa Schweinsfuß hebt Otah sein Glas, wirft den Kopf zurück und leert es grunzend. Will folgt seinem Beispiel, wenn auch weniger schwungvoll. Otah schüttelt den Kopf, als wollte er Spinnweben loswerden. »Gut!«

»Ihr Besuch Ihre Frau?«

»Ich habe keine Ahnung, wer mich besucht.«

»Frau, Chinesin?«

»Trudy Liang?«

»Ja. Miss Liang ist hier.«

»Ah, sehr gut.« Wills Herz klopft schneller. »Vielen Dank.«

»Ich sage ihr, nur einmal sie kann kommen, wenn nicht Besuchstag. Besonderer Fall für sie.«

»Sie ist auch was Besonderes, nicht wahr?«

Otah starrt ihn an.

»Niemand mehr jetzt besonders. Alle gleich, Gefangene oder Nichtjapaner. Gleich!«

»Natürlich.« Launisch, denkt Will. »Ich will damit nur sagen, dass sie für mich etwas Besonderes ist.« Eine dürftige Erklärung.

Otah steht auf. »Sie hier warten.«

Nach ein paar Minuten, in denen Will von seinem Whisky trinkt, das warme Brennen im Hals genießt und seine Nerven zu beruhigen sucht, winkt ihn der Soldat heran. Sie betreten einen kleinen Raum mit einem Tisch und fünf Stühlen. Trudy sitzt dort; sie fühlt sich sichtlich unwohl. Sie ist dünn, ihre Kleidung zweckmäßig. Ihr Haar ist zu einem Knoten gebunden, das Gesicht farblos, ohne jedes Make-up. Trotz allem strahlt sie Privilegiertheit aus.

»Darling«, sagt sie, »du fehlst mir so.«

Er spricht nicht davon, dass sie so lange nicht gekommen ist, fragt sie nur, was sie macht, und verwirkt damit das Recht, ihr wegen ihres Ausbleibens Vorwürfe zu machen.

»Frederick ist tot, deshalb bin ich noch bei Angeline, aber sie spricht seit Wochen kaum noch. Ich sage ihr immer wieder, sie muss durchhalten, wegen Giles, aber ich glaube, sie hört gar nicht zu. Sie möchte Giles nach Hongkong zurückholen, aber wie kann man hier Verantwortung für ein Kind übernehmen? Nach England will sie nicht, obwohl sie jederzeit könnte. Außer Fredericks Verwandten hat sie dort niemanden, und die waren von Anfang an gegen die Heirat. Die Situation ist ziemlich schwierig. Das ist es, was ich zur Zeit mache. Außer dass ich versuche, mich in der neuen Welt da draußen zurechtzufinden.«

»Hast du genug zu essen und alles? Kümmert sich Dominick um dich?«

»Die Japaner sind so komisch«, sagt sie, ohne auf seine Frage einzugehen. »Sie haben die merkwürdige Sitte, in jedem Raum jedes Hauses, das sie plündern, ihren Darm zu entleeren. Ist das nicht furchtbar? Marjorie Winters Haus war total verdreckt. Sie hat es gesehen, als sie dort Lebensmittel holen wollte. Der Geruch! Die ganze Stadt riecht nach Fäkalien. Das ist ein japanischer Brauch, von dem ich nicht allzu angetan bin. Wirklich ungewöhnlich. Da haben sie die Teezeremonie und diese wunderbare Gartenkultur, und dann gehen sie hin und tun so was. Und die Frauen sind natürlich alle in heller Aufregung wegen der Vergewaltigungen. Man kann nirgends mehr allein hin. Ein Chauffeur hat mich hergefahren.«

»Ned ist weg. Er wollte wohl fliehen, aber ich bin mir ziemlich sicher, dass er bei dem Versuch erschossen worden ist. Er hat nach und nach den Verstand verloren.«

Trudy ist entsetzt. »Erzähl mir nicht solche furchtbaren Sachen, Darling. Ich halte das alles sowieso kaum noch aus. Können wir nicht von was anderem reden? Etwas ganz anderem, etwas vergleichsweise Harmlosem. Zum Beispiel wie ich mich die ganze Zeit abplagen muss, um über die Runden zu kommen. Wirklich unschön ist das. Wenigstens das bleibt dir hier erspart. Du musst dich nur anstellen, dann bekommst du dein Essen.«

»Du scheinst ja gut darüber informiert zu sein, wie es hier drin aussieht.« Zum ersten Mal hat er ihr gegenüber einen scharfen Ton angeschlagen, und das ist ihr nicht entgangen.

»Brauchst du irgendwas, das ich dir von draußen besorgen könnte?«

»Ihr habt doch selbst nichts, oder?«

»Schon, aber vielleicht kann Dommie was machen. Wir haben zwar zu essen, aber es ist ziemlich teuer. Ich könnte weinen, wenn ich daran denke, dass die Japaner die Lagerhäuser bombardiert haben. Da war so viel zu essen drin, und die haben alles verbrannt. Man soll es meilenweit gerochen haben. Ich kriege einen Riesenhunger, wenn ich nur dran denke. Aber wenn das so weitergeht, kann ich wenigstens nicht dick werden. Du magst doch keine dicken Frauen, oder, Will? Also, bei mir besteht da keine Gefahr.« Sie plaudert weiter. »In Sham Shui Po und Argyle sollen grauenvolle Zustände herrschen. Die Uniformierten werden ganz übel behandelt. Du hast Glück, dass du hier bist. Ich glaube, diese Jane damals im Krankenhaus, die hat dich wirklich gerettet. Sehr clever.«

»Meinst du, ich gehöre auch dorthin?«, fragt er schroff. »Meinst du, ich bin ein Feigling, weil ich hier bin?«

»Bist du verrückt?« Sie scheint ehrlich erstaunt. »Natürlich nicht.«

Er macht sich bewusst, wie schnell er die Fähigkeit verloren hat, einzuschätzen, was sie denkt. Doch sie ist schon wieder bei einem anderen Thema.

»Erinnerst du dich, wie es noch vor drei Monaten war?«, fragt sie. »Die Conder's Bar, das Gloucester, das Gripps, die Partys. Kaum zu glauben, dass das erst drei lächerliche Monate her ist.«

»Ja. Hast du irgendwas gehört, wie es da draußen aussieht? Wir bekommen hier keinerlei verlässliche Informationen, das macht uns wahnsinnig.«

»Carol Lombard ist bei einem Flugzeugabsturz ums Leben gekommen, das ist die größte Neuigkeit.« Seine Reaktion lässt sie zusammenzucken. »Zu pietätlos? Tut mir leid. Dann also die Realität. Es ist schlimm, Darling, überall. Ich weiß nicht viel, aber ich werde versuchen, mich kundig zu machen. Die Zeitung bringt jetzt nur noch japanische Propaganda, und die sagt, es läuft alles wie geschmiert. An einem von vierzehn Depots bekommen wir Reis – Lebensmittel zu beschaffen ist unsere Hauptbeschäftigung. Wir schicken ein Dienstmädchen zu einem Depot und gehen selbst zu einem anderen, in der Hoffnung, dass eine von uns Glück hat. Aber das sind keine so großartigen Neuigkeiten, oder? Und sonst … Direkt nachdem du weg bist, waren sie demokratisch aufgelegt und haben alle ermuntert, die alten Kolonialbastionen aufzusuchen; wenn man ins Pen kam, hockten da Arbeiter in den Sesseln und tranken Tee! Sie kamen mit dem Geld, das sie durch Plünderungen erbeutet hatten, und wollten mal sehen, wie die andere Hälfte gelebt hat. Das Allerletzte war das! Man kommt so schwer an zuverlässige Informationen – in der Zeitung steht nur, dass die Japaner alles erobern, was ihnen in den Sinn kommt; zwischen den Zeilen zu lesen ist schwierig.« Sie hält inne. »Dommie geht's gut«, fährt sie dann fort, »er fraternisiert mit den Japanern. Er scheint sich für einen der Ihren zu halten. Er ist jetzt mit Victor im Geschäft, etwas zwielichtig, aber was heißt das heutzutage schon? Wenn ich ihn in seinem Büro besuche – er hat ein Büro in Central –, spendiert er jedes Mal eine

Flasche Champagner. Mich macht das alles ganz krank, aber ich trinke den Champagner trotzdem. Victor sehe ich auch öfter. Er hat mich hier reingebracht. Hat mit jemandem geredet, mit dem er Geschäfte macht.«

»Dommie hat nie gearbeitet, und jetzt ist er plötzlich Geschäftsmann?«

»Der Krieg stellt mit den Leuten seltsame Dinge an. Etwas Besseres hätte ihm gar nicht passieren können, finde ich. Er hat zu sich selbst gefunden.« Sie lacht – ein sonderbares Lachen.

»Er sollte vorsichtig sein. Wenn alles vorbei ist, wird er Rechenschaft ablegen müssen. Und Victor auch.«

»Dommie denkt da nicht so. Er hat schon immer im Hier und Jetzt gelebt – du kennst ihn ja. Bei Victor ist das was anderes. Der verwischt seine Spuren bestimmt gut.«

»Aber du solltest Dommie warnen: Diesmal muss er vorausdenken. Und sag ihm, er soll sich vor Victor in Acht nehmen.«

Sie wedelt ungeduldig mit der Hand. »Übrigens, ich bin von einem Japaner vorgeladen worden«, sagt sie, »einem gewissen Otsubo. Er wohnt in der Regent Suite und ist bei der Gendarmerie, das ist die Militärpolizei – es ist gut, wenn man die auf seiner Seite hat, hab ich gehört. Er trägt eine Anstecknadel mit einer Chrysantheme am Kragen, zum Zeichen, dass er bei der Gendarmerie ist. Anscheinend will er, dass ich ihm Englisch beibringe. Was meinst du – soll ich?«

»Du auch?«, antwortet Will. »Willst du dich etwa auch mit dem Feind verbrüdern?«

»Äußerst ungern. Du kennst mich ja.«

»Allerdings, Darling, und ich liebe dich trotzdem.«

»Sehr witzig. Idiot.«

Wie sind sie so schnell wieder da gelandet? Bei diesem Geplänkel, diesen geistreichen Bosheiten aus einer Zeit, als so etwas noch eine Rolle spielte.

»Ist das nicht riskant?«, fragt er nach einer Weile.

»Ich nehme Angeline mit, als Anstandsdame, du musst dir also keine Sorgen machen.« Sie schweigt einen Moment. »Das ist so komisch…«, sagt sie dann. »Mir ist die ganze Woche ein Ausdruck nicht aus dem Kopf gegangen – Plutokraten und Oligarchen –, dabei weiß ich überhaupt nicht, was das heißt. Ich muss es irgendwo aufgeschnappt haben. Du bist doch so gescheit – was bedeutet es denn genau?«

»Die Plutokratie ist die Herrschaft der Reichen, und eine Oligarchie ist die Herrschaft eines kleinen Klüngels. Im Grunde bedeuten sie wahrscheinlich dasselbe. Warum, meinst du, ist dir das im Kopf herumgegangen?«

»Keine Ahnung.« Sie wechselt das Thema, so plötzlich, wie sie es angesprochen hat. »Ich werde also Privatlehrerin. Otsubo ist als Chef der Gendarmerie offenbar ein sehr wichtiger Mann. Er wohnt im Matsuraba – ich meine, im Hong Kong Hotel. Sie haben alles umbenannt; das Peninsula heißt jetzt Toa. Vielleicht bekomme ich irgendwelche Vergünstigungen, dann lassen wir's uns gut gehen.«

»Ja, vielleicht.« Will registriert das »wir«, weiß es aber nicht gebührend zu schätzen. Er wünscht, sie würde gehen. Er ist müde. Doch als sie tatsächlich aufbricht, wird er traurig.

»Seh ich dich wieder?«

»Natürlich. Dann bring ich dir mit, was ich zusammenkratzen kann, wenn du meinst, es hilft. Vielleicht nächste Woche, wenn sie sich dann mit den Besuchszeiten nicht mehr so anstellen.« Und schon ist sie aus der Tür, elegant selbst noch in den kargen Verhältnissen, in denen sie jetzt lebt. In dem Luftzug, den sie aufrührt, nimmt er ihren Jasminduft wahr.

Fünf Wachen sind Wills Gebäude zugeteilt. Sie patrouillieren auf dem angrenzenden Gelände, führen wahllos Inspektionen durch, machen ihre Anwesenheit spürbar. Die meisten lassen die Internierten in Ruhe, aber einer, Fujimoto, ein magerer Mensch, der nach fauligem Fisch riecht, ist besonders brutal und macht sich ein Vergnügen daraus, die Männer den Hof fegen oder sie hundert Mal Hampelmann machen zu lassen, obwohl sie so müde und schwach sind, dass sie sich kaum auf den Beinen halten können. Auf Johnnie hat er es aus irgendeinem Grund besonders abgesehen. Wann immer er ihm über den Weg läuft, hält er ihn an und lässt ihn die Latrinen reinigen oder im Garten Löcher graben – sinnlose Befehle, die nur die Härte des Mannes offenbaren. Und doch ist er noch milde im Vergleich zu jenen, deren Aufgabe es ist, Geheimaktivitäten aufzudecken. Als etwas von einem Kurzwellenradio verlautet, werden drei Männer, die im Besitz der Einzelteile sein sollen, in einen abgelegenen Raum geschleppt. Nur einer kommt zurück – mehr tot als lebendig. Man hat ihm die Knochen gebrochen und ein Auge fast ausgestochen. Später stirbt er auf der behelfsmäßigen Krankenstation. »Dass sie ihn lebend zurückgeschickt haben«, sagt Trotter, »das soll eine Warnung sein. Ganz klar.«

Der Nahrungsmangel macht sie müde. Aus den versprochenen zweitausendvierhundert Kalorien pro Tag sind um die fünfhundert geworden – ein Raum voller Erwachsener muss mit einer großen Schüssel Reis einen ganzen Tag lang auskommen. Manchmal gibt es Proteine – Seeaal oder Rotbarbe –, aber oft ist der Fisch verdorben und zerfällt beim Kochen. Trotzdem essen sie ihn gierig, lechzen nach Fett, nach Geschmack. Sie sind ständig krank – Pellagra, Ruhr –, Wunden heilen nicht, Zähne faulen, Fingernägel wachsen nicht mehr. Wills Augenlider hängen, seine Glieder sind bleischwer. Er will nur noch im Bett liegen, besonders am Spätnachmittag, wenn alles zum Stillstand kommt. Doch er zwingt sich aufzustehen und sucht sich Beschäftigung. Viele verschlafen ihre Tage – er hält das nicht aus. »Sollten wir die Zeit hier nicht irgendwie nutzen?«, fragt er Johnnie. »Wenn wir später gefragt werden, was wir hier den ganzen Tag gemacht haben, muss die Antwort ja nicht unbedingt heißen, wir haben gedöst.«

»Tapfer, tapfer«, sagte Johnnie. »Immer bienenfleißig.« Aber er ist stets zur Stelle, um Will zu helfen, und er beklagt sich nie.

In der Woche darauf erhält Trudy wieder eine Besuchserlaubnis, und andere auch. Sie ist in Hochstimmung. Der Chef der Gendarmerie will, dass sie ihm in dem Hotel, in dem er sich einquartiert hat, zweimal wöchentlich Englischunterricht erteilt.

»Das Essen dort! Unvorstellbar!« Sie senkt die Stimme zu einem Flüstern. »Ich esse so viel, dass es bis zur nächsten Stunde vorhält. Einmal hat er mich in das Haus auf dem Peak kommen lassen, das er beschlagnahmt hat, das frühere Baylor-Haus. Er benutzt es als eine Art Wochenendquartier. Die Hausangestellten sind alle noch da – sie haben sich so gefreut, mich wiederzusehen! Aber es war eine komische Szene. Als ich ankam, hat er gerade auf dem Rasen Bogenschießen geübt, und er hat mir ein Glas Champagner bringen lassen. Als wollte er das Leben eines englischen Lords nachahmen. Man könnte fast glauben, alles ist wieder beim Alten. Er will nur plaudern, sein Umgangsenglisch auffrischen. Natürlich versucht er mich auch auszuhorchen, der hält mich für blöd, aber was macht das schon, wenn man Bananen essen kann und frischen Fisch und so viel Reis, wie man runterkriegt! Ich bin so ein Bauer geworden, wenn's ums Essen geht, kannst du dir das vorstellen? Also jedenfalls – Otsubo ist ganz wild darauf, sich die Taschen zu füllen, und er glaubt, ich helfe ihm dabei, bewusst oder unbewusst. Das ist wahrscheinlich eine altehrwürdige Kriegstradition, dass die Offiziere auf Kosten der Besiegten reich werden.«

»Ihr unterrichtet den Mann gemeinsam, du und Angeline?«

»Er hat gesagt, ich soll Angeline zu Hause lassen, er braucht keine zwei Lehrerinnen, aber ich bringe ihr jede Menge zu essen mit. Hab ihm gesagt, ich wohne bei ihr und bin ihr verpflichtet. Ich soll ihm auch westliche Tischmanieren beibringen. Ist das nicht zum Schreien komisch? Er will alles wissen – Fischmesser, Dessertlöffel und so weiter. Das Wort *Etikette* kann er zwar immer noch nicht aussprechen, seit ich ihn damit bekannt gemacht habe, aber er hält sich für einen Meister auf dem Gebiet. Neulich Abend hatten wir Hummer, und er wollte wissen, wie man ihn richtig isst. Ich hab einfach munter drauflos gefuttert, und er hat gedacht, ich mache Spaß.«

»Du isst mit dem Mann Hummer?«

»Nein, nein, nicht, wie du denkst – Dommie war auch dabei. Die beiden sind eng befreundet. Wirklich ekelhaft. Ich geh nur wegen des Gratisessens hin. Ich hab dir auch was mitgebracht, Darling, sieh mal.« Sie überzeugt sich, dass der Wachposten nicht herschaut, und leert dann einen Matchbeutel mit Obst, einigen Konservendosen und einem kleinen Sack Reis auf dem Tisch aus. »Ich hab dem Wachposten, der am Eingang die Taschen kontrolliert, ein paar Zigaretten zugesteckt, und er hat mich durchgelassen, aber ich möchte nicht, dass der Mann auf dumme Gedanken kommt. Teil die Sachen aber nicht großzügig mit anderen. Ich möchte, dass *du* sie isst, und nicht der kleine Oliver oder die kleine Priscilla, egal wie ausgemergelt ihre bezaubernden Gesichtchen sind. Die Sachen sind für dich – wenn ich wüsste, dass sie sonst wo landen, würde ich sie dir nicht geben. Du musst dir ein dickes Fell zulegen, Will, es ist schließlich Krieg.«

»Wie kommst du darauf, dass ich keins habe?«

»Du bist zu gut, das ist dein Problem. Leute wie du tun sich schwer, in solchen Zeiten zu überleben.«

»Und du isst mit diesem Japaner Hummer«, sagt er noch einmal.

»Ja«, antwortet sie geduldig, als hätte sie einen Geistesgestörten vor sich. »Die Situation ist nicht so, dass ich zu ihm sagen könnte, er soll sich verziehen. Ich muss ihn mir warmhalten.«

»Aber das kannst du doch sicher auch, ohne diese unangebrachten …«

Sie schneidet ihm das Wort ab. »Du hast doch keine Ahnung, wie es draußen ist. So was ist gang und gäbe. Wir müssen mit diesen grässlichen Leuten auskommen, bis wir wieder das Sagen haben. Nimm eine Pflaume und sei still.«

Als er die Pflaume nicht sofort nimmt, zieht sie sie gereizt zurück und beißt selbst davon ab. Der Saft rinnt ihr aus dem Mund, und Will findet plötzlich, dass sie aussieht wie ein Tier.

Wenn es regnet, ist es besonders schwer, sich aufzuraffen. An einem feuchtkalten Dienstag liegt Will im Bett, das durch die dünne Matratze hart gegen seinen Körper drückt, und lauscht dem Regen, der gleichmäßig aufs Dach prasselt. Er ist nicht traurig, nur bewegungsunfähig. Wasser sickert durch die graue Wand vor ihm, und auf dem Betonboden bildet sich eine Pfütze. Auch hier in Camp Stanley hat sich eine gewisse Routine eingestellt: Die Internierten schlurfen umher, debattieren über Lebensmittelzuteilungen, Diebstähle, Dienste.

Nirgends im Lager gibt es Farben. Ihre Kleider sind längst vergraut, das Essen auf den Tellern ist durchweg schmutzig braun, die Gebäude sind aus grauem Beton. Der einzige Lichtblick im ewigen Grau und Braun sind der Himmel, der manchmal von einem herrlichen glasklaren Blau ist, und das wechselnde Türkis des Meeres. Manchmal sitzt Will am Zaun und schaut einfach nur hinaus. Der Horizont, das Wasser, die Wolken – all das ist noch immer von geradezu absurder Schönheit. Dr. Selwyn-Clarke hat Stanley gewählt, weil er glaubte, die Lage am Meer könne das Auftreten von Cholera und anderen Infektionskrankheiten eindämmen. Aber leider sind nicht die Infektionskrankheiten das Problem, sondern der Mangel an Vitaminen und vernünftiger Nahrung.

Johnnie kommt völlig durchnässt herein.

»Was für ein schöner Tag.« Er setzt sich schwer aufs Bett.

»Kannst du das glauben, dass wir hier sind?« Zu einer anderen als dieser einfältigen Erwiderung ist Will nicht imstande.

»Ich wär lieber zu Hause, so viel ist klar.« Johnnies Miene hellt sich auf. »Man munkelt, es seien Rotkreuz-Pakete gekommen. Vielleicht werden sie nach dem Abendessen verteilt.«

»Was ist denn drin in so einem Rotkreuz-Paket?«

»Was zu essen, Mann! Schokolade manchmal. Spiele. Die Kinder reden schon den ganzen Tag von nichts anderem. Vielleicht muss ich mich mit einem kleinen Mädchen um ein Paket raufen.«

Am Nachmittag läuft der kleine Willie Endicott durch das Lager, so schnell ihn seine dünnen Beinchen tragen, und Will hört ihn rufen: »Die Pakete sind da! Die Pakete sind da!«

Will schaut aus dem Fenster. Willies Arme sind mit rot aufgekratzten, nässenden Mückenstichen übersät. Seine Mutter, außer sich vor Sorge wegen der Malaria, hat kostbare Zahnpasta auf die Pusteln geschmiert. Da läuft er, der weiß gesprenkelte Junge, und schreit seine Botschaft hinaus, überglücklich vor Freude auf etwas zu essen.

Angespannt stehen die Internierten Schlange. Als Will und Johnnie an der Reihe sind, übergibt ihnen der Wachposten ein weiches, in braunes Packpapier gewickeltes und mit Zwirn verschnürtes Paket. Aufgeregt ziehen sie sich damit auf ihr Zimmer zurück.

»Das ist ja wie Weihnachten!«

Will hat Mühe, das Paket zu öffnen; seine Fingernägel sind so weich wie das Papier. Endlich kann er die Knoten lösen. Die Schnur bewahren sie sorgfältig auf – nichts wird in diesen Zeiten weggeworfen – und inspizieren dankbar staunend den Inhalt.

»Sieht aus wie von einem Wissenschaftler gepackt!«, ruft Johnnie.

Sechs Schokoladenriegel sind darin, leicht angeschimmelt, aber das macht nichts, eine große Dose McVities-Kekse, Kaffee, Tee, reichlich Zucker und Milchpulver, dazu Wollsocken und ein dicker Schal – alltägliche Dinge, in ihren Augen so kostbar wie Goldmünzen. Und eine Extra-Überraschung ist noch dabei: ein winziges Schachspiel und, gut darin versteckt, ein kleines, mit runder Mädchenschrift bedecktes Blatt Papier.

Johnnie liest vor, den Schal wie einen Turban um den Kopf gewickelt:

»›Unsere Gedanken und Gebete sind bei Euch. Verliert nicht den Mut, dann wird der gute WILLE siegen. Ich heiße Sharon und würde gern mit Euch Briefe wechseln, wenn ihr das könnt. Ich bin blond und habe blaue Augen und angeblich immer ein Lächeln auf den Lippen.‹

»Schöne Schrift«, sagt Johnnie und schnuppert an dem Papier. »Und schön ausgewogen, das Ganze, gerade so, dass es durch die Zensur kommt, und doch deutlich genug. Und sieh mal hier, da hat sie ihre Adresse aufgeschrieben.«

»Reizend«, sagt Will trocken. »Sharon aus Sussex, unsere Retterin.«

»Ich werde Sharon besuchen, wenn ich nach Hause komme.« Johnnie steckt den Zettel in seine Brusttasche. »Scheint der Typ Mädchen zu sein, mit dem ich sesshaft werden sollte.«

»Und ich?«

»Du hast schon eine Freundin. Sei nicht so gierig. Sharon gehört mir.« Johnnie schiebt sich einen ganzen Schokoriegel in den Mund.

»Kannst du Schach spielen?« Will beginnt die Figuren aufzustellen.

»Kann man dabei was verdienen?«

»Nein, aber es ist gut für die geistige Gesundheit. Wir verblöden hier drin allmählich.« Johnnie ist sein erster Freund, macht Will sich klar. Er hat in der Kolonie keine Freunde gefunden; mit Trudy war das nicht nötig. Es ist ein gutes Gefühl.

Am nächsten Morgen sieht Will Tobias, den kleinen Jungen aus dem Hotel, mit seinem Flugzeug allein vor der Toilettentür kauern.

»Hat dir die Schokolade geschmeckt?«, fragt er.

Keine Antwort.

»Wo ist denn deine Mutter?«

Der Junge sieht ihn nur an. Sein Gesicht ist bleich, sein Haar lang und verfilzt. Er dreht behutsam das ramponierte Flugzeug in den Händen. Es ist inzwischen förmlich mit ihm verwachsen.

»Geht's deiner Mutter nicht gut?«

Der Junge fängt an zu weinen.

»Hab keine Angst. Wenn sie da drin ist, kommt sie gleich wieder.«

In diesem Moment fliegt krachend die Tür auf. Fujimoto kommt heraus und knöpft sich im Gehen die Hose zu. Will weicht instinktiv zurück, doch der Mann beachtet ihn nicht und geht davon.

»Sie ist wohl doch nicht da drin. Wollen wir sie zusammen suchen?« Will streckt ihm die Hand hin. Der Junge blickt zu Boden und schüttelt heftig den Kopf.

»Hör zu«, beginnt Will, doch da öffnet sich die Tür von Neuem, und Mary Cox tritt heraus. Will blinzelt. Ihre Hand fährt an ihren Mund, als sie ihn sieht. Sie wendet sich ab.

»Komm, Schatz«, sagt sie zu Tobias. »Es gibt Essen.« Sie hastet an Will vorbei den Flur hinunter und zieht das Kind hinter sich her. Dann dreht sie sich noch einmal um. Ihre Züge verhärten sich; böse und trotzig sieht sie Will an.

So ist das also, denkt er. So fängt es an, wenn sich alles verändert. Wir finden Mittel und Wege zu überleben – oder auch nicht.

Er erzählt Johnnie von Mary Cox.

»Das war doch nur eine Frage der Zeit. Marktwirtschaft entsteht überall. Man überlegt sich, was man zu verkaufen hat und was man kaufen will.«

»Klingt verdammt gefühllos.«

»Dieser Krieg ist blutig genug, auch ohne dass ich sentimental werde. Und das solltest du auch nicht, alter Junge. Werd jetzt bloß nicht weich. Damit ist niemandem gedient.«

Aber Will bekommt das Bild des kleinen Tobias, der wartend vor der Toilettentür hockt, nicht aus dem Kopf.

Als sie zum Abendessen hinunterkommen, werden sie Zeugen eines Skandals anderer Art. Regina Arbogast beschuldigt eine Mutter, sie habe Schokolade und Kekse aus ihrem Rotkreuz-

Paket gestohlen, und verlangt ein Gerichtsverfahren. Hugh Trotter versucht ihr zu erklären, dass das Rechtssystem, das sie eingeführt haben, für schwerwiegendere Fälle gedacht ist, Misshandlungen durch die Wachen etwa oder Diebstähle aus der Gemeinschaftsküche, aber sie hört gar nicht zu.

»Sie und Ihre dreckigen Kinder, Sie essen mehr, als Ihnen zusteht! Sie hätten die Kinder schon vor Monaten nach England schicken müssen. Die dürften gar nicht hier sein und anderen das Essen wegnehmen. Die dürften gar nicht hier sein!«

Die Frau fühlt sich in die Enge getrieben.

»Regina«, sagt sie, »ich habe nichts von Ihnen genommen. Und Sie haben doch auch Familie. Wie können Sie so von Kindern reden?«

»Meine Kinder sind anständig erzogen, im Gegensatz zu Ihren. Die sind ja wie Tiere! Außerdem sind meine in England, wo sie hingehören!«

»Ihre sind längst erwachsen. Ich konnte Sandy und Margaret doch nicht wegschicken. Sie sind noch zu klein, um von der Mutter getrennt zu werden.«

»Dann hätten Sie mit ihnen nach England zurück müssen!«

»Sie dürften selbst doch auch nicht hier sein«, sagt die Mutter schließlich. »Nur die Männer. Frauen und Kinder müssten längst weg sein. Sie nehmen anderen genauso das Essen weg.«

»So ein Unsinn!« Regina sieht aus, als könnte sie im nächsten Moment auf die Frau losgehen. »Ihre Familie hat sich schon immer Vorteile verschafft. Reggie hatte ja geschäftlich mit Ihrem Mann zu tun, und er hat immer gesagt, was für ein vulgärer Mensch er ist, ein windiger Typ, der sich so durchlaviert.«

»Moment mal«, schaltet sich Hugh Trotter ein. Er hat sich bisher klugerweise zurückgehalten, doch diesen Vorstoß ins Persönliche kann er nicht ignorieren. »Bleiben wir doch bei der Sache, um die es hier geht.«

»Die *Sache*, Hugh«, sagt Regina langsam, als sei er nicht ganz richtig im Kopf, »ist die, dass *diese Frau* sich an meinem persönlichen Besitz vergriffen hat und Sie das nicht als einen schwerwiegenden Fall behandeln wollen.«

»Um Himmels willen, Regina« – Hugh reckt hilflos die Hände – »wir sind hier interniert, verdammt noch mal. Im Moment besitzt keiner von uns irgendetwas. Wir haben Pakete für Kriegsgefangene bekommen. Wie wär's mit ein bisschen mehr Großzügigkeit? Wir sitzen doch alle im selben Boot.«

»Schreien Sie mich nicht an!« Ihre Stimme überschlägt sich. »Wir sitzen nicht im selben Boot! Ich werde niemals mit dieser Frau im selben Boot sitzen. Uns trennen Welten!«

Die Amerikaner schauen aus einiger Entfernung entgeistert zu. Manchmal kommt sich Will wie ein Verräter vor, weil er die Amerikaner bewundert oder sich zumindest ein wenig wie einer von ihnen fühlt. Trudy hat zwar öffentlich ihre Liebe zu ihnen bekundet, sie aber im Grunde nie gemocht. Vielleicht sind sie ihr zu demokratisch. Gewisse Klassenschranken sind mehr nach ihrem Geschmack. Hier im Lager aber ist das System der Amerikaner dem jeder anderen Gruppe haushoch überlegen. Selbst in dieser Umgebung strahlen sie Fülle und Wohlstand aus. Bill Schott ist zwar ein Despot, aber er erledigt die Dinge effizient und schnell, und er hat seinen Leuten viele Vorteile verschafft, auf eigene Kosten vermutlich, aber immerhin. Diejenigen unter den Briten, die das nötige Kleingeld hätten, anderen zu helfen, tun es selten; sie horten es lieber, aus Angst vor noch schlechteren Zeiten. Bei den Amerikanern wird geteilt, was da ist, doch da sie weniger zahlreich und nicht so knapp bei Kasse sind, ist das wohl auch einfacher.

Regina Arbogast stampft wie ein Kind mit dem Fuß auf und schreit: »Unmöglich ist das! Da fehlt es ja an den simpelsten Grundlagen! So geht das nicht! Ich werde die Dinge wohl selbst in die Hand nehmen müssen.« Sie rauscht beleidigt hinaus.

»Ein bisschen Abwechslung ist immer willkommen«, bemerkt Johnnie. »Ein Prachtweib. Die müssen wir im Auge behalten.«

Reis, Reis, Reis. Nach etwa zwei Monaten ist von nichts anderem mehr die Rede. Sie haben eine geradezu absurde Kreativität entwickelt: Sie mahlen ihn zu Mehl, sie kochen Schleimsuppe daraus, sie versuchen ihn, so gut es geht, zu strecken. Das Essen ist Hauptgesprächsthema. Eine paradiesische Woche lang bringt der Verpflegungslastwagen jeden Tag Fleisch, dann sickert durch, dass eine Schweinefarm wegen einer Seuche geschlossen wurde und man ihnen die Kadaver vorsetzt. Aber die meisten kochen das Fleisch einfach lange und essen weiter davon. In der Not frisst der Teufel Fliegen.

Sie bereiten Tee aus getrockneter Rinde und trocknen Gras auf Tüchern, zerkleinern es und drehen sich damit Zigaretten. Alle haben stark abgenommen, die Gesichter der Männer sind ausgemergelt, die Frauen wirken um Jahrzehnte gealtert. Manche haben als Folge der Unterernährung unerträgliche Schmerzen in den Füßen und können nicht laufen.

Einige brechen unter der Last zusammen. Eines Tages kommt Reggie Arbogast zu Will und bittet ihn, mit seiner Frau zu reden, die mit niemandem mehr spricht. Für Will hat sie offenbar immer eine Schwäche gehabt – er selbst hat nichts davon gewusst, geschweige denn, dieses Gefühl erwidert. Doch er verspricht zu kommen.

Er klopft an die Tür und tritt ein. Ein surreales Bild bietet sich ihm: Regina Arbogast sitzt in einem purpurroten Abendkleid auf dem Bett, das Haar zu einem unordentlichen Knoten gebunden, von dem einzelne Strähnen herabhängen. Ihre Augen sind schwarz umrandet, mit Holzkohle, wie Will bei näherem Hinsehen erkennt. Dick aufgetragener roter Lippenstift ist über die Konturen ihres Mundes hinaus verschmiert.

»Mrs. Arbogast«, beginnt er.

Sie bleibt sitzen; wie eine groteske Marionette kommt sie ihm vor.

»Regina«, sagt er, »Sie müssen ins Freie. Es ist ein herrlicher Tag.«

Sie sieht ihn an.

»Will«, sagt sie schließlich. An ihren Zähnen klebt Lippenstift.

»Ja, Regina? Die frische Luft wird Ihnen guttun.«

»Will. Sie sind ein so guter Mensch. Ich bewundere Sie. Hongkong hat Sie nicht verdorben wie so viele andere.«

»Danke, Regina. Ich weiß nicht …«

»Aber andere hat es vergiftet. Das Leben hier ist so leicht. Dienstboten, so viele man will, ein vom Staat oder der Firma subventioniertes Leben. Für alles ist gesorgt. Das schwächt.«

»Regina, es ist nicht gut, solchen Gedanken nachzuhängen. Sie sollten etwas für Ihren Geist tun. Soviel ich weiß, planen ein paar von den Frauen eine Theateraufführung. Da sollten Sie mitmachen …«

»Pah!« Sie spuckt auf den Boden. »Diese Ziegen!«

Er setzt sich; er will sie nicht noch mehr provozieren.

»Diese lächerlichen dummen Gänse glauben, ein bisschen schlauer Text lässt uns vergessen, in welcher tragischen Situation wir uns hier befinden. Ich verachte sie.«

Und sie dich, denkt Will, aber er spricht es nicht aus.

»Was würden Sie denn gern tun?«

Sie sieht ihn ungläubig an.

»Was wohl, verflucht noch mal! Ich will hier raus, ich will nach England zurück!« Regina Arbogast scheint sich in einen Hafenarbeiter verwandelt zu haben.

»Na, na, Regina!«, schaltet sich Reggie ein, der gerade hereingekommen ist. Seine Augen sind trübe und eingesunken. Der Arzt hat ihm gesagt, er brauche Vitamin C, aber Zitrusfrüchte sind nirgends zu bekommen.

»Ach, halt die Klappe, Reggie.«

Will steht auf, um zu gehen.

»Sie bleiben«, gebietet Regina. »Reggie kann machen, was er will, das ist mir schnurzegal. Aber Ihnen muss ich was sagen, Will, weil ich finde, Sie haben's verdient.«

»Regina, ich glaube nicht, dass Will …«

»Reggie!«

Reggie Arbogast wirft Will einen hilflosen Blick zu, als wollte er sagen: Da sehen Sie, womit ich's hier zu tun habe. Dann geht er hinaus. Will schaut ihm nach.

»Regina?«

»Will, Sie waren einer von denen, auf die ich große Hoffnungen gesetzt habe, als Sie hierherkamen.« Sie hört sich an wie die Hohepriesterin der Gesellschaft, als die sie sich immer stilisiert hat. »Reggie kannte Sie von der Arbeit her und hat immer in den höchsten Tönen von Ihnen gesprochen. Ich hätte Sie so oft gern zum Dinner eingeladen.« Regina Arbogasts Dinnerpartys waren wegen ihrer verschwenderischen Fülle, ihrer ausgeklügelten Mottos und der begrenzten Gästeliste sehr gefragt gewesen bei Leuten, denen so etwas wichtig war.

Trudy hatte über alles, was Regina tat, nur gelacht. »So etepetete!«, hatte sie gesagt. »So überheblich! Weißt du, dass sie in Manchester Verkäuferin war, bevor sie Reggie geheiratet hat? Dieses ganze feine Getue von ihr ist noch ziemlich neu. Reggie soll ein sehr netter Kerl gewesen sein, bevor er sie kennengelernt hat.«

»Das ist sehr feundlich von Ihnen, Regina.«

»Aber dann haben Sie sich mit dieser Liang zusammengetan. Wussten Sie von ihrer Vergangenheit? Ich hatte den Eindruck, sie hat Sie sich sofort geangelt. Die weiß ja sehr genau, was sie tut. Hat Sie vom Markt genommen, bevor überhaupt irgendjemand mitgekriegt hat, dass Sie hier sind. Sie wissen ja, wie man sie nennt, nicht wahr? Die Königin von Hongkong!« Sie lacht. »Grotesk ist das! Die mit ihren komischen Mischlingsallüren, die hält sich für was Besseres als alle anderen. Verzeihen Sie, aber das ist wirklich eine unerträgliche Person. Die Liebe macht Sie offenbar blind.«

Will weiß nicht, warum Regina mit ihm redet wie mit einer der Gesellschaftsmatronen beim Tee im Peninsula.

»Ich weiß nicht, ob das jetzt der richtige Moment und der richtige Ort ist, um …«, beginnt er.

»Hören Sie zu. Ich habe nicht ganz unrecht. Auch wenn Sie's nicht glauben.« Regina Arbogast beugt sich vor. »Reggie hat mit dem Gouverneur gesprochen, als der hierherkam. Es gab da in der ersten Woche ein Geheimtreffen. Am Tag des Tin-Hat-Balls. Gouverneur Young wollte ein paar wichtige Leute kennenlernen und ihren Rat einholen. Er war neu in der Kolonie und hatte keine Ahnung, wie hier alles läuft. Er wusste, dass der Krieg näher rückt, wollte aber nicht, dass irgendwas davon nach außen dringt und Unruhe in der Bevölkerung stiftet, der Trottel. Und bei diesem Treffen …« Regina lehnt sich zurück. »Hören Sie mir überhaupt zu?«

Will sieht sie an, abgestoßen und zugleich gespannt. »Regina.«

Befriedigt beugt sie sich wieder vor. »Bei dem Treffen wurde unter anderem darüber gesprochen, was mit der Kron-Kunstsammlung im Gouverneurspalast geschehen soll. Da sind ja Stücke von unschätzbarem Wert dabei, wie Sie vielleicht wissen, hauptsächlich chinesische Antiquitäten – eine heikle Sache, weil die Chinesen der Meinung sind, wir hätten sie ihnen gestohlen: alte Schriften, Vasen und dergleichen, Dinge, die bei Ausgrabungen gefunden wurden. Manche sind Jahrhunderte alt, sagt Reggie. Man beschloss, die Sammlung in ein Versteck zu bringen, von dem nur drei Personen wissen sollten, drei Menschen von so unterschiedlicher Stellung, dass wenigstens einer … überleben würde, egal was passiert.«

Will hört wider Willen fasziniert zu.

»Und einer von den dreien war natürlich Reggie.« Regina gestattet sich ein anerkennendes Lächeln. »Und Reggie hat mir davon erzählt. Das Versteck hat er aber nicht verraten. Und auch nicht, wer die anderen beiden waren.« Ihr Lächeln erlischt. »Er ist in solchen Dingen geradezu nervtötend ehrenhaft. Das Land geht ihm über alles, das hat er mit der Muttermilch eingesogen. Ich glaube, im Zweifelsfall würde er mich dafür aufgeben. Vielleicht sogar die Kinder. Er war also genau der Richtige für die Sache.«

Sie steht auf und schlurft zur Tür.

»Ich hab hier keine anständigen Schuhe, und niemand kann mir welche besorgen. Wissen Sie jemanden? Ich habe nur diese fürchterlichen Pantoffeln; auf einem Fischmarkt würden die sich gut machen.«

»Warum haben Sie mir das erzählt, Regina?«

Sie lächelt kokett. Es wirkt grotesk.

»Ich habe da einfach so ein Gefühl, Will. Ich weiß, dass da draußen einiges im Gange ist – Geheimaktionen, Machenschaften. Ich wollte einfach, dass Sie's wissen.« Sie umschließt seine Hand. Ihre Hände sind trocken und reptilienhaft. »Betrachten Sie's als ein Geschenk von mir.«

In der Woche darauf erscheint Trudy in Schneiderkostüm und Hut und bringt das größte Paket mit, das Will je gesehen hat.

»Es ist jetzt so komisch draußen«, sagt sie, streift ihre Handschuhe ab und nimmt Platz. »Eine so merkwürdige Gesellschaft, ein Sammelsurium von Leuten, das du dir gar nicht vorstellen kannst. Die Russen, die wir so schrecklich fanden, sind jetzt überall, und sie sind noch unerträglicher als früher. Die meinen, sie sind jemand, jetzt, wo alle anderen weg sind. Schlimmer als diese selbstgerechten Schweizer sind die. Ich war bei einem Dinner mit dem Arzt – du kennst doch Dr. Selwyn-Clarke, er ist offizieller medizinischer Berater des neuen japanischen Gouverneurs, Isogai – und Sir Vandeleur Grayburn, der so wunderbar ist wie eh und je, nur schrecklich deprimiert wegen der ganzen Situation, und diese junge Russin war auch da, ich weiß nicht, ob du dich an sie erinnerst, Tatjana heißt sie, man hat sie früher überall gesehen, eine vorlaute Person, die immer ein bisschen zu viel trinkt, die war so unverschämt zu Dr. Selwyn-Clarke, und jetzt ist sie mit einem Chinesen verheiratet, der mit der Kempeitai unter einer Decke steckt, sodass ihr nichts mehr passieren kann – denkt sie jedenfalls ... Zu dem Essen hat sie ihn natürlich nicht mitgebracht. Ich glaube, sie hat ihn nur geheiratet, um auf Nummer sicher zu gehen. Wenn das alles vorbei ist, erschieße ich sie höchstpersönlich.«

»Wo war denn das Dinner?«

»Bei den Selwyn-Clarkes, aber so was muss ja streng geheim bleiben. Er musste es als Planungsbesprechung tarnen, für die Nahrungsmittelversorgung und so, und zum Teil war's das auch, aber draußen haben Wachposten gestanden und gelauscht – sehr ungezwungen war das Ganze nicht. Und weißt du, wer gestorben ist? Crumley, der Amerikaner, der immer im Grill war. Ich weiß noch, wie er mal reinkam und erzählt hat, ihm sei bei einem Picknick in Shek O ein Schmetterling in den Mund geflogen und er hätte ihn verschluckt, und jetzt ist er tot. Verschluckter Schmetterling hin oder her. Da muss ich manchmal dran denken.« Sie kommt immer mehr in Fahrt, vom Hundertsten ins Tausendste, erzählt Unsinn über alle möglichen Leute.

»Otsubo betet mich inzwischen an, er gibt mir alles, worum ich ihn bitte. Sieh nur, was ich dir alles mitbringen konnte! Schinken und Kaffee, Zucker und Milchpulver. Ich hab auch noch was von dieser Erdbeermarmelade aufgetrieben, die man jetzt überall sieht. Und sogar Honig. Du hast wirklich Grund zur Eifersucht, Darling.« Aber sie sieht schlechter aus denn je, sie ist abgemagert, ihre Lippen sind trocken und aufgesprungen, ihr Haar ist zu einem unordentlichen Knoten gebunden. Die Bluse ist ihr viel zu groß, der Kragen steht im Nacken ab, als müsste sie darin versinken.

»Ich habe hin und her überlegt, was für ein Mensch Otsubo ist, und ich glaube, jetzt weiß ich's. Er ist so einer, der einen, wenn man was sagt und er versteht's nicht, um Wiederholung bittet, und noch mal und noch mal, bis er's versteht – die meisten würden ja höflich so tun, als hätten sie's nach der zweiten oder dritten Erklärung kapiert. Er lässt nicht locker, gesellschaftliche Umgangsformen interessieren ihn nicht. Wahrscheinlich hat er's deswegen so weit gebracht – so genau, wie der alles nimmt und so.«

»Hast du denn genug zu essen, Trudy? Du siehst aus, als würdest du überhaupt nichts mehr essen.«

»Ich war mit Otsubo in Macao und hab diese ›Bohnen‹ für ihn bestellt, du weißt schon, die Mäusebabys, die Uneingeweihte für

Bohnen halten. Er fand sie köstlich. Dabei sagt man eigentlich den Chinesen nach, sie würden alles essen.«

»Wie auch immer … du siehst aus wie eine Leiche auf Urlaub.« Er nimmt ihre Hand. »Es ist mir egal, dass er verrückt nach dir ist und du Dinge tun musst, die du nicht willst … Ich möchte nur, dass es dir gut geht.«

Sie lacht auf. »Wer sagt denn, dass ich nicht will?«

Sie wirft ihm ein Päckchen zu. »Da«, sagt sie, »noch was zu essen.«

»Komm ins Lager«, sagt er. »Ich kümmere mich um dich.«

»Will, Darling.« Sie legt die Hände an seine Wangen. »Dafür ist es zu spät. Mir gefällt's draußen. Ich komme endlich halbwegs mit der Situation zurecht.«

Die Tür geht auf, und Edwina Storch tritt mit einem großen Paket ein.

»Hallo«, sagt Trudy, »besuchen Sie Mary?«

»Ja. Hallo, Will. Wie geht es Ihnen?«

»Danke, gut. Mary auch, soweit man das hier drin sagen kann. Sie ist tapfer und guter Dinge, und das ist auch für die anderen ein Segen.«

»Ja, sie ist wunderbar. Eine schreckliche Situation.« Edwina beäugt kritisch Trudys Paket. »Sie haben da ja eine Menge Marmelade, Trudy. Und Kaffee! Da müssen Sie aber jemand sehr Wichtigen kennen.«

Mary Winkle tritt ein, und die beiden Frauen umarmen sich, die eine groß, die andere klein. Sie gehen in einen anderen Raum.

Trudy schaut ihnen nach.

»Ich begegne Edwina jetzt ständig«, sagt sie. »Sie ist nicht zu übersehen in der Nachkriegswelt da draußen.« Sie hält einen Moment inne. »Aber ich mag sie ganz gern.«

Will nimmt ihre Hand. Sie wirkt so verloren.

»Weißt du, was meine beste Eigenschaft ist?«, fragt sie.

»Ich könnte gar nicht sagen, welche von den vielen, mein Schatz.«

»Ich sehe das Gute im Menschen. Ich verliebe mich in jemanden, wenn sich ein Fenster in sein Inneres auftut und seine besten Seiten zum Vorschein kommen. Ich habe mich schon so oft verliebt, das Problem ist nur, dass ich mich genauso schnell wieder entliebe. Das Schlechte im Menschen sehe ich auch sehr schnell.

Hast du gewusst, dass ich mich auf den ersten Blick in dich verliebt habe? Damals bei den Trotters bist du mir natürlich aufgefallen, weil du neu warst, und dann hast du dich ans Klavier gesetzt und ein paar Takte gespielt, und wie gut, ganz unbefangen, ohne daran zu denken, dass jemand zuhören könnte. Das war in dem Zimmer zum Garten, und du warst allein darin. Ich kam auf dem Weg zur Toilette dran vorbei und hab dich gesehen. In dem Moment hab ich mich in dich verliebt, und dann hab ich den Drink verschüttet, um dich kennenzulernen.«

»Trudy, Darling.«

Sie steht auf.

»Ich ertrag das nicht«, sagt sie gehetzt. »Ich ertrag's einfach nicht.« Dann dreht sie sich um und geht. »Iss die Sachen, die ich dir gebracht habe«, ruft sie noch zurück, bevor die Tür scheppernd hinter ihr ins Schloss fällt. »Du musst bei Kräften bleiben.«

»Johnnie, ich muss hier raus.«

Er sagt es am Abend, nachdem sie zu Bett gegangen sind und die Atemzüge seines Gefährten sich kurz vor dem Einschlafen vertiefen. Sie hören auf, dann setzen sie wieder ein.

»So?«

»Ja. Ich verliere sie.«

»Aha.«

»Hilfst du mir?«

»Klar.«

Aber er hätte nichts zu sagen brauchen. Trudy hat natürlich ihre eigenen Mittel und Wege.

»Ich hab eine Woche Urlaub für dich organisiert. Otsubo hat mir einen Passierschein gegeben, auf dem steht, dass du einen Auftrag für ihn ausführen musst. Ist das nicht schön?«

»Was für einen Auftrag?«

Sie sieht ihn an, als sei er schwer von Begriff.

»Keine Ahnung. Irgendwelche Büroarbeiten, die nur du, der unnachahmliche Will Truesdale, und kein anderer ausführen kann. Korrekte Buchhaltung. Pflanzen gießen. Japanern schmeicheln. Ist doch egal. Du kommst hier raus! Freust du dich denn gar nicht? So was Undankbares!«

»Was muss ich da tun?«

»Ja, bist du noch zu retten?«, ruft sie. »Nichts natürlich! Absolut nichts. Ich dachte, es würde dir guttun, mal rauszukommen und zu sehen, was draußen los ist. Niemand sonst bekommt so eine Chance.«

»Danke. Ich weiß es zu schätzen.«

»Dann kannst du mal sehen, wie das Leben draußen aussieht, wie sich mein Leben verändert hat.«

»Wie wär's mit einem Tausch? Du kommst für zwei Wochen hier rein.«

»*Peut-être*«, sagt sie. Wenn sie das Thema wechseln möchte, wechselt sie ins Französische.

Und so wartet Will am Montag darauf im Gebäude der Wachen. In den vergangenen Tagen ist er gut behandelt worden. Otah kam mit einer Kopie des Urlaubsscheins zu ihm und versuchte, ihm Näheres zu entlocken.

»Otsubo schickt nach Ihnen«, sagte er.

»Ja.« Will nickte.

»Er ist Chef von Gendarmerie.«

»Ja.«

»Sie haben wichtige Fähigkeit?«

»Ja.«

Otah wartete noch einen Moment, ob Will etwas preisgeben

würde, und als nichts kam, warf er den Schein auf den Boden und sagte, Will solle am Montag am Tor warten. Doch die Wachen waren von da an höflicher zu ihm und verschonten ihn mit ihrem Hohn und ihren Durchsuchungen.

Trudy holt ihn in einem Kabrio ab und besteht darauf, selbst zu fahren, obwohl sie eine beängstigend schlechte Fahrerin ist: das Getriebe kreischt, die Kurven schneidet sie. »Das kommt davon, wenn man sein Leben lang einen Chauffeur gehabt hat«, sagt sie achselzuckend, als Will sie schließlich auffordert anzuhalten, um sich selbst ans Steuer zu setzen.

»Du siehst gut aus«, sagt er mit einem Seitenblick auf sie. Es ist wärmer geworden, und sie trägt ein Frühlingskleid und einen großen gelben Strohhut.

»Ich war bei meinem alten Schneider, der hat mir schnell ein paar Sachen genäht. Er braucht dringend Arbeit, und ich hab demnächst ein paar Einladungen, bei denen ich gut aussehen muss.«

Will fragt nicht weiter nach.

Sie fahren zum Peninsula.

»Denk dran, es heißt jetzt Toa«, sagt Trudy.

Sie wird lächelnd und mit Verbeugungen begrüßt, als sie durch die einst so prächtige Lobby rauscht. Jetzt ist hier alles voll Soldaten, und das Mobiliar besteht aus Blechtischen und anderen trostlosen Stücken aus Armeebeständen.

»Otsubo hat hier eine Suite, da wohnen Dommie und ich drin. Für sich selbst hat er ein Haus in der Barker Road beschlagnahmt. Hier ist es besser als in dem Rattenloch, das wir draußen haben. Wir haben Glück gehabt. Du machst dir keine Vorstellung, wie die Leute leben – zwei oder drei Familien in einer Wohnung. Ziemlich furchtbar, aber es ist eben Krieg. Meine Wohnung ist für irgendeinen mittleren Dienstgrad beschlagnahmt. Eine Frechheit ist das. Ich fand sie so schön.«

»Wie geht es deinem Vater?«

»Gut«, antwortet sie knapp. »Es geht ihm gut.«

»Wie kommst du finanziell zurecht?« Hier draußen kommen Will Dinge in den Sinn, über die er sich wochenlang keine Gedanken mehr zu machen brauchte.

»Wir dürfen jede Woche ein bisschen Geld abheben, aber das ist eine heikle Sache. Keine großen Beträge natürlich, aber es ist trotzdem komisch, wenn die wissen, dass man Geld auf einem Konto hat. Man will nicht, dass sie sich zu viele Frage stellen. Nichts hat Bestand, es gibt keine Regeln mehr, und selbst wenn es welche gäbe, könnten sie jederzeit geändert werden.«

»Musst du denn vorsichtig sein? Ist Otsubo nicht die magische Trumpfkarte?«

Trudy überlegt. Ihre Mundwinkel wandern nach unten. Will widersteht dem Drang, ihr eigennütziges kleines Gesicht zu küssen.

»Mmmmm ... eine Trumpfkarte würde ich nicht sagen – er ist ziemlich launisch. Er tut dir einen Gefallen, und dann bereut er es. Er gibt, er will aber auch nehmen. Und man muss ihn mühsam überreden, es nicht zu tun. Kein großzügiger Mensch. Das sind mächtige Männer ja selten. Wir sind da.« Sie öffnet die Tür zu einem Zimmer, das ein wahrer Palast ist im Vergleich zu Wills Zelle in Stanley. Eine Suite mit großen Fenstern aufs blaue, mit Schiffen gesprenkelte Meer hinaus, Plüschteppiche, dicke Seidenvorhänge, träge rotierende Ventilatoren.

»Willkommen im Pen!« Trudy macht einen Knicks.

»Donnerwetter«, sagt Will, »ein Bett mit richtiger Bettwäsche! Vorhänge gegen die Sonne! Und ich wette, im Bad ist sogar Toilettenpapier.«

»Da könntest du recht haben. Und jetzt möchtest du dich bestimmt bei mir bedanken, du unmöglicher Kerl. Ich erlebe ja nichts als Kritik und Argwohn, seit ich das hier aufgetan habe. Bedank dich.«

Es wird ein zärtliches Wiedersehen – die Spätnachmittagssonne, die schräg ins Zimmer fällt, der flache Horizont des Meeres, die Schiffe im Hafen, und Trudy, hier, neben ihm. Er hat so lange an sie gedacht, hat so lange ihre Haut unter seinen Händen, den Duft ihres Atems vermisst, dass er sich bewegt wie im Traum. Sie ist still, stiller als sonst, und sie wirkt unruhig. Beide sind sie zu geschwächt, zu ausgehungert, als dass etwas so Profanes wie körperliche Liebe sie sättigen könnte.

»Sag mir die Wahrheit« – sie setzt sich auf, umklammert das Laken – »hast du irgendein Flittchen in Stanley? Eine attraktive Amerikanerin, die dir dein Herz gestohlen hat? Ein so unersättlicher Mann wie du kann doch nicht die ganze Zeit abstinent leben. Was gibt es sonst schon an Unterhaltung in diesem trostlosen Lager?«

»Unersättlich bin ich nur bei dir.« Er stellt ihr nicht dieselbe Frage, weil er die Antwort – welche auch immer – nicht ertragen könnte. Wenn er nur einen kleinen Teil von ihr für sich haben kann, ist vielleicht alles gut. »Mach dir darüber keine Gedanken, dann mach ich's auch nicht.« Er hält ihr diesen Ölzweig hin, damit sie die Zeit, die sie zusammen haben, genießen können.

Sie entspannt sich und schmiegt sich an ihn.

»Es ist grauenhaft«, sagt sie. »Die Japaner trommeln Chinesen zusammen, die mit ihnen, sagen wir mal, sympathisieren oder zumindest so tun, zu Geschäftszwecken, sie veranstalten diese absurden Dinnerpartys, auf denen mit Champagner auf ihre Strategien angestoßen wird, und werden gefeiert, als hätten sie Unschätzbares für die Gesellschaft geleistet. Das ist alles so unwirklich. Victor Chen ist natürlich ganz dick mit ihnen und versucht, in allen Richtungen mit ihnen Geschäfte zu machen. Ich mache mir Sorgen um Dommie. Victor benutzt ihn.

Einmal ist bei so einem Dinner David Ho, ein alter Freund unserer Familie, aufgestanden und hat einen Toast auf die panasiatische Überlegenheit ausgebracht. Er war wohlgemerkt mit einer Australierin verheiratet, der er auch treu ergeben war, aber sie ist vor ein paar Jahren gestorben, und er hat wieder geheiratet, eine Chinesin praktischerweise. Das ist so ein Feigling. Ich hätte es nicht geglaubt, wenn ich's nicht selbst gesehen hätte. Seine Kinder sind in Australien im Internat – ich frage mich, wie er ihnen überhaupt noch in die Augen schauen kann. Wirklich komisch sind diese Dinnerpartys. Sie finden im Ballsaal des Gloucester statt, und es wird alles getan, um sie zu was Besonderem zu machen, aber sie sind einfach indiskutabel. Propagandafilme, schlechter Alkohol, lauter Heuchler. Was Schlimmeres gibt es nicht.«

»Warum gehst du dann hin?«

Sie steht auf, ihr Körper ein einziger Vorwurf.

»Ich hatte schon ganz vergessen, wie es ist, wenn ich mein Gewissen immer bei mir habe. Manchmal muss man Dinge tun, die man nicht will. Es kann nun mal nicht jeder in vollkommener Harmonie mit seiner Integrität leben.«

Er hört, wie sie ein Bad einlässt. Sie liebt heiße Bäder und liegt so lange darin, bis ihre glänzende Haut schrumpelig wird und ihr Gesicht von der Hitze glüht.

»Wie ist das Wasser hier?«, ruft er zur Entschuldigung. Die Zeit mit ihr ist zu kurz, um sich mit alten Vorwürfen herumzuschlagen.

»Nicht schlecht angesichts der Umstände. Es gibt nichts Schrecklicheres als ein lauwarmes Bad, findest du nicht? Möchtest du reinkommen?«

Sie schüttet Badedas in das heiße, dampfende Wasser; von dem Schaum steigt Limettenduft auf. Sie gleiten hinein, waschen sich gegenseitig und achten darauf, nicht in die Tiefe zu gehen, die Dinge an der Oberfläche zu halten, denn ihre Stimmung ist so flüchtig wie die Schaumbläschen.

Die Welt draußen ist fremd, das Zerrbild einer freien Gesellschaft. Verhärmte Gesichter, geduckte Köpfe – jeder versucht, nicht aufzufallen, unverdächtig zu erscheinen. Es ist das Gegenteil von Normalität: Amerikaner sprechen leise, Briten geben sich bescheiden, Chinesen schüchtern. Alles wirkt gedämpft, mit Ausnahme von Trudy und Dominick, der zum Essen kommt. Sie treffen sich in der Lobby des Hotels. Er küsst Trudy auf beide Wangen und begrüßt Will mit einem knappen Nicken.

»Hallo, Darling«, sagt er zu Trudy und gibt ihr einen dicken Umschlag. »Das ist von Victor. Ich soll dir liebe Grüße sagen.« Trudy erbleicht.

»Liebe Grüße – so?«

Als sie das Hotel verlassen, gehen Trudy und Dominick die Straße entlang, als gehörte sie ihnen, laut lachend in ihren extravaganten, sichtlich teuren Kleidern.

»Wenn man sich verhält, als sei man gegen alles gefeit, dann denken die Leute das auch tatsächlich, Darling«, versichert Trudy Will. »Glaub mir, ich habe diese Theorie ausgiebig getestet.« Sie holt ein abgenutztes blaues, von Stempeln bedecktes Heft hervor. »Und das hier ist natürlich auch ungeheuer hilfreich. Ich hab's von Otsubo, da steht drin, dass mich ein Soldat mit Samthandschuhen anfassen muss, wenn er mich anhält, sonst kann er was erleben. Wenn sie die Stempel sehen, erstarren sie förmlich und geben mir das Heft zurück, als stünde es in Flammen, und dann katzbuckeln sie, dass es schon peinlich ist. Ich bin richtig süchtig danach.«

»Und Dommie?«

»Der hat auch eins, mit dem Stempel von seinem Gönner. Alle besseren Leute haben eins.« Ihr Lachen klingt schrill.

»Und was sagt Otsubo dazu, dass du mich aus dem Lager rausholst? Weiß er davon?«

»Er hat das ja selbst für mich arrangiert. Ich glaube, ehrlich gesagt, nicht, dass er der eifersüchtige Typ ist. Ihr werdet euch wahrscheinlich gar nicht viel sehen. Möchtest du Kantonesisch essen? Ich hab Lust auf Nudeln.«

»Chinesisch?«

»Ja, alles andere ist im Moment ungenießbar, weil niemand da ist, der es richtig zubereiten kann.«

»Hast du schon jemals eine Mahlzeit ausgelassen?«

»Darling, wenn man eine Mahlzeit auslässt, dann ist der ganze Tag nichts wert. Die Chinesen wissen das. Ich würde es nur im äußersten Notfall tun. Dommie kennt ein Restaurant, in dem es phantastische Reisnudeln gibt, in einer Brühe, die den ganzen Tag zieht. Deswegen sind sie um zwei Uhr morgens natürlich noch besser, aber heutzutage wird man ja sofort misstrauisch beäugt, wenn man so spät noch ohne einen von unseren großen Führern unterwegs ist.«

»Was macht der Grill? Ist er noch in Betrieb?«

»Ja, wir gehen auch noch hin. Es ist sogar ziemlich lustig da. Und es sind nicht nur Japaner dort. Es gibt immer noch Gruppen von Briten und Amerikanern, die frei herumlaufen, warum, danach fragt man nicht; die Japaner lassen sie anscheinend in Ruhe. Alle möglichen anderen Leute sind auch da, vom schweizerischen Roten Kreuz zum Beispiel, ab und zu auch ein Deutscher. Ich sag dir, Hongkong, das ist derzeit ein hochinteressantes Sammelsurium von Leuten. Der Krieg hat einfach alle in ein Sieb geschüttet, und übrig geblieben ist eine bunte Mischung. Zum Beispiel diese Jinx Beckett, eine Amerikanerin, ich weiß nicht, was es mit der auf sich hat und warum sie nicht bei dir in Stanley ist, eine wichtige Bankfrau oder Staatsbeamtin kann sie nämlich nicht sein. Du lernst sie bestimmt noch kennen. Man sieht sie einfach überall, eine winzige Person, die ihre Nase in alle möglichen Dinge steckt. Es gibt auch noch Partys. Und wir gehen noch zum Tanzen ins Gripps, aber da unterbrechen sie die Musik immer wieder mal und projizieren diese urkomischen Propagandafilme im Ballsaal an die Wand. Darin geht es natürlich immer um die panasiatische Überlegenheit. Die machen sich anscheinend gar nicht klar, dass sie das einem Haufen Nichtasiaten vorführen. Die blanke Ironie ist das.«

Will sieht einen Zeitungskiosk, ein überraschender Anblick für ihn.

»Ich hätte gern eine Zeitung. Was macht denn die englische Presse zurzeit?«

»Wird von einem Schweden geführt, unter dem wachsamen Auge der Japaner«, antwortet Dominick. »Mit dem entsprechenden Ergebnis. Lauter Blödsinn. Such dir was aus.«

Will nimmt den *Standard* und die *News*. Trudy zahlt.

»Das ist alles Propaganda«, flüstert Trudy. »Die drucken, was man ihnen sagt.«

»Psst, Darling, vorsichtig«, sagt Dominick. Plötzlich entspannt er sich und wendet sich Will zu. »Und, wie ist es für dich hier draußen?« Bis jetzt haben sie nur einen knappen Gruß ausgetauscht. »Und ist es drinnen wirklich so fürchterlich, wie man hört? In der Zeitung steht natürlich, ihr würdet behandelt wie Ehrengäste im Ritz.«

»Es ist alles andere als ideal. Aber hier draußen scheint es auch nicht gerade einfach zu sein. Alle bewegen sich auf Zehenspitzen.«

»Stimmt es, dass Asbury da drin ist und seine Wäsche selbst wäscht wie ein gewöhnlicher Rikschajunge?« Ein für seine Überheblichkeit berühmter Bankier – Will hat tatsächlich gesehen, wie er in der Erde stochert, um einen Garten anzulegen, und seine Unterhemden zum Trocknen aufhängt, weil seine Frau die meiste Zeit bettlägerig ist.

»Ja, aber er hält sich wacker. Erstaunlich, wie jemand auch unter solchen Umständen seine Würde wahrt.«

»Wir sind nicht mehr unser eigener Herr.« Dominick sieht sich um. »Aber der eine mehr, der andere weniger.«

Will schweigt dazu.

»Aber besser ist es, ein freier Mensch zu sein, nicht wahr?«, sagt Trudy. »Hier draußen müssen wir zwar vorsichtig sein, aber niemand schreibt uns vor, was wir zu tun und wann wir zu essen haben. Allmählich kommt alles wieder in Gang. Die Lebensmittelpreise sind ständig rauf- und runtergegangen, aber jetzt scheinen sie sich stabilisiert zu haben. Wir können kleine Geldbeträge abheben. Die öffentlichen Verkehrsmittel funktionieren wieder, die Post auch einigermaßen, und die Leute richten sich so langsam wieder in ihrem Leben ein, auch wenn es immer noch schwer ist. Auf der Straße sieht man ab und zu noch eine Leiche, das ist unangenehm. Und die Kulis werden von den Japanern hart rangenommen, härter als ich es je bei den Chinesen gesehen habe, das ist schlimm für sie. Außerdem werden sie scharenweise nach China zurückgeschickt. Ich glaube, man will die Bevölkerung auf die Hälfte reduzieren.«

»Nichts ist einfach heutzutage, stimmt's?«, sagt Dominick. »Ah, da kommt die Nudelsuppe.«

Nach dem Essen geht Dominick zur Arbeit, »sofern man das Arbeit nennen kann«, sagt er, lässig wie immer. Trudy und Will kaufen ein. Trudy geht auf den Märkten häufig auf Schatzsuche.

»Ich hab da Sachen von Freunden wiedergesehen!«, sagt sie, während sie das Diebesgut auf einem Tisch durchwühlt. »Die Goldbronze-Uhr von den Hos zum Beispiel und diesen ungewöhnlichen Dolch, der bei den Chens über dem Kamin hing. Ich wollte beides kaufen, hatte aber nicht genug Geld.« Sie senkt die Stimme. »Diese dreckigen Ratten haben alles mitgenommen, was sie schleppen konnten, und nach ihnen kamen die Einheimischen und haben die Häuser vollends leer geräumt. Man könnte weinen, wenn man die Schiffe nach Japan auslaufen sieht, randvoll mit all den schönen Dingen, die unsere Freunde gesammelt haben. Autos, Möbel, Schmuck! Jetzt spielen Soldatenfrauen mit anderer Leute Wedgewood Teegesellschaft.«

»Gibt es irgendwelche Lebensmittel, die ich ins Lager mitnehmen könnte?«

»Das kommt auf den Tag an und darauf, was gerade da ist. Mal ist es Milchpulver, mal kistenweise Senf. Wir werden sehen.« Sie hält einen Moment inne. »Es hat irgendwie was Befreiendes, sich auf das Notwendigste zu beschränken. Mit kommt es jetzt richtig frivol vor, dass man sich früher Gedanken über Kleider und Picknicks gemacht hat.«

»Du und Dominick, ihr scheint die Essens- und Wohnungsfrage ja recht gut gelöst zu haben.« Will bemüht sich, einen vorwurfsvollen Ton zu vermeiden.

»Ja«, antwortet sie leichthin. »Aber das alles kann uns schon morgen wieder weggenommen werden, wir müssen es also genießen, solange es geht, nicht wahr?«

Sie biegt in die Pottinger Street und dann in eine schmale Gasse ein.

»Hier ist ein kleiner Laden, in dem man erstaunliche Sachen bekommt.«

»Was wird am meisten verlangt?«

»Vor allem Lebensmittel. Manche Leute haben angefangen, mit Gold und dergleichen zu spekulieren. Nachher gehen wir auf den Markt.«

Ein Bimmeln ertönt, als Trudy die Tür öffnet. Drinnen ist es dunkel, und in der Luft hängt ein durchdringender Geruch nach Teakholz und dem Öl, mit dem es poliert wird. Ein Trödelladen mit zerkratzten, verschmierten gläsernen Ladentischen voller fernöstlicher Kuriositäten. Trudy spricht Kantonesisch mit der Inhaberin, die daraufhin in den hinteren Teil des Ladens eilt. Ihre Stoffpantoffeln schleifen über den Boden.

»Was willst du denn hier?«

»Ach, ich muss nur was für meinen Gebieter erledigen. Du weißt schon.«

»Wie geheimnisvoll.«

Die Frau kommt mit einem kleinen buckligen, in schwarze Seide gekleideten Mann zurück. Er wirkt gereizt. Trudy spricht in schnellem Tempo mit ihm, und ihre Hände beschreiben ein großes Rechteck in der Luft. Der Mann zuckt die Schultern und schüttelt den Kopf. Trudys Stimme wird schrill. Sie attackiert den Mann scharf und wendet sich dann zum Gehen.

Draußen scheint die Sonne, ein abrupter Wechsel nach dem Dämmerlicht des Ladens.

»Und jetzt Lebensmittel?«, fragt Will. Sie wird ihm die Szene erklären, wenn sie dazu bereit ist.

»Ja, Lebensmittel.« Sie nimmt seinen Arm, eine stumme Geste des Dankes. »Manchmal denke ich, du könntest auch Chinese sein.«

Auf dem Markt scheint alles beim Alten. Gebeugte Hutzelweiblein in schwarzen Kitteln und großen Kulihüten rufen ihre Waren aus – hier ein Korb Gemüse, dort Sojaquark mit gelben Sprossen in milchigem Wasser. Will erinnert sich an den frischen, leicht brackigen Geruch nach Erde und Wasser, der an dem Gemüse haftet. Am Wochenende war er mit Trudy oft hier – ihre Mutter hatte gemeint, sie dürfe sich niemals darüber erhaben fühlen, ihr Essen selbst vom Markt zu holen. »Ab und zu wenigstens«, sagt sie. »Natürlich nicht immer. Man trifft hier nie Bekannte, aber das stört mich nicht. Das hat irgendwie was Elementares, findest du nicht? Zu entscheiden, welche Zwiebel man genau will oder welchen Fisch man essen wird, und ihn dann putzen zu lassen.«

»Wie kommt's, dass es hier alles gibt?«, fragt Will, als sie sich vorbeugt, um ein paar Rettiche zu inspizieren.

»Das ist nur auf diesem Markt so, und die Preise sind horrend. Die Bauern kommen jetzt aus dem Umland in die Stadt, weil sie da fünf- bis sechsmal so viel verlangen können. Deswegen konzentriert sich alles hier. Sie verkaufen zehn Wassermelonen oder eine Tüte Brunnenkresse. Es tut der Seele gut, wenn man sieht, wie einfach das Leben sein kann. Man pflanzt etwas an, man erntet es, man verkauft es und kauft sich von dem Geld, was man braucht.«

Später, nachdem sie Konserven, Gemüse und Zigaretten für Will besorgt haben, fährt Trudy mit ihm auf den Peak, wo sie sich die zerbombten Häuser und die zerstörten Straßen ansehen. Jede Mauer bröckelt, und die Ziegel fallen auf die Straße.

»Unfassbar, was die Bomben angerichtet haben. Aber der Wiederaufbau läuft an. Es gibt da so eine Art Arbeitssklaven aus China – Freiwilligenkorps nennen sie's –, die setzen die Straßen instand und versuchen die Häuser zu retten. In manchen ist japanisches Militär einquartiert, die sehen schon wieder ganz passabel aus.«

Sie kommen an einem Haus vorbei, das von einem Dutzend Kulis weiß gestrichen wird.

»Der König von Thailand hat einen Elefanten, der als Anstreicher dressiert worden ist.«

»Das ist wohl wieder eine von deinen Phantasiegeschichten.«

»Nein, im Ernst, Vater sagt, er hat ihn selbst gesehen.«

»Das kann doch nicht sein! Und wenn, dann streicht er bestimmt nur Nebengebäude und Scheunen.«

»Natürlich, Darling.« Sie halten an einem Aussichtspunkt, an dem früher Touristen den Blick auf den Hafen genossen haben.

»Sollen wir aussteigen?« Ein Eisenzaun, Kies und darunter Erde, Wind, der den metallischen Geruch des ausklingenden Winters heranträgt. Trudy schmiegt sich an Will, die Haare zerzaust, und sie blicken auf das grüne Meer hinaus, auf die gedrungenen weißen Gebäude, die sich am Wasser und um den Hafen drängen.

»Das wirkt alles so friedlich, nicht wahr?«, sagt Trudy nachdenklich. »In Hongkong hat das Wasser eine andere Farbe als überall sonst auf der Welt – so eine Art Flaschengrün. Wahrscheinlich durch die Berge, die sich darin spiegeln.« Sie hält einen Moment inne. »Vor ein paar Monaten war es ganz rot von Blut«, fährt sie dann fort. »Der Meeresgrund muss voll sein mit Schiffen und Leichen. Es war erschütternd, wie schnell alles wieder normal aussah, wie die Natur mit solchen Verirrungen fertig wird.«

»Was ist mit Angelines Haus?«

»Sie klammert sich immer noch daran, ich weiß auch nicht, warum sie nicht in die Stadt herunterkommt. Hier oben wimmelt es von japanischen Offizieren, die die Häuser beschlagnahmt haben; ich kann mir nicht vorstellen, dass sie hier sicher ist. Wir gehen von Zeit zu Zeit zusammen essen, Dominick, Angeline und ich. Versuchen so zu tun, als sei alles normal.«

»Dann geht es ihr also gut?«
»Eigentlich nicht. Keinem von uns.«

Sie kehren ins Hotel zurück, und Trudy packt seine Einkäufe für ihn ein.

»Die Leute werden sich um dich reißen, wenn du zurückkommst.«

»Wir müssen überlegen, wie wir Lebensmittel ins Lager kriegen. Die Kinder brauchen Vitamine und Eiweiß.«

Das Telefon klingelt. Trudy nimmt ab.

»Victor«, sagt sie. Ihre Stimme verrät nichts.

»Ja, ich hab's. Dommie hat's mir gegeben.« Sie schweigt einen Moment. »Ich weiß. Ich geb mir Mühe.« Wieder eine Pause. »Ich melde mich, wenn ich kann, ruf deswegen bitte nicht noch mal an.« Sie knallt den Hörer auf.

»Alles in Ordnung?«, fragt Will.

»Sieh mal, wie genügsam ich bin, Will«, sagt sie, ohne auf seine Frage einzugehen. Sie brüht auf einer kleinen Kochplatte Kaffee auf. »Ich verwende den Kaffeesatz jetzt zum dritten Mal. Hast du schon mal so was Tüchtiges gesehen? Bist du nicht stolz auf mich?«

Sie trinken den heißen, bitteren Kaffee ohne Milch und Zucker.

»Ach, ich wollte dir noch was zeigen, das hätte ich fast vergessen.« Sie geht zum Nachttisch und holt eine zusammengefaltete Zeitung aus der Schublade.

»Den Leitartikel hier hat diese lächerliche Zeitung am Valentinstag gebracht. Dommie meint, ich soll ihn mir einrahmen.« Sie liest vor: »›Der Eurasier ist in allen britischen Kolonien ein Problem. Die Bezeichnung bezieht sich, grob gesagt, auf die Kinder, die aus Mischehen hervorgehen und auf deren Kinder‹ etcetera etcetera. ›Dass England und einige andere westliche Länder die Eurasier schikanieren, statt sie zu akzeptieren und sich ihre Qualitäten zunutze zu machen, verwundert den Beobachter. Der

Eurasier könnte diesen Ländern eine große Hilfe sein, er könnte eine wertvolle Verbindung zwischen der herrschenden Nation und der einheimischen Bevölkerung herstellen.‹« Sie blickt auf. »Möchtest du noch mehr hören?«

»Kann ich mal sehen?« Sie gibt ihm die Zeitung. Er überfliegt den Artikel. Ein einfältiger Beitrag.

»Komischerweise hab ich, eine Woche bevor das erschienen ist, mit Otsubo über das Eurasiertum gesprochen.«

»Wirklich?«

»Ja, wirklich. Interessant, nicht wahr? Ich hab ihm erzählt, dass in meiner Kindheit die anderen Kinder mit dem Finger auf mich gezeigt und über mich gelacht haben und dass Europäer mich manchmal fotografiert haben, als wäre ich ein Tier im Zoo.«

»Das muss schlimm für dich gewesen sein, aber solche Leute haben einfach keine Ahnung.«

»Blätter mal um.« Trudy zeigt auf die Zeitung.

»Noch was von dir Inspiriertes?«

»Nein, nur ein weiteres Beispiel für die Absurditäten, denen wir Tag für Tag ausgesetzt sind. Da, der Artikel über Stubenfliegen. Da steht, wer zwei Tael Stubenfliegen fängt und auf ein Bezirksamt bringt, bekommt dafür ein Katti Reis. Und ich hab tatsächlich Leute mit einem Bündel Fliegen herumlaufen sehen. Unfassbar. Die Japaner sind noch komischer als die Engländer. Das hätte ich nie gedacht.«

Plötzlich wendet sie sich ihm zu.

»Hab ich dir mal erzählt, dass ich erst acht war, als meine Mutter verschwunden ist? Dabei ist die Acht bei den Chinesen eine große Glückszahl. Ich hab mich immer gefragt, ob es deshalb so gekommen ist, weil ich nur halb Chinesin bin. Die Hälfte von acht ist vier, und das ist eine ganz schlimme Zahl. Sie bedeutet Tod.«

»Was weißt du noch von deiner Mutter?«

»Ach, so dies und das. Sie ist nicht viel ausgegangen, weil sie nirgends reingepasst hat. Die Engländer wollten nichts mit ihr zu tun haben, weil sie keine Engländerin war, und die chinesischen *taitais* mochten sie auch nicht. Sie war nicht stark genug oder nicht selbstbewusst genug, um etwas dagegen zu unternehmen. Deshalb hatte sie nur ganz wenige Freunde und war die meiste Zeit zu Hause, schön angezogen und mit nichts zu tun, als mit den Dienstboten zu schwatzen. Ich vermute, sogar die haben auf sie herabgeschaut. Mein Vater hat sie geliebt, er hat sie geheiratet, obwohl die Familie dagegen war, aber er hatte nicht viel Zeit für sie. Ab und zu ist sie mit mir in den Botanischen Garten oder zum Tee ins Gloucester. Sie hat Handschuhe getragen und Pillbox-Hüte und gerade Röcke. Und sie hat Wert darauf gelegt, dass ich auch anständig angezogen bin. Sie war sehr schön. Aber ich glaube, sie war traurig.«

»Du hast nie von ihr erzählt.«

»Ich erinnere mich auch nicht an sehr viel.« Sie verstummt. »Aber ich weiß noch, wie sie mir einmal von ihrer Kindheit erzählt hat«, fährt sie dann fort. »Ihre Eltern waren bettelarm. Sie war da sehr eigen. Suppe hat sie nicht gegessen, weil das für sie gleichbedeutend war mit Armut. Bei ihr zu Hause hat man das wenige, was man hatte, in einen Topf mit Wasser geworfen, reichlich Salz dazugetan und es eine Mahlzeit genannt. Sie wollte, dass ich mir immer bewusst bin, wie gut es uns geht, aber gleichzeitig hat es ihr, glaube ich, auch gefallen, dass die Reichen denken, sie seien gegen alles gefeit – sie selbst betraf das natürlich nicht, aber sie hat sich wohl gewünscht, dass ich genauso denke, und gleichzeitig hatte sie Angst, es könnte nicht so bleiben. Und sie hatte recht. Ich bin nicht gegen alles gefeit. Ich habe es weit gebracht in der Welt, aber die Welt hat sich verändert, und jetzt weiß ich nicht mehr, wer ich bin und was ich tun soll.«

Sie lieben sich und bleiben dann noch liegen. Trudy, plötzlich verlegen, rückt von ihm ab und schaut zur Decke auf. Dann brechen die Worte aus ihr hervor, gleichsam ungebeten, ein sprudelnder Quell der Geständnisse, den sie nicht zum Versiegen bringen kann.

»Ich habe immer gewusst, dass ich ein Chamäleon bin, mein Liebster. Ich war eine schreckliche Tochter, weil mein Vater es zugelassen hat. Er wusste nicht, was er sonst machen sollte vor lauter Schuldgefühlen, weil ich keine Mutter mehr hatte. Bevor sie verschwunden ist, war ich eine brave Tochter. Etwas anderes hätte sie sich gar nicht vorstellen können. Später dann, als Erwachsene, wurde ich jedes Jahr ein anderer Mensch, je nachdem, mit wem ich zusammen war. War's ein Schuft, wurde ich zu dem Typ Frau, der mit einem Schuft zusammen ist. War's ein Künstler, wurde ich zur Muse. Und mit dir war ich zum ersten Mal ein anständiger Mensch, das hat man dir sicher gesagt. Ganz Hongkong hat sich gefragt, warum sich jemand wie du mit jemandem wie mir abgibt. Das weißt du doch, oder?«

Sie stützt sich auf den Ellenbogen, und ihr bronzefarbenes Haar fällt ihr über die Schultern.

»Aber jetzt liegen die Dinge anders, jetzt bin ich wieder, was ich immer war, eine Frau, die mit jemandem zusammen ist, weil es in ihrer Situation opportun ist, aus keinem anderen als diesem einfachen, schäbigen Grund. Ich bin auch nicht anders als diese Russin, diese Tatjana, die ich angeblich so verachte. Wir sind Schwestern, mehr als alles andere. Wir erkennen einander. Das wird wohl niemanden überraschen. Verstehst du?«

»Melodramatisches Gerede«, sagt Will. »Das ist doch lächerlich.« Sie schweigt. Mit einer Hand streicht sie sich nervös das Haar aus dem Gesicht, die andere flattert an ihren Mund.

»Sag nur nicht irgendwann, ich hätte dir nichts gesagt. Ich hab's dir gesagt. Du musst wissen, dass ich's dir gesagt hab.«

Das Telefon klingelt. Trudy hebt ab, und ihr Mund wird zu einem Strich.

»Ja, natürlich. Natürlich. Ich sorge dafür.«

Sie legt auf und dreht sich zu ihm um. Ihr Gesicht gibt nichts preis.

»Otsubo würde dich gern kennenlernen. *Intéressant, non?*«

»Ja?«

»Ich weiß nicht, was er vorhat. Aber wir müssen nun mal tun, was man uns sagt, nicht wahr? Macht es dir was aus? Nicht, dass wir groß die Wahl hätten. Dommie kommt auch.«

Am Abend, nachdem sie schweigend ein weiteres heißes Bad genommen und sich schweigend angezogen haben – Trudy hat Will einige seiner alten Kleider gebracht, und sie mussten darüber lachen, wie sie an ihm herumschlottern, ein Moment gezwungener Fröhlichkeit –, sitzen sie im Nebenraum eines Restaurants in Tsim Sha Tsui und betrachten die Nüsse in einer kleinen, mit roten Drachen verzierten Porzellanschale. Trudy trinkt hastig Champagner, Will zündet sich eine Zigarette an.

»Ist das hier gut?«, fragt er.

»Sieht nicht toll aus, aber hier gibt's zurzeit den besten Fisch in der Stadt.« Beim Eintreten hatten sie Blecheimer gesehen, in denen große Fische träge herumschwammen, die nichts von ihrem Schicksal ahnten.

»Mag er chinesisches Essen?«

»Scheint Geschmack dran zu finden.« Sie trommelt mit den Fingernägeln auf den Tisch. »Dommie kommt zu spät, der Idiot. Warum macht er das nur immer?«

»Isst du oft mit Dominick?«

»Jeden Abend.«

»Warum stehen hier so viele Stühle am Tisch? Wer kommt denn noch?«

»Die sind immer in Rudeln unterwegs. Er würde nicht mal im Traum dran denken, sich ohne seinen ganzen Tross von Jasagern und Speichelleckern zu zeigen.«

»Und zu spät kommt er natürlich auch.«

In diesem Moment geht die Tür auf, und eine Gruppe von Männern wird hereinkomplimentiert. Wer Otsubo ist, wird sofort klar, denn die anderen bleiben stehen, bis er Platz genommen hat.

»Otsubo-san«, sagt Trudy fröhlich und erhebt sich. »Sie sind spät dran, wie immer.« Sie sieht bezaubernd aus an diesem Abend in ihrem eleganten tomatenroten Tunikakleid, das Haar zu einem Knoten zusammengefasst.

Für Will wird es Zeit, etwas für sein Essen zu tun. Er steht auf.

»Freut mich sehr, Sie kennenzulernen. Ich bin Will Truesdale.«

»Otsubo«, sagt der Mann schroff und gebietet seinen Leuten mit einer Geste, sich zu setzen. »Mr. Wong nicht hier?«

»Er müsste jeden Moment da sein«, sagt Trudy. »Man kommt um diese Zeit so schlecht voran.« Sie sitzt zwischen Otsubo und Will.

Otsubo ist ein stämmiger kleiner Mann in einem gut geschnittenen Anzug aus Tropenstoff. Durch sein militärisch kurz geschnittenes Haar scheint seine ölige Kopfhaut durch. Seine Schweinsäuglein liegen tief in dem glatten, aufgedunsenen Gesicht. Mit einem Wort: ein unattraktiver Mann. Trudy wirkt neben ihm wie ein prachtvoller, leuchtender Flamingo.

Otsubos Leute, anonym in ihrer Vielzahl, sitzen mit am Tisch und unterhalten sich untereinander, jedoch so leise, dass Otsubo sie nicht übertönen muss. Er bestellt Kognak.

»Otsubo übernimmt chinesische Vorlieben«, sagt Trudy. »Inzwischen liebt er XO.«

»Chinesisches manchmal gut«, sagt Otsubo. »Wenigstens asiatisch.«

Eine Pause entsteht.

»Was wollen wir essen?«, fragt Trudy in das Schweigen hinein. »Abalone? Haifischflossen? Soll ich bestellen?«

Otsubo nickt, und sie gibt in schnellem Kantonesisch die Bestellung auf. Sie spricht alles gut: Kantonesisch, Shanghaiisch, Mandarin, Französisch, Englisch. Einige der Männer betrachten sie mit undurchdringlichen Mienen. Sie muss ihnen ein einziges Rätsel sein – vermutlich sind es Bauernsöhne, zum Militärdienst für ihr Land gepresst und hierhergeschickt, wo Sprache und Gebräuche anders sind, wo eine Frau wie Trudy wie ein farbenprächtiger Schmetterling umherflattert. Sie trinken das Bier aus der Flasche und rauchen eine Zigarette nach der anderen. Kognak bekommen sie nicht.

Dominick betritt eilig das Lokal.

»Otsubo-san.« Er verbeugt sich. »Tut mir schrecklich leid. Ich musste mich noch um eine dringende Angelegenheit kümmern.« Will hat Dominick noch nie so zerzaust gesehen.

»Sie wieder kommen spät«, sagt Otsubo. »Schlechte Manieren für Geschäft und auch Gesellschaft.«

»Ich weiß, ich weiß. Meine Lehrer in Harrow haben mich deswegen auch ständig getadelt.«

Von Trudy erfährt Will später, wie sehr es den Japanern gefällt, dass Dominick in England auf den besten Schulen war. Sie wollen alles darüber wissen, und Dominick erfüllt ihnen diesen Wunsch bei jeder sich bietenden Gelegenheit. »Sie hassen es, aber sie lieben es auch. Ist das nicht immer so?«

Dominick hält Otsubo eine Schachtel hin. »Ein kleiner Dank dafür, dass sie so viel für mich und für Hongkong tun.«

Otsubo brummt ein Dankeschön, nimmt die Schachtel aber nicht entgegen. Dominick, solche Ruppigkeit sichtlich nicht gewöhnt, weicht einen Schritt zurück, fasst sich wieder und gleitet geschmeidig auf einen Stuhl.

»Dann vielleicht später«, sagt er zu Will, ein versteckter Hinweis darauf, dass sie aus feinerem Holz geschnitzt sind als dieser Japaner.

Doch Will wendet sich ab. Er möchte nicht Dominicks Verbündeter sein, er möchte nicht genauso dumm sein. Trudy schenkt Tee nach.

»Mr. Truesdale«, sagt Otsubo auf Englisch und spricht dann über seinen Dolmetscher weiter.

»Wie finden Sie die Lager?« Der Dolmetscher, ein schlanker junger Mann mit Brille, spricht mit einem kaum wahrnehmbaren Akzent.

Will zögert. Wie ehrlich soll er sein? »Erträglich, nur herrscht, obwohl die Offiziere ihr Bestes tun, leider häufig ein Mangel an Lebensmitteln und Medikamenten, und da Frauen und Kinder im Lager sind, macht uns das sehr zu schaffen.«

Otsubo hört zu und nickt. »Das ist ein Skandal. Wir werden uns darum kümmern.« Der Dolmetscher wirkt nervös.

Der erste Gang wird serviert, chinesisch, eine kalte Quallenvorspeise. Von Trudy weiß Will, dass ein chinesisches Essen auf ganz bestimmte Art abläuft. Auf eine kalte Vorspeise wie Schweinsfüße oder Quallen-Vermicelli folgt eine warme Vorspeise, zum Beispiel Garnelen mit Sesamkruste, Haifischflossen oder eine Wintermelonensuppe, dann kommt eine Spezialität des Hauses, Peking-Ente etwa, dann Fleisch – süß-saures Schweinefleisch oder Rinderschmorbraten mit *choi sam* –, Fisch und Gemüse und zum Schluss stets Nudeln oder Bratreis, je nach Region. Schwere Desserts essen die Chinesen nicht; sie bevorzugen eine kalte Kokosmilchspeise oder, wenn sie noch hungrig sind, Apfelklöße, in heißem Öl gebacken und sofort danach in Eiswasser knusprig gemacht.

Otsubo nimmt sich als Erster und dreht das Tablett dann zu seinen Leuten hin. Trudy tut so, als hätte sie die Beleidigung nicht bemerkt. Sie füllt Wills und Dominicks Teller und nimmt sich dann selbst, eine winzige Portion bernsteinfarbene Tintenfischarme mit Senfsoße.

Nachdem Otsubo eine Weile umständlich gekaut hat, wendet er sich über den Dolmetscher an Will.

»Im Lager sind viele bekannte Leute, nicht wahr? Führende Persönlichkeiten aus Gesellschaft und Geschäftswelt?«

»Ja, schon, aber wir sind alle in derselben Lage. Keiner hat mehr als die anderen.«

»Es muss eigenartig für diese Leute sein, an einem solchen Ort zu leben. Schwierig, so tief zu sinken.«

»Ich nehme es an.«

Trudy ist ungewöhnlich still.

»Der arme Hugh zum Beispiel«, sagt sie schließlich. »Unfassbar, dass dieser wunderbare Mann seine Socken selbst waschen muss. Früher hat er sich wahrscheinlich nicht mal ein Schinkensandwich selbst gemacht.«

Sie essen die Qualle. Sie ist kalt und gummiartig.

Otsubo spricht weiter.

»Ist da auch ein gewisser Reggie Arbogast?«, fragt der Dolmetscher. »Ein Geschäftsmann mit Verbindungen zur Regierung?«

»Ja, Reggie ist einer der Internierten.«

Otsubo sieht Will nachdenklich an.

»Ist er ein Freund von Ihnen?«, fragt er über den Dolmetscher.

»Freund wäre zu viel gesagt. Wir sind Bekannte, aber unsere Erfahrungen im Lager haben uns einander zweifellos nähergebracht.«

»Trinken Sie noch etwas.« Der Dolmetscher schenkt Will Whisky ein.

»Danke.« Will erhebt sein Glas auf Otsubo.

»Whisky gut.« Otsubo spricht wieder Englisch.

»Ja, sehr gut.«

»Trinken. Heute gratis.«

»War gar nicht so schlimm.« Will hält Trudy die Tür auf. Die Abendluft ist frisch und rein nach dem verrauchten, warmen Restaurant.

»Ja.« Trudy wirkt glücklich, erleichtert, dass der Abend vorüber und ihr Passierschein nicht eingezogen worden ist. »Besser als erwartet.«

»Er ist ein interessanter ...«

Ein Auto hält vor ihnen, und das Fenster wird heruntergekurbelt. Eine feiste Hand erscheint und winkt Trudy herein. Sie schaut bestürzt, küsst Will flüchtig und steigt ein.

»Bis später, Darling«, sagt sie. »Bleib nicht auf.«

Gegen drei Uhr morgens, als Will noch unruhig schläft, öffnet sich leise die Tür, und Trudy schleicht sich auf Zehenspitzen ins Bad.

Will macht die Nachttischlampe an. Er hört Wasser laufen und wartet, bis sie fertig ist. Als sie ins Bett schlüpft, sieht er, dass sich um ihr linkes Auge eine riesige gelbe Schwellung bildet. Etwas an ihrem Verhalten gebietet ihm, kein Aufhebens darum zu machen.

»Ein nettes Veilchen kriegst du da«, sagt er.

»Erstaunlich, der Mann«, erwidert sie. Sie macht das Licht aus, und dann liegen sie im grauen Dämmer wach und lauschen auf den Atem des anderen.

Nach langen Minuten, als Will, verführt vom unerhörten Luxus des weichen Bettes und der nicht mehr gewohnten Wärme eines anderen Körpers neben sich, in den Schlaf abdriftet, murmelt Trudy: »Mit erstaunlich hab ich gemeint, ein erstaunlicher Liebhaber. Das war dir doch klar, oder? Er ist kein schlechter Mensch. Wirklich nicht.« In diesem Moment, als sie so neben ihm liegt und das Mondlicht auf ihrem Haar und ihrer glatten, glänzenden Haut schimmert, sieht sie wie ein Skorpion aus, findet er.

Er kann nicht einfach darüber hinweggehen. Er richtet sich auf. Sie sieht ihn fragend an.

»Trudy.« Er unterbricht sich, um zu überlegen, wie er es sagen soll. »Du musst wissen, dass es Grenzen gibt.« Er dreht ihr Kinn zu sich her. »Meine Toleranz hat Grenzen.«

»Oh.«

»Ich bin nicht so, wie du mich gern hättest. Nicht mehr.«

»Ich sollte vorsichtiger sein. Ich sollte aufpassen.« Es klingt reuig. »Es tut mir leid, Darling. Ich bin betrunken. Lass uns nicht streiten.«

»Nein.«

Sie setzt sich auf und macht Licht.

»Ich kann jetzt unmöglich schlafen. Wollen wir reden? Wollen wir versuchen, wieder die zu werden, die wir waren, bevor das alles passiert ist, nur für einen Moment?«

»Das ist unmöglich.« Er zieht sie an sich, und sie bettet ihren Kopf an seine Schulter. Sie riecht nach Zigaretten und Alkohol. Er sagt es ihr.

»Ich rieche wie eine Hure.« Sie schmiegt sich enger an ihn. »Ich hab dir gesagt, dass Frederick gestorben ist, aber ich hab dir nicht gesagt, wie.«

»Nein.«

»Er durfte nach Hongkong zurück. Sein ganzes Regiment ist abgeschlachtet worden, aber ihn als Chef – ich weiß nicht, was für einen Rang er hatte – haben sie am Leben gelassen, und er konnte zu Fuß zurück, unter Bewachung. Sie haben ihn nach Hause gelassen, aber er musste ...« Die Stimme versagt ihr. »Er musste die Ohren von allen seinen Kameraden einsammeln und in einem Beutel mitnehmen. Seine Hände sollen voller Blut gewesen sein, und der Beutel war völlig durchweicht. Und der Geruch ... Ich muss immer wieder dran denken – wie furchtbar der Beutel gerochen haben muss und wie glitschig er gewesen sein muss und wie erschöpft Frederick gewesen sein muss ...

Und dann der Hunger, die Hungersnot, bevor ein paar von den Märkten wieder aufgemacht haben. Die Gerüchte, diese grauenvollen Gerüchte. Haustiere sind verschwunden. Sogar ...« Ein Schluckauf. »Angeblich sogar Babys.«

»Trudy, das Elend nimmt kein Ende, wenn du dauernd dran denkst.«

»Und dieses Dinner, von dem ich dir erzählt habe, bei dem die einheimische Größen versucht haben, sich mit der neuen Ordnung zu arrangieren, bei dem dieser Freund meiner Familie, der mit einer Australierin verheiratet war, die weiße Rasse heruntergemacht hat, erinnerst du dich? Das Dinner, das Victor organisiert hat?«

»Ja.«

»Ich hab's dir nicht erzählt, aber an dem Abend saßen wir alle in unseren feinen Kleidern da und haben versucht, uns nicht allzu heuchlerisch vorzukommen, nicht das Gefühl zu haben, wir geben zu viel von uns auf, in der Hoffnung, dass wir, wenn alles vorbei ist, noch in den Spiegel schauen können. Und irgendwann – es ist ziemlich viel getrunken worden – hat Dominick was Blödes gesagt, ich weiß nicht mal mehr, was, auf jeden Fall war's dumm und gleichzeitig klug, du kennst ihn ja.«

»Ja.«

»Da ist der Mann, der das Dinner arrangiert hatte, Ito – er ist Chef des Wirtschaftsdezernats der Militärregierung, und wir saßen an seinem Tisch, einem der besten –, da ist dieser Ito aufgestanden und zu Dommie hingegangen, ganz langsam, und alle sind verstummt, weil er so … entschlossen gewirkt hat, so könnte man's, glaube ich, nennen, und dann hat er sich vor Dommie aufgebaut und ihm eine Ohrfeige verpasst. Mit aller Kraft.«

Ihre Hände spielen unaufhörlich mit dem Laken.

»Es klang wie ein Schuss, alle haben ja hergeschaut, und es war ganz still, vielleicht haben sie auch die Luft angehalten, das weiß ich nicht mehr, und Dommie hat dagesessen, seine Wange ist rot angelaufen, und er hat versucht, sich zu fassen, und dann hat er sein Champagnerglas genommen und daraus getrunken. Da hat der ganze Raum einen kollektiven Seufzer getan, und wir haben versucht, unsere Gespräche fortzusetzen. Und Victor, dieser feige Schmarotzer, hat sich nicht gerührt.

Es war, als wären alle im Raum geohrfeigt worden. Und Dommie, der hat versucht, sich kühl und gelassen zu geben, aber seine Hände haben noch die ganze Nacht gezittert. Ich weiß, du findest ihn schrecklich und gefühllos, aber du kennst ihn nicht. Du kennst ihn nicht. Ich kenne ihn schon mein Leben lang, und ich weiß, wie empfindlich er ist, er kann jeden Moment zerbrechen, und ich möchte ihn beschützen und vor sich selbst retten, wenn das überhaupt möglich ist. Er ist mein einziger Angehöriger hier. Wir brauchen einander. Er kann ein furchtbarer Mensch sein, aber das hat seine Gründe. Er ist nicht wie Victor, den man hassen muss, weil er nur an sich und ans Geld denkt. Dommie hasst sich selbst, deswegen ist er manchmal so unausstehlich.« Sie hält inne. »Ich hab dir das nie gesagt«, fährt sie dann fort, »aber mit Dommie hat schon immer was nicht gestimmt. Es gab da mal einen Skandal, als er so um die zwölf war, irgendwas mit den

Dienstmädchen. Er hat sie … Sachen machen lassen, und er hat Sachen mit ihnen gemacht, und sie wurden erwischt. Jemand kam zur Tür rein. Seinen Eltern war das fürchterlich peinlich, und sie haben die Dienstmädchen – junge Dinger aus China – bezahlt und entlassen, und Dommie haben sie nach England geschickt, dabei war er dafür eigentlich noch zu jung. Im Grunde waren sie als Eltern ziemlich ungeeignet. Er war, glaube ich, ein Betriebsunfall. Und er war noch ein Kind, auch wenn er diese schrecklichen Dinge getan hatte. Er kam also nach England, aber er hat damals noch nicht sehr gut Englisch gesprochen, und mit seinen seltsamen Kleidern und dem komischen Akzent ist er natürlich aufgefallen. Und dann wurde an der Schule irgendwie bekannt, was er getan hatte, und die älteren Jungen … die haben ihn gezwungen, es wieder zu tun. Sie haben ihn … du weißt schon. Du weißt ja, wie es an diesen Schulen zugeht. Er hat mir das mal erzählt, als er stockbetrunken war. Vielleicht weiß er gar nicht mehr, dass er's mir gesagt hat. Aber wir waren immer wie Bruder und Schwester. Danach war er jedenfalls nicht mehr der Alte. Wie auch? Und deshalb hasst er die Engländer, die meisten jedenfalls, dabei ist er selbst in vielem so verdammt englisch. Es ist kompliziert. Und letzten Endes versuchen wir doch alle nur zu überleben, oder?«

»Es gibt Dinge, die sind wichtiger als das Überleben«, sagt Will. Es klingt aufgeblasen, aber er kann nicht anders. Er möchte sie wärmen, nicht seinetwegen, sondern um ihretwillen. Dass sie ein Scheusal wie Dommie auch noch verteidigt! Fehlgeleitete Loyalität macht sie blind.

»Sag das mal jemandem, der auf die Guillotine geführt wird«, gibt sie hitzig zurück. »Sag das mal jemandem, der vor einem Erschießungskommando steht. Der denkt bestimmt nur an eins, nämlich wie er da rauskommt. Das Überleben ist ihm in dem Moment garantiert ziemlich wichtig. Das einzig Wichtige, könnte man sogar sagen. Du magst ja den Luxus genießen, dir Gedanken über die Würde der Seele machen zu können, aber … ach, egal. Ich kann's nicht erklären oder rechtfertigen oder so, also was soll's?«

»Es tut mir leid, wenn du glaubst, du müsstest dich vor mir rechtfertigen.«

Sie schwenkt langsam die Hände über sich, wie kleine Satelliten.

»Diese Nacht hat so was Endgültiges. Ich komme mir vor wie Scheherazade, die die Nacht in die Länge ziehen will.«

»Du denkst, ich töte dich am Morgen?«

»Alles verändert sich, wenn es hell wird.«

Später wird er sich fragen, was genau sie damit gemeint hat.

Sie schlafen ein, soweit es ihnen möglich ist, jeder darauf bedacht, den anderen nicht zu stören.

Am Morgen beim Kaffee lässt sie ihn ihre Füße massieren.

»Morgens sieht alles besser aus, findest du nicht?« Ein stillschweigendes Friedensangebot. Sie gießt Sahne in ihre Tasse und verschüttet etwas davon auf die Untertasse. Ihre Hände zittern leicht.

»*Mon amour*«, beginnt sie.

»Ja?«

»*Une question pour toi.*«

»Ja?«

»Der gute General interessiert sich aus mehreren Gründen für mich. Einer davon ist, dass ich ziemlich hübsch bin. Aber wie du weißt, ist Hongkong voll von hübschen Frauen, sein Interesse an mir hält also nur deshalb noch an, weil er auch sehr daran interessiert ist, seine Zukunft zu sichern, solange er hier ist. Er glaubt, dass ich ihm dabei helfen kann. Ein ehrgeiziger Mensch, dieser Otsubo. Da er ein Mann von großem Appetit ist, begnügt er sich nicht mit der einen oder anderen Armbanduhr oder irgendwelchem Schmuck – er will höher hinaus. Er würde Land in Besitz nehmen, wenn seine Regierung ihn ließe, aber sie lässt ihn nicht, und das wurmt ihn.« Sie macht eine Pause. »In Tokio ist man ganz besonders an Hongkongs Kronsammlung interessiert. Da sollen viele einmalige chinesische Stücke dabei sein, Jahrhunderte alt und von unschätzbarem Wert, aber politisch natürlich heikel. Und die sind unauffindbar. Man nimmt an, dass sie vor dem Krieg versteckt wurden. Die Chinesen wollen ihre Kulturgüter zurückhaben, die Japaner wollen sie wegen ihres Wertes haben, und die Engländer denken, sie gehören ihnen. Ziemlich verwirrend, das Ganze.

Um es kurz zu machen: Otsubo glaubt, einige Männer in Stanley verfügen über Informationen, mit deren Hilfe er diese Stücke aufspüren könnte. Er denkt dabei vor allem an Reggie Arbogast. Wahrscheinlich hätte er eine schöne Belohnung zu erwarten, wenn er sie findet und nach Japan schafft. Du weißt ja, was für ein Irrenhaus das hier ist, mit den ganzen Plünderungen – vieles taucht auf den Märkten wieder auf, Museumsstücke werden für zwei Cent verkauft, wertloser Plunder wird nach Japan geschickt, weil man glaubt, er ist was wert. Im Grunde weiß niemand Bescheid, aber Otsubo ist fest entschlossen, die Stücke zu finden. Er lässt mich in Pfandhäusern danach suchen und Leute befragen, aber bisher ohne Erfolg. Das ist der Grund, warum er dir Urlaub gegeben hat und bei einem Essen mit dir reden wollte.«

»Wie kommt er denn auf die Idee, dass ich etwas darüber wissen könnte?«

»Er hat erfahren, dass du im Lager recht beliebt bist. Bist du nicht zum Leiter von irgendwas gewählt worden?«

»Was hat das damit zu tun?«

»Weißt du etwas?«

Die plötzliche Frage überrumpelt ihn.

»Hättest du das gern?«

»Heißt das, du weißt etwas?«

Er steht auf. Sein Ausweichen widert ihn an.

»Trudy, wir liegen nicht miteinander im Krieg.«

»Nein, aber vielleicht reden wir aneinander vorbei. Ich brauche etwas von dir, Will.«

»Alles, was ich habe, gehört dir.« Es klingt falsch, auch für ihn selbst, es hinterlässt einen metallischen Geschmack im Mund. Er betrachtet ihre verzweifelten, heuchlerischen Züge. Was für Gefühle weckt sie in ihm? Noch Liebe? Oder Mitleid?

»Also hilfst du uns?«

Was kann er machen? Sie bittet nicht für sich selbst. Sie bittet für die anderen. Sie ist bereits verloren.

DRITTER TEIL

2. Mai 1953

Miss Edwina Storch lud hin und wieder zu einem Damenlunch in ihr altes Haus in den New Territories ein, wohin sie sich nach ihrer Pensionierung als Rektorin einer angesehenen Grundschule in Pokfulam zurückgezogen hatte. Sie war eine Institution in Hongkong und eine namhafte Expertin für chinesisches Porzellan – ein alter China-Hase. Mit ihr lebten in den New Territories, wie jedermann wusste, Schäferhunde, Hühner, ein altes chinesisches Dienstbotenehepaar und eine weitere unverheiratete alte Engländerin, ihre langjährige Lebensgefährtin Mary Winkle. Manchmal sah Claire die beiden beim Lunch im Ladies' Recreation Club, wo sie unter den anderen Ausländerinnen Hof hielten, und in Mrs. Beazleys Ikebana-Kurs im YWCA in der Duddell Street hatte sie Miss Winkle Nelken niederkämpfen sehen. Miss Winkle war klein, schmächtig und zartknochig wie ein Vögelchen, Miss Storch dagegen groß und breit, mit mächtigen Waden, die in gerader Linie in die Füße übergingen. Beide trugen knielange Röcke und weiße Blusen mit Peter-Pan-Kragen, und sie unternahmen in zweckmäßigem Schuhwerk häufig Gesundheitsspaziergänge mit ihren großen Hunden. Aus einem Grund, der Claire verborgen blieb, wurden ihre Einladungen selten abgelehnt. Als sie nun selbst eine solche Einladung erhielt, auf schwerem cremefarbenem Papier mit goldenem Wappen – ein bisschen viel für eine pensionierte Lehrerin, fand sie –, sagte sie neugierig zu.

Sie fuhr bis an ein weißes Holztor, musste aussteigen, um es zu öffnen, fuhr hindurch und musste erneut aussteigen, um es mit einem kleinen, aufs Geratewohl in das Holz geschraubten Haken wieder zu schließen. Es einfach offen zu lassen, wagte sie nicht, obwohl sie wusste, dass ungefähr zwanzig Personen zu dem Lunch eingeladen waren. Sie fuhr eine staubige, von schönen alten Bäumen gesäumte Straße – an einem dicken Ast war eine Schaukel befestigt – zum Haus hinauf, einem weitläufigen Steinbau, der aussah, als könnte er jeden Moment einstürzen. Die Fliegengittertür des Vorbaus stand einen Spalt offen, doch Claire ging ums Haus herum in den Garten, weil sie von dort Musik und Stimmen hörte.

An der Hauswand stand ein Getränketisch mit einem Eiskübel, einem Sammelsurium von Gläsern, einer großen Bowleschüssel und kleinen, bereits von Fliegen umschwirrten Eiersalat-Häppchen. Fünf andere Damen waren schon da, von denen Claire keine kannte. Miss Storch kam ihr am Stock langsam entgegen und begrüßte sie.

Edwina Storch gehörte zu jenen Menschen, die so sehr mit sich im Reinen sind, dass nichts, was sie tun, Verwunderung hervorruft. Den Wein in Teetassen zu servieren erschien bei ihr als das Normalste der Welt, und wer anders darüber dachte, war hoffnungslos spießig. Ihr Lunch bestand aus Kaninchenauflauf, Weißbrot-Tomaten-Sandwiches und Eis auf einem fleckigen Tischtuch in einem verwitterten alten Zelt im Garten. An jedem Platz lag neben den angeschlagenen Tellern ein geschnitzter Fächer aus Kampferholz. Die Frauen standen umher und fächelten sich in der feuchtheißen Luft Kühlung zu, sie tranken warme Limonade und aßen auf Zahnstocher gespießte Cocktailwürstchen und Ananasstücke.

»Freut mich sehr, Sie kennenzulernen«, sagte Miss Storch. »Ich wollte Sie schon immer mal einladen.«

»Die Freude ist ganz auf meiner Seite, Miss Storch«, erwiderte Claire. »Ich habe schon so viel Gutes über Sie gehört.«

»Edwina, bitte, und Miss Winkle können Sie Mary nennen. Ich erteile Ihnen hiermit die Erlaubnis.«

»Sehr freundlich.« Claire registrierte sehr genau Miss Storchs messerscharfen, intelligenten Blick. Schweißtropfen rannen ihr ins Dekolleté. »Finden diese Lunches häufig statt? Ich habe natürlich davon gehört, wusste aber nicht, ob sie …« Sie verstummte, außerstande, die richtigen Worte zu finden, um den Satz zu beenden.

»Mary und ich wohnen ja sehr weit draußen, auch wenn wir es so gewollt haben. Wir lieben Gesellschaft, und da man hier kaum jemanden trifft, sind wir auf die Idee gekommen, regelmäßig zum Lunch einzuladen. Zum Glück scheinen die Leute es zu mögen und nehmen die Mühe auf sich, hier herauszufahren. Fast alle waren sie schon hier, einige Gouverneure, ab und an ein Lord und eine Lady, viele Reisende aus England. Sie wissen ja.«

»Sind Sie schon lange in Hongkong?«

»Länger, als Sie glauben würden, Kind.«

»Oh!« Ein großer Dobermann war herangekommen und beschnupperte Claires Hand.

»Das ist Marmaduke, der Gute«, sagte Miss Storch liebevoll. »Er passt auf uns auf und frisst täglich so viel, wie er wiegt.«

»Haben Sie noch mehr Hunde?«

»Ja, sieben insgesamt, aber die meisten stromern gerade irgendwo herum. Zum Abendessen kommen sie dann ins Haus. Wir haben sie nach dem Krieg adoptiert, als so viele Tiere kein Zuhause mehr hatten. Wir konnten einfach nicht Nein sagen, und jetzt haben wir viel zu viele – außer den Hunden noch acht Wellensittiche und drei Katzen, die sie nur zu gern auffressen würden. Und in der Küche wohnt, glaube ich, eine Schildkröte.«

»Waren Sie während des Krieges hier?«

»Natürlich, ich habe den ganzen Wahnsinn und auch die schwere Zeit danach miterlebt.« Miss Storch rückte ihre Brille zurecht, die in der Hitze beschlug. Sie hatte vorquellende Augen in einem roten, fleischigen Gesicht.

»Ein Freund von mir …« Claire hielt inne.

»Ja?«

»Ein Freund von mir war damals auch hier. Aber ich merke

gerade, wie dumm das klingen muss. Tausende haben diese Zeit miterlebt. Es tut mir leid.« Claire duckte sich ein wenig, eine Art entschuldigender Knicks, und ging schnell davon. Marmaduke trabte hoffnungsvoll hinter ihr her, schwenkte dann aber ab, vielversprechenderen Aussichten entgegen. Claires Herz drohte ihre Brust zu sprengen, so schnell klopfte es. Benommen ging sie umher, bis sie einen Stuhl fand, auf den sie sich schwer niederließ. Was hatte sie nur überkommen, was für eine seltsame Kombination aus Hitze, Miss Storchs durchdringendem Blick und ihren eigenen, ständig um Will kreisenden Gedanken hatte sie zu einer so schwerwiegenden Äußerung veranlasst?

Sie stand auf, holte sich einen der Fächer vom Esstisch und verschaffte sich damit Kühlung. Ein vorsichtiger Blick verriet ihr, dass Miss Storch sich längst mit jemand anderem unterhielt und über Claires sonderbare Reaktion nicht im Mindesten verärgert schien.

Nachdem sie sich wieder beruhigt hatte, sah sie sich um. Es war schön hier. Über eine weite, von einer altehrwürdigen Eiche beschattete Rasenfläche hinweg ging der Blick auf die Berge.

»Kommt einem gar nicht vor wie Hongkong, nicht wahr?«, ertönte plötzlich eine Stimme hinter ihr. Sie fuhr zusammen.

»Oh, Entschuldigung, ich wollte Sie nicht erschrecken.« Claire drehte sich um. Hinter ihr stand eine kleine Frau, die ihre Brille an einer Kette um den Hals trug. »Mary Winkle.«

»Ja, natürlich. Ich bin Claire Pendleton. Vielen Dank für die Einladung.«

»Es ist uns ein Vergnügen. Wir haben gern Gesellschaft, deshalb versuchen wir die Leute mit einem guten Essen hier herauszulocken.«

Eine kleine Chinesin kam heran und blieb erwartungsvoll stehen.

»Etwas zu trinken? Sie können Ah Chan sagen, was Sie möchten.«

»Ein Glas Limonade wäre schön.«

»Limonade bitte«, sagte Mary Winkle laut. Ah Chan nickte und ging davon.

»Seit dem Krieg hört sie nicht mehr gut. Die Japaner haben sie ein bisschen in die Mangel genommen.«

»Wie traurig«, sagte Claire. »Sehr freundlich von Ihnen, dass Sie sie behalten.«

»Sie gehört praktisch zur Familie. Als ich in Stanley war, hat sie mir Woche für Woche etwas zu essen gebracht, dabei hatte ihre eigene Familie auch nicht genug. Und sie ist bei Edwina geblieben.«

»Solche Geschichten höre ich immer wieder. Schon erstaunlich.«

»Na, in England war's auch nicht sehr gemütlich, nehme ich an.«

»Wir waren relativ sicher. Die Lebensmittel waren etwas knapp, aber sonst war's nicht so schlimm. Ich erinnere mich, wie ich bei Fliegeralarm mit meiner Mutter in den Luftschutzkeller gerannt bin.«

»Ja. Und das flaue Gefühl im Magen, wenn man die Bombeneinschläge gehört hat.«

»Ja. Ein böser Traum, wie man so schön sagt.«

Ein Bimmeln ertönte.

»Es scheint Essen zu geben.«

Sie gingen zu dem Zelt hinüber.

Claire schaute zu, wie Edwina Storch eine Tomate von dem Berg nahm, der wie ein Tafelaufsatz in der Mitte des Tisches aufgehäuft war. Sie saß rechts von ihr. Miss Storch aß die Tomate wie einen Apfel, vollkommen unbekümmert um den roten Saft, der auf ihre weiße Leinenbluse tropfte.

Sie bemerkte Claires Blick.

»Köstlich, Kind. Nehmen Sie sich auch eine. Zuckersüß sind die, aus dem eigenen Garten. Wir haben auch die Suppe daraus gemacht, damit wir zweimal etwas davon haben.«

»Nein, danke«, sagte Claire. »Aber ist es nicht wunderbar, dass man in Hongkong sein eigenes Gemüse ziehen kann?«

»Also, woanders könnte ich gar nicht leben. Ich bin ja dermaßen verwöhnt! Wenn ich nach England zurückginge, würde es heißen, ich sei eine echte Hongkongerin geworden, und das stimmt ja auch.«

»Sie haben nicht vor zurückzugehen?« Irgendetwas an der älteren Dame ermunterte zu einer gewissen Vertraulichkeit.

»Ich wüsste gar nicht, wohin. Verwandte habe ich dort nicht mehr, und die Familie, die ich mir selbst geschaffen habe, ist hier.«

Claire nahm einen Löffel von der kalten Tomatensuppe. Sie wurde kühner.

»Darf ich Ihnen eine etwas unverschämte Frage stellen?«

»Solange es mir freisteht, sie nicht zu beantworten ...«

»Wie entscheiden Sie, wen Sie zum Lunch bitten? Wir sind einander noch nie begegnet, und ich habe mich natürlich sehr über die Einladung gefreut, aber woher wussten Sie überhaupt, wen Sie da einladen?«

Miss Storch lachte erfreut.

»Eine gute Gastgeberin hat immer das Ganze im Blick. Es ist doch langweilig, immer wieder dieselben Leute zu sehen. Man braucht eine gewisse Mischung der Nationalitäten, Berufe und Persönlichkeiten. Wie Sie wissen, kann Hongkong sehr ermüdend werden, die Kolonie ist doch recht klein. Und wenn man alt wird, muss man sich amüsieren, finden Sie nicht?«

Eine Chinesin mit amerikanischem Akzent sprach Miss Storch an: »Ich habe gehört, Sie besitzen eine wunderbare Sammlung Song-Porzellan aus Shanxi. Kann man die sehen?«

»Manchmal.« Miss Storch lächelte. Die Chinesin schwieg erwartungsvoll. Miss Storchs Lächeln wurde breiter.

Die rothaarige Frau links von Miss Storch unterbrach das Schweigen. Das ganze Essen über hatte sie sich gewichtig über das Frauenwahlrecht und andere Rechte und über die missliche Lage der Immigranten verbreitet.

»Wissen Sie schon? Die Regierung setzt eine Kommission ein, die den Japan-Sympathisanten ein für allemal den Garaus machen soll. Man hat genug von diesen Halunken, die jetzt wieder dazugehören wollen und so tun, als hätten sie das ganze Übel nicht mit verursacht.«

»Starke Worte«, sagte Miss Storch. »Sicher, es hat Opportunisten gegeben. Aber in dem meisten Fällen waren das Leute, die nur versucht haben, irgendeine Arbeit zu finden und etwas zu essen auf den Tisch zu kriegen. Wen man viel eher belangen sollte, finde ich, das sind diejenigen, die solche Sorgen gar nicht hatten, die einfach einen Riesenreibach machen wollten und sich nicht darum geschert haben, wem sie dabei wehtun. Gier und Unredlichkeit gibt es immer, nicht nur im Krieg.«

»Sie werden sich an höherer Stelle verantworten müssen«, sagte der Rotschopf mit einer gewissen Genugtuung.

»Man wird sich aber schwertun, irgendetwas zu beweisen«, meinte eine dickliche Frau. »Damals ist ja nichts schriftlich festgehalten worden. Man hat zum Beispiel nie erfahren, was aus der Kronsammlung geworden ist.«

»Da wird man sich wohl auf Zeugenaussagen stützen müssen«, meinte Miss Storch.

»Und warum jetzt?«, fragte Claire. »Die Kapitulation ist doch ewig her.«

»Also, offiziell ist noch nichts, aber gewisse Ereignisse machen die Angelegenheit jetzt aktuell. Die Protagonisten, der japanische Oberbefehlshaber Sakai und Oberst Tanaka, sind ja hingerichtet oder eingesperrt worden, aber man konzentriert sich jetzt darauf, einheimische Zivilisten aufzuspüren, die sich damals etwas zu enthusiastisch mit den neuen Herren angefreundet haben und jetzt so tun, als wäre nie etwas gewesen. Da wird offenbar viel alter Groll ausgegraben.«

»Sie haben von der Sache gehört?«, fragte die Rothaarige.

»Man hat mir gesagt, dass etwas Derartiges im Gespräch ist, weil ich den Zuständigen möglicherweise behilflich sein kann.«

Miss Storch erhob sich. »Wer kommt mit, meinen neuen Crosley ansehen? Letzte Woche ist er geliefert worden. Die Butter bleibt darin frisch, und er taut automatisch ab.« Damit war das Gespräch beendet.

Man saß noch bei Zitronentee und Cremekuchen von Tkachenko, als plötzlich Mary Winkle neben Claire stand.

»Claire, würden Sie uns die Ehre erweisen und uns etwas vorspielen? Sie sollen ja eine so begabte Pianistin sein.«

Claire wurde verlegen. »Begabt wohl kaum«, sträubte sie sich. »Ich gebe Klavierstunden, aber für mich selbst spiele ich kaum noch.«

»Sie unterrichten Locket Chen, nicht wahr?«

»Ja, seit ein paar Monaten.«

»Und gefällt es Ihnen? Wie finden Sie Lockets Eltern, Victor und Melody Chen?«

»Ich hatte noch nicht das Vergnügen, sie näher kennenzulernen. Sie sind selten zu Hause, wenn ich dort bin.«

»Ja, sie dürften ziemlich beschäftigt sein.«

»Kennen Sie sie?«, fragte Claire.

»Ob ich sie kenne?« Ein merkwürdiger Unterton schwang in Mary Winkles Stimme mit. »Ja, so könnte man es nennen. Edwina kennt Mr. Chen sogar sehr gut.«

»Ich werde sie von Ihnen grüßen, wenn Sie es wünschen.« Claire trank von ihrem Tee. Davon, dass sie etwas vorspielen sollte, war zum Glück nicht mehr die Rede. Mary Winkle wurde weggerufen und musste sich um das Gebäck kümmern, und Claire konnte ihren Schal und ihre Handtasche nehmen und sich verabschieden.

5. Mai 1953

»Die Leute haben immer von mir erwartet, dass ich schlecht, rücksichtslos und oberflächlich bin, und ich gebe mir alle Mühe, diesen Erwartungen gerecht zu werden. Ich sinke auf ihre Erwartung herab, könnte man sagen. Das mag daran liegen, dass die meisten von uns letztlich so extrem beeinflussbar sind. Wir sind eben soziale Wesen. Wir leben mit anderen Menschen in einer sozialen Welt, und deshalb möchten wir so sein, wie sie uns sehen, auch wenn uns das zum Nachteil gereicht.« Sie blickt lachend zu ihm empor. Ihre glänzenden Augen und ihre schimmernde Haut verwirren ihn. »Wie siehst du das?«

Er schreckte aus dem Schlaf hoch, atmete in der heißen Luft tief durch und registrierte, als er nach und nach zu sich kam, dass sich der Deckenventilator träge drehte. Er war schweißgebadet, die Laken waren durchweicht. Glockenrein klang ihre Stimme in seinem Kopf, und vor einem dunklen Hintergrund zeichnete sich scharf ihre Silhouette ab. Er hatte vergessen, wie sehr sie es liebte, solche Erklärungen abzugeben, wie sie bei einem kalten Drink philosophieren, wie verblüffend einsichtig sie in den seltsamsten Momenten sein konnte.

Sie wartete auf ihn, wollte von ihm gerettet werden.

Wie würde seine Geschichte nun weitergehen?, fragte er sich. Und da war Claire, die ihm, ohne dass er es wollte, wichtig geworden war, Claire, in der er sein noch unentwickeltes, im Entstehen begriffenes Ich sah, Claire mit ihren törichten Vorurteilen, ihrer sorgsam gehegten Ignoranz und ihren überraschend klaren Momenten. Ihre Naivität war Balsam für seine zerschlagenen Hoffnungen. War die Liebe nicht immer eine Form von Narzissmus? Auch Claire tauchte in seinen Träumen auf, ungebeten, sie kämpfte mit der anderen Frau, der Frau, die ihn Tag und Nacht verfolgte. Claire mit ihrer blonden, vertrauten Weiblichkeit, eine englische Rose gegen den exotischen Skorpion Trudy.

Die Nacht draußen war samtschwarz und ihm in ihrer Anonymität willkommen. Er stand auf und öffnete die Fenster. Hongkongs warmer, vertrauter Geruch strömte ins Zimmer, ein Geruch nach menschlichen Körpern und – selbst noch in solcher Höhe – dem allgegenwärtigen Meer. Es war nie frisch hier, nur feucht und stickig, wenn auch nicht immer unangenehm. Die Dunkelheit hüllte ihn ein. In der Ferne blinkte ein Licht – ein Boot? Ein anderer Schlafloser?

Wieder hörte er ihre Stimme, verzweifelter jetzt, schriller.

Da wusste er, dass es Zeit war zu handeln.

7. Mai 1953

DAS KRÖNUNGSFIEBER HATTE Hongkong erfasst. Die majestätisch schlanke Königin Elisabeth und ihr gut aussehender Prinz beschäftigten die Phantasie von Ausländern und Einheimischen gleichermaßen, und in der ganzen Stadt wiesen Plakate auf Krönungs-Sonderangebote hin, Schneider warben mit speziellen Krönungsroben, Gedenkmünzen wurden geprägt und Sonderbriefmarken gedruckt. Die Damen der Gesellschaft planten ihre Krönungspartys und Krönungstees, und in den Hotels waren die Ballsäle ausgebucht. Claire wartete morgens ungeduldig auf die Zeitung, um sich über jedes Detail der Vorbereitungen informieren zu können.

Die Prinzessinnen hatten sie schon immer fasziniert, sie hatte das schockierende Buch ihrer Kinderfrau Marion Crawford gelesen und jeden Bericht über ihr Privatleben verschlungen. Und jetzt wurde die Prinzessin zur Königin gekrönt!

In Hongkong würden große Paraden stattfinden, und die Stadt würde sich festlich herausputzen. Sowohl die *South China Morning Post* als auch der *Standard* widmeten einen großen Teil ihrer Titelseiten dem bevorstehenden Ereignis. Aus einem beleuchteten Brunnen auf dem Statue Square sollte ein königsblauer Mast mit einer Krone an der Spitze aufragen, vier Löwen sollten das Vereinigte Königreich symbolisieren, vier Kohlenbecken die Flamme der Einheit des Commonwealth. Tag und Nacht sollten persönliche Vertreter Ihrer Majestät dort Wache halten. In Kowloon wurde ein Krönungspark angelegt, mit blauen Hortensien und roten und weißen Seerosen nach dem Muster der englischen Flagge. Auch mit profaneren Dingen befassten sich die Zeitungen, dem Hinweis des Bauamtes etwa, dass für die Stabilität von Veranden und Balkonen gesorgt sein müsse, damit sie dem Ansturm der Feiernden standhielten.

Claire las interessiert, welche Vorkehrungen man bei der Post traf, um die große Nachfrage nach Krönungssondermarken befriedigen zu können. Einige Schalter würden eigens dem Verkauf dieser Marken vorbehalten sein, zusätzliche Schalter sollten eingerichtet werden. Claire wollte ihre Marken auf der Post in der Des Voeux Road holen, und sie hatte auch Geld für Gedenkteller mit dem Konterfei Prinzessin Elisabeths beiseitegelegt.

Will lachte sie aus, als sie ihm aufgeregt davon erzählte.

»Was um Himmels willen interessiert dich an einer dummen Person, die eine Krone bekommt, nur weil sie zufällig in eine bestimmte Familie hineingeboren wurde? Und weil ihr Onkel sich in eine Frau verliebt hat, die anderen recht fragwürdig erscheint?«

Claire war entsetzt.

»Du redest wie ein Kommunist, Will«, sagte sie. »Solche Ansichten würde ich an deiner Stelle nicht unbedingt hinausposaunen.«

»Manchmal bist du ein solches Dummchen«, erwiderte er, aber es klang nicht unfreundlich. »Du bist die närrischste Frau, die ich kenne.« Und er küsste sie sanft auf die Stirn.

Sie waren jetzt seit ungefähr acht Monaten zusammen. Lange genug, um einen Rhythmus gefunden zu haben, und doch so frisch, dass Claires Handflächen noch kribbelten, so frisch, dass sie, wo es nur ging, ihr Spiegelbild kontrollierte, bevor sie sich trafen. Martins regelmäßige Bürozeiten verschafften ihnen die Stunden, die sie gemeinsam verbrachten, aber Wills Arbeit irritierte Claire.

»Die Chens brauchen dich doch nie«, sagt sie. »Sie haben ja noch zwei andere Chauffeure, einheimische Chinesen. Warum haben sie dich überhaupt eingestellt?«

»Ich bin ihnen auf meine Weise nützlich.« Mehr wollte er nicht dazu sagen.

Da er so wenig zu tun hatte, konnten sie ganze Nachmittage in seiner Wohnung verbringen, nachdem er Ah Yik auf einen ausgedehnten Botengang geschickt hatte. Die Frage, wie sie sich der kleinen Frau gegenüber verhalten sollte, quälte Claire immer wieder. Ihr unerlaubter Status nagte an ihr, und es fiel ihr schwer, Ah Yik in die Augen zu schauen. Sie machte sich unablässig Gedanken darüber, was sie sagen oder nicht sagen oder ob sie Ah Yik überhaupt zur Kenntnis nehmen sollte. Bat sie Will um seine Meinung dazu, erklärte er – noch aufreizender als sonst –, es sei ihm egal.

»Das spielt doch keine Rolle«, sagte er. »Sie ist die Diskretion selbst und absolut loyal.«

»Darüber mache ich mir keine Sorgen.«

»Stört es dich, was sie von dir denken könnte?«, neckte er sie.

»Es ist mir einfach unangenehm, Will, das ist alles.«

»Ich verstehe. Aber es kümmert sie nicht im Geringsten, was wir tun. Sie hat viel Schlimmeres gesehen.«

»So?«

»Sie ist schließlich schon viele Jahre bei mir.«

»Du meinst…« Claire hielt inne. »Ach, egal.« Sie wollte nicht wissen, was er meinte.

»Warum ist dir die Königin denn so wichtig?«, fragte er plötzlich.

»Sie ist eben unsere Königin. Wieso fragst du? Warum sollte sie mir nicht wichtig sein?«

»Glaubst du an das Empire?«

»Natürlich.« Aber sie wusste nicht recht, worauf er hinauswollte.

Er stützte sich auf den Ellenbogen; sein Interesse war erwacht.

»Wie wär's denn umgekehrt: Glaubst du, dass du der Königin wichtig bist?«

»Wie bitte? Du stellst so komische Fragen, Will. Manchmal verstehe ich dich überhaupt nicht.«

»Ich will nur wissen, ob du glaubst, dass die Königin, besser gesagt, die zukünftige Königin, sich für dein Wohlergehen interessiert.«

»Sie hat sehr viele Untertanen, aber ich bin überzeugt, sie wünscht uns allen nur das Beste.«

»Und du schuldest ihr deine Loyalität und betrachtest dich als ihre Untertanin.«

»Ja, allerdings.« Claire schüttelte den Kopf. »Was bist du denn so verbohrt? Das sind doch Dinge, die uns als britischen Untertanen lieb und wert sind, und es ist keineswegs ungewöhnlich, so zu denken.«

Will lächelte, ein träges Lächeln.

»Ich denke eben, du bist der hübschen kleinen Lizzie nicht so wichtig, wie du glaubst.«

»Du bist einfach unverbesserlich, Will. Reden wir nicht mehr davon, das verdirbt mir die Laune. Du bist ein schrecklicher Mensch, und du machst mich wütend.«

Er lachte. Er mochte es, wenn sie mit ihm schimpfte.

Aber Will war sprunghaft. Aus den seltsamsten Anlässen brauste er auf.

Einmal hatte sie nach dem Eintreten seine Wohnungstür abgeschlossen, und als er das Klicken hörte, hatte er sich mit wutverzerrter Miene umgedreht.

»Ich schließe nie ab, das hab ich dir doch gesagt. Mach bitte wieder auf.«

Sie hatte getan wie geheißen und war vor Verlegenheit tief errötet.

Später kam sie noch einmal darauf zurück.

»Warum bist du so wütend geworden, als ich die Tür abgeschlossen habe? Das war doch albern.«

»Ach, das ist eine lange Geschichte«, sagte er. »Aber mach das bitte nie wieder.« Es kam weder eine Entschuldigung noch eine Erklärung.

Sie bewegte sich auf Zehenspitzen um ihn herum, doch dann zog er sie ins Bett, oder er küsste sie, und alles schien ihr genug, alle Unsicherheiten und Demütigungen waren es ihr wert.

Und dann war da noch dies: Claire wollte ein Kind.

Das war ganz plötzlich gekommen. Jahrelang hatte sie die quäkenden kleinen Wesen eher als Plagegeister empfunden, doch dann hatte sich etwas in ihr verändert, und jetzt sehnte sie sich mit jeder Faser nach einem Kind, das sie im Arm halten, dessen Duft sie einatmen konnte, das ganz ihr Eigen sein würde. Sie wünschte sich, ihr Bauch würde anschwellen, sie würde die geheimnisvollen Bewegungen darin spüren, würde mit dem Wissen herumlaufen, dass sie in ihrem Leib ein Kind nährte.

Überall sah sie jetzt Kinder, Babys im Tragetuch auf dem Rücken chinesischer Frauen, flachsblonde Kleinkinder, die auf dem Rasen vor dem Ladies' Recreation Club spielten. Sie fühlte sich beraubt, unweiblich, als hätte man ihr etwas Unverzichtbares entrissen. Sie führte Buch über ihre Regel und weinte, wenn sie Blutflecke in ihrer Wäsche entdeckte. Erzählten ihr Frauen aus ihrem Bekanntenkreis, dass sie schwanger waren, wurde ihr flau vor Verlangen.

Und natürlich musste es Wills Kind sein. Der Gedanke, ein Kind von Martin zu bekommen, war ihr zwar nicht gerade widerwärtig, aber so fremd, als existierte diese Möglichkeit kaum. Martin war ihrem jetzigen Leben mittlerweile so fern, dass sie immer ein wenig überrascht war, wenn sie neben ihm aufwachte. Sein Geruch erschien ihr befremdlich, seine Haut zu klebrig und körperlich. Sie wehrte seine Annäherungsversuche ab, und er fand sich gutmütig damit ab. Sie verachtete ihn deswegen und verachtete sich dafür wiederum selbst. War sie schon immer so grausam gewesen? Martin arbeitete einfach mehr, er verbrachte mehr Zeit im Büro, und das machte es ihr leicht. Wie war er so geworden? Wie war sie so geworden?

8. Mai 1953

Eines Tages ergab sich eine Gelegenheit, die Chens näher kennenzulernen, was Claire sich allerdings nicht unbedingt wünschte.

Es war eine seltsame Situation. Lockets Mutter kam nach der Klavierstunde herein; sie wirkte ziemlich mitgenommen. Irgendetwas an ihr hatte sich verändert. Die meiste Zeit schloss sie sich in ihrem Zimmer ein, so schien es, denn sie war jetzt fast immer zu Hause, wenn Claire zum Unterricht kam. Und sie war stark abgemagert.

Sie fuhr zusammen, als sie Claire sah.

»Ach, Mrs. Pendleton«, sagte sie. »Wie geht es Ihnen?«

»Danke, gut.« Claire begann ihre Sachen zu packen. Locket war davongehüpft, sobald Claire sich am Klavier aufgerichtet hatte.

»Hören Sie«, begann Mrs. Chen, »hätten Sie Zeit, heute Abend zum Essen zu kommen? Sie und Ihr Mann? Ich weiß, es ist schrecklich kurzfristig ...«

Claire wusste nicht, was sie sagen sollte.

»Ich würde mich sehr freuen. Victor und ich geben eine Dinnerparty, wissen Sie ...«

Da wusste Claire es in der Tat. Es war eine Last-Minute-Einladung. Jemand hatte abgesagt, und Mrs. Chen brauchte zwei Gäste ohne anderweitige Verpflichtungen.

»Ich fürchte ...«

»Oh, bitte, sagen Sie Ja!«, rief Mrs. Chen. »Es kommen nette Leute, Regierungsbeamte unter anderem, das könnte Mr. Pendleton interessieren«, versuchte sie Claire zu ködern.

»Äh …« Martin würde gern hingehen, das wusste Claire.

»Also, abgemacht. Um acht im Golden Lotus, das ist ein kantonesisches Restaurant in Central. Wir haben ein Nebenzimmer.«

»Vielen Dank für die Einladung«, sagte Claire.

»Meinst du, wir müssen da Raupen oder Hühnerfüße essen?«, fragte Martin, als sie ihm davon erzählte.

»Wer weiß? Ich esse so etwas jedenfalls nicht.« Sie schaute zu, wie er seinen Kamm nass machte und sich damit durchs Haar fuhr.

»Welches Hemd soll ich anziehen?«

»Ich weiß nicht, wieso wir überhaupt hingehen. Beim besten Willen nicht«, sagte Claire, aber Martin war schon ins Schlafzimmer gegangen und kramte dort in seinen Hemden. Sie betrachtete ihr Gesicht im Spiegel. Sie wirkte abgespannt. Sie puderte sich die Nase und kniff sich in die Wangen, um sie zu röten.

Das Essen verlief nicht gut. Es war schwierig, sich mit Leuten zu unterhalten, deren Gespräche auf einer Ebene stattfanden, die Claire nicht gewöhnt war. Und ständig redeten sie von sich selbst!

Sie und Martin waren pünktlich dagewesen, die Ersten außer den Chens, die mit ihren Drinks in einer Ecke standen.

Melody ging ihnen entgegen. »Wie schön, dass Sie kommen konnten!«, sagte sie. Ihr magerer Körper steckte in einem phantastischen grünen Seidenchiffonkleid mit Glockenärmeln, dazu trug sie Smaragdohrgehänge und einen riesigen Smaragdring. Claire konnte den Blick nicht von dem Stein lösen.

»Melody«, sagt sie. Der Name fühlte sich fremd an auf ihrer Zunge. Sie hatte überlegt, wie sie Mrs. Chen nennen sollte, und war unterwegs zu dem Schluss gekommen, dass es, da es sich um einen gesellschaftlichen Anlass handelte, angemessen sei, sie mit dem Vornamen anzusprechen. »Melody, das ist mein Mann, Martin Pendleton. Wir sind uns im Beach Club einmal kurz begegnet.«

Martin und Mr. Chen gaben sich die Hand.

»Haben Sie nicht mit der Wasserversorgung zu tun?«, fragte Mr. Chen. Er ging mit Martin an die Bar, um Drinks zu holen.

»Ein schönes Kleid haben Sie an«, sagte Mrs. Chen. Es war das schlichte Hängekleid, das Claire auch bei der Party der Arbogasts auf dem Peak getragen hatte. Damals hatte sie Will kennengelernt. »Ich liebe Weiß«, fuhr Mrs. Chen fort, »es wirkt so frisch.« Es klang aufrichtig. Ihr einst hübsches Gesicht erinnerte Claire mit seinen absackenden Zügen an ein knochiges Huhn.

Die Chens waren überaus angenehm – perfekte Gastgeber, unterhaltsam und einnehmend, sie stellten Claire und Martin jedem Neuankömmling vor, und doch fühlte Claire sich immer unwohler, je länger der Abend dauerte.

Sie saß neben einem Mr. Anson Ho, der in Shanghai mehrere Textilfabriken betrieb und in Hongkong weitere aufbaute. Er ließ keinen Zweifel daran, dass es sich um Großunternehmen handelte und dass er seinen Erfolg nicht den Briten verdankte.

»Wir Chinesen sind ja sehr unternehmerisch«, sagte er immer wieder. »Wir finden überall eine Möglichkeit, Geld zu verdienen. Unter der früheren Regierung hatten die Einheimischen nicht genug Chancen. Die Briten sind sehr arrogant, aber sie müssen sich klarmachen, dass wir jetzt in einer neuen Ära leben. Die Chinesen in Hongkong müssen sich selbst regieren.« Er hatte eine rote Knollennase, die auf reichlichen Kognakgenuss hindeutete. Seinen Wein ließ er im Glas kreisen und stürzte ihn dann in großen Schlucken hinunter. Claire nickte und lächelte.

Martin saß ein paar Plätze weiter und unterhielt sich mit einer attraktiven Brasilianerin. Er hatte einiges getrunken, und seine Bewegungen wurden lebhafter. Die Gespräche am Tisch drehten sich um China, Nord- und Südkorea – »Rhee spielt mit dem Feuer« – und die Ereignisse in Birma. Claire gegenüber saß Belle, eine Amerikanerin. Sie sei Journalistin, sagte sie, und erklärte, der Hongkonger Hafen reiche nicht an die Häfen von Sydney und Rio heran. Als sie Claire, theatralisch rauchend, nach ihrer Meinung dazu fragte, entschuldigte sich Claire und ging zur Toilette.

Sie traf dort auf Mrs. Chen, die sich nervös die Hände wusch, sie unter dem Wasserstrahl unablässig drehte und wendete und sich dabei im Spiegel betrachtete. Als Claire hereinkam, erschrak sie. Der Ring lag auf dem Rand des Waschbeckens.

»Ein schöner Stein«, sagte Claire. »So einen habe ich noch nie gesehen.«

»Ich muss ihn vor dem Händewaschen abnehmen. Smaragde sind sehr zerbrechlich, und ich habe Angst, ich könnte ihn beschädigen. Er rutscht mir auch dauernd vom Finger.« Sie nahm ihn vorsichtig auf und streifte ihn wieder über. »Ärgerlich ist das!«

»Sie haben stark abgenommen«, sagte Claire. »Geht es Ihnen nicht gut?«

»Doch, doch.« Melody wich Claires Blick aus. »Ich muss einfach mehr auf mich achten. Victor meint, ich renne zu viel herum.«

Claire blieb stehen, wo sie war, obwohl sie den Weg zur Tür versperrte.

»Unterhalten Sie sich gut?« Die Chinesin ging um sie herum. »Victor und ich haben uns sehr gefreut, dass Sie so kurzfristig kommen konnten. Wir sind begeistert, was Locket für Fortschritte macht. Sie sind wirklich ein Segen für ihre musikalische Erziehung.« Sie blieb einen Moment in der Tür stehen. »Ein schöner Abend, nicht wahr?« Dann schloss sich die Tür hinter ihr.

Claire nahm ein sauber gefaltetes Handtuch von einem Bord und rieb das Waschbecken trocken. Jetzt war es wieder makellos.

Als sie an den Tisch zurückkehrte, tauschten die Gäste Kriegs- und Nachkriegserinnerungen aus.

»Was ich so großartig fand«, sagte Melody, »das war die Freundlichkeit, die nach dem Krieg in Hongkong geherrscht hat, die positive Einstellung gegenüber jedermann. Eine Zeit lang blieb es auch noch so, als alle über die Grenze kamen. Wenn das heute jemand schafft, wird er natürlich nicht mehr so begeistert empfangen. Es sind inzwischen einfach zu viele und zu viele traurige Geschichten. Unser Mitgefühl hat eben Grenzen. Betty Liu hatte sechs Verwandte bei sich einquartiert, ein ganzes Jahr lang. Schließlich konnte sie sie nach Kanada schicken, aber das war eine schwere Geburt. Sie musste drei Dienstmädchen zusätzlich einstellen!«

»Da wird in der ›Ankunft und Abflug‹-Kolumne ja einiges los gewesen sein«, sagte Belle. Sie meinte die viel gelesene Kolumne in der *Post*, in der berichtet wurde, wer Hongkong mit dem Flugzeug verlassen hatte und wer angekommen und im Gloucester abgestiegen war.

»Das ist wie mit den Gezeiten«, sagte Victor. »Die Chinesen wechseln zwischen China und Hongkong hin und her, je nachdem, welche Wendung die Geschichte nimmt. Aber allzu viel ändert sich nie.«

»Wo waren Sie?«, wandte sich Belle an Melody. »Waren Sie während der japanischen Besetzung hier?«

»O nein«, antwortete Melody. »Victor hat alles lange vorher kommen sehen und mich nach Kalifornien geschickt, zu meiner Zimmergenossin vom College, die in Bel Air wohnt. Zu der Zeit war ich gerade schwanger.«

»Sehr schlau von ihm. Aber schlau war er ja schon immer.«

Jeder hatte etwas zu erzählen, als seien sie alle zusammen aufgewachsen, dabei kamen sie aus den verschiedensten Winkeln der Welt. Aber sie sprachen eine gemeinsame Sprache.

»Ja, ich habe großes Glück«, sagte Melody. »Victor denkt immer voraus.« Ihre Miene blieb ausdruckslos. Eine kleine Pause entstand.

»So!«, sagte Victor. »Mein weitblickendes Ich findet, wir sollten etwas spielen. Das macht ihr Engländer doch so gern bei euren Dinnerpartys.« Er hatte sich an Claire gewandt. »Ich werde ständig gezwungen, Scharaden zu spielen und mich zum Affen zu machen. Aus unerfindlichen Gründen finden Ihre Landsleute das unterhaltsam.«

Claire öffnete den Mund, doch es kam nichts heraus. Alles wartete auf ihre Antwort. Absurderweise konnte sie nur eines denken: »Die Kommunisten kommen, die Kommunisten kommen«, ein Satz, der ihr im Kopf herumschwirrte wie ein lustiges kleines Lied.

Belle rettete sie. »Sie müssen gerade reden, Victor«, sagte sie. »Ich hab Sie einen Affenkopf aufbrechen und das Gehirn essen sehen, und das fanden Sie einen netten Zeitvertreib für den Abend.«

»So ist's recht«, meldete sich ein Franzose zu Wort. »Angriff ist die beste Verteidigung!«

Während das Gespräch, von den anderen erfolgreich entschärft, weiterging, saß Claire ruhig da und versuchte die Panik zu bezwingen, die in ihr aufgestiegen war, als sich die Aufmerksamkeit der ganzen Tischrunde für diesen einen Moment auf sie gerichtet hatte. Verzweifelt wünschte sie das Ende des Abends herbei, auch noch, als sie Melody Chens Blick nicht ohne Anteilnahme auf sich gerichtet sah und ein mattes Lächeln zustande brachte.

Als sie und Martin nach Hause kamen, er redselig vom Wein, sie schweigsam, wuschen sie noch das Geschirr ab und gingen dann gleich zu Bett.

»Findest du, es gab viele peinliche Momente heute Abend?«, fragte Claire.

»Ich hab nichts bemerkt.«

Da hätte sie ihn am liebsten geschlagen, seiner Einfalt und Ahnungslosigkeit wegen, hätte am liebsten mit den Fäusten gegen seine schwerfällige, unwissende Brust getrommelt.

Er legte ihr fragend die Hand auf die Schulter. Sie wandte sich ab, und er verstummte.

»Claire ...«, begann er wieder.

Doch sie schnitt ihm das Wort ab. »Ich bin müde, Martin. Bitte.«

Er sagte nichts mehr. Er rückte sich zurecht und zog die Decke hoch. Nach einer Weile kam ein sanftes »Gute Nacht, Liebes«.

Sie wusste nicht, wen sie in diesem Moment mehr verabscheute: ihn oder sich selbst.

Am nächsten Tag schwärmte sie Will von dem Ring vor. Ein seltsamer Ausdruck trat in sein Gesicht. »Ein unvergesslicher Ring«, sagte er. »Ich hab ihn schon mal gesehen.«

»Sind Smaragde sehr kostbar?«

»Manche würden sagen, sie sind unbezahlbar.«

»Du kennst den Ring? Hat sie ihn schon lange?«

Er lachte, ein kurzes, heftiges Lachen.

»Ihr Frauen und euer Schmuck. Ihr seid doch alle gleich.«

Weiter ließ er sich nicht aus der Reserve locken.

»Neulich war ich zum Lunch bei Edwina Storch«, erzählte Claire schließlich. »Kennst du sie?«

Ein Schatten glitt über sein Gesicht. Sie lagen im Bett.

»Ja, schon eine ganze Weile. Sie lebt länger hier in der Kolonie als irgendjemand sonst. Eine ganz angenehme Frau, auch wenn sie's im Krieg über dunkle Kanäle geschafft hat, Stanley zu umgehen. Eine Überlebenskünstlerin, so viel ist sicher.« Er machte eine Pause. »Hat es dir gefallen? Herrscht bei so einem Damenkränzchen nicht ein ohrenbetäubender Lärm, wenn alle über ihre neuesten Kleider losschnattern?«

»So stellst du dir das vor? Dass wir keine anderen Themen haben als Kleider und Marmeladekochen?«

»Ja, schon.«

»Dann lass dir sagen, dass wir sehr ernsthaft über Politik und Kriegsreparationen diskutieren.«

»Und über Amahs.« Er biss ihr in die Schulter. »Und wo man die beste Lammkeule bekommt, und wie man seine …«

Sie drückte ihre Lippen auf seine. »Halt den Mund, Darling.« Es erregte sie, eine Frau zu sein, die so etwas sagte.

Später wandte sie sich ihm zu.

»Ich hab da was Interessantes gehört. Eine von den Frauen hat erzählt, dass man alle, die während des Krieges mit den Japanern kollaboriert haben, aufspüren und zur Verantwortung ziehen will. Kennst du jemanden, der das gemacht hat?«

»Was ist denn heute los mit dir?«, fragte er. »Ich hab das Gefühl, ich werde hier verhört. Woher diese plötzliche Neugier?«

»Sei nicht albern. Ich will es einfach wissen. Im Krieg sollen die Menschen ja zu den schrecklichsten Dingen imstande sein, und ich wollte wissen, ob du jemanden kennst, der solche Untaten begangen hat und ungestraft davongekommen ist.«

»Nein, niemanden, Gott sei Dank.«

»Muss schlimm sein, mit solchen Geheimnissen zu leben.«

»Ja. Da möchte man wahrscheinlich manchmal am liebsten tot sein.« Er hielt inne. »Hör zu, ich muss demnächst nach Macao und dort einiges erledigen. Würdest du eventuell mitkommen? Meinst du, du könntest einen Vorwand finden, um über Nacht wegzubleiben?«

Dieser plötzlich so schüchterne Will rührte sie. Es kam so selten vor, dass er sie um etwas bat. Normalerweise war er nicht sehr nett zu ihr.

In der Nacht vor der Fahrt nach Macao fand Claire keine Ruhe. Die meiste Zeit bewegte sie sich am Rand des Schlafs entlang, und als sie schließlich aufstand, fühlte sie sich wie gerädert. Zu Martin hatte sie gesagt, der Damen-Hilfsverein unternehme eine vogelkundliche Exkursion in die New Territories; übernachten werde man im Wochenendhaus einer der Damen in Sai Kung. Als sie sich an der Endstation mit Will traf, spürte sie, wie er sie musterte. Vielleicht fand er sie zu blass. Als er einmal nicht herschaute, kniff sie sich in die Wangen und biss sich auf die Lippen, um die Farbe zurückzuholen.

Sie gingen zu dem Pier, an dem die Fähre nach Macao ablegen sollte. Eine Menschenmenge hatte sich am Eingang versammelt. Polizisten standen dort und ließen niemanden durch. Will ging nach dem Grund fragen, und Claire wartete unterdessen am Fahrkartenschalter, voller Angst, Bekannte könnten sie sehen.

»Eine schlimme Sache. Ein Mann ist vom Pier gesprungen. Er soll seine Stelle als Koch verloren haben. Sie bringen ihn ins Krankenhaus, aber er ist schon tot.«

»Das ist ja schrecklich.«

»Ja. Wenn alles geklärt ist, wird der Fährbetrieb wieder aufgenommen.«

Das Wasser war grün und schmutzig. Als Claire die Laufplanke betrat, sah sie Abfälle darin schwimmen. Da ist heute jemand gestorben, dachte sie, und sie konnte diesen Gedanken nicht mit den Papierfetzen und Orangenschalen auf der Wasserfläche in Einklang bringen.

An Bord brachte sie vor lauter Seekrankheit und nervöser Anspannung kein Wort heraus. Sie setzte sich hin und versuchte einen Punkt am fernen Horizont zu fixieren. Zwei wettergegerbte Männer in Unterhemden und schmutzigen Hosen turnten laut schwatzend an Deck herum, schlangen dicke Taue um diverse Pfosten oder lösten sie und stießen das Schiff vom Pier ab. Sie hatten eine Haut wie braunes Leder und gelbe, schadhafte Zähne.

Ringsum saßen Einheimische, ein Paar mit einem Baby, die Frau sichtlich erschöpft, das Baby schreiend. Claires Magen rebellierte, und sie wandte den Blick ab. Das Baby schrie immer weiter; vielleicht war es ebenfalls seekrank. Ein Mann im Unterhemd las Zeitung. Ein Foto auf der Titelseite zeigte zwei englische Pioniere, von denen in letzter Zeit in den Nachrichten häufig die Rede gewesen war, weil sie eine Einheimische umgebracht hatten. Am Tag zuvor waren sie als erste Europäer seit dem Krieg zum Tode verurteilt worden.

»Was für junge Gesichter sie haben«, sagte Claire zu Will.

»Die haben's nicht anders verdient«, erwiderte er. »Das ist immer noch diese alte Einstellung. Die denken, sie können die Einheimischen wie Tiere behandeln. Aber wir leben jetzt in einer anderen Welt.«

»Die Frau war Amah in der Kaserne.« Claire war sich nicht sicher, ob sie es so harmlos meinte, wie es herauskam. Sie war lange genug mit Will zusammen, um zu wissen, dass sie ihn damit provozierte.

»Und?« Zum ersten Mal schlug Will ihr gegenüber einen scharfen Ton an.

Später erzählte er ihr eine Geschichte. Eine Familie, die während des Krieges im Lager Stanley interniert war, hielt weiterhin Kontakt zu ihrer Amah. Sie sollte ihnen Lebensmittel und andere Dinge bringen, so oft es ging, und das tat sie auch, in einem großen Picknickkorb. Sie war über sechzehn Jahre zuvor als junges Mädchen in ihre Dienste getreten, und die Familie hatte sie immer gut behandelt. Also brachte sie getreulich jede Woche etwas zu essen, doch eines Tages erschien sie nicht mehr. Tags darauf bekam die Familie zwar den Korb, aber darin lag, in schmutzige Handtücher gewickelt, eine kleine Hand. »Für die Japaner war das ein guter Witz«, sagte Will. »Die wirklich sadistischen Japaner waren die Ausnahme, aber unsere Gedanken kreisten immer nur um sie, und wir erinnern uns auch nur an sie. Wir haben nie erfahren, was passiert war, ob sie jemanden beleidigt oder etwas angestellt hatte oder ob sie einfach zur falschen Zeit am falschen Ort gewesen war.«

Die Geschichte war Wills Entschuldigung. Er hätte sich nicht zu entschuldigen brauchen, das wusste Claire. Er zeigte ihr damit seine Zuneigung.

In Macao begrüßte ein Porträt von Gouverneur Commodore Esparteiro mit Schnurrbart und weißem Hut die Besucher.

»Er wirkt so vornehm«, sagte Claire.

Unmittelbar hinter der Passkontrolle herrschte das Chaos. Eine Traube von Männern drückte sich rufend und winkend an den Metallzaun.

»Taxi, Taxi!«

»Auto, Auto, ich fahre Sie!«

Will trat zur Seite und verhandelte in schnellem Kantonesisch mit einem von ihnen. Wenn er die Sprache der Einheimischen sprach, wenn die fremden Laute aus seinem Mund kamen, spürte

Claire, wie sich ihr Inneres anspannte, eine Empfindung, die mehr war als Verlangen. Der Fahrer sah sie an und begriff sofort. Er warf ihr einen anzüglichen Blick zu und entblößte seine braunen Zähne. Sie wandte die Augen ab und ließ zu, dass Will, der die Situation instinktiv erfasste, ihr den Arm um die Schultern legte.

»Lass uns fahren«, sagte sie, dankbar für seinen Schutz.

»Bin gleich so weit.« Er beendete den Handel.

Im Taxi war es unerträglich heiß. Will kurbelte die Fenster herunter. Als der Wagen beschleunigte, blies ihr der Wind Staubkörner ins Gesicht, doch es erschien ihr kleinlich, sich über diesen Beginn ihres Liebesabenteuers zu beklagen.

Hier bin ich, dachte sie, eine Frau auf einem verbotenen Ausflug mit ihrem Liebhaber im Fernen Osten. Sie schaute zu den Leuten auf der Straße hinaus. Sie ahnten nichts. Ihr Geheimnis war bei ihnen sicher, bei ihren ausdruckslosen asiatischen Gesichtern, ihrem geschäftigen, von Claires Sünden unbelasteten Leben.

Am Lisboa Hotel in der Nähe des Largo do Senado stiegen sie aus.

»Das hier ist das Stadtzentrum«, sagte Will. »Und die weiße Fassade da drüben, das ist São Paolo, eine alte Jesuitenkirche. Außer der Fassade ist nichts mehr davon übrig.«

»Der Krieg?«

»Nein, ein Feuer im neunzehnten Jahrhundert. Wir gehen später mal hin. Man sieht noch die ganzen Reliefs und Steinmetzarbeiten. Sehr schön.«

Die Lobby des Hotels war von schäbiger Pracht. Will schien sich hier auszukennen.

»Warst du schon oft hier?«

»Ja, ziemlich. Aber in letzter Zeit nicht mehr.«

Ein chinesischer Page zeigte ihnen ihr Zimmer, und als sich die Tür hinter ihm schloss, sahen sie sich an, plötzlich wieder befangen.

»Du wirkst hier irgendwie anders«, sagte Claire.

»Ja.«

Im schwindenden Licht des Tages – die Sonne fiel schräg durch das staubige Fenster – machten sie sich wieder miteinander vertraut, ihre Körper in der fremden Umgebung irgendwie neu, irgendwie aufregender.

Später sagte Will: »Wir sind wie ein altes Ehepaar, das an einen neuen Ort kommt.«

»Schön ist das.« Auch seine Zärtlichkeit war neu, und sie verunsicherte Claire.

»Ja.«

»Was hast du hier zu erledigen?«

»Ich muss jemandem meine Reverenz erweisen.«

»Soll ich mitkommem?«

»Wenn du möchtest.« Er spielte mit einer Haarsträhne von ihr. »Kein Problem.«

Sie fuhren mit dem Taxi zu einem Friedhof. Will zahlte und stieg aus. Von dem unbesetzten, baufälligen Wachhaus blätterte die Farbe ab, darüber schwankte gefährlich ein großes Blechschild mit grellroten chinesischen Schriftzeichen.

»Ein Friedhof!«, sagte Claire. »Na, du verstehst es ja, einer Frau einen schönen Tag zu machen.«

»Weißt du etwas darüber, wie die Chinesen ihre Toten bestatten?«, fragte Will, ohne auf ihre Worte einzugehen.

»Nein. Sehr viel anders als wir?«

»Ja.« Auf einem Lageplan an der Wand zeichnete er mit dem Finger eine Route nach. »Da müssen wir hin.«

Die Luft schien hier dichter. Claire wagte kaum zu atmen, aus Angst vor den Toten. Sie war, ohne es zu wollen, abergläubischer geworden, seit sie in Hongkong lebte. Ein Gewirr von Wegen zog sich zwischen den kleinen grauen Grabsteinen mit ihren teils englischen, teils chinesischen Schriftzügen hindurch. Roh behauene Steinstufen führten auf einen Hügel.

Claire las im Vorübergehen die Inschriften.

»›Hier ruht William Walpole, Bruder von Henry.‹ Anscheinend

keine weiteren Verwandten. Er ist 1936 gestorben, mit dreiundvierzig. Und hier: ›Unsere geliebte Margaret Potter.‹ Das finde ich schön. So etwas Schlichtes hätte ich auch gern auf meinem Grabstein, du nicht?«

Will antwortete nicht.

»Es war nach dem Krieg sehr schwierig, die Toten zu erfassen«, sagte er. »Die meisten kamen in Massengräber. Für die Familien war es bitter, dass sie ihre Angehörigen nicht bestatten konnten.«

»So eine Zeremonie bietet wenigstens ein bisschen Trost, stelle ich mir vor.«

»Ja, diese Rituale sind ja aus gutem Grund entstanden. Man braucht etwas, worauf man sich konzentrieren kann, woran man seine Trauer festmachen kann, was einen auch in Bewegung hält. Der Tod ist überall auf der Welt mit Ritualen verbunden. Es lässt für die Menschheit hoffen, dass sie da etwas gemeinsam hat.«

»In zivilisierten Zeiten jedenfalls«, sagte Claire. »Wenn das Leben auf dem Spiel steht, sind die Menschen anders.«

Will sah erstaunt auf.

»Ja«, sagte er, »in zivilisierten Zeiten. In anderen Zeiten ist alles möglich.« Er grinste.

»Meine wilde Geliebte«, fuhr er fort. »Du bist großartig heute.«

»Darf ich fragen, was wir hier suchen?«

»Einen alten Freund.«

Oben auf dem Hügel blieben sie stehen.

»Die Chinesen bauen ihre Friedhöfe gern auf Hügeln. Das bringt Glück, und als klassenbewusste Gesellschaft sind sie auch im Tod noch konsequent: Oben bleibt eben oben, könnte man sagen.«

Die Grabsteine waren kleinen Bauten gewichen, manche sehr kunstvoll, mit Türmchen, Umzäunungen und geschnitzten Türen, sodass sie aussahen wie Miniaturresidenzen oder -tempel. An einigen sah man Porzellanurnen.

»Ist da Asche drin, oder Knochen?«, fragte Claire.

»Knochen. Der Schädel liegt obenauf.«

Will sah sich jedes der Häuschen im Vorbeigehen genau an. Plötzlich blieb er stehen.

»Da ist es«, sagte er.

Es war weiß gestrichen und hatte eine Holztür mit einem eisernen Türklopfer in der Form eines Drachen. Über der Tür prangte ein Schild mit goldenen chinesischen Schriftzeichen.

»Wir haben gar nichts mitgebracht«, sagte Claire.

»Wir sind nicht hier, um zu geben«, antwortete Will, »wir sind hier, um zu nehmen.«

Er öffnete die Tür und blieb davor stehen. Er schien auf etwas zu warten.

»Will!«, rief Claire entsetzt. »Du störst die Totenruhe!«

»Ich bringe die Ruhe«, sagte er und ging hinein.

12. Mai 1953

SPÄTER KONNTE SIE sich nur noch vage an Macao erinnern. An die Hitze natürlich, an ein gutes portugiesisches Restaurant mit Holzbänken und von den Wänden bröckelndem Putz, an warmes, knuspriges Brot, Rotweinkaraffen, ein Gericht, das sich afrikanisches Huhn nannte, und an *dan taat*, die gelb glänzende Eiertorte. »You say pataca, I say potato«, sang Will ihr vor. Er war verändert in dieser kleinen Kolonie, nervös – auf dem Friedhof, im Hotel, die ganze Zeit. Im Innern des kleinen Schreins war es kühl und dunkel gewesen; Räucherwerk hatte einen beißenden Geruch verbreitet. Beim Eintreten hatten sie Staubwolken aufgewirbelt.

»Hier liegt Dominick«, hatte Will gesagt.

»Wer ist Dominick?«

»Ein Mann, der, glaube ich, missverstanden wurde. Nicht zuletzt von mir. So sehe ich es jedenfalls, wenn ich in besonders großzügiger Stimmung bin. Aber das ist eine traurige Geschichte. Zum Schluss wollten seine Angehörigen nichts mehr mit ihm zu tun haben, deshalb ist er ganz allein hier begraben und nicht bei seiner Familie in Hongkong. Er war nicht aus Macao, aber am Ende ist er hier gelandet. Ein unfreiwilliges Exil.«

»Ist er im Krieg gestorben?«

»So ähnlich. Vielleicht wegen des Krieges?« Es war eine Frage. »Wer weiß. So einfach war das nicht.« Er strich über den Altar.

»Aber letzten Endes spielt das doch keine Rolle. Hier liegt er, und die meisten haben vergessen, was er getan hat.«

Und Will spuckte auf den Sarg.

Er hatte etwas aus dem kleinen Mausoleum mitgenommen, hatte es so beiläufig eingesteckt, dass sie nicht zu fragen wagte, was es war. Danach hatten sie nichts Ungewöhnliches mehr unternommen: Sie hatten gut gegessen, hatten ein Mittagsschläfchen gehalten, hatten in der Hotelbar Champagner getrunken, waren durch Macao gestreift und hatten sich die Stadt angesehen, sodass sie angenommen hatte, er sei deswegen dorthin gefahren. Sein altes sarkastisches Ich war wieder zum Vorschein gekommen. Zurück in Hongkong, hatte er die Szene auf dem Friedhof nicht mehr erwähnt.

13. Mai 1953

Als sie das nächste Mal zu den Chens kam, war Locket nicht da.

»Locket weg!«, rief eines der Mädchen. »Weiß nicht, wohin!« Besonders besorgt wirkte sie nicht.

Claire wartete eine halbe Stunde, dann ging sie zur Toilette. Als sie sich die Hände wusch, sah sie durch den hauchdünnen Vorhang Melody Chen im Garten sitzen. Sie schrieb einen Brief, und sie weinte dabei. Claire packte leise ihre Sachen und ging.

In der Woche darauf brachte Yu Ling die Zeitung an den Frühstückstisch. Hauptthema des Tages war die Queen's List. Unter den Geehrten war Victor Tsing Yee Chen.

»Sieh mal, Martin«, sagte Claire. »Victor Chen hat den Order of the British Empire bekommen.«

»Tatsächlich?« Martin war beeindruckt. »Die werden ja nicht gerade scheffelweise verliehen.«

»Ja, und da steht auch was über seine Vergangenheit.« Sie überflog den Artikel. »Hast du gewusst, dass sein Großvater maßgeblich an der Aufnahme von Handelsbeziehungen zwischen China und der übrigen Welt beteiligt war?«

»Sag ihm meine Glückwünsche, wenn du hingehst. Hast du nicht heute Unterricht?«

»Ja, aber ich sehe ihn nur selten. Meistens ist außer dem Kind und den Dienstboten niemand da.«

»Das ist bestimmt ein großer Tag für ihn.«

»Ich wusste gar nicht, dass solche Orden auch Ausländern verliehen werden.«

Als sie das nächste Mal bei den Chens war, verlor sie die Geduld mit Locket. Es war eine schreckliche Stunde gewesen.

»Locket, wenn du nicht übst, wird das nie etwas.« Sie stand auf und zog ihre Jacke an. Ihr Kopf schmerzte von Lockets misstönendem Gehämmer auf den Tasten. Zwischendurch waren lange Pausen eingetreten, wenn das Kind sich mühte, die Noten zu lesen, die es seit der letzten Stunde offenkundig nicht mehr angeschaut hatte.

»Ja, Mrs. Pendleton.« Locket stand ebenfalls auf.

»Du verschwendest nur meine Zeit, und deine auch, wenn du das Klavier von einer Stunde zur nächsten nicht anrührst.«

Locket kicherte und hielt sich die Hand vor den Mund. Sie hatte die ärgerliche asiatische Angewohnheit, in angespannten Situationen nervös zu lachen.

»Ich frage mich, ob es überhaupt der Mühe wert ist, dir Klavierstunden zu geben.« Claire geriet immer mehr aus der Fassung. Das Mädchen war über die einfachsten Übungen gestolpert und hatte keinerlei natürliche Begabung fürs Notenlesen. Und das mit einem Steinway!

»Es tut mir leid, Mrs. Pendleton.« Locket war bereits an der Tür.

»Und es ist äußerst unhöflich von dir, da an der Tür zu stehen, als würdest du nur darauf warten, dass ich gehe.«

Victor Chen steckte den Kopf herein.

»Was ist denn hier los?« Es klang nicht sehr freundlich.

»Ich hab nicht geübt, Baba«, sagte Locket. »Und Mrs. Pendleton hat gesagt, ich muss üben.«

»Und was war unhöflich?«

Claire wollte etwas erwidern, hielt aber inne.

»Mrs. Pendleton hat gesagt, es ist unhöflich von mir, wenn ich an der Tür stehe.«

»So, hat sie das?« Er sah Claire an. »Sie finden es unhöflich von Locket, an der Tür zu stehen?«

»Ja«, antwortete Claire nach einem Moment. »Ich komme mir vor, als würde ich weggeschickt.«

»Locket, du kannst auf dein Zimmer gehen. Du musst bestimmt noch lernen«, sagte Victor Chen, ohne seine Tochter anzusehen. Dankbar huschte sie davon.

»Hat Ihnen unser Dinner neulich gefallen?«, fragte Victor Chen wie nebenbei. »Haben Sie sich gut unterhalten?«

Sie nickte. Dann fiel ihr der Orden ein.

»Herzlichen Glückwunsch zum OBE«, sagte sie. »Ihre Familie ist sicher sehr stolz auf Sie.«

Victor Chen kam durch das Zimmer auf Claire zu, als hätte er nichts gehört, und baute sich vor ihr auf. Er brachte seinen Kopf nahe an ihren, wie um ihr ein Geheimnis anzuvertrauen. Sie zuckte zusammen, noch ehe er etwas gesagt hatte.

»Sie treffen sich öfters mit Will Truesdale, wie ich höre«, flüsterte er. Er legte die Hand hinter ihren Kopf und zog ihn näher heran, sanft, vertraulich. »Ist es Liebe?«

Etwas spürbar Gewaltsames schwang in seiner Stimme mit. Sie fuhr zurück – beinahe wäre sie über die Teppichkante gestolpert – und griff blind nach ihrer Tasche.

»Grüßen Sie ihn von mir«, rief Victor, als sie rückwärts aus dem Zimmer ging. »Und fragen Sie ihn, ob er in nächster Zeit wieder einmal zu erscheinen gedenkt. Wir haben ihn länger nicht mehr gesehen.«

Sie lief aus der Wohnung, in die Hitze hinaus.

»Und fragen Sie ihn nach Trudy!«, schallte Victor Chens Stimme durch die Flure seines Hauses. »Sie sollten da Bescheid wissen.« Er stieß ein lautes, bitteres Lachen aus.

Claire eilte in Panik die Straße hinunter, vorbei an ihrer Bushaltestelle, vorbei an den anderen Gebäuden. Ein scharfer, hoher Ton füllte ihren Kopf aus, um dann nach und nach zu verklingen. Ganz allmählich nahm sie die Geräusche des Tages wieder wahr –

vorbeifahrende Autos, einen Vogelruf ab und zu –, und sie verlangsamte ihren Schritt. Sie war schweißgebadet; die Bluse klebte ihr am Rücken. Sie lockerte sie und versuchte, sich Luft zuzufächeln. Die Hitze raste ihren Rücken hinauf und explodierte in ihrem Kopf.

»Claire?«

Die Stimme kam von weit her.

»Claire?«

»Will?« Sie kämpfte sich durch das Dunkel.

»Ich bin's, Martin. Wer ist Will?«

»Martin«, sagte sie. »Wo bin ich?« Es war so hell, dass sie nichts sehen konnte.

Ihr Kopf dröhnte von dem abrupten Wechsel von Schwarz zu Weiß.

»Zu Hause. Die Amah der Chens hat dich auf der Straße gefunden und hierhergebracht. Yu Ling hat mich im Büro angerufen. Du bist aufgewacht, hast Wasser getrunken und bist wieder eingeschlafen.«

»War ich ohnmächtig?«

»Anscheinend. Wie fühlst du dich? Du bist leichenblass.«

Sie schloss die Augen. »Furchtbar.« Sie erinnerte sich. »Ach ja! Victor ...«, begann sie, dann brach sie ab.

»Victor Chen?«

»... war so freundlich«, sagte sie. »Ich hab ihn nach der Stunde gesehen.«

»Ah, gut. Hast du ihm gratuliert?«

»Das hab ich vergessen. Ich hab nur ganz kurz mit ihm gesprochen.«

»Ah so.« Er hielt inne. »Dann ruh dich jetzt erst mal aus. Brauchst du irgendwas?«

»Nein, danke. Es geht gleich wieder.«

»Was ich noch sagen wollte ...« Er machte eine Pause. »Es gibt da ein Projekt ...«

»Geh«, unterbrach sie ihn. »Du brauchst hier nicht herumzustehen. Ich fühl mich schon besser.«

»Darling«, sagte er und ging hinaus.

Am nächsten Tag rief Melody Chen an, als Claire gerade aus dem Haus wollte.

»Ich habe gehört, Sie sind auf der Straße umgekippt«, sagte sie. »Ich wollte mich nur erkundigen, wie es Ihnen geht.«

»Das ist sehr freundlich von Ihnen.« Mehr wusste Claire nicht zu sagen.

»Also ist alles wieder in Ordnung?«

»Ja. Entschuldigen Sie, ich habe gar nicht …« Sie verstummte. Die Erinnerung an Victor Chens heißen Atem auf ihrem Gesicht kehrte zurück. Und sie musste daran denken, wie sie Melody im Garten hatte weinen sehen.

»Und Sie fühlen sich wirklich wieder besser?«, fragte Melody.

»Ja.« Das Dinner fiel Claire ein. »Und vielen Dank noch mal für die Einladung neulich. Es war ein sehr schöner Abend.«

»Ach ja.« Melody Chen hatte offensichtlich keine Ahnung, wovon Claire sprach. Das Dinner hatte sie längst vergessen. »Das freut mich.«

Das Gespräch verlief so stockend, dass Claire ganz durcheinander war.

»Haben Sie vielen Dank für Ihren Anruf. Das war sehr freundlich von Ihnen. Ich war gerade auf dem Sprung …«

»Keine Ursache«, sagte Melody. »Ich bin froh, dass es Ihnen wieder besser geht.«

Sie traf sich mit Will am Botanischen Garten oberhalb von Central, einem steilen Labyrinth tropischer Flora und Fauna. Sie hatte mit einem dringenden Anruf um das Treffen gebeten, doch ihre Aufregung schien ihn kalt zu lassen.

»Gerade hat mich Melody Chen angerufen«, sagte sie, als sie ihn an der Ecke warten sah.

»Hallo erst mal.« Er schlang den Arm um sie und küsste sie fest auf den Mund. Besitzergreifend. Sie sah sich unwillkürlich um. Die Tiere lagen matt von der Hitze in ihren Käfigen.

»Die Affen wissen nicht, dass wir nicht verheiratet sind«, sagte er.

Manchmal hasste sie seine Lässigkeit.

»Melody Chen hat mich angerufen«, wiederholte sie.

»Ist was mit Locket? Oder mit dem Steinway?« Es klang nicht sehr interessiert.

»So ähnlich.« Plötzlich hatte sie Angst vor dem, was Will tun würde, wenn er von der Szene mit Victor Chen erfuhr. Oder vielleicht hatte sie Angst vor dem, was er nicht tun würde.

»Gehen wir zu mir«, sagte er träge und wandte sich ab, überzeugt, dass sie ihm folgen würde. Und wie immer krampfte sich ihr Inneres zusammen, als sie genau das tat.

Plätscherndes Wasser, Will, der in der Badewanne vor sich hin summte, die Tür einen Spaltbreit geöffnet, ein feuchter, milchigsüßer Duft, der aus dem Bad ins Zimmer drang. Claire saß mit klopfendem Herzen an seinem Schreibtisch. Leise zog sie die Schublade auf. Ein Sparbuch. Sie schlug es auf. Ein bescheidenes Guthaben. Mit roter Schnur zusammengebundene Briefe, Namen und Adressen, die sie nicht kannte. Londoner Poststempel, krakelige Handschriften. Ein paar Briefmarken, ein Füllfederhalter, ein Streichholzbriefchen aus dem Gripps. Und dann ein Foto. Vier Personen in Abendkleidung auf einer Party, lachend, mit Zigaretten und Drinks in den Händen: das Bild einer privilegierten Gruppe. Will, Melody Chen und noch ein Mann und eine Frau, beide Asiaten oder Eurasier, Will der einzige Europäer. Die Frau, die nicht Melody Chen war (Trudy?), beherrschte das Bild, obwohl sie ganz zierlich war, in einem kurzen, schmalen Kleid, das Gesicht lebhaft, mit einer schlichten Kurzhaarfrisur, die ihre Weiblichkeit irgendwie noch betonte. Wer zu wem gehörte, war schwer zu erkennen, alle schienen eng miteinander verbunden.

Claire strich mit dem Finger über Wills Gesicht. Er sah so jungenhaft aus, so unschuldig – glatte Wangen und strahlende Augen über dem Abendanzug, die Fliege gelockert.

Will kam herein, ein Handtuch um die Hüften, mit einem zweiten rubbelte er sich den Kopf. Als er Claire vor der offenen Schublade sitzen sah, blieb er stehen.

»Du wühlst in meinen Sachen?«

Sein Ton verriet nichts. Sie beschloss, sich nicht zu rechtfertigen.

»Was ist das?« Sie hielt das Bild hoch.

»Ein Foto.«

»Das sehe ich. Von dir und Melody und noch zwei anderen Leuten.«

»Ja.«

»Hast du gesellschaftlich mit Melody verkehrt? Wer sind die beiden anderen?« Sie versuchte angestrengt, einen Plauderton beizubehalten.

»Manchmal bist du so provinziell, Claire.« Er stieß einen entnervten Pfiff aus. »Aber gut, ich sag's dir. Ich habe Melody oft auf Partys gesehen – nicht auf dem Rücksitz des Wagens, den ich fahre.«

»Seltsam«, sagte Claire. »Was ist passiert?«

»Du meinst meinen sozialen Abstieg? Stört's dich?« Er machte sich in gemeiner Weise über sie lustig.

»Ich will nur mehr über dich wissen!«, rief sie. »Warum musst du alles in den Schmutz ziehen?«

»Da ist so viel passiert, Claire«, sagte er. »Das willst du gar nicht wissen.«

»Was macht dich da so sicher?«

»Claire, bleib du dabei, die Chens zu beklauen, und lass die größeren Dinge ruhen.«

Sie fühlte sich, als würde sie innerlich verbrennen. Ihr Gesicht glühte von einer Röte, die so schnell aufstieg, dass sie einer Ohnmacht nahe war. Sie war sich nicht sicher gewesen, ob Will

Bescheid wusste. Sie stahl schon lange nichts mehr, aber er verstand es, Salz in die Wunde zu streuen. Sie schlug ihn ins Gesicht, mit aller Kraft. Er regte sich nicht, auch nicht, als sie sich anzog und ging; er schaute ihr nur zu. Das Schweigen zwischen ihnen währte so lange, dass es an Intensität zu- und wieder abnahm, bis es schließlich lächerlich wurde. Die anderen Fragen – Wer ist die andere Frau? Was ist mit Victor Chen? – wogen so schwer, dass sie es nicht über sich brachte, sie zu stellen. Sie schloss leise die Tür hinter sich; sie zuzuschlagen wäre kindisch gewesen. Sie hasste Will – oder etwa nicht?

Draußen wusste sie nicht, wohin. Schließlich hielt sie ein Taxi an und fuhr in die Stadt. Es war noch heller Tag, und in Central schienen alle Leute einem bestimmten Ziel zuzustreben. Sie stieg in der Queen's Road aus und schlenderte zwischen den Bilderrahmen- und Juweliergeschäften umher. Vor einem Schaufenster blieb sie stehen. Die Schmuckstücke in der Auslage glitzerten nur so – Halsketten, Ringe, Armbänder und sogar ein kleines Diamantdiadem. Die Chinesen trugen ihr Geschmeide gern zur Schau. Vor ihr schwebte ihr Spiegelbild in der Scheibe, eine Engländerin, attraktiv, aber matt. Eine Frau, deren Liebhaber soeben grausam zu ihr gewesen war und die nicht wusste, wie sie sich dazu verhalten sollte. Sie versuchte sich so hinzustellen, dass es aussah, als läge eine Diamantkette um ihren Hals; sie brauchte dazu nur ein wenig in die Knie zu gehen.

Sie richtete sich wieder auf, strich ihre Bluse glatt und ging zur Star Ferry, um dort auf den Bus zu warten, der sie nach Hause bringen würde, zu Martin.

20. Mai 1953

ALS CLAIRE AM Donnerstag darauf zu den Chens kam, sah sie einen der Chauffeure auf einer Bank im Garten schlafen, und die Hausmädchen putzten fröhlich schwatzend die Fenster. Sie atmete erleichtert auf – Victor Chen war offensichtlich nicht zu Hause.

»Missee wieder gut? Umgefallen!«, sagte das Mädchen, das ihr aufmachte.

»Ja, vielen Dank.« Zum ersten Mal bemerkte sie, was für ein offenes Gesicht das Mädchen hatte, mit großen, strahlenden Augen und einem sympathischen Mund. »Nett von dir, dass du fragst.«

Das Mädchen lächelte unsicher und führte sie ins Musikzimmer, wo Locket sie erwartete.

»Ich hab gehört, Sie hatten letzte Woche einen Unfall, Mrs. Pendleton. Geht es Ihnen wieder gut?« Locket saß über einen Teller Kekse gebeugt und schob sich einen davon krümelnd in den Mund. »Möchten Sie Limonade?«

»Das ist nett von dir, Locket. Es geht mir schon viel besser, danke.« Das Kind lernt doch noch Manieren, dachte Claire.

»Mummy sagt, Sie sind bestimmt schwanger!« Locket kicherte. »Und Daddy hat sich gebogen vor Lachen.«

Claire versteifte sich.

»Hast du geübt, Locket?«, fragte sie frostig.

Locket sah auf, erschrocken über Claires veränderten Tonfall.

»Ich hatte am Montag eine Probe für den *Mikado* ...«, begann sie.

»Schon gut«, sagte Claire. »Fangen wir an.«

Nach der Stunde schaute Melody Chen herein und bat Claire, noch auf eine Tasse Tee zu bleiben und über Lockets Fortschritte zu berichten. Sie führte Claire ins Wohnzimmer und ging dann kurz hinaus, um den Mädchen Anweisungen zu geben.

Der Kaminsims der Chens stand voll mit Fotos in silbernen Rahmen. Sehr englisch, hatte Claire gedacht, als sie sie zum ersten Mal gesehen hatte, nur waren es eben Bilder von Asiaten. Sie stand auf, um sie genauer zu betrachten. Die meisten zeigten Victor und Melody mit diversen Verwandten und älteren Leuten, auf einigen war Locket allein zu sehen, und auf einem stand eine Frau in Badeanzug und geblümter Badekappe am Strand, in der Hand eine Zigarette, und streckte dem Fotografen die Zunge heraus. Es war ein Bild wie aus einem Modemagazin. Claire schaute genauer hin und erschrak: Es war dieselbe Frau wie auf dem Foto, das sie bei Will gesehen hatte. Sie war Eurasierin, gertenschlank und sehr mondän. Ihr breites, anziehendes Gesicht sprang sofort ins Auge.

»Das ist meine Cousine Trudy«, sagte Melody, die sich mit einem kleinen Glas Wasser in der Hand von hinten näherte.

»Eine sehr schöne Frau.« Claire bemühte sich um einen nicht allzu neugierigen Ton.

»Schön nicht«, sagte Melody schnell. »Schön nicht. Sie war halb Portugiesin, sehr eurasisch. Die Europäer fanden sie attraktiv, aber die Chinesen mögen Mischlinge nicht besonders.« Claire stellte verwundert fest, dass Melody ein wenig undeutlich sprach. Dabei war sie sonst so kultiviert.

»Aber aufgefallen ist sie jedem, absolut jedem. Zu ihrer Zeit war sie berühmt in Hongkong. Berüchtigt, würden manche sagen. Einmal hat sie ihren Terrier als Begleiter zu einer Dinnerparty mitgebracht. Hatte ihm eine Fliege umgebunden. Sie hat ihn auf einen Stuhl gesetzt und solche Sachen, aber dann hat er darauf uriniert. Livy Wong war fuchsteufelswild!«

»Sie sieht aus wie jemand, der sich zu amüsieren weiß.«

»Ja, ich denke immer, wenn sie noch da wäre, dann wäre sie die

Erste in der Kolonie, die sich einen Bikini zulegt, und den würde sie zu einer Gartenparty im Gouverneurspalast tragen oder zu einer anderen völlig unpassenden Gelegenheit. Sie war der Typ dafür. Skandalös – aber sie konnte sich fast alles erlauben. Sie hatte vor nichts Angst.«

»Und jetzt?«, fragte Claire vorsichtig. »Ich meine, ist sie nicht mehr da?«

Melody wandte den Blick ab, trank einen Schluck und verzog das Gesicht.

»Nein. Sie war ein Kriegsopfer, könnte man sagen.«

»Das kann man sich gar nicht vorstellen«, sagte Claire. »Sie scheint so voller Leben.«

»Geradezu überbordend. Ihr Vater war ein Cousin meines Vaters, sie war also eine Cousine zweiten Grades von mir.«

»Haben Sie sich nahegestanden?«

»In gewisser Weise schon. Ich glaube, sie fand mich ziemlich langweilig. Wir waren grundverschieden. In Hongkong liefen eine ganze Menge Cousins und Cousinen von uns herum. Wir waren eine große Familie. Sie stand einem anderen Cousin sehr nahe, Dominick, der auch im Krieg gestorben ist. Die beiden waren sehr eng befreundet. Sie waren hier ziemlich bekannt. Die Schrecklichen Zwei.«

»Und …« Claire wusste nicht, wie sie beginnen sollte. Doch sie brauchte gar nichts zu sagen. Melody war in Plauderlaune.

»Sie hat mir einen wunderbaren Smaragdring geschenkt, aber den trage ich nur zu besonderen Anlässen, weil er so auffällig ist.« Sie spreizte die Finger, als trüge sie den Ring.

»Ich hab ihn ja neulich auf Ihrer Dinnerparty gesehen. Ein herrliches Stück. Das war sehr großzügig von ihr.«

»Ich muss einfach etwas haben, was mich an sie erinnert«, sagte Melody. »Wozu hat man denn Familie?« Die Amah trug ein Silbertablett mit den Getränken herein.

»Tee?«

»Ja, bitte, mit viel Milch.«

Melody schenkte Claire ein, nahm selbst aber keinen Tee. Sie trank aus ihrem kleinen Glas.

»Victor behandelt mich wie eine zarte Blume«, sagte sie plötzlich. »Aber ich bin nicht so schwach, wie er glaubt. Er hat mich damals nach Kalifornien verfrachtet. Ich hab ihm ständig Fragen gestellt, wahrscheinlich ist ihm das auf die Nerven gegangen.«

»Ganz bestimmt nicht.«

»Und als ich zurückkam, war alles anders geworden«, sagte sie leise. Der Nachmittag zog sich hin, und die Unterhaltung bewegte sich im Kreis. Melody schien unbegrenzt Zeit zu haben, mit der Klavierlehrerin ihrer Tochter zu plaudern. Lockets Fortschritte hatte sie noch kein einziges Mal erwähnt.

»Haben Sie schon mal über einen Verstorbenen nachgedacht?«, fragte sie. »Wie es war, als er noch gelebt hat? Manchmal, wenn ich an Trudy und Dominick denke, sehe ich einen schwarzen Fleck über ihren Köpfen, als wären sie gezeichnet gewesen und ich hätte das damals nicht richtig sehen können. Es kommt mir vor, als wären sie von Anfang an verloren gewesen, als hätte dieses Gespenst schon immer über ihnen geschwebt.« Melody brach ab. Ihre Augen glänzten feucht.

»Ich kann noch immer nicht glauben, dass Trudy tot ist«, fuhr sie fort. »Ihr Vater war mit einer Portugiesin verheiratet, einer sehr seltsamen Frau. Sie ist verschwunden, als Trudy noch ein Kind war. Man hat das damals als Entführung deklariert, aber meine Mutter war überzeugt, dass sie einfach genug hatte und sich nach Amerika eingeschifft hat. Trudys Vater war mit meiner Familie verwandt. Wer hätte gedacht, dass er einen solchen Geschäftssinn entwickeln würde? Ich finde, er hat es weiter gebracht als irgendjemand sonst.«

»Lebt er noch?«

»Nein, natürlich nicht. Er ist gestorben wie so viele, die auf der falschen Seite standen oder das Spiel nicht mitgemacht haben.«

Claire nickte.

»Also ist auch bei Ihnen jemand gestorben, der Ihnen nahestand?«, fragte Melody. »Eine dumme Frage nach dem Krieg, ich weiß, aber manche sind ja ungeschoren davongekommen. Manche hatten Glück.«

»Ja, schon«, antwortete Claire, »aber niemand, der mir nahestand.« Ein Onkel, den sie ein einziges Mal gesehen hatte, ein Bild von ihm bei der Feier zu ihrem achten Geburtstag. Mehrere Bekannte während des Krieges. Am nächsten hatte ihr ein Mädchen in der Grundschule gestanden, das in den Ferien in Wales ertrunken war. Sie hatten einen Tag schulfrei bekommen, und danach hatten viele eine schwarze Armbinde getragen. Claire war gar nicht auf die Idee gekommen, und sie hatte sich ausgeschlossen gefühlt, als wären alle anderen in ein Geheimnis eingeweiht gewesen, das sie nicht kannte.

Melody wechselte von Neuem das Thema. »Kennen Sie Reggie und Regina Arbogast?«, fragte sie.

»Ich war einmal bei ihnen, aber kennen wäre zu viel gesagt.« Claire versuchte, den Windungen des Gesprächs zu folgen.

»Sie geben eine Krönungsparty. Zwei sogar. Die erste etwas kleiner, intimer, da will man die Krönung am Radio mitverfolgen. Dann wollen sie sich die Filmrollen aus England kommen lassen und eine größere Filmparty geben, für mehr Leute, wohl eher eine Cocktailparty. Das wird bestimmt schön. Haben Sie schon Pläne für die Krönung?«

»Bis jetzt nicht.«

»Ich überlege mir auch etwas, da müssen Sie und Will unbedingt kommen«, sagte Melody plötzlich.

»Sie meinen Martin«, sagte Claire erschrocken.

»Natürlich«, erwiderte Melody schnell. »Tut mir leid.«

»Natürlich«, wiederholte Claire.

Melody schien auf eine weitere Äußerung von ihr zu warten. Das Nachmittagslicht war schwächer geworden, die Sonnenstrahlen mit den tanzenden Staubpartikeln waren verschwunden.

»Es ist schon spät«, sagte Claire. Es war der seltsamste, zerrissenste Nachmittag gewesen, den sie je erlebt hatte. »Ich muss gehen.«

In diesem Moment kam Will zur Tür herein.

»Du!«, rief Melody mit schwankender Stimme. »Du rührst alles wieder auf!« Sie hatte es leichthin gesagt, aber zum ersten Mal begriff Claire, und die Erkenntnis entfaltete sich in ihrem Kopf wie ein rasch zerfließender Tintenfleck: Die Chens hatten Angst vor Will. Sie hatten ihn eingestellt, um ihn in der Nähe zu haben, sie bezahlten ihn für eine Arbeit, die er nicht tat, weil sie keine andere Wahl hatten. Plötzlich sah Claire ihren Liebhaber mit anderen Augen. Sie waren auf sein Wohlwollen angewiesen, er hatte ihr Schicksal in der Hand.

»Ich muss Victor sprechen«, sagte er, ohne Claire zur Kenntnis zu nehmen.

»Er ist nicht da«, antwortete Melody.

»Kommt er bald wieder?«

»Nicht so von oben herab, Will«, sagte Melody schroff. »Wir kennen uns lange genug.«

»Die Sache betrifft Sie nicht, Mrs. Chen.«

»Hör doch auf mit dem Theater, Will«, rief Melody. »Mit diesem *Mrs.* und *Mr.* und *Sir* und ›Wohin möchten Sie heute?‹. Hast du dich die ganze Zeit über uns lustig gemacht? Und darüber, was du getan hast. Und über die arme, arme Trudy.«

Da erkannte Claire, dass Melody ziemlich betrunken war, dass ihr Glas Schnaps enthielt, kein Wasser, wie Claire angenommen hatte.

»Lass Trudy aus dem Spiel, Melody. Du hast kein Recht, je wieder ihren Namen auszusprechen.«

»Aber du! Du hast das Recht?« Die Stimme der Chinesin wurde schrill. »Als ob du irgendein Recht hättest. Dabei hast du die Frau angeblich geliebt!«

Will wurde bleich vor Wut.

»Melody«, sagte er, »das ist kompletter Blödsinn.« Er beherrschte sich nur mühsam. »Halt dich da raus.«

»Will, das gerät alles außer Kontrolle. Victor ist wütend. Du musst damit aufhören. Das sage ich dir als jemand, der einmal deine Freundin war. Du musst aufhören.«

»Dafür ist es zu spät, Melody. Ich kann jetzt nichts mehr tun.«

Claire stahl sich leise hinaus. Ihr Herz hämmerte, und sie blieb an der Ecke der Einfahrt stehen, um zu warten.

Schließlich kam Will heraus, noch immer wütend, die Hände tief in den Taschen.

Claire trat vor. »Wer ist Trudy?«, fragte sie.

Will erschrak.

»Nicht jetzt«, sagt er. »Nicht jetzt, Claire. Lass uns schwimmen gehen.«

20. Mai 1953

Die Haie waren wieder da. Auch vor Stanley Beach und Shek O waren sie gesichtet worden. Einem Einheimischen, der von einem Badefloß die Hand ins Wasser gehalten hatte, war ein Finger abgebissen worden. In blinder Panik hatte er laut schreiend die Hand geschwenkt, bis eine Frau am Strand ihn hörte und ein Boot zu ihm hinausschickte.

Claire und Will gingen gern in Shek O schwimmen, aber nur morgens oder spätnachmittags, wenn die Wahrscheinlichkeit, dass Bekannte sie sahen, gering war. Sie fuhren schweigend zu Will und holten die Badesachen, fuhren weiter an den Strand und stellten den Wagen ab. Sie hatten Glück. Der Strand war leer.

Der Sand in Hongkong war grobkörnig. Will hatte Claire von Stränden in Indien erzählt, mit Sand wie gesiebtes Mehl, so fein, dass man ihn fast einatmen konnte. Aber es gab in Shek O Gezeitentümpel voller Einsiedlerkrebse, und früher hatte Claire welche gefangen und sie zu Hause in einer Schüssel mit Meerwasser gehalten, bis sie anfingen zu stinken.

»Du bist eine Nixe«, unterbrach Will schließlich das Schweigen. Er saß auf der Strohmatte, die sie auf dem Sand ausgebreitet hatten, und schaute ihr beim Ausziehen zu.

Noch immer kam es vor, dass sie kein Wort herausbrachte, auf Wills Neckereien nicht reagieren konnte. Sie faltete ihre Kleider zusammen und legte sie in ihren Korb. Er stand auf.

»Komm, wir schwimmen zum Dock«, sagte sie, besann sich dann aber. »Meinst du, da gibt es Haie?«

»Mit Sicherheit, würde der arme Mann von letzter Woche sagen.«

»Sollen wir trotzdem rausschwimmen? Ich sehne mich schon den ganzen Tag danach.«

»Wie risikofreudig bist du?« Sie standen beide zum Wasser gewandt, sie ein kleines Stück hinter ihm.

»Nicht besonders, aber es ist so heiß.« Sie legte ihre Handflächen an seinen Rücken. Er hatte sein Hemd ausgezogen, und seine Haut war bereits schweißfeucht. »Gewöhnt man sich denn irgendwann mal dran? An die Hitze?«

»Nein, man lebt einfach damit.« Er fasste nach hinten und löste ihre Hände von seinem Rücken. So etwas kam oft vor, Gesten, die ihr wie Zurückweisungen erschienen, eine Möglichkeit, die Distanz zu wahren. Sie tat so, als hätte sie nichts bemerkt, entfernte sich von ihm und watete bis zu den Knien ins Wasser.

»Und das Wasser ist hier auch nie kalt, oder?«, rief sie zu ihm zurück. »Wie in der Badewanne.«

»Ja, Claire, Hongkong ist eben nicht England.«

Sie blickte zum Horizont. Die Stimmung war prekär – Dinge gerieten außer Kontrolle, und sie wusste nicht, wie sie darauf reagieren, was sie empfinden sollte.

»Warum so grob?«, fragte sie, aber er hörte sie nicht oder gab vor, sie nicht zu hören. Er tauchte ins Wasser.

»Wer zuerst da ist.«

»Warte«, rief sie. »Ich will nicht …« Aber er war schon in den Wellen und kraulte zügig auf das Badefloß zu. Sie zögerte noch, doch als sie ihn immer kleiner werden sah, wusste sie, dass sie ihm folgen würde.

»Hol dich der Teufel, Will Truesdale«, sagte sie.

Das Wasser hatte zwei Schichten, eine warme, von der Sonne aufgeheizte und unter Taillenhöhe das kalte Wasser der Tiefe. Von der Kälte abgeschreckt, versuchte sie, im warmen Teil zu schwimmen, aber ihre Beine sanken immer wieder in den kalten hinab.

Sie schwamm gemächlich im Bruststil hinaus und versuchte, nicht an die Haie zu denken.

Vor ihr zog Will sich auf die Plattform hoch. Sein Körper glänzte in der Sonne. Es war ein nicht mehr junger, aber noch schlanker Körper, und er weckte Verlangen in ihr, im Wasser ein seltsames Gefühl. Sie schwamm weiter und drängte die Panik und das Verlangen zurück.

Als sie das Floß erreicht hatte, war sie wütend.

»Ich hab doch gesagt, ich will nicht hierher.«

»So?«

»Du hast es nur nicht gehört, weil du schon so weit draußen warst.« Sie setzte sich ein Stück von ihm entfernt auf das schaukelnde Rund. »Du hast mir keine Wahl gelassen.«

»Sei nicht böse, Kätzchen.«

Sie gab keine Antwort, fasste nur ihr Haar zu einem Pferdeschwanz zusammen und wand es aus. Die Wassertropfen bildeten Pfützen auf dem Holz und verliefen dann zu einem großen dunklen Fleck.

»Weißt du noch, als wir zum ersten Mal auf dem Floß waren?«, fragte er – ein Versöhnungsangebot. »Kommt es dir nicht auch vor, als wäre das schon ewig her?«

Am Strand erschien ein einheimisches Paar, breitete eine Decke aus und spannte einen Schirm auf.

»Ja«, gab sie zu. Dann sagte sie: »Du musst wissen, dass ich auch gehen kann, Will. Du könntest mich verlieren.«

Er nickte, begriff, kapitulierte für den Moment.

»Du brauchst mich nicht mehr, Claire, sofern du mich überhaupt je gebraucht hast.«

»Stimmt.«

Sie saßen beieinander, friedlich jetzt, der Druck war gewichen. Es war ein vollkommener Tag, die Sonne sank langsam dem Horizont entgegen, und vom Wasser her wehte eine kühle Brise.

»Will«, sagte Claire, »was ist los?«

Als keine Antwort kam, fuhr sie fort: »Du weißt, was ich meine. Alle benehmen sich so seltsam, und es geht dabei um dich.«

Er legte sich zurück und schloss die Augen.

»Weißt du, im Krieg sind die absurdesten Dinge passiert«, sagte er. »Hast du gewusst, dass die Japaner uns, als wir interniert waren, eine Rechnung für Unterkunft und Verpflegung präsentiert haben? Kannst du dir das vorstellen? Und da wir sie ihnen ja schlecht um die Ohren hauen konnten, mussten wir sagen, dass wir ihnen Schuldscheine ausstellen würden, die unsere Regierung dann, wenn alles geregelt sei, einlösen würde. Die wollten uns für das faulige Gemüse und die Tasse Reis, die wir pro Woche bekamen, auch noch zur Kasse bitten.«

»Und jetzt?«

»Dazu komme ich gleich.« Ein scharfer Unterton schwang in Wills Stimme mit. »Hör einfach zu.«

»Und so haben wir mit ihnen gespielt, unseren Kerkermeistern, aber es gab da immer eine feine Trennlinie zwischen Gehorsam und Stolz. Wir haben die Hoffnung nie aufgegeben. Da waren kleine Dinge, zum Beispiel haben wir das Gemüse in unserem Garten in V-Form ausgesät, und wenn es dann gekeimt hat, war das eine schöne Überraschung und eine Ermutigung. Kindisch eigentlich. Man gewöhnt sich nicht an die Gefangenschaft, man gewöhnt sich nur an den täglichen Ablauf.

Manche waren natürlich kleinlich, andere unglaublich freundlich und großzügig. Man hat da alles Mögliche erlebt. Auch bei den Japsen. Da gab es Gute und Böse.«

»Und diese Frau?«, fragte Claire. »Trudy?«

»Ja, Trudy.« Er unterbrach sich. »Ich glaube, du hättest sie gemocht.«

»Wir sind ganz verschieden.« Claire wusste nicht, warum sie das sagte. Sie hatte das Gefühl, Will etwas Gutes zu tun.

Er schnaubte. »Allerdings. Und das ist noch untertrieben. Aber du hättest sie gemocht, das weiß ich.«

»Du warst mit ihr zusammen.«

Er zögerte. »Ja.«

»Und …«

»Jetzt nicht mehr. Sie ist tot.«

»Wie das?«

»Ich hab sie enttäuscht. Sie wollte, dass ich rauskomme und mit ihr zusammenlebe. Sie war draußen, weil sie keine Engländerin war. Sie hatte mir einen Passierschein besorgt. Aber ich wollte nicht.«

»Du wolltest die Leute im Lager nicht im Stich lassen?«

»Ja. Das auch. Ich konnte einiges für sie tun. Man hätte mich bestimmt nicht gern ziehen lassen. Aber …« Er brach ab.

»Ja?«

»Aber ich glaube, ich hatte auch Angst«, sagte er leise. »Da draußen wäre ich in eine völlig veränderte Welt gekommen und hätte neue Regeln lernen müssen. Ich hätte noch einmal von vorn anfangen müssen, aus einer schwachen Position heraus, hätte mich ganz neu orientieren müssen.

Ich war einfach müde. Und ich wollte nicht noch mehr Veränderung. Es war hart im Lager, aber wenn man sich an die Regeln gehalten hat, wurde man in Ruhe gelassen. Draußen hat das Chaos geherrscht. Trudy wurden mitten auf der Straße Dinge aus der Hand gerissen. Einmal war es ein Brot, und der Junge hat sich noch im Weglaufen ein Stück davon in den Mund gestopft. Er war ganz schwach vor Hunger und konnte gar nicht richtig rennen. Er hatte weder Schuhe noch Hemd. Wahrscheinlich war sein einziger Besitz die Hose, die er anhatte. Überall Hunger und Verzweiflung und Elend. Sie hat mir davon erzählt. Ohne Beschönigungen, so wie es wirklich war.«

Er sah Claire an.

»Und sie ist gestorben«, sagte Claire fast unbewusst.

»Ja, sie ist gestorben.«

»Wie?«

»Von der Hand ihres Wohltäters, würden manche sagen. Eines Mannes, der ihr vieles gegeben und es ihr wieder genommen hat, wenn er wollte. Wäre ich mit ihr draußen gewesen, hätte er mich auch beherrscht.«

Eine Stechmücke summte zwischen ihnen durch die feuchte Luft.

»Er ließ sie furchtbare Dinge tun. Als er herausfand, dass sie zusammen mit dem Essen Botschaften ins Lager geschmuggelt hat, musste sie beim nächsten Mal verdorbene Lebensmittel mitbringen. Gestorben ist niemand daran, aber krank geworden sind Leute, und da es keinerlei medizinische Versorgung gab, haben sie gelitten. So ein Dreckskerl war das. Als sie wiederkam, musste ich es ihr sagen. Sie war entsetzt. Sie hatte nichts davon gewusst, das glaube ich noch heute. Sie hatte nichts davon gewusst, aber sie konnte auch nichts machen. Sie wusste nicht, ob er es wieder tun würde, oder ob die Lebensmittel beim nächsten Mal in Ordnung sein würden. Und wir haben sie so dringend gebraucht, dass wir sie einfach genommen und gegessen haben.«

»Woher wusstest du, dass er's war?«, fragte Claire. »Vielleicht war es ja ein Versehen.«

»O nein. Wir wussten es. Als sie zurückkam, hat er sie gefragt, wie es ihren Freunden geht, und ihr ins Gesicht gelacht. Das hat sie mir später erzählt.«

»Und Victor?«

»Victor Chen.« Er lachte. »Mein geschätzter Arbeitgeber.«

»Und? Was war mit ihm?«

»Was mit Victor Chen war? Was mit Victor Chen war? Wo soll ich da anfangen?«

Plötzlich schlug er Claire auf den Arm.

»Erwischt«, sagte er und hob die Hand, um ihr den blutigen schwarzen Fleck mit dem Gewirr von winzigen Insektenbeinen und Fühlern zu zeigen. »Verdammte Blutsauger.«

Er beugte sich vor und spülte seine Hände im Wasser sauber. Dann hielt er sie hoch. Glitzernde Tropfen fielen von seinen Fingern. Er betrachtete sie nachdenklich.

»Victor Chen hat Trudy umgebracht«, sagte er.

10. April 1943

»Einen dankbaren Otsubo, das ist es, was ich will«, sagt Trudy. »Wer weiß, was er aus Dankbarkeit alles tut. Vielleicht wirst du repatriiert! Aber du kannst hier nicht weg. Ich will nicht in England leben.«

Sie fragt ihn nie wieder, nicht direkt. Sie raunt, deutet an, schmeichelt. Sie hält ihm Belohnungen vor die Nase und lässt schließlich gehässig durchblicken, was ihr zustoßen kann, wenn sie sich nicht für den Mann einsetzt.

»Er hofft auf den großen Zahltag, verstehst du?«, sagt sie. »Er ist ein einfacher Mann. Er will nach Japan zurück, ein Grundstück auf dem Land kaufen und für sich und seine Familie ein Haus bauen. Dann will er auch seine Eltern zu sich holen und für sie sorgen. Im Grunde ist er ein Familienmensch.«

Er nickt zu diesen bizarren Äußerungen, tut so, als höre er zu, werde möglicherweise mitspielen.

»Er wird allmählich ein kleines bisschen ungeduldig, aber ich glaube, er kommt der Sache näher. Er hat herausgefunden, dass Reggie Arbogast tatsächlich einer von denen ist, die das Versteck kennen. Das solltest du wissen. Er hat überall Augen und Ohren, und ich habe den Eindruck, er kommt voran. Aber er ist zunehmend unzufrieden, und wenn er unzufrieden ist …«

Drei Wochen später wieder ein Urlaubsschein.

»Ich arbeite dran, jede Woche einen für dich zu bekommen«, sagt sie, als sie ihn abholt. »Findest du das gut? Die Bankleute sind alle draußen, und ich seh nicht ein, warum nicht auch du. Sie sind im Luk Kwok untergebracht und werden jeden Tag ins Büro eskortiert. Ich glaube, sie bekommen größere Rationen als wir, aber wer weiß.«

Will setzt sich ans Steuer.

»Siehst du Angeline ab und zu? Wie geht's ihr?«

Trudy schaut zum Himmel auf.

»Angeline«, beginnt sie. »Angeline scheint eine Gewissenskrise durchgemacht zu haben – so nennt man das doch, oder?«

»Was ist passiert?« Er lässt den Motor an.

»Sie hält sich auf einmal für was Besseres und hat beschlossen, dass sie mit jemandem wie mir keinen Umgang mehr pflegen will. Kannst du dir das vorstellen?« Sie lächelt verkniffen. »Mit mir, der Patentante ihres Kindes.«

»Hat sie gesagt, warum?«

»Nein. Als ich sie in Kowloon besuchen wollte, hieß es, sie sei nicht da. Das kam mir komisch vor, und als ich im Weggehen hochgeschaut habe, hat Angeline am Fenster gestanden. Sie hat nicht mal versucht, sich zu verstecken. Sie hat mich unverhohlen angeschaut und dann die Vorhänge zugezogen. Eiskalt.«

»Du meinst …«

»Aber nein, Darling. Ich kenne Angeline sehr gut. Sie braucht gar nichts zu sagen, ich weiß auch so, was sie denkt. Ich hoffe nur, du kommst nicht zu demselben Schluss. Ich bin auf dem besten Wege, ein Paria zu werden, das wird mir jetzt klar.«

Er platzt mit seinem eigenen Geständnis heraus. »Trudy, ich hab nicht gefragt.«

Sie weiß sofort, was er meint.

»Vielleicht war noch nicht der richtige Moment«, sagt sie.

Er kann sie nicht belügen.

»Ich werde auch nicht fragen. Es erscheint mir einfach falsch.«

»Ah! Du willst es nicht mal versuchen!« Sie gibt einen erstickten Laut von sich. »Falsch! Ja, ich verstehe.«

»Wieso sollte Arbogast es mir auch sagen?«, fügt er lahm hinzu. »Wir sind nicht befreundet.«

Sie schweigt, bis sie am Toa angelangt sind.

»Da sind wir«, sagt sie. »Hast du Hunger?«

Die Chinesen immer mit ihrem verdammten Essen, denkt er.

»Nein.« Er steigt aus. »Du?«

»Otsubo will mit uns zu Mittag essen. Er wartet oben.«

»Und wann wolltest du mir das sagen? Wenn ich mich auf seinen Schoß setze?«

»Will!«, ruft sie. »Die Sache ist ernst. Dominick hat Otsubo versprochen, dass er ihm die Information verschafft und dass ich ihm dabei helfe. Ich würde dich ja nicht bitten, wenn es nicht wichtig wäre, aber …« Sie verstummt.

»Trudy, ich kann dir nicht helfen«, sagt er. »Es geht nicht.«

»Will, wenn du wüsstest, was auf dem Spiel steht …«

Ihr Mund wird zu einem Strich. Sie kennt diesen Mann. Die Frage ist, wie sie mit dem anderen fertig werden soll.

Bis sie am Zimmer angelangt sind, hat sie ihre Verstimmung abgeschüttelt. Ihr Missmut ist wie ein Mantel, den sie nach Belieben an- und ablegen kann.

»Wenn ich deswegen meinen Passierschein verliere, bist du der Erste, der dafür büßen muss«, sagt sie leichthin. Sie öffnet die Tür. »Otsubo-san! Der wackere Will Truesdale ist da, um uns von den kurortähnlichen Zuständen in Stanley zu berichten. Hattet ihr gestern nicht Coq au Vin zum Abendessen? Und Unterhaltung habt ihr jetzt auch, hab ich gehört. Die Stanley Players?« Und sie sprüht nur so vor Lebendigkeit und Energie, geht im Zimmer umher, verteilt Küsse und überspannte Aussprüche, lässt das Eis in den Highballs klirren, als könne nichts auf der Welt sie kümmern, als hätte sie Will nicht vor dem Eintreten einen langen, flehentlichen Blick zugeworfen.

Dominick kommt zum Essen, und Will bemerkt, dass Otsubo ihn mit kaum verhohlener Verachtung ansieht. Trotzdem ruht seine Hand länger als nötig auf Dominicks Schulter, er lässt sich von ihm auftun, und Dominick legt ihm gegenüber eine unterwürfige Ungezwungenheit an den Tag, die Will anwidert. So ist das also, denkt er. Der Kultivierte wird zum Hund und der Soldat zum Herrn. Rohe Gewalt übertrumpft am Ende alles.

Aber nicht das beschäftigt ihn. Etwas ganz anderes nagt an ihm, seit sie aus dem Auto gestiegen und zu Trudys Suite hinaufgegangen sind.

Was ihm zu schaffen macht, sind seine eigene fehlende Bereitschaft, einen Kompromiss einzugehen, und die Frage, woher diese Haltung kommen mag – ein quälendes Gefühl, das er nicht abschütteln kann: dass er sein Widerstreben zwar Integrität nennt, dass es aber auch schlicht Feigheit sein könnte.

2. Mai 1943

ARBOGAST SCHREIT. Will erträgt es nicht, seine Schreie zu hören, erträgt es nicht, sie nicht zu hören. Er ist erstarrt, würde sich am liebsten die Ohren zuhalten, würde am liebsten selbst schreien. Die Erwachsenen um ihn herum sind bleich und stumm, Mütter scheuchen die Kinder weg.

Normalerweise führen die Wachen den unglücklichen Verdächtigen in ein entferntes Gebäude, wo sie ihn zwingen, ein Geständnis zu unterzeichnen, das längst geschrieben ist, ehe er auch nur ein Wort gesagt hat. Aber Arbogast! Sie waren leise gekommen, grimmig, zielstrebig – zwei Männer –, sie hatten ihn unter den Armen gepackt und in Otahs Büro geschleppt, das direkt neben der Offiziersmesse liegt. Eine Weile war es still, dann setzten die Schreie wieder ein.

Vor drei Tagen ist Will von seinem Urlaub zurückgekehrt, und er ist Arbogast seitdem bewusst aus dem Weg gegangen, als könnte sein Geheimnis durch die bloße Nähe auf ihn übergehen – ein Geheimnis, das er nicht zu erfahren beabsichtigt, wenn er es vermeiden kann.

Er will nichts über Arbogast wissen. Ob er der Typ ist, der ein Geheimnis bis in den Tod wahrt, ob er der Typ ist, der seine Familie über sein Land stellt, ob er der Typ ist, der einen Kompromiss eingeht, um seine Lage zu verbessern. Er will nichts wissen. Er versucht ihn zu ignorieren – den einst so stolzen Mann, der mit seinen angeschwollenen Beriberi-Füßen durch das Lager schlurft und über seine Frau und seinen Durchfall klagt.

Die Tür geht auf, und ein sich sträubender Arbogast wird herausgeführt. Seltsam, wie unspektakulär Gewalt im wirklichen Leben ist. Nur ein paar Blutspuren sind zu sehen. Ins Auge fällt vor allem, dass er nass ist. Die Wasserfolter. Sie bringen ihn nach draußen. Er schreit noch immer, doch seine Stimme wird von der Strapaze allmählich brüchig. Wills eigener Hals schmerzt von den quälenden Lauten, die aus Arbogasts Mund kommen.

So ist er also, dieser Mann, denkt Will plötzlich, unpassenderweise, nüchtern – ein Mann, der schreit, wenn er in Gefahr ist. Er selbst wird stumm bleiben, so hofft er. Aber man kann nie wissen.

Plötzlich steht Johnnie neben ihm. Sie schauen zu, wie der große Mann wieder weggeschleppt wird.

»Der arme Kerl«, sagt Johnnie. »Was die ihm wohl vorwerfen?«

»Spielt das eine Rolle?«, fragt Will.

»Nicht die geringste.« Johnnie wirft ihm einen Blick zu. »Was für ein Zyniker du geworden bist.«

Am nächsten Tag wird Arbogast von zwei Soldaten zurückgebracht und unsanft auf sein Bett geworfen. Regina bekommt einen hysterischen Anfall und stürzt zu Boden, während ihr Mann nahezu bewusstlos daliegt. Seine rechte Hand fehlt, um den Stumpf sind blutige Lappen gewickelt.

Einige verständige Frauen ziehen Regina weg und versorgen sie mit Tee. Der Arzt wird gerufen, aber er schüttelt nur den Kopf. Ohne jedes medizinische Gerät und ohne Medikamente kann er nichts tun.

»Was soll ich machen?«, sagt er. »Er bleibt am Leben, oder er stirbt. Das ist alles.«

Sie lassen Arbogast mit dem machtlosen Arzt allein, sein Gesicht blau verschwollen und fast unkenntlich, die in Streifen gerissenen Laken um die Wunde blutgetränkt. Am Morgen beschweren sich die anderen Bewohner von Block D, dass ihnen das Stöhnen des alten Mannes den Schlaf geraubt hat. Was ist aus

Arbogast, dem reichen Geschäftsmann, geworden, und was ist aus den anderen geworden!

Dann ist das Geheimnis jetzt wohl gelüftet, denkt Will. Und es kehrt endlich Ruhe ein.

27. Mai 1953

VICTOR CHEN war in Panik. Selbst Claire bemerkte es vom Musikzimmer aus. Er tigerte von Raum zu Raum, schrie die Dienstboten an, schrie Melody an, nahm den Telefonhörer auf und knallte ihn wieder auf die Gabel.

Dem Kind zuliebe versuchte sie, die Klavierstunde fortzusetzen, aber es war nahezu unmöglich. Nach dem dritten Türenschlagen klappte sie das Notenheft zu.

»Was meinst du, Locket?«

»Wozu, Mrs. Pendleton?«

Zum ersten Mal empfand Claire Mitleid mit Locket. Wie mochte es für sie sein, in einem Haus wie diesem mit Eltern wie Melody und Victor zu leben? Das Gesicht des Kindes war herzzerreißend glatt, die asiatische Haut geradezu glänzend, die neugierigen Augen haselnussbraun. Claire schob ihr eine Haarsträhne hinters Ohr, eine mütterliche Geste, die sie selbst kaum weniger überraschte als das Mädchen, das sie mit einem kurzen, scheuen Lächeln bedachte.

»Wie wär's, wenn wir heute früher Schluss machen?«

»In Ordnung, Mrs. Pendleton.« Locket sprang auf und stieß gegen den Flügel, sodass ein Glas Wasser umfiel, das darauf gestanden hatte. »Hoppla«, kicherte sie. »Mummy sagt, ich bin so ungeschickt.«

»Du musst einfach besser aufpassen. Alle Kinder sind unachtsam.«

»Mummy sagt, ich mache ihr Kopfschmerzen.« Es klang ein

wenig traurig. »Ich darf sie nachmittags nicht mehr stören, deswegen hat sie mich für so viele Kurse angemeldet.«

»Sie will sicher nur, dass du einmal eine feine Dame mit vielerlei Interessen wirst.« Claire tätschelte ihr den Kopf.

»Wir geben eine Party!« Lockets Miene hellte sich wieder auf. »Zur Krönung. Daddy hat nämlich eine große Ehrung von der Königin bekommen.«

»Ja, ich hab davon gehört. Da bist du sicher sehr stolz.«

»Ich bekomme ein neues Kleid. Aus orangerotem Seidentaft mit Guipurespitze.« Sie bemühte sich, das Wort richtig auszusprechen. »Mummy hat die Spitze aus Frankreich einfliegen lassen, es ist die einzige in ganz Hongkong.«

»Das klingt schön, Locket.« Das Mädchen strahlte, dann wurde sie unsicher.

»Es ist aber nur der Rest von Mummys Kleid«, gestand sie stockend. »Von dem Stoff war noch was übrig, und das hat sie mir für mein Kleid gegeben.«

»Ihr werdet bestimmt beide ganz bezaubernd aussehen.«

Den Grund für Victors Verfassung vermutete Claire in dem, was heute in der Zeitung gestanden hat, auf Seite sieben verbannt von der nicht abreißenden, atemlosen Berichterstattung über Prinzessin Elisabeth und die neuesten Einzelheiten des Zuges zur Westminster Abbey. Aber dort hatte es gestanden – ein kurzer Artikel über die Einberufung eines Untersuchungsausschusses zur Aufklärung von Kriegsverbrechen unter dem Vorsitz von Sir Reginald Lythgoe, nachdem neue Informationen ans Licht gekommen waren. So hatte Will es Claire am frühen Nachmittag erklärt.

»Das ist unfassbar, verflucht noch mal!«, hörte sie Victor ins Telefon schreien. »Die reinste Hexenjagd! Der Krieg ist seit zehn Jahren vorbei, und jetzt wollen sie diesen Unsinn wieder ausgraben. Sagen Sie Davies, das werde ich mir merken. Das sind doch nichts als antichinesische Ressentiments. Die neiden einem den Erfolg, und der OBE ist nur der Tropfen, der … Diese elende Alte hat den ganzen Krieg über auf dem Klavier im Gouverneurspalast Chopin gespielt und Scotch getrunken und Kalbfleisch gegessen, und zwar unter meinem Schutz! Sie hat kein Recht…«

Jemand schloss die Tür, sodass seine Stimme nur noch gedämpft zu hören war.

Locket lächelte.

»Dann kann ich gehen?«

»Ja«, sagte Claire. »Lauf.«

Claire verließ leise die Wohnung, ohne Melody oder Victor zu begegnen. Sie hatte eine Verabredung mit Edwina Storch.

Die alte Frau hatte sie letzte Woche angerufen, um sich mit ihr auf eine Tasse Tee zu treffen. Sie hatten sich für den Bibliotheksverein entschieden und den folgenden Donnerstag festgesetzt, also heute.

Der Bus hielt vor dem Gebäude am Tregunter Path, und Claire stieg aus. Sie sah Miss Storch auf das Clubhaus zugehen und blieb stehen, um sie zu betrachten. Sie trug einen rosa Hut, unter dem ihr grau melierter Knoten hervorsah. Ihr breites Hinterteil steckte in einem knielangen Rock vom selben Rosa. Krampfadern zogen sich über ihre dicken Waden, und beim Gehen am Stock schwankte sie kaum merklich. An der Tür hielt sie inne, um Atem zu schöpfen, dann stieg sie die Stufen hinauf und trat ein.

Claire wartete noch einen Moment, dann ging sie ebenfalls zur Tür und öffnete sie. Drinnen war es kühl und dunkel, Ventilatoren drehten sich schwankend, und schwere Damastvorhänge schützten das Mobiliar vor der grellen Sonne. Blinzelnd versuchte Claire, etwas zu erkennen.

»Hallo«, sagte Edwina Storch. Claire fuhr zusammen. Die alte Frau hatte ihre Brille abgenommen und rieb die Gläser mit dem Saum ihrer Jacke blank. »Sie beschlagen in der feuchten Luft, wissen Sie.«

»Hallo, Miss Storch«, sagte Claire. »Ich bin direkt nach Ihnen gekommen, aber es war zu heiß, um sie noch einzuholen.«

Edwina Storch kam nicht auf ihre Aufforderung zurück, sie mit dem Vornamen anzusprechen.

»Ja, schrecklich, diese Hitze.« Sie zog ein weißes Taschentuch hervor und wischte sich die Stirn. »Wirkt sich irgendwie auf den Charakter aus, ich hab nur noch nicht herausbekommen, wie. Man sieht es bei Leuten, die zwanzig Jahre hier sind, aber ich kann's nicht benennen.«

»Die Hitze?«, fragte Claire.

»Ja. Man verbringt den größten Teil des Tages damit, sie zu meiden. Das hört einfach nie auf. Man steht immer auf Kriegsfuß mit den Elementen, statt in Harmonie mit ihnen zu leben. So ist das eben bei uns Bewohnern der britischen Kolonien: immer im Kampf mit unseren Lebensumständen.« Miss Storch musterte Claire, die sich an ihre erste Begegnung mit ihr erinnert fühlte, als sie unter ihrem Blick fast zusammengeklappt war. »Wollen wir uns setzen?«

»Ja.«

Claire wusste nicht, weshalb Edwina Storch sie angerufen hatte. Die alte Frau bewegte sich langsam, und das Personal begegnete ihr mit großem Respekt.

»Schön, Sie zu sehen, Miss Storch«, sagte die Geschäftsführerin des Hauses, die zu ihnen getreten war, um sie zu begrüßen. »Ich freue mich, dass Sie in die Stadt kommen und uns besuchen.«

»Kennen Sie Mrs. Maxwell?«, wandte sich Edwina an Claire. »Sie ist schon fast genauso lange hier wie ich.«

Sie gaben sich die Hand, dann wurden sie in den Speisesaal geführt – auch hier schwere Damastvorhänge und neue, allzu glänzende Stühle an soliden alten Tischen.

»Es gibt heute die Johannisbeer-Scones, die Sie so mögen. Und den guten chinesischen Oolong.«

»Wunderbar.« Edwina nahm vorsichtig Platz. »Sie sind zu freundlich, Harriet. Wir nehmen beide den High Tea, bitte.«

»Was für ein angenehmer Ort«, sagte Claire. »Ich bin zum ersten Mal hier.«

»Ja, nicht übel. Im Krieg habe ich ein paar Mal hier übernachtet.«

»Ah.«

Die Bedienung schenkte Wasser in die stumpfen, zerkratzten Gläser.

Edwina Storch sah dem Mädchen nach. »Die Eurasier haben irgendwie etwas Trauriges an sich, finden Sie nicht?«, sagte sie. »Etwas Unvollständiges, eine Art Bedürftigkeit. Sie kommen mir immer vor, als würden sie etwas suchen, das sie zu einem Ganzen machen kann.«

»Meinen Sie?«, fragte Claire höflich. »Ich finde sie eigentlich sehr reizvoll mit ihrer schönen Haut, den hellen Augen und dem bronzefarbenen Haar. Ganz am Anfang kamen sie mir auch komisch vor, aber inzwischen finde ich sie einfach großartig.«

»Hmpf«, schnaubte die alte Frau. »Sie sind jung und romantisch. Die eurasischen Kinder sind arm dran, die werden von keiner der beiden Rassen akzeptiert.«

Claire hätte Miss Storch, die doch selbst alles andere als einen konventionellen Lebensstil pflegte, nicht für so engstirnig gehalten.

Als ahnte sie, was Claire dachte, richtete sich Miss Storch kerzengerade auf. »Mary und ich haben im Leben stets die christlichen Werte hochgehalten«, sagte sie. »Wir lieben alle Geschöpfe Gottes, auch die weniger vom Glück begünstigten.«

»Natürlich«, sagte Claire.

Die junge Eurasierin kam mit einer Teekanne zurück. Sie stellte die Tassen hin und setzte auf jede ein Teesieb. Den Blick hielt sie fest auf den Tisch gesenkt.

»Ich schenke selbst ein«, sagte Miss Storch und entließ sie.

»Sie finden das Mädchen nicht reizvoll?« Es drängte Claire, das Thema weiterzuverfolgen.

»Nein, Claire«, sagte Miss Storch. »Das finde ich nicht. Sie ist zu bedauern. Sie kann von Glück sagen, dass sie eine anständige Arbeit hat, denn ich bin sicher, ihr Vater ist auf und davon, nachdem er seinen Spaß mit ihrer Mutter gehabt hat. So ist das ja in den meisten Fällen.« Sie goss den heißen Tee in Claires Tasse. Claire nahm das Milchkännchen.

»Keine Milch!«, blaffte Miss Storch. Claires Hand erstarrte in der Luft. »Das Besondere an diesem Tee ist ja gerade, dass man ihn pur trinkt. Stellen Sie die Milch wieder hin. Ich weiß gar nicht, warum überhaupt welche gebracht worden ist.«

Claire hielt einen Moment inne und goss die Milch dann in ihren Tee.

»Ich trinke den Tee lieber mit Milch«, sagte sie.

Miss Storch starrte sie an und nahm dann ihre Brille ab, um sie erneut zu putzen.

»Sie haben Courage«, sagte sie und inspizierte die Gläser. »Das freut mich.«

Claire schwieg.

»Sie werden's brauchen. Da braut sich einiges zusammen, und wenn ich mich nicht irre, sind Sie mittendrin.«

»Ich verstehe nicht.«

»Oh, ich glaube, Sie verstehen mehr, als Sie sich anmerken lassen.« Miss Storch trank von ihrem Tee und verzog das Gesicht. »Zu stark. Die lassen ihn zu lange ziehen.«

»Ich bestelle heißes Wasser.« Claire hob die Hand.

»Bemühen Sie sich nicht. Ich habe Wichtigeres zu bereden.« Sie seufzte. »Sie haben offenbar eine Vorliebe für die eurasische Rasse.«

»Das nicht gerade«, protestierte Claire. »Ich finde nur …«

»Dann haben Sie sicher von Trudy Liang gehört.« Sie sah Claire über ihre Brille hinweg durchdringend an. »Zu ihren Lebzeiten eine der bekannteren Eurasierinnen in Hongkong. Sie stammte aus einer sehr reichen Familie und bekam die Vorurteile gegen Mischlinge deshalb kaum zu spüren.« Edwina Storch sagte es ohne jede Ironie. »Sie wissen, wen ich meine?«

»Ja«, gab Claire zu. »Ich habe von ihr gehört.«

»Und sicher auch von der ganzen Geschichte im Krieg. Sie

musste nicht ins Lager, weil sie halb Portugiesin und halb Chinesin war, und ich auch nicht, weil ich es für besser hielt, draußen zu bleiben, und da ich eine finnische Mutter hatte, konnte ich das arrangieren. In der ersten Zeit ging so etwas noch, man musste nur überzeugend genug auftreten. Es war alles sehr verwirrend, die Bestimmungen haben sich jeden Tag geändert.« Ein wehmütiger Ausdruck trat in ihre Augen. »Mary konnte ich leider nicht davor bewahren, aber ich konnte mich von draußen um sie kümmern und ihr Pakete bringen und all das.

Wissen Sie, Claire«, sagte sie plötzlich, »Sie sind eine gute Zuhörerin. Ich kann mir vorstellen, dass man sich Ihnen gern anvertraut. Würden Sie mir da zustimmen?«

»Eigentlich nicht«, widersprach Claire. Edwina Storchs Gesicht glich jetzt dem eines großen fleischigen Reptils, fand sie. Gier, Schläue und Opportunismus standen darin geschrieben.

»Sie wissen über Trudy und Will Truesdale Bescheid?«

»Ich habe das eine oder andere gehört, wie jeder hier. Aber das hat nichts mit mir zu tun.«

»Nein?« Miss Storch lachte, ein raues Glucksen. »Das hätten Sie wohl gern, dass jeder das glaubt. Ja, also, die beiden waren ganz eng, alle dachten, sie würden heiraten. Er hat dabei den Kürzeren gezogen, wenn Sie mich fragen. Er hätte sich viel besser stellen können. Aber nein, er war ja mit ihr zusammen, und dann kam der Krieg und noch vieles mehr.« Sie hielt inne. »Sie fragen sich sicher, warum ich Sie hierhergebeten habe oder warum ich Sie neulich zum Lunch eingeladen habe. Ich wollte Sie mir genau ansehen, Ihr Gesicht. Aber das ist eine lange Geschichte. Essen Sie doch, während ich rede.«

Die alte Frau wirkte plötzlich ganz ernst.

»Sie müssen jetzt eine andere sein«, sagte sie. »Sie müssen sich der Situation gewachsen zeigen. Und Sie müssen stark sein. Der Zeitpunkt ist gekommen, da Sie etwas bewirken können.«

Am Spätnachmittag öffnete sich die Tür des Bibliotheksvereins. Claire musste blinzeln, selbst noch im schwindenden Licht. Sie verabschiedete sich von Edwina Storch.

»Vielen Dank für den Tee«, sagte sie.

»Es war mir eine Freude, meine Liebe. Ich hoffe, ich konnte Ihnen einigen Aufschluss geben.«

»Ja«, begann Claire. »Nein. Eigentlich … Ich weiß nicht.« Sie stolperte über ihre Worte.

»Ich hoffe doch, meine Liebe.«

»Aber, Miss Storch«, sagte Claire eilig. »Miss Storch, ich finde … Etwas möchte ich noch sagen. Auf Ihrer Gartenparty neulich fanden Sie, ich erinnere Sie an Sie selbst in jungen Jahren. Ich wollte Ihnen nur sagen, dass das völlig unmöglich ist. Sie und ich, wir sind grundverschieden.« Sie drehte sich um und ging schnell davon, ohne noch einmal zurückzuschauen.

Die Sonne ging unter, und Claire konnte sich gar nicht vorstellen, dass es ein ganz normaler Tag gewesen war, ehe sie die dunklen Räume betreten hatte, in denen eine böse alte Frau, die noch die eine oder andere Rechnung offen hatte, ihr einen Nachmittag lang Geschichten erzählt hatte.

1943

DA WAR EIN BABY.

Da war ein Mann mit elf Fingern. Dann zehn. Dann wieder elf. Der Finger wuchs immer wieder nach, in genau einem Jahr. Ein gutes Zeitmaß.

Da waren gute Menschen.

Da waren schlechte Menschen.

Da waren tote Menschen.

Da war eine Frau, die verschwand.

DA WAR EIN BABY.

Trudy, ihr schlanker Körper in immer weitere Kleider gehüllt. Ihr Gesicht runder, ihre Haut gefleckt mit der Maske der Schwangerschaft. Wann hatte er es bemerkt? Die Erkenntnis kam ihm, wie so viele Offenbarungen, kurz vor dem Einschlafen, nach einer weiteren Urlaubswoche. Er zuckte zusammen: *ein Baby*. Danach konnte er nicht wieder einschlafen. Ruhelos wälzte er sich auf der dünnen Matratze, sein Geist in Flammen.

Sie hatte es ihm nicht gesagt. Er hatte es nicht bemerkt. Es war so allmählich gekommen.

Seine Gedanken wie die einer alten Frau. In was für eine Welt würde das Kind hineingeboren werden? Wie sollte sie mitten im Krieg ein Kind bekommen? Und dann der andere Gedanke, den er beiseiteschob, der sich jedoch immer wieder aufdrängte.

Spielten diese Dinge in solchen Zeiten überhaupt noch eine Rolle?

Und eines Tages, an einem anderen Wochenende, sagte Trudy aus heiterem Himmel: »Ich wusste schon immer, dass ich zu den Frauen gehöre, die in der Schwangerschaft einen riesigen Bauch bekommen.« Es war das erste Mal, dass sie über ihren Zustand sprach. Sie sagte es beiläufig, bei einem Frühstück mit Nudeln und Schweinebraten. Sie schaufelte sich die Nudeln in den Mund wie ein Straßenjunge, unbekümmert um ihren Anblick. Hätte sie es ein paar Wochen früher gesagt, noch ehe er es bemerkt hatte, wäre er großzügiger gewesen, hätte gesagt, es stehe ihr. Jetzt aber schwieg er. Seine mickrige, kleinliche Rache. Aber wofür, an wem? Nicht an der Frau. Für den Krieg. Die große Ungerechtigkeit.

Und dann sah man es plötzlich – wie Frauen eben über Nacht schwanger aussehen. Es ging immer schneller. So klein sie war – ihr Bauch schwoll an und passte in kein Kleidungsstück mehr. Auf Will wirkte er wie ein Tumor. Er schämte sich dafür, dass er so empfand.

Sie sprach nie wieder davon.

Da war ein Mann mit elf Fingern.

Dominick. Seine Züge wurden scharf von seiner neu erworbenen Gerissenheit, sein Körper weich vom Genuss. »Dominick hat sich verändert«, sagte Trudy leise. »Er ist ständig mit diesem widerlichen Victor Chen zusammen. Sie wollen meinen Vater an einer Firma beteiligen, die sie in Macao gründen; da soll viel Handel mit den Japanern getrieben werden. Ich möchte nicht, dass mein Vater in so etwas hineingezogen wird, es geht ihm nicht gut, aber Dommie hört nicht auf mich. Er ist zu Victor übergelaufen.« Ihre tiefe Enttäuschung in diesen Worten. Ihr bester Freund, verloren. Einsamkeit. Will war im Lager. Dominick hatte sich verändert. Trudy hatte niemanden mehr.

Da waren gute Menschen.

Als Will nach dem ersten Urlaub ins Lager zurückkam, begrüßten ihn gespannte Mienen, begierig auf Neuigkeiten und

Hoffnung. Er verteilte, was er mitgebracht hatte – die Wachen ließen ihn jetzt in Ruhe, denn es hatte sich herumgesprochen, dass er draußen Beziehungen hatte –, und ging in sein Zimmer.

Johnnie Sandler erschien in der Tür.

»Willst du lieber allein sein?«

»Nein, nein, schon gut.« Will winkte ihn herein.

»Und, wie war dein Urlaub? Jede Menge Neider hier am Heimatstandort. Die Nachricht hat sich verbreitet wie ein Lauffeuer. Du bist entweder ein Lump oder ein Held. Jede Menge geteilte Meinungen.«

»Johnnie …«, begann Will. Er wusste nicht, wie er anfangen sollte.

»Noch jemand draußen, den wir kennen?«

»Ja, aber … Angeblich sterben jeden Tag zweihundert Chinesen auf den Straßen. Brutal. Anonym. Die Hälfte der Krankenhäuser ist noch geschlossen.«

Johnnie musterte ihn.

»Du wirkst ein bisschen verstört. Ist noch was anderes?«

»Zu viel, mein Freund. Zu viel.«

»Trudy kommt zurecht da draußen?«

Will nickte. »Du kennst sie nicht sehr gut, oder?«

»Nein, nicht sehr«, antwortete Johnnie. »Vielleicht so gut, wie ich dich kenne.«

»Und wie fandest du sie?«

Johnnie zögerte. »Komische Frage. Sie ist deine Freundin.«

»Nein, im Ernst. Ich will's wissen.«

»Ich mochte sie. Soweit ich sie kannte. Es war immer viel Getöse um sie herum, das schon, aber inzwischen weiß ich, dass das größtenteils eben nur das ist: Getöse. Scheint eine nette Frau zu sein, erregt nur immer Aufsehen – das war bestimmt nicht einfach.«

»Sehr diplomatisch.«

Johnnie grinste. »Was erwartest du, Alter?«

»Warum hast du eigentlich keine Frau gefunden?«, fragte Will. »Ich hab dich immer mit mehreren Mädchen gesehen, nie mit einer einzigen und nie für lange.«

»Mich wollte eben keine«, antwortete Johnnie leichthin. »Eine Zeit lang haben sie's mit mir ausgehalten, dann haben sie Reißaus genommen.«

Sie saßen noch eine Weile zusammen. Johnnie brachte selbstgedrehte Zigaretten zum Vorschein.

»Gute Sorte, aus Original Stanley-Gras.« Er bot Will eine an.

Will schüttelte den Kopf. »Ach, da fällt mir ein ...« Er holte zwei Packungen Red-Sun-Zigaretten aus seiner Tasche unter dem Bett hervor. »Die hab ich dir mitgebracht. Japanische natürlich, aber echte. Ich weiß allerdings nicht, ob deine Skrupel das zulassen ...«

Johnnie lachte vor Freude. »Sehr reizend von Ihnen, Sir!«

Sie rauchten eine Weile und genossen das kleine Vergnügen.

»Ein paar Leute in Block C haben wieder ein Kurzwellenradio zusammengebastelt«, sagte Johnnie. »Bis jetzt haben sie noch nichts Interessantes reingekriegt, aber sie probieren's weiter.«

»Trudy hat sich mit einem üblen Typ eingelassen«, sagte Will.

Johnnie sah ihn an. »Das hab ich mir schon gedacht.«

»Sie steckt da ganz tief drin. Sie selbst sieht das natürlich nicht so, sie glaubt, sie kommt gut zurecht, sie schlägt sich durch, sie tut sich mit Leuten zusammen, die ihr helfen können.«

»Was braucht sie denn?«

»Darum geht's nicht. Die verlangen bestimmte Dinge von ihr. Dinge, die anderen schaden könnten.«

»Das ist gefährlich«, sagte Johnnie nur. »Sie sollte sich in Acht nehmen, und du auch.«

»Ja«, sagte Will. »Das tun wir.«

»Gleich gibt's Essen.« Johnnie stand auf. »Unsere Meisterköche haben ein erstaunlich gutes Gericht kreiert. Bananenschalen, in

Erdnussöl gebraten. Wenn man die Augen zumacht, schmecken sie wie Pilze. Ich kann gar nicht genug davon kriegen.«

»Klingt gut«, sagte Will. Er war froh, nicht mehr von Trudy reden zu müssen.

Da waren schlechte Menschen.

Victor Chen, wie er Reggie Arbogast die Hand schüttelt, beide westlich gekleidet: blauer Anzug aus Tropenstoff, rote Krawatte. Nach der Befreiung gab er eine Party für ausgewählte Stanley-Überlebende. Eingeladen waren natürlich nicht Kreti und Pleti, nur Ärzte, Anwälte und Firmenchefs. Er bemitleidete sie für das, was der Krieg ihnen angetan hatte, und füllte sie mit Champagner ab.

Und man stelle sich dies vor: Gouverneur Mark Young, der aus der Haft in Malaya an den Ort der Demütigung seiner Person und seines Landes zurückkehrt. Der Krieg ist zu Ende. Man tut alles, um eine triumphale Rückkehr zu inszenieren. Eine Dakota der Royal Air Force, begleitet von Beaufighters und Corsairs der 721 Squadron. Eine dramatische Landung in Kai Tak. Motorradeskorte zum Peninsula und dann die Feier. Gewehre, Uniformen, Pomp. Er schüttelt den führenden Persönlichkeiten die Hand, Willkommensreden werden gehalten. Und da ist Victor Chen: Auch er hält eine Rede, über Hongkongs Tapferkeit und Großmut.

Otsubo, der in einem dunklen Raum Dokumente liest; nur eine Tischlampe wirft einen kleinen Lichtkreis auf den Schreibtisch. Seine Lippen bewegen sich beim Lesen. Trudy und Dominick, die nebeneinander auf einer Bank in dem Büro sitzen. Sie sagen nichts und sehen sich nicht an. Sie warten auf sein Zeichen.

Da waren tote Menschen.

Bildete er es sich nur ein? Das Schreien eines Mannes. Will setzte sich im Bett auf und lauschte. Das Meeresrauschen drang durchs offene Fenster, sonst hörte er nichts. Ein Kind schrie im Schlaf auf. Die Mutter beruhigte es schlaftrunken.

Am Morgen sah er im Vorbeigehen, dass Johnnie nicht da war. Sein Zimmer ein Chaos, dabei war Johnnie so ordentlich. Die Matratze halb vom Bett gezerrt, die Laken herunterhängend.

Sie führten Will zu den Verhörräumen an der Ostseite.

Johnnie, die Augen offen, das Hemd schmutzig und zerrissen. Er lag auf dem Boden, eine Decke nachlässig über ihn geworfen, sonst nur ein Stuhl und eine nackte Glühbirne im Raum. Dass sie ihn Will zeigten, war eine Warnung, vermutete er.

»Er hat nicht geredet«, sagten sie. »Deshalb.«

»Er hat nichts gewusst«, sagte Will.

»Das sagen Sie.«

»Wirklich nicht.«

»Und Sie?«

Dominick.

Er schrie und flehte und bettelte. Er wurde mit der Spitze eines Bajonetts traktiert. Ein Riss in seiner Wange, aus dem Blut quoll. Dann ein kleiner Finger, mit einem Hammer zerschmettert. Dann alle anderen Finger. Eine Woche insgesamt.

Leugnete alles. Gestand alles.

Kratze an der Oberfläche eines Menschen. Sieh, was zum Vorschein kommt.

Wan Kee Liang, Trudys Vater.

Tot in seinem Haus in Praia Grande, der Körper eingefallen, die Laken uringetränkt. Ein verwahrloster Leichnam, tagelang unentdeckt.

Da war eine Frau, die verschwand.

Trudy, die mit dickem Bauch die Stufen zum Hauptquartier der Gendarmerie in der Des Voeux Road hinauflief, im Begriff, ihr Kind zur Welt zu bringen.

Die sich umdrehte, um Edwina Storch, die sie hergebracht hatte, eine Kusshand zuzuwerfen. Ihr Blick wehmütig, nicht verurteilend. Wir sind dazu verurteilt, die Vergangenheit zu wiederholen. Trudys Mutter fort. Trudy fort.

10. Mai 1943

Edwina Storch habe es mit obskuren Mitteln geschafft, draußen zu bleiben, wurde gemunkelt. Sie hatte sich unter Hinweis auf ihre tote finnische Mutter einen Pass beschafft, der sie vor der Internierung bewahrte, und ihre englische Staatsbürgerschaft widerrufen. Mary Winkle war in Stanley eingesperrt worden, und Edwina hatte ihr, so oft es ging, Lebensmittel geschickt.

Als Trudy sie auf der Straße sah, ging sie zu ihr, um sie zu begrüßen. Sie hatte schon immer eine Schwäche für Edwina gehabt, auch wenn sie seltsame Geschichten über ihre Tätigkeit an der Glenealy-Grundschule gehört hatte. Miss Storch hatte ihre Autorität offenbar mit zu viel Enthusiasmus und zu wenig Kontrolle ausgeübt. Es war auch von einem Jungen die Rede gewesen, der nach einer allzu energischen Disziplinarmaßnahme im Krankenhaus gelandet war. Die Sache war vertuscht worden. Er war Eurasier gewesen, der Vater ein englischer Beamter, die Mutter eine einheimische chinesische Lehrerin, geliebt, aber nicht geheiratet. Der Junge war nicht mehr in die Schule zurückgekehrt.

»Sie sind auch draußen?«

»Ja, dank meiner lieben verstorbenen Mutter. Finnland.«

»Wie auch immer. Aber es ist überall schrecklich, nicht wahr?«

»Ja, aber Ihr Verwandter Victor Chen hat mir sehr geholfen. Er hat magische Fähigkeiten – er bringt einfach alles fertig!«

Trudys Miene verdüsterte sich.

»Wenn die Bezahlung stimmt. Aber ich freue mich, wenn er anderen hilft.«

»Sie sind Cousin und Cousine, nicht wahr?«

»Nicht direkt. Ich bin mit Melody verwandt, seiner Frau. Im Moment ist sie in Kalifornien. Sie bringt ihr Kind dort zur Welt.«

Edwinas Blick huschte zu Trudys Bauch hinab.

»Das ist gut.« Miss Storch senkte die Stimme. »Bis hier alles wieder in Ordnung kommt, meine ich.«

»Tja, es wird schon wieder in Ordnung kommen, oder?«

»Natürlich.«

»Jedenfalls«, sagte Trudy, »hoffe ich, wir sehen uns öfter in dieser seltsamen neuen Welt.«

»Grüßen Sie ihn von mir«, sagte die alte Dame. »Wir werden's schon schaffen.«

Trudy sah Edwina Storch nach, als sie sich entfernte, und ihr Gesicht zeigte einen seltsamen Ausdruck.

28. Mai 1953

WILL STÖHNTE und wälzte sich unruhig im Bett. Sein Haar war feucht; er schwitzte in der Mittagshitze. Claire klatschte in die Hände, um zu sehen, ob sie ihn wecken konnte, aber er drehte sich nur um und gab ein Wimmern von sich.

Sie betrachtete sein verschwitztes Gesicht, seinen Mund, der sich im Schlaf kaum merklich bewegte, und zum ersten Mal empfand sie Mitleid mit ihm.

»Fass mich an«, sagt sie. Es klingt verzweifelt. »Ich möchte mich wieder spüren.«

Er umarmt sie, zieht sie an sich, so eng es geht.

»Du weißt nicht, was er mich hat machen lassen«, sagt sie, ihre Stimme an seiner Schulter gedämpft. »Du weißt es nicht.«

»Ist ja gut. Mach dir keine Gedanken.«

»Es ist nicht gut!«, ruft sie. »Es ist nicht gut. Du weißt es nicht. Wenn du's wüsstest, würdest du mich nie wiedersehen, mich nie wieder berühren wollen. Du könntest mir nie wieder in die Augen schauen.« Sie löst sich von ihm und sieht ihn an, mustert ihn forschend.

Er schweigt. Sie zuckt zusammen.

»Ich hab's gewusst«, sagt sie. »Ich hab's gewusst. Ich hätte es mir denken können.«

»Ich weiß nicht, was du von mir erwartest.«

»Deswegen habe ich dich so geliebt. Nicht weil du so gut warst und weil du niemanden gebraucht hast und ich dachte, ich könnte dich dazu bringen, dass du mich brauchst, sondern …« Und sie weint, diese Trudy, die er noch nie gesehen hat, diese Trudy, die so hauchzart ist wie ein Spinnennetz und die es nicht kümmert, wer ihre Tränen sieht. »Sondern weil mich niemand je geliebt hat. Man hat mein Geld geliebt oder mein Aussehen oder sogar meine Art zu sprechen, weil man dann dachte, ich sei so und so. Oder mein Vater, der hat mich geliebt, weil er musste. Meine Mutter hat mich geliebt, aber dann ist sie weggegangen. Niemand hat mich um meiner selbst willen geliebt, für niemanden war ich mehr als eine nette Zerstreuung auf einer Party. Das ist die banalste Sache der Welt, nicht wahr? Aber du hast mich geliebt. Du mochtest den Menschen, der ich war. Das habe ich deutlich gespürt. Und es war eine Offenbarung für mich. Aber nach Otsubo und nachdem ich dich gebeten hatte, mir die Information zu beschaffen, hast du dich verändert. Oder deine Gefühle haben sich verändert. Du hast mich nicht mehr auf die gleiche Art geliebt. Dein Blick auf mich hatte sich verändert. Ich war nicht mehr der Mensch, den du bedingungslos geliebt hast.« Sie wischt sich die Augen. Sie sind rot und verquollen.

»Ach, ich muss ja aussehen wie ein Troll«, sagt sie plötzlich. Für einen Moment kommt die alte Trudy wieder zum Vorschein. »Danach« – sie holt tief Luft – »danach, Will, hat sich alles gefügt. Ich habe nur so getan, als wäre ich die Frau, die ich in deiner Gegenwart bin, ein paar Wochen Trennung von dir haben genügt …«

»Und ein Krieg«, sagt er. Er weiß nicht, woher die Worte kommen, woher dieser mechanisch antwortende Mensch kommt.

»Ja, ein paar Wochen Trennung und ein paar gut ausgerüstete, furchteinflößende Japaner, und schon war ich wieder die alte Trudy, die sich nur für sich selbst und ihre sehr dehnbare Moral interessiert. Und es hat sich richtig angefühlt. Es war furchtbar, aber es hat sich richtig angefühlt. Ich bin nicht die, für die du mich hältst. Ich hab dir das schon mal gesagt, damals, bevor du zum Paradeplatz gegangen bist, und ich wollte, dass du verstehst, was ich sage. Hast du's verstanden? Hast du's verstanden?«

»Ich kann nicht derjenige sein, der dir die Absolution erteilt, Trudy.«

Sie schlägt ihn ins Gesicht.

Seine Hand fährt an seine Wange, die Geste einer Frau.

»Manchmal würde ich dich am liebsten umbringen«, sagt sie langsam. »Dich und deine sogenannte Moral.«

Sie wendet sich zum Gehen, doch er fasst sie am Ellenbogen.

»Selbst das ist falsch«, sagt sie. »Es ist deiner nicht würdig. Sei ein Mann und zeig mir, was du wirklich für mich empfindest.« Sie starrt ihn an. Er ist wie gelähmt. »Ich hab's gewusst.«

Sie dreht sich zur Tür.

»Danke, Will«, sagt sie leise, mit dem Rücken zu ihm. »Ich weiß jetzt, woran ich bin. Danke, dass du mich freigibst.«

Sie war immer zu stark für ihn gewesen.

So verletzen wir die, die wir lieben.

Die Albträume. Die Bilder.

Männer mit verbrannten Zungen, zerschmetterten Knien, ausgestochenen Augen, aufgehäuft am Rand der Straße nach Stanley, Mütter, die ihren Kindern die Augen zuhalten.

Mädchen in Räumen, die Gesichter leer, die Kleider zerfetzt, zerschundene Beine, glitschig von Männerflüssigkeiten.

Ein Blick durch eine Tür, ein Mädchen an einen Schreibtisch gefesselt, fast stumm.

Ein Leichnam, in Sackleinwand eingenäht und ins Meer gekippt. Das Wasser spritzt kaum auf, als er ins Dunkel hinabsinkt.

Ah Lok, die Trudy an ihrem Frisiertisch das Haar bürstet. Gleichmäßige Striche, die glänzenden Strähnen, draußen Bombenexplosionen. Trudy, die Lippenstift aufträgt. Ihr Jasminduft.

Dominicks vornehmer Kopf vor Otsubos Füßen. Seine Augen, die Wills Blick begegnen, sich in Panik weiten, dann zu Grau ersterben. Er blieb nicht stehen, er schloss nur die Augen. Will, der unwillkürlich zurückspringt, aber geistesgegenwärtig darauf achtet, die Tür leise zu schließen, um sein Eindringen nicht zu verraten.

Ein Baby, geboren mitten in der Nacht, einer gleichgültigen Krankenschwester übergeben, nie gesehen von der sedierten Mutter.

Eine junge Frau, gerade aus Kalifornien zurück, noch mollig nach der Entbindung, die Augen leer, in den Armen das Kind einer anderen.

2. Juni 1953

Von einer schönen Abendeinladung ging stets ein Leuchten aus. Die Gläser wurden schnell nachgefüllt, das Essen war opulent, die Dienstboten arbeiteten stumm und effizient, die Gäste sonnten sich in dem Bewusstsein, auserwählt zu sein, im Gegensatz zu vielen anderen, die vielleicht gern an ihrer Stelle gewesen wären.

Ein solches Leuchten ging auch von der Krönungsparty der Chens aus, als Claire und Martin sich ihrem Haus näherten.

Kerzen in kleinen sandgefüllten Gefäßen beleuchteten die Auffahrt. Livrierte Diener fuhren die Autos rasch weg. Musik erklang im Hintergrund. Die Chens hatten ein Streichquartett engagiert, das im Vorraum spielte, drei schwitzende Chinesen im Smoking und eine winzige Frau mit einer Geige unter dem vogelhaften Kinn. So wie ihre Arme hin- und herfuhren, schien die Musik mehr Arbeit als Kunst zu sein.

Die Gastgeberin an der Tür, ein Glas Champagner in der Hand, eine Erscheinung in einem Kleid, das aus Silber gewebt schien.

»Hallo, hallo«, trällerte Melody. »Wie schön, Sie alle zu sehen. Da ist für jeden ein Zepter.« Sie zeigte auf eine Schale voller Stäbe. »Heute sind wir alle Königin!«

»Sie sind mir ja eine!«, krächzte eine dürre Blondine. »Jeden Tag eine andere Party! Sind wir uns diese Woche nicht schon dreimal begegnet? Im Garden Park, bei Maisie's Lunch und bei diesem kleinen Italiener in Causeway Bay? Mit wem waren Sie denn da zusammen, Sie Schlimme, Sie? Ein sehr gut aussehender Mann.«

»Mit einem Cousin natürlich.« Melody zwinkerte. »Die Familie ist mir sehr wichtig.«

»Was für einen Unsinn wir hier reden!«, sagte die Blondine und eilte nach drinnen.

Martin und Claire standen wartend da.

»Claire!«, rief Melody. »Wie schön, dass Sie kommen konnten.«

»Herzlichen Dank für die Einladung«, sagte Martin. Claire sah ihm an, dass er sich unbehaglich fühlte, und plötzlich ärgerte sie sich deswegen über ihn.

»Freut mich, Sie zu sehen, Melody«, sagte sie. »Eine schöne Party.«

Martin besorgte Drinks, und Claire blieb im Wohnzimmer stehen, in dem sie schon so oft gewesen war. Es war anders als sonst, voller Leben, überall plaudernde, lachende Leute, die sich vertraulich einander zuneigten.

»Ich kenne hier keinen Menschen«, sagte Martin, als er zurückkam. »Man fragt sich, warum sie die Klavierlehrerin und ihren Mann überhaupt eingeladen haben.«

»Martin! So darfst du das nicht sehen.«

Aber er hatte recht. Die anderen Gäste kannten sich alle und waren Neulingen gegenüber nicht eben aufgeschlossen. Claire und Martin standen gänzlich unbeachtet in einer Ecke und nippten an ihren Getränken.

Schließlich gab Martin auf und ging in den Garten, um sich die Blumen und den Blick über den Hafen anzusehen. Claire stand noch einen Moment allein da, dann ging sie zum Kamin hinüber und betrachtete noch einmal die Fotos.

Trudy war noch da, im Badeanzug, in die Kamera lachend.

In einer Vierergruppe, die Frauen in Seidenkostüm und Federhut, unterhielt man sich über die letzte Londonreise. Claire lauschte dem Gespräch und trank ab und zu einen Schluck.

»Aber es war abscheulich. Der Service ist katastrophal, wenn man aus dem Fernen Osten kommt. Ihr macht euch keine Vorstellung, was da zum Dinner serviert wird – kaltes, scheußliches

Zeug –, und offenbar ohne jegliche Skrupel. Service – so etwas gibt es in England gar nicht mehr. Einfach grauenvoll. Hier ist man wenigstens noch stolz darauf.«

»Ist Poppy nicht gerade in London? Es würde mich nicht wundern, wenn sie in diesem Moment in der Westminster Abbey säße.«

»Ach, sie ist schrecklich. Sie hat bestimmt Himmel und Hölle in Bewegung gesetzt, um reinzukommen. Wir werden's ja hören, wenn sie wieder da ist.«

Claire räusperte sich. Eine der Frauen, eine dralle Rothaarige, warf ihr über die Schulter einen Blick zu und redete weiter.

Die beiden Männer standen mit dem Gesicht, die Frauen mit dem Rücken zu ihr. Alle waren Engländer. Sie hätte erwartet, dass die Chens mehr Einheimische einladen würden.

»Kommt Su May heute?«, fragte die Rothaarige die andere Frau, eine jüngere Blondine mit einem Bubikopf. Die Männer gingen neue Drinks holen.

»Ich glaube nicht. Sie hat sich anscheinend mit Melody verkracht.«

»Im Ernst? Erzähl!«

»Das Übliche.« Die Blonde senkte die Stimme. »Melody ist zurzeit einfach unmöglich, so vergesslich und unhöflich. Ich habe am Donnerstag einen Lunch für den Gartenclub gegeben, und sie hat mir nicht mal gesagt, ob sie nun kommt oder nicht. Erschienen ist sie dann nicht, und hinterher hat sie auch kein Wort darüber verloren! Ich weiß nicht, was im Moment mit ihr los ist.«

»Wahrscheinlich ist ihr der OBE zu Kopf gestiegen!«

Und noch leiser: »Merkwürdig, nicht, dass die meisten Einheimischen so anglophil sind?«

»Allerdings. Schau dich doch mal um! Wir könnten genauso gut in Mayfair sein!«

»Ungewöhnlich für Einheimische, dass sie zu sich nach Hause einladen. Ich glaube, das ist das erste Mal, seit ich hier bin, dass ich eine chinesische Wohnung zu sehen bekomme.«

»Victor sichert sich ja immer gern nach allen Seiten ab. Morgen gibt er schon wieder eine Party, für ganz andere Leute, aber nicht bei sich zu Hause, sondern im Club, mit Mah-Jongg hinterher und allem Drum und Dran.«

»Also für seinesgleichen.«

»Ich frage mich, wie Melody es mit dem Mann aushält. Charles sagt, er hat noch nie mit jemandem zu tun gehabt, der so offenkundig korrupt ist.«

»Also, man fragt sich ja schon … Von *Opium* ist da die Rede …«

Eine andere Frau trat zu ihnen, und sie verstummten. Seidenraschelnd und mit viel Gezwitscher tauschten sie Küsschen rechts und links.

»Lavinia!«

»Maude!«

»Harriet!«

Claire ging davon.

Später unterhielt sie sich mit Annabel, einer champagnerblond gefärbten Amerikanerin aus Atlanta, Georgia. Sie lebte mit ihrem Mann Peter, der im Außenministerium tätig war, in Hongkong.

»Und was machen Sie hier, meine Liebe?«, fragte Annabel. Ihre Augen glänzten vom Alkohol, ihr Haar war hochtoupiert.

»Ich bin mit meinem Mann hier, er ist beim Wasserwirtschaftsamt«, antwortete Claire.

»Hach, diese ganzen Ämter!«, rief Annabel. »Der Staat! Wasser! Hauptsache, es kommt aus der Leitung!«

»Äh, ja.« Claire wusste nie, wie sie mit den so lässigen Amerikanern reden, wie sie auf ihre Ausrufe reagieren sollte.

»Und wie vertreiben Sie sich die Zeit? Haben Sie Kinder?«

»Nein. Sie?«

»Ja, vier, alle unter fünf. Bei mir geht das Schlag auf Schlag – Peter würde mich am liebsten erwürgen. Aber dazu gehören schließlich zwei, sag ich ihm immer. Wenigstens haben wir hier die Amahs – zu Hause ist das ja anders.«

»Sind Sie schon lange in Hongkong?«, fragte Claire höflich.

»Drei Jahre. Jack ist hier geboren, zum Glück war's ein Kaiserschnitt …« Von ihrem eigenen übersprudelnden Temperament mitgerissen, redete und redete die Frau, und Claire hörte zu, froh, nicht verloren herumstehen zu müssen.

Als sie später vor der Toilette wartete, trat Martin zu ihr.

»Hallo«, sagte er. »Wollen wir bald gehen?«

Sie nickte.

»Ich komm gleich wieder.« Sie verschwand in der Toilette und spritzte sich Wasser ins Gesicht. Es kam ihr vor, als würde sie darauf warten, dass irgendetwas passierte.

Später hörte sie, wie Maude und Lavinia, die Rothaarige und die Blondine, über sie sprachen.

»Wer war eigentlich die Frau, die hier so herumgeschlichen ist?«

»Die Klavierlehrerin, hat Melody, glaub ich, gesagt.«

»Tatsächlich?«

»Hübsch ist die, findest du nicht?«

»Ja, schon, auf so eine blasse, blonde Art.«

Ein Klaps war zu hören. »Du bist ein solches Biest!« Gelächter.

»Es ist diese Haut. Die macht die Männer wild.«

»Stimmt, aber sie bleibt einem nicht. Auch so ein unverdientes Privileg der Jugend.«

Plötzlich entstand Unruhe in der Nähe der Tür. Ein Dienstmädchen war in der Hitze in Ohnmacht gefallen. Der Boy wurde gerufen und trug sie weg.

»Verdammt heiß«, sagte ein Mann mit einem Strohhut.

»Immer«, bestätigte ein anderer. »Haben Sie das nicht gewusst?«

Mitten in dieses unsinnige Gespräch platzte Will hinein. Er blieb vor den beiden stehen, den Ersten, die er sah.

»Wissen Sie's schon?«, fragte er mit entsetzter Miene. Er hatte nicht laut gesprochen, aber alle hatten ihn gehört. »Reggie Arbogast hat sich erschossen.«

Die beiden Männer starrten ihn an.

»Der Mann, der immer die Partys auf dem Peak gegeben hat?«, rief Claire unwillkürlich. In ihrer Einfalt hegte sie noch immer die Vorstellung, Geld mache glücklich. Ein paar Leute sahen sie an, aber die meisten waren vor Schreck erstarrt.

Dann setzte das Stimmengewirr ein.

»Die arme Frau.«

Und leise: »Regina? Warum hat er nicht sie erschossen?«

»Und die Kinder?«

»Alle in England. Man wird ihnen natürlich ein Telegramm schicken. Eine Tragödie ist das.«

»Letztes Mal in Fanling hat er ziemlich bedrückt gewirkt. Er hat nur neun Löcher gespielt, dann ist er ins Clubhaus, um was zu trinken. Als ich fertig war, hab ich ihn da noch gesehen, ziemlich angeschlagen.«

Doch Will war aus einem bestimmten Grund gekommen. Er hielt nach Victor Ausschau und ging dann zu ihm.

»Du Drecksack«, sagte er und versetzte ihm einen Faustschlag. »Du hast ihn die ganze Zeit in dem Glauben gelassen, er sei derjenige, der eingeknickt ist.« Es wurde augenblicklich still im Raum.

Victor Chen taumelte rückwärts, stürzte aber nicht. Er richtete sich wieder auf, hielt sich das Kinn und versuchte zu lächeln.

»Hör mal, Will, du tauchst hier auf, nachdem du dich tagelang nicht hast blicken lassen, und gehst dann auf mich los? Als Chauffeur glänzt du doch eher durch Abwesenheit.«

»Halt den Mund, du widerlicher Kerl.«

Die Gäste standen wie gebannt um die beiden herum, unfähig, sich zu rühren, obwohl der Anstand ihnen geboten hätte, sich zu entfernen. Einige wenige besannen sich und zogen sich ganz langsam zur Tür zurück.

»Du steckst hinter der ganzen Sache. Du hast unter dem Deckmantel des Patriotismus als Vermittler dafür gesorgt, dass diese verdammte Kronsammlung der chinesischen Regierung übergeben wurde, stimmt's? Wer die Zeche zahlt, das war dir egal. Du wolltest dich nur bereichern und dich mit den neuen Machthabern gut stellen. Und weißt du, was deine chinesische Regierung mit dem Porzellan gemacht hat? Wahrscheinlich haben sie's zerschlagen, weil es bürgerliche Werte verkörpert!« Seine Stimme hob sich.

»Die Chinesen haben ein Recht auf ihre eigene Geschichte«, sagte Victor steif. »Man hätte ihnen die Stücke gar nicht erst wegnehmen dürfen.«

»Du bist ein solcher Heuchler«, fuhr Will fort, als hätte er nichts gehört. »Als du in Cambridge Geschichte studiert hast, da konntest du gar nicht genug kriegen vom guten alten England, von Stechkahnfahren und Erdbeeren mit Sahne, aber als es dir hier in den Kram gepasst hat, warst du plötzlich der Musterchinese, der sich bei den Nationalisten angebiedert hat, bei den Kommunisten, bei jedem, der dich empfangen hat. Du weißt doch schon nicht mehr, wo vorne und hinten ist, Mann.« Er rückte Victor drohend näher.

»Von dir erwarte ich kein Verständnis, Will«, sagte Victor und zog sein Hemd zurecht. »Von dir am allerwenigsten. Du kommst nach Hongkong, du findest hier deine Kumpels und deine junge Mischlingsstute, und die Welt ist für dich in Ordnung. Verdammte Briten, immer auf dem hohen moralischen Ross, und gleichzeitig vergiften sie halb China mit Opium, um ihren Profit zu machen.«

»Das spielt jetzt keine Rolle mehr, Victor. Du bist erledigt.«

»Du hattest schon immer einen Hang zum Dramatisieren, Will«, sagte Victor. »Genau wie Trudy. Und zur Sentimentalität. Das ist ein Luxus, glaub mir.«

Will blieb einen Moment reglos stehen.

»Du bist es nicht wert«, sagte er schließlich. »Du wirst nie irgendetwas wert sein.«

Plötzlich stand Melody neben ihm.

»Will«, sagte sie flehentlich, »wir sind doch hier keine Feinde. Wir haben dieselben Menschen geliebt. Jeder von uns hat im Krieg seine Tragödien erlebt. Kannst du denn nicht verzeihen, ein bisschen wenigstens?«

Sie sah ihn an, aber er rührte sich nicht. Da wandte sie sich eigenartigerweise an Claire.

»Claire«, sagte sie bittend, »Sie haben doch sicher Verständnis. Das Leben ist so kompliziert, und wir treffen schwierige Entscheidungen.«

Claire war überrumpelt; alle Blicke richteten sich auf sie. Martin war da. Alle Welt war da. Die beiden Frauen, die über sie geredet hatten, starrten sie an. In ihren Augen wurde sie neu geboren – ein Mensch, der es wert war, gesehen zu werden.

Sie stand im Rampenlicht als jemand, der mit den Gastgebern verbunden war, mit Will, der Teil des Rätsels war. Sie war so viel Aufmerksamkeit nicht gewöhnt. Sie musste an die Dinnerparty der Chens denken, als alle sie angeschaut und auf eine geistreiche Antwort von ihr gewartet hatten, ein Zeichen, dass sie dazugehörte – und sie hatte nicht reagiert. Sie dachte daran, was sie im Umgang mit Will oft empfand: dass sie im Grunde ein ganz anderer Mensch war, eine andere Claire, die nie die Chance bekommen hatte, sich zu zeigen, eine Claire, die eine eigene Meinung hatte und der man zuhörte, eine sichtbare Claire. All das ging ihr durch den Kopf, als sie in das Meer der Gesichter schaute, die darauf warteten, dass sie Melody antwortete.

Zunächst nickte sie nur, möglichst unauffällig. Sie errötete und senkte den Blick. Sie sah Edwina Storchs bleiches, verschwitztes Gesicht vor sich. *Sie müssen sich der Situation gewachsen zeigen.* Ja, aber anders, als Edwina es sich vorgestellt hatte.

Sie sah wieder auf.

»Melody, wir alle treffen Entscheidungen, aber wir müssen dazu stehen, und wir müssen die Verantwortung übernehmen, wenn wir sehen, dass sie falsch waren.« Ihre Stimme zitterte, doch alle im Raum hörten ihr zu.

Sie spürte Martins verblüfften Blick, aber sie konnte ihn nicht ansehen. Sie konzentrierte sich ganz auf sich selbst.

»Ich weiß nicht, worum es hier geht«, sagte sie, »aber ich weiß, dass Will Ihnen etwas Wichtiges zu sagen hat.«

Sie wollte großzügig sein, sie wollte verstehen. Das würde die Königin, die an diesem Tag gekrönt wurde, mit Sicherheit von ihr erwarten. Sie wünschte sich nichts sehnlicher, als barmherzig und freundlich zu sein, Melody sanft an der Schulter zu berühren und ihr zu sagen, dass sich alles regeln, dass alles gut werden, dass sie persönlich dafür sorgen würde.

An all das dachte Claire, und sie fühlte den warmen Schein der Güte.

Doch dann zuckte etwas in Melodys Gesicht.

Es war nur ein kurzer Moment, aber Claire hatte es gesehen. Diese Frau, dachte Melody, ist die Klavierlehrerin meiner Tochter! Ich habe sie engagiert, damit sie Locket beibringt, schwarze und weiße Tasten auf einem Musikinstrument anzuschlagen. Sie ist eine einfache Engländerin, niemand, den ich um einen Gefallen bitten muss.

Und dann war es vorbei, ausgelöscht vom angeborenen Sinn der Frau fürs Praktische. Doch es war zu spät. Claire hatte es gesehen. Ein heißer Schwall stieg aus ihrer Brust in ihren Kopf auf. Sie war diejenige, die von niemandem etwas brauchte. Sie wandte sich ihrem Liebhaber zu.

»Will«, sagte sie, mutiger geworden. »Ich weiß, dass du nicht …«

»Das hier geht dich nichts an, Claire«, fiel er ihr ins Wort. Er sah sie kaum an.

Doch sie kannte ihn inzwischen gut genug.

»Ich weiß«, sagte sie. »Aber Melody hat nicht ganz unrecht.« Sie wusste, dass ihre Worte ihn noch mehr aufbringen würden.

»Das ist doch lächerlich. Du hast keine Ahnung, worum es hier geht.«

»Aber …«

»Raus.« Er zeigte auf die Tür.

Irgendwie erregte es sie, dass Will so unangefochten Herr der Lage war. Endlich besaß er sie. Sie hörte ein leises »Hören Sie mal!«, das nach ihrem Mann klang. Sie schloss die Augen. Sie konnte Martin nun nicht mehr sehen, konnte seine bestürzte, gedemütigte Miene nicht sehen und musste sich darüber klar werden, was sie dabei empfand. Sie spürte das Pochen des Blutes in ihrem Kopf, die Last der Blicke, die auf sie gerichtet waren, und sie öffnete die Augen wieder, sah in das verschwommene Meer der Gesichter ringsum, und dann überlegte sie, was sie tun sollte, und alles lief wie in Zeitlupe ab, wie unter Wasser. Sie blinzelte, aber noch immer war alles verschwommen. Ein Dienstmädchen rief etwas aus der Küche, nicht ahnend, was für ein Drama sich auf der Party abspielte, Gläser wurden klirrend auf ein Tablett gestellt, eine Fliege summte laut an ihrem Ohr vorbei, und sie sah, wie eine rothaarige Frau sich unendlich langsam durchs Haar fuhr, den Blick unverwandt auf sie gerichtet. All das geschah wie in einem weit entfernten Raum, wie hinter Glas. Schließlich straffte sie sich ein wenig, holte tief Luft und tat dann das Einzige, was ihr in diesem Moment, in genau diesem Moment in den Sinn kam: Sie ging einfach davon. Es war feige und nicht sauber, und sie würde sich noch viele Gedanken darüber machen müssen, aber ihr Herz war voll und weich, und sie sah keine andere Möglichkeit. Sie entfernte sich von den glotzenden Frauen und den verblüfften Männern, ging zur Tür und legte die Hand auf den Knauf. Sie zögerte aus irgendeinem Grund, und dann drehte sie den Türgriff – sie sollte die Berührung des kühlen Metalls in ihrer Handfläche nie mehr vergessen – und ging hinaus. Sie sah Martin nicht an. Sie konnte es nicht. Sie sah nicht einmal Will an. Sie ging hinaus in ein neues, ungewisses Leben.

3. Juli 1953

Später erfuhr sie, was geschehen war. Frauen, die sie bisher gar nicht zur Kenntnis genommen hatten, riefen an oder sprachen sie in der Stadt an, vorgeblich um zu fragen, wie es ihr gehe, oder zu erzählen, was nach ihrem Weggang bei den Chens noch passiert war, in Wirklichkeit aber, um herauszufinden, was sie mit der ganzen Sache zu tun hatte.

»Er soll auf den Tennisplatz gegangen sein und sich die Pistole in den Mund gesteckt haben. Sehr unappetitlich. Und er hatte doch nur die eine Hand. Und den Haken natürlich. Sehr geschickt. Die Amah hat ihn gefunden. Musste mit einem Schock ins Krankenhaus gebracht werden. Die Dienstboten wollen ja immer überall dabei sein, nicht wahr?«

»Arme Regina«, sagte Claire. Sie dachte an die Party, auf der sie Will kennengelernt hatte, die Party, auf der man Pimm's getrunken hatte und der Junge und sein Vater im weißen Tennisdress den Ball hin- und hergeschlagen hatten. Sie versuchte sich vorzustellen, wie Reggie Arbogast ausgestreckt im Gras lag und ihm das Blut aus dem Mund quoll. »Weiß man, warum? Außer dem, was man so hört …«

»Er war nicht mehr er selbst«, sagten sie. »Hat sich Vorwürfe gemacht, weil er die Kronsammlung hat verschwinden lassen. Und er konnte den ganzen Wirbel um die Krönung und all den Patriotismus nicht ertragen. Hat ihm schwer zu schaffen gemacht. Und irgendwie hat er sich wohl auch die Schuld an Trudy Liangs Tod gegeben.« Eine Pause. »Kannten Sie Trudy denn? Oder Dominick?«

»Nein«, antwortete Claire dann. »Als ich hierherkam, waren sie schon tot. Ich habe erst vor Kurzem erfahren, wer sie waren.«

»Dominick war ein schrecklicher Mensch. Er hat Frauen verbraucht wie Taschentücher, obwohl er ja für beide Seiten etwas übriggehabt haben soll, wenn Sie verstehen, was ich meine …«

Claire fasste sich in Geduld.

»Und die Chens? Die waren fuchsteufelswild, weil Will einfach reinspaziert ist und ihnen die Party ruiniert hat. Schade, dass Sie gegangen sind, meine Liebe, es war doch so dramatisch! Melody wurde hysterisch, Victor hat sich ganz kühl gegeben, und Will, der hat sich zusammengerissen und ist kurz nach Ihnen auch gegangen. Und wir standen da und haben dumm geschaut. So etwas hab ich noch nicht erlebt. Ein Skandal! Waren Sie mit den Chens befreundet?«

»Ich weiß kaum etwas über die ganze Sache«, sagte Claire. »Ich habe Locket Klavierstunden gegeben, aber mit den Chens hatte ich kaum Kontakt, deshalb kenne ich sie nicht sehr gut. Sie waren immer sehr freundlich zu mir.«

»Ah …« Ein enttäuschter Seufzer. »Also, diese Chens!« Eine Pause. »Und Sie, geht es Ihnen gut?«

»Den Umständen entsprechend«, sagte Claire dann, oder etwas Ähnliches.

»Und …« Nur wenige brachten es fertig, dann noch zu fragen: »Und Martin?«

Claire gab keine Antwort, und sie füllten das peinliche Schweigen schnell mit oberflächlichem Geplauder und dem glühenden Wunsch, sie bald einmal zu sehen, zum Tee oder auf einen Spaziergang.

Kurz darauf verabschiedeten sie sich und riefen nie wieder an. Claire staunte, wie leicht sie zu durchschauen waren.

Die Regierung schloss ihre Ermittlungen zum Verschwinden der Kronsammlung ab. Reggie Arbogast wurde posthum mit einer Auszeichnung der Königin für seine Tätigkeit im Dienste des Empire geehrt. Regina Arbogast verkaufte das große Haus auf dem Peak an einen Shanghaier Geschäftsmann, der nach Hongkong übersiedeln wollte, und schiffte sich nach England ein. Victor Chen wurde nicht mehr offiziell erwähnt.

5. Juli 1953

SIE SAH IHN von Weitem näher kommen, eine spindeldürre Gestalt am Stock. Schwer vorstellbar, dass dieser Mann nur zwei Wochen zuvor noch das Mysterium für sie gewesen war, das solches Verlangen in ihr entfacht hatte.

Doch dann war er da, sein blasses, schmales Gesicht, sein wirres Haar, und er redete, und sie spürte die Anziehung wieder mit jeder Faser.

»Claire«, sagte er und küsste sie auf die Wange. »Setz dich.« Onkelhaft geradezu. Sie fühlte sich zurückgewiesen. Immer gab er den Ton an, wenn sie zusammen waren.

Sie setzten sich auf eine Bank und blickten auf den Hafen hinab. Sie hatten sich auf dem Peak verabredet, weil sie – aus anderen Gründen als früher – hofften, dort keine Bekannten zu treffen, und so war es auch. Sie waren allein in dieser Dämmerstunde. Ein warmer Wind wehte, nicht unangenehm.

»Mit Trudy war ich auch manchmal hier«, sagte Will. »Das Eisengeländer ist noch dasselbe. Ich habe es damals berührt, und ich kann es jetzt berühren, aber die Umstände sind so anders. Ich bin so anders. Denkst du darüber manchmal nach?«

Er war ein anderer geworden, so als wäre eine schwere Last von ihm abgefallen. Claire konnte seine Leichtigkeit spüren.

»Will …«, begann sie.

»Was wirst du jetzt tun?«, fragte er, als hätte sie nichts gesagt.

»Ich weiß es nicht. Ich bin in Kontakt mit meinen Eltern, aber sie scheinen nicht sehr erpicht darauf zu sein, mich wieder bei sich aufzunehmen. Von den Kosten und von der Rente meines Vaters ist da die Rede. Ich habe keine Arbeit und wohl auch keine Möglichkeit, welche zu finden. Ich weiß es also nicht.« Sie sagte es einfach so, nicht, damit er sich verpflichtet fühlte.

»Verstehe«, sagte er.

»Und du?«

»Ich weiß es auch nicht. Es scheint unmöglich, hierzubleiben, und es scheint unmöglich wegzugehen.«

»Ja.«

»Da sitzen wir nun, zwei Leute, die nirgendwohin können.«

»Meinst du, ich soll Locket weiter Klavierstunden geben?«

»Haben die Chens nichts gesagt?«

»Nein, wir haben uns seit der Party nicht mehr gesprochen.«

»Hm.« Er überlegte. »Wenn sie nichts anderes gesagt haben, würde ich's tun. Aber« – er grinste – »ich bin ja auch ein bisschen verrückt.«

»Was war das, was du von dem Grab in Macao mitgenommen hast?« Die Frage beschäftigte Claire noch immer.

»Ach, das. Trudy hatte ein Bankschließfach, und sie hat immer gesagt, Dominick und ich hätten Zugang dazu. Nach ihrem Tod haben ihre Anwälte mir geschrieben, ich könnte den Schlüssel nach dem Krieg holen, wenn sie offiziell für tot erklärt sei. Vor dem Krieg hatte sie etwas von einem zweiten Schlüssel für das Schließfach gesagt, aber ich hatte nie versucht, ihn zu finden. Und als ich ihn dann von den Anwälten bekommen hatte, wusste ich nicht, wohin damit. Da hab ich ihn in Dominicks Grab versteckt. Da kommt bestimmt keiner hin, dachte ich. Und es hat sich richtig angefühlt. Etwas dramatisch, aber richtig. Es war mir immer wichtig, dass sich die Dinge richtig anfühlen.«

»Was war denn in dem Schließfach?«

»Sparbücher, Wertpapiere. Aber was Trudy mir eigentlich geben wollte, das waren Dokumente, Briefe – Papiere, aus denen hervorging, was sie während des Krieges für Otsubo getan hatte und was andere getan hatten.«

»Auch Victor Chen?«

»Ja.«

»Und was hast du damit gemacht?«

»Ich hab sie einfach an die richtigen Leute geschickt. Anonym.«

»Aber Victor hat gewusst, dass sie von dir kommen.«

»Er hat gewusst, dass ich der Einzige war, der Zugang zu diesen Informationen hatte.«

»Bist du in Schwierigkeiten?«

»Ich glaube nicht«, sagte er. »Aber ich hab mich schon mal geirrt.«

Es hatte etwas seltsam Behagliches, wie sie so beisammen saßen.

»Der Punkt ist«, sagte er, »dass Victor Chen nicht ganz unrecht hat. Die britische Regierung hatte und hat keinen legitimen Anspruch auf all die unersetzlichen chinesischen Kunstgegenstände. Die Briten haben sie den Chinesen geraubt, auch wenn sie das weit von sich weisen würden. Aber wie Victor sich in der Sache verhalten hat…« Er schüttelte den Kopf. »Der Mann kennt es gar nicht anders.

Ich habe Trudy nicht verlassen, nicht direkt. Als Otsubo gemerkt hat, dass er von mir nichts bekommt, hat er keine Urlaubsscheine mehr unterschrieben. Aber ich hätte trotzdem rausgekonnt, zu jeder Zeit und mit jeder wichtigen Begründung. Trudy hätte mich rausgeholt, wenn ich es gewollt hätte. Das bedaure ich mit am meisten. Dass es einfach so… versandet ist. Das hatte sie nicht verdient. Ich weiß nicht mal, was mit ihr passiert ist. Ich weiß es einfach nicht. Wahrscheinlich könnte ich es herausfinden – es gibt genug Leute, die mir mit Freuden alles darüber sagen würden. Victor inklusive.«

»Aber was hättest du denn tun können?«

»Irgendetwas, nur nicht das, was ich getan habe. Irgendetwas, nur nicht den Unsinn, den ich im Lager gemacht habe: Komitees bilden, mich für heißes Wasser oder mehr Bettwäsche stark machen!« Seine Stimme wurde lauter, schriller. »Ich war ein Feigling, ein Feigling. Ich habe nichts getan, um ihr zu helfen. Der Frau, die ich geliebt habe. Ich habe nichts getan. Hab mich hinter der vermeintlichen Ehre versteckt.«

»Hat Trudy je …« Claire konnte die Frage nicht vollenden.

»Sie hat nie etwas gesagt. Sie hat mir nie Vorwürfe gemacht oder mich provoziert. Sie war immer so, wie sie es von sich selbst gesagt hat. Sie hat nie Rollen gespielt. Das war das Schöne an ihr.«

Er straffte sich.

»Sie hat so getan, als würde sie mir glauben, als ich ihr gesagt habe, dass ich ihr nicht helfen kann. Aber sie war so klug – sie hat mich durchschaut. Und sie hat nichts gesagt; sie hat mir verziehen.«

Er stand auf, ging zu einem Baum und riss geistesabwesend ein Blatt ab. Er zerteilte es, zerteilte es noch einmal und streute die Stücke dann auf den Boden.

»Hongkong ist immer so verdammt grün«, sagte er. »Wünschst du dir nicht auch manchmal weniger Farbe? Mehr englisches Grau, ein bisschen Nebel?«

Claire nickte. Er kam ganz langsam aus sich heraus, und sie wollte ihm Raum geben.

»Manchmal hasse ich sie dafür«, fuhr er fort. »Dass sie mich nicht zur Rede gestellt hat. Dass sie mir meine Feigheit hat durchgehen lassen. Letzten Endes war das grausam.«

Einen weinenden Mann hätte Trudy verachtet, das wusste er.

»Ich sehe immer dieses Bild vor mir«, sagte er langsam. »Dieses Bild von Trudy, die wie ein aufgescheuchtes Huhn draußen herumrennt und nicht weiß, was sie tun soll, die keine Mitte hat, die verzweifelt ist. Und das war sie, glaube ich. Aber sie hat mich nicht um Hilfe gebeten. Nach dem ersten Mal nicht mehr. Nachdem ich Nein gesagt hatte, hat sie nie wieder gefragt.«

Claire fasste nach Wills Hand, die auf seinem Stock ruhte. Er reagierte nicht darauf, und so ließ sie ihre Hand nur auf seiner liegen.

»Sie hatte niemanden, dem sie sich anvertrauen konnte. Sie war mutterseelenallein. Und sie ist es durch mich geworden.«

Die Luft war noch feucht, wie immer in Hongkong. Ein Schweißtropfen machte sich langsam auf den Weg Claires Rücken hinab.

Sie versuchte, Will durch Willenskraft dazu zu bringen, sie anzusehen, zur Kenntnis zu nehmen, dass sie da war, dass sie beteiligt war, aber er schaute mit leerem Blick auf den Hafen hinab. Nach und nach erkannte sie, dass seine neue Leichtigkeit nicht nur Erleichterung darüber war, dass er seine Last losgeworden war. Es war auch Leere.

Er sieht Trudy auf den Stufen des Toa stehen und winken, als er in den Wagen steigt, der ihn nach Stanley zurückbringen wird. Ein wehmütiger Ausdruck liegt auf ihrem Gesicht. Die Sonne sinkt dem Horizont von Hongkong entgegen und beleuchtet ihr bernsteinfarbenes Haar von hinten. Schwangere Madonna. Sie wirft ihm eine Kusshand zu, zwinkert plötzlich. Er hasst das – immer zieht sie einen ernsten Moment ins Lächerliche. Aber so lebt sie nun einmal, so überlebt sie. Das ist das Animalische in ihr. Etwas anderes hat sie nie behauptet. Sie hat ihn gewarnt.

Arbogast sei eingeknickt, hatte sie ihm während dieses Urlaubs erzählt, und er hatte genickt. »Ja, ich hab ihn danach gesehen«, sagte er.

»Aber weißt du« – leise Panik lag in ihrer Stimme – »die Information war falsch. Otsubo ist wütend. Es gab aber Beweise, dass die Sachen dort waren. In einem alten Lagerhaus in Mang Kok. Irgendjemand war schneller.«

»Woher wusste Otsubo, dass Arbogast das Versteck kennen könnte?«, fragte Will.

Sie zögerte.

»Von Victor, glaube ich«, sagte sie schließlich. »Das kann ich allerdings nicht begründen. Der Mann hat einfach überall seine Finger drin.«

»Sei vorsichtig«, sagte er.

»Ja.« Sie nickte. »Otsubo hat inzwischen sowieso genug von mir. Ich glaube, es ist vorbei.«

»Und was bedeutet das für dich?« Er achtete darauf, sich seine Erleichterung nicht anmerken zu lassen.

Sie lachte.

»Nichts Gutes, fürchte ich. Es bedeutet, dass er mich genauso unter der Fuchtel hat wie zuvor, nur habe ich keine Möglichkeit mehr, ihn aus seinen schlechten Stimmungen herauszuholen.«

»Möchtest du jetzt ins Lager?«

»Schon wieder das Lager! Du kannst den Vogel nicht in einen Käfig sperren, Liebster. Ich hab mich an die dunkle, gefährliche Freiheit mit all ihren Demütigungen gewöhnt.«

»Du könntest doch …«

»Ich bin dabei, einen anderen … Gönner aufzutun«, sagte sie langsam. »Oder es wird einer für mich aufgetan. Du brauchst dir also keine Sorgen zu machen.«

Tränen traten ihm in die Augen, heiß, unerwartet. Er glaubte sterben zu müssen, wenn Trudy sie sah.

»Ich muss los«, sagte er.

»Ja.«

Er wandte sich zum Gehen. Sie fasste seinen Arm, sah ihm forschend ins Gesicht.

»Immer wenn ich Auf Wiedersehen zu dir sage, frage ich mich, ob es ein *au revoir* oder ein *adieu* ist. Weißt du, was ich meine?«

Er nickte.

»Du hast zu viel Macht über mich«, sagte sie leichthin. »Und ich muss so tun, als würde mich das nicht kümmern, als würdest du mich nicht kümmern. Wie ist es dazu gekommen?«

Er sieht sie an, seine Liebe, ihr Gesicht von der Schwangerschaft gerötet, die zarten Knöchel geschwollen, diese Frau, eine Überlebende, im sechsten Monat schwanger mit einem ungewollten Kind, und er merkt, dass er ihr diese letzte Sünde nicht verzeihen kann. Es ist leichter, sie als Übeltäterin zu brandmarken und ins Lager zurückzukehren, das Opfer zu spielen, seine Wunden zu lecken. Und das tut er. Das ist keine Ruhmestat, aber es hilft ihm zu überleben. Und er erkennt, dass sie genau das jetzt spielen.

27. Mai 1953

Edwina Storch hatte ihr alles gesagt; sie wusste, dass sie die Information an Will weitergeben würde.

Edwinas Stimme in ihrem Kopf, die alte Frau, die in dem dunklen Club Tee einschenkte.

»Trudy hat sich immer mehr ins Zeug gelegt, um sich für Otsubo unentbehrlich zu machen. Sie wusste, was sie an ihm hatte. Ich kannte ihn, weil er mir mit meinem Pass behilflich gewesen war. Ich bin mit ihm in Verbindung geblieben und habe versucht, ihm in kleinen Dingen zu helfen, so gut ich konnte.« Sie sah Claire über ihre Brille hinweg an. »Verstehen Sie mich richtig: Ich habe nicht mit dem Feind kollaboriert. Ich dachte nur, ich könnte England und den Leuten hier mehr nützen, wenn ich mich über den Gang der Dinge auf dem Laufenden halte, und es gab keinen Grund, den Mann vor den Kopf zu stoßen.« Wieder nahm sie ihre Brille ab, um sie zu putzen.

»Und als Trudy dann nach und nach wirklich unentbehrlich für Otsubo wurde – das Mädchen wusste einfach alles über Hongkong, sie kannte sämtliche Leichen im Keller –, da wurde ihr Cousin Dominick, den ich noch nie gemocht hatte, eifersüchtig. Die beiden haben quasi um Otsubos Gunst konkurriert, aber es war nur Platz für einen. Dominick war ein schrecklicher Mensch. Ich weiß nicht, ob Sie von ihm gehört haben – er war einfach fürchterlich. Ein kleiner Sadist, der sich eingebildet hat, dass ihm im Leben alles zusteht. Die beiden waren Otsubos Lakaien und liefen sich die Hacken ab, um ihn mit führenden chinesischen

Persönlichkeiten zusammenzubringen und ihn über alles zu informieren, was unter den Chinesen und selbst unter den wenigen Europäern, die noch draußen waren, so vor sich ging. Dominick hat mit Gütern des täglichen Bedarfs gehandelt. Er hat sie über seine Beziehungen billig eingekauft und dann mit enormem Profit auf dem Markt verkauft. Widerlich war das. Er hat auch versucht, in Erfahrung zu bringen, wer wem hilft, und dann Otsubo Bericht erstattet. Dass ihn das bei den Leuten von früher nicht gerade beliebter gemacht hat, liegt auf der Hand, aber er hat gelebt wie die Made im Speck. Dominick ist offener damit umgegangen als Trudy. Bald wurde er von allen geschnitten.«

Claire unterbrach sie: »Hatten Sie irgendeine Arbeit? Wie sind Sie über die Runden gekommen?«

Edwina presste die Lippen aufeinander.

»Ich habe es immer vorgezogen, mich nicht bei den Unliebsamkeiten der Vergangenheit aufzuhalten.«

Claire hätte fast laut aufgelacht, aber dann merkte sie, dass Edwina Storch sich der ungeheuren Ironie ihrer Worte gar nicht bewusst war.

»Da war diese Geschichte mit den Japanern, die sich in Hongkong bereichern wollten – was ja nach einem Sieg nichts Ungewöhnliches ist. Aber auch von der Kronsammlung war immer wieder die Rede, mit ihrem äußerst seltenen Porzellan von unschätzbarem Wert. Otsubo fand heraus, dass ich ein bisschen was darüber wusste, und ließ mich kommen, um sich kundig zu machen. Und ich habe ihm das Wenige, was ich wusste, gesagt.«

Edwinas Augen funkelten.

»Das heißt, ich wusste noch einiges mehr, als ich verraten habe, aber der Zeitpunkt erschien mir unpassend.« Sie hielt inne.

»Sie werden's nicht glauben, Claire, aber der Gouverneur war erst unmittelbar vor Kriegsausbruch nach Hongkong gekommen.« Sie saß ganz still, wie in Trance. »Mitten in eine sehr schwierige Situation hinein, und das wusste er auch. Er war gerade erst vereidigt worden und übernahm eine Kolonie, die den meisten Geheimdienstberichten zufolge kurz vor ihrer Eroberung stand. Er hatte Anweisung aus London, die Kronsammlung, die sich im Gouverneurspalast befand, in Sicherheit zu bringen. Seine Strategie …«

Sie unterbrach sich und lachte. »Interessante Geschichte, nicht wahr? Politiker sind ja so dumm. Ohne Sinn und Verstand. Seine Strategie bestand darin, drei verschiedenen Personen zu sagen, wohin er die Sammlung bringen wollte, damit sie den Krieg überstand. Die Verbindung zu London war bereits gestört, und so musste er sich selbst etwas ausdenken.« Sie sah Claire an. »Ich war eine von den dreien.«

»Das muss eine große Ehre gewesen sein«, murmelte Claire. Sie stellte sich die Szene vor: Edwina Storch, zu Tee und Gebäck in den Gouverneurspalast geladen, ein herzlicher Empfang durch einen Mann, der wenig über seinen neuen Amtsbereich wusste, der noch damit beschäftigt war, sich einzurichten, sein Personal kennenzulernen, sich mit seiner gewaltigen Aufgabe vertraut zu machen, Edwina, herablassend, wie nur eine Frau ihres Alters und ihrer Erfahrung es sein konnte. Wie war sie nur so lange unangefochten damit durchgekommen?

»Er wusste, dass ich schon sehr lange in Hongkong war und eine Menge über Land und Leute und über die Vergangenheit wusste, was ja auch der Fall ist«, sagte Edwina nachdenklich. »Und über die anderen beiden. Ich fand auch heraus, wer sie waren. Das durften wir eigentlich nicht wissen, aber so etwas spricht sich eben herum. Der Gouverneur war nervös und hat es ein paar Leuten anvertraut – nicht das Versteck, aber wer davon wusste. Es gab immer mehr Gerede, und schließlich kam es ans Licht. Einer davon war Reggie Arbogast. Kennen Sie ihn?«

Claire nickte. »Flüchtig.«

»Er ist nach dem Krieg etwas seltsam geworden.« Ihr Mund wurde zu einem grimmigen Strich, und ein unversöhnlicher Ausdruck trat in ihr Gesicht. »Und Regina, seine Frau, ist eine dumme Gans.«

»Und der Dritte?« Die Frage rutschte Claire so heraus.

Edwina sah sie überrascht an.

»Ich dachte, das hätten Sie längst erraten. Der Dritte war Victor Chen.«

April 1942

WENN ES IN Hongkong regnet, bleibt die Welt stehen. Die Wolkenbrüche sind so heftig, so überwältigend, dass die Stadt unter einem Schleier aus grauem Wasser verschwindet und die Menschen wie in Panik versetzte Ratten in Hauseingänge, Läden und Restaurants flüchten. Drinnen zittern sie im Luftstrom der Klimaanlage, schütteln die Nässe ab und bestellen Kaffee oder stöbern in Kleidern, bis der Regen aufhört.

Trudy und Victor Chen sitzen im Chez Sophie, einem kleinen französischen Lokal in Causeway Bay, und blicken in den Regen hinaus.

»Irgendwie ist es hier nie sauber«, sagt Trudy, »nicht mal nach einem Regen. Das Wasser schwemmt den Schmutz von den Straßen, aber im nächsten Moment ist er wieder da. Hongkong ist einfach *schmutzig*. Schon immer. Aber woanders kann ich nicht leben. Diese dreckige Stadt ist mein Zuhause.« Sie streicht über ihre Armlehne, deren roter Samt vom ständigen Gebrauch schon ein wenig glänzt. »Ich mochte dieses Restaurant schon immer«, sagt sie. »Als ich ein Kind war, hat Vater mich jeden Sonntag zu einem späten Frühstück hierher mitgenommen und mir auch ein neues Kleid gekauft.«

Victor räuspert sich.

»Jede Woche?«, fragt er. »Du warst ganz schön verwöhnt, oder?«

»Verwöhnt? Keine Sorge, Victor, dieser Krieg wird mir auch noch den letzten Funken Privilegiertheit austreiben.«

»Die Menschen werden ihr wahres Gesicht zeigen.«

»Das tun sie bereits, mein lieber Cousin, und es wird auch schon darüber geredet. Ich habe gehört, wie man uns als Kollaborateure bezeichnet hat. Nennt man so nicht Leute, die den Eroberern zu nahe kommen?«

»*Kollaborateur* – was für ein hässliches Wort, Trudy. Das sollte man mit Vorsicht gebrauchen.« Victor trinkt von seinem Kognak. Sein Gesicht rötet sich. Trudy in ihrem eleganten braunen Rock und der elfenbeinfarbenen Bluse lehnt sich bequem zurück. Eine halb leere Kaffeetasse steht vor ihr.

»Aber das sind wir doch, Victor, oder nicht?«, provoziert sie ihn. »Nennt man Leute wie uns nicht so?«

»Sei doch nicht naiv«, versetzt er. »Du gibst nur Unterricht in Englisch und Etikette. Im Grunde bist du eine Gouvernante für den guten General, du führst ihn in die Gepflogenheiten der westlichen Welt ein, für die er sich wider Willen so brennend interessiert. Und ich tue nur mein Bestes, um einen reibungslosen Übergang zu ermöglichen, damit unsere Leute nicht leiden müssen. Sag nie wieder so etwas Dummes. Es gibt nicht nur Schwarz und Weiß. Sollen wir uns vielleicht ins eigene Fleisch schneiden und genau die vor den Kopf stoßen, die uns durch diese schwere Zeit helfen können? Du bist kein Kind mehr, Trudy.«

»Aber Otsubo ist so …«

»Du musst ihm nur Englischunterricht geben und seine Wünsche erfüllen, ansonsten brauchst du dich nicht mit ihm zu befassen.« Ein schlauer Ausdruck tritt in sein Gesicht. »Und du solltest ihm jeden Wunsch erfüllen, egal, welchen oder wie versteckt er geäußert wird.«

»Er ist ein Schwein«, sagt Trudy leise. Der Ober tritt an den Tisch und schenkt ihr schweigend nach. Sie gibt Zucker und Milch in den Kaffee und trinkt einen Schluck.

Victor mustert sie.

»Du hast dich verändert«, sagt er. »Ist es der Engländer? Hat er dir seine zeitlosen Werte eingeimpft, korrektes Verhalten, Ehre und den ganzen Quatsch, den die Engländer so gern im Mund führen? Aber wenn es um ihre Verantwortung geht, dann finden sie immer einen Grund, sich zu drücken, und der hört sich dann immer wunderbar an. Sie haben das zu einer regelrechten Kunst entwickelt. Sie machen schöne Worte, aber sie tun nichts.«

»Wen hasst du eigentlich nicht, Victor?« Wie sehr man seinen Oxford-Akzent heraushört, denkt sie insgeheim.

»Du bist mehr Chinesin als irgendetwas sonst, Trudy. In jedem anderen Land würde man dich als Ausländerin ansehen. Du gehörst nach Hongkong.«

Er zündet sich eine Zigarette an; ihr bietet er keine an. Sie weiß, dass er es missbilligt, wenn sie in der Öffentlichkeit raucht. Seiner Meinung nach sollten sich Frauen außer Haus still und sittsam verhalten.

»Die werden auch noch zum Zahlungsmittel«, sagt er und inspiziert das angezündete Ende. »Es wird sich einiges ändern. In der neuen Welt Fuß zu fassen, das wird so sein, als wollte man ein Haus auf Treibsand bauen. Man muss anpassungsfähig sein.«

Trudy legt ihre Hand auf den Tisch und beugt sich vor. Wenn sie könnte, würde sie die Zähne fletschen und zischen.

»Ich hab wenig Zeit, Victor. Warum wolltest du mich sprechen?«

»Ich will nur sichergehen, dass wir auf derselben Seite stehen. Schließlich sind wir miteinander verwandt.«

Trudy lacht.

»So viel Familiensinn hattest du früher nicht.« Sie zögert. »Vielleicht gehe ich nach Stanley. Will sagt …«

»Hör doch auf mit dem Unsinn, Trudy. Du kannst hier draußen sehr viel mehr bewirken, als wenn du eingesperrt bist. Und etwas anderes als ein Gefängnis ist Stanley nicht, dass du dich da nicht täuschst. Wieso solltest du deine Freiheit aufgeben?«

»Aber Will …«

Victor lacht.

»Ich wusste gar nicht, dass du so sentimental bist, meine Liebe. Außerdem musst du auch an deinen Vater denken.«

Trudy spannt sich an. »Wieso, was ist mit ihm?«

»Ich wollte es dir eigentlich nicht sagen, aber … es geht ihm nicht gut.«

Trudys Gesicht zeigt keine Regung. »Davon hat er mir nichts gesagt.«

Victor sieht sie an, als wäre sie nicht ganz bei Trost. »Glaubst du im Ernst, das würde er tun?«

»Ich glaub dir nicht.«

Victor macht eine wegwerfende Handbewegung. »Das ist mir so was von egal.« Er fängt sich wieder. »Natürlich liegt mir sein Wohlergehen am Herzen, und ich dachte, du hast ein Recht darauf, Bescheid zu wissen.«

Der Pianist betritt das Restaurant, setzt sich ans Klavier und beginnt zu üben. Trudy und Victor sitzen einander gegenüber, und keiner will den nächsten Schritt tun.

»Debussy«, sagt Trudy.

»Ja.«

Sie sitzen da wie zwei Schachspieler, die ihre Augen überall haben, nur nicht beim anderen. Victor raucht seine Zigarette zu Ende und drückt sie in dem Kristallaschenbecher aus. Er ergreift als Erster das Wort.

»Players bekommt man jetzt kaum noch. Die Japaner bringen ihre eigenen Marken ins Land, Aufgehende Sonne und so weiter. Fürchterliches Kraut. Bald wird sich alles um Transportmöglichkeiten und den Zugang zu den Importen drehen. Die Kanäle werden enger, die Waren teurer.«

Trudy blickt auf. »Waren wie Medikamente, meinst du?«

»Ja, sicher. Das ist nur ein Beispiel. Hochwertige Medikamente. Die amerikanischen und britischen Pharmafirmen werden ihre Produkte ganz bestimmt nicht in eroberte Gebiete schicken. Jedenfalls nicht offiziell. Da wird man gewieft sein müssen.«

»Und gewieft warst du ja schon immer, Victor. Und von geradezu krimineller Rücksichtslosigkeit.«

Er reckt die Hände. »Irgendwas wirft man mir immer vor. Ich

will nur, dass du dir über die ganze Situation im Klaren bist. Auch Nahrungsmittel werden sehr knapp werden. Hier geht's nicht nur um Seidenstrümpfe und guten Portwein.«

Trudy steht auf. »Entschuldige mich, ich muss mir mal kurz die Nase pudern.« Sie steuert anmutig auf die Toiletten zu, und die Tür schließt sich leise hinter ihr.

Victor wartet und trommelt auf seine Zigarettenpackung, die auf dem Tischtuch liegt.

Als sie zurückkommt, wirkt ihr Gesicht frisch. Sie hat neuen Lippenstift aufgetragen, die Rüstung der Frau.

»Die Leute werden denken, dass wir verliebt sind, Victor. Dieses heimliche Treffen in einem abgelegenen Restaurant …« Sie lächelt ihn an.

»Dass wir ein Affäre haben?«

»Gefall ich dir nicht?«

Victor denkt ernsthafter über ihre Neckerei nach, als er sollte.

»Du bist wie eine Schwester für mich, Trudy. Melody hat dich immer sehr gemocht. Sie hat mich gebeten, mich um dich zu kümmern, solange sie weg ist, dafür zu sorgen, dass es dir gut geht.«

»Komisch. Mir hat sie gesagt, ich soll nach Macao, zu meinem Vater.«

»Er braucht wirklich jemanden, der ihm hilft. Kümmere dich um ihn.«

»Er hat ja Leung.« Der treue Boy ihres Vaters seit vierzig Jahren. »Er sorgt besser für ihn, als ich es je könnte.«

»Hast du's nicht gehört?«

Trudy erstarrt. »Nein, was?«

»Leung hat einen Messerstich in die Lunge abbekommen. Anscheinend wollte er einen japanischen Soldaten daran hindern, deinem Vater die Rolex abzunehmen. Sein Leben hing eine Zeit lang am seidenen Faden, dann ist er gestorben. Diese Soldaten wissen genau, wie sie zustechen müssen.«

»Das hätte Vater mir doch gesagt. Er hätte sich bei mir gemeldet.«

»Du weißt doch, wie dein Vater ist«, sagt Victor besänftigend. »Er will dir nicht zur Last fallen. Aber keine Sorge, Trudy, ich hab mich darum gekümmert. Eine Frau aus Shanghai wohnt jetzt bei ihm, sie kocht für ihn und versorgt ihn. Er wollte dich nicht beunruhigen. Und ich wollte dich auch nicht beunruhigen. Ich hab nur davon angefangen, weil ...«

Eine lange Pause entsteht. Trudy blickt auf und lächelt Victor unsicher an. Ihre Hand wandert langsam zu der Zigarettenpackung und nimmt eine heraus. Da Victor ihr kein Feuer gibt, holt sie ein Feuerzeug aus ihrer Handtasche. Ihre Hände zittern. Sie inhaliert tief und bläst Victor den Rauch ins Gesicht.

»Otsubo ...«, sagt sie. »Er betet mich an. Hält mich für eine exotische Blume.«

»Ich weiß. Sieh zu, dass es so bleibt.«

Er sieht sie aus zusammengekniffenen Augen forschend an und wendet sich dann befriedigt ab.

»Ich gebe nächste Woche eine Gartenparty«, sagt er. »Du wirst die Gastgeberin spielen. Da wir miteinander verwandt sind, wird es kein Gerede geben. Lade Otsubo ein und sag ihm, er kann mitbringen, wen er will.«

Trudy nickt, eine kaum wahrnehmbare Bewegung.

»Ich glaube, das war's«, sagt Victor. »Nur eins noch, Trudy. Wenn du eine Entscheidung triffst, solltest du auch dazu stehen. Es gibt nichts Schlimmeres als Unentschlossenheit. So etwas bringt Menschenleben in Gefahr. Aber du bist ja ein kluges Kind – du weißt schon, was ich meine. Einen schönen Tag noch.«

Er wirft ein paar Geldscheine auf den Tisch und geht hinaus.

27. Mai 1953

CLAIRE SASS mit der pensionierten Rektorin in der Bibliothek.

»Victor Chen?«, fragte sie verblüfft. »Er war einer von den dreien? Warum hat er nicht einfach …«

»Oh, er wollte die Information nicht zu billig verkaufen. Ein guter Geschäftsmann ist er, das muss man ihm lassen. Der Gouverneur war denkbar schlecht über ihn informiert. Ich hätte ihm sagen können, dass Victor seine eigene Mutter verkaufen würde, wenn der Preis stimmt. Der Gouverneur dachte, es wäre gut, wenn auch ein Chinese Bescheid weiß, für den Fall, dass die Engländer eingesperrt oder getötet werden. Und er dachte, Victor würde sich England verbunden fühlen, weil er als Schüler und Student dort gelebt hatte. Victor fand heraus, dass sowohl ich als auch Reggie eingeweiht waren, aber Reggie war in Stanley, und er würde unter keinen Umständen reden. Mich kannte Victor nicht so gut, deshalb hat er mich ein paar Mal eingeladen. Ich bin noch nie so üppig bewirtet und so geschickt ausgehorcht worden. Aber ich war auf der Hut. Wir haben eine Weile Katz und Maus gespielt, und er hat mich die ganze Zeit im Auge behalten.«

»Wusste Trudy davon?«

»Ich glaube nicht, sonst wäre sie nicht so hektisch herumgerannt, um an die Information zu kommen. Ich denke, Victor hat sich köstlich darüber amüsiert, wie eifrig sie sich bemüht hat, etwas zu bekommen, was er längst hatte. Und Dominick genauso. Die beiden hätten Sie sehen sollen. Victor hat sie eine Weile beobachtet, dann fand er, dass sie zu viel Einfluss gewannen, und beschloss, etwas dagegen zu tun. Im Grunde war er derjenige, der die Fäden gezogen hat. Sie waren seine Marionetten.«

Edwina hielt inne.

»Möchten Sie nicht die Scones probieren? Es sind die besten in ganz Hongkong. Ein Mr. Wong macht sie, ich habe ihn selbst angeleitet. Er ist der beste chinesische Bäcker in der Kolonie.«

»Nein, danke.«

Edwina strich Marmelade auf ein Stück des Gebäcks und schob es sich in den Mund.

»Mmmmm«, sagte sie. »Ich lebe schon so lange hier, aber ohne meinen Tee mit Scones geht es nicht.«

Es hat Victor Chen immer mehr aufgebracht, wie Trudy und Dominick sich verhielten. Sie haben sich ziemlich auffällig benommen und waren allzu intim mit Otsubo. Reichlich ungehörig. Da hat er angefangen, Zwietracht zwischen den beiden zu säen. Er wollte, dass sie mehr nach seiner Pfeife tanzen als nach Otsubos. Dominick hat er in seine florierenden Geschäfte einbezogen. Er hat Benzin und andere wichtige Bedarfsartikel an die japanischen Truppen in Guangzhou geliefert und ein Vermögen damit gemacht. Dominick war bis dahin nur ein kleiner Fisch gewesen, und das hat Victor ihm auch gesagt. Victor selbst hatte mehrere Fabriken und konnte auf enorme Ressourcen zurückgreifen. Er hat Dominick eingeredet, Trudy versuche hinter seinem Rücken an die Information zu gelangen, und Dominick hat ihm natürlich geglaubt. Er hat angefangen, Trudys Stellung zu untergraben und Otsubo gesagt, Trudy wisse, wo die Kronsammlung sei, verrate es aber nicht. Und Victor hat das nur zu gern bestätigt.«

»Wusste Dominick, dass Victor Chen Bescheid wusste?«

»Nein«, sagte Edwina verächtlich. »Victor hat es niemandem gesagt. Ich war die Einzige, die es wusste. Aber das Komische ist …« Edwinas Augen blickten in weite Ferne. »Es war sehr seltsam. Trudy schien zu wissen, was da im Gange ist, aber sie hat nichts dagegen unternommen. Sie hatte bereits resigniert. Es schien sie nicht mehr zu kümmern, sie hat nur noch den Schein gewahrt.«

Die Tür ging auf, und jemand schaute herein. Edwina Storch blickte nicht auf. Leise schloss sich die Tür wieder.

»Trudy wurde Otsubo allmählich lästig; er hatte genug von ihr. Jedenfalls hat er sich Dominick zugewandt. Die beiden waren ebenfalls ein Paar. Der Mann war unersättlich, er wollte einfach alles. Ein richtiges Schwein. Er hat das als Vorwand benutzt, um Trudy loszuwerden. Und er hat mich gebeten, ihm dabei zu helfen. Aber ihr schien das komischerweise alles nichts auszumachen. Sie war unangreifbar, und das trieb ihn zum Wahnsinn. Nachdem sie schwanger geworden war, hat er ihr gesagt, dass er fertig ist mit ihr, dass er sie an seinen Leutnant weiterreicht, und sie hat es schweigend hingenommen. Sie hat alles getan, was er wollte, und ihn doch nicht zufriedengestellt. Ich glaube, er wollte sie leiden sehen. Und er hat sie herumgereicht – sie, eine reiche Erbin, verstehen Sie, die von Geburt an immer nur das Beste vom Besten bekommen hatte, die Gott und die Welt kannte. Ich weiß nicht, warum sie das mit sich hat machen lassen. Es hat sie wohl nicht mehr gekümmert.« Zum ersten Mal schien Edwina Storch traurig.

»Und wie ist Trudy gestorben?«, fragte Claire.

»Dominick hat Otsubo gesagt, Trudy wüsste, wo die Kronsammlung ist. Trudy hat es abgestritten. Otsubo dachte, mir würde sie es vielleicht anvertrauen, weil ich Engländerin bin, und er hat dafür gesorgt, dass wir uns ab und zu über den Weg liefen, damit wir unsere Bekanntschaft erneuern konnten. Das war nicht weiter schwierig, er wusste ja immer, wo sie sich gerade aufhielt. Und so haben Trudy und ich uns regelmäßig getroffen.«

»Hatten Sie keine Skrupel, diesem Menschen zu helfen?«, fragte Claire.

»Überhaupt nicht«, antwortete Edwina prompt. »Verstehen Sie, Claire, da war keiner ein Heiliger. Otsubo war der Feind, aber Trudy, Dominick und Victor – alle haben sie gemeinsame Sache mit ihm gemacht. Für mich waren sie deshalb alle der Feind. Sie kannten nur ein Interesse: ihr eigenes.«

»Also war es geradezu Ihre patriotische Pflicht«, sagte Claire leise.

»Ja.« Edwina griff den Gedanken auf. »Ich sah darin eine Möglichkeit, unserem Land zu helfen. Ich wusste, dass Victor Chen die Kronsammlung irgendwann ausliefern würde. Die Frage war nur, um welchen Preis. Wenn ich die Sache im Auge behielt, konnte ich vielleicht dabei behilflich sein, sie aufzuspüren. Und deshalb habe ich … ich habe Otsubo gesagt, Trudy wüsste, wo sie ist.«

»Was?« Claire sah sie entsetzt an. »Aber …«

Edwina versteifte sich.

»Ich hielt das für die beste Strategie. Der Mann musste mit einer falschen Fährte von der richtigen abgelenkt werden.«

»Aber Otsubo das zu sagen, war doch Trudys Todesurteil.« Es war heraus, ehe Claire es verhindern konnte.

»So einfach, so schwarz und weiß ist das für Sie? Die Wahrheit, meine Liebe, ist, dass Trudy von Anfang an verloren war. So wie sie sich verhielt. Sie hätte das keine vier Wochen mehr durchgehalten. Otsubo hatte jetzt von zwei Seiten die Information, dass sie das Versteck kannte, es aber vor ihm geheim hielt. Er bat mich, sie zu seinem Büro zu begleiten. Es war sehr seltsam, wie er die Sache angehen wollte. Japanisch wahrscheinlich. Komische Leute, die Japaner. Sie wusste, dass er etwas im Schilde führte, denn sie ging ja ständig bei ihm ein und aus, dazu brauchte sie meine Begleitung nicht, aber sie war sehr höflich. Als ich sie abholen kam, haben wir erst noch Tee getrunken und nett geplaudert. Dann sind wir zusammen hin, und sie ist allein reingegangen. Ich hatte ihr gesagt, dass er sie erwartet. Das war alles. Niemand hat sie je wiedergesehen.«

Es schien kälter geworden im Raum. Claire verschränkte die Arme.

»Also …« Der Gedanke blieb in der Luft hängen.

»Nein, meine Liebe«, sagte Edwina. »Die Japaner sind ganz

unsentimental in solchen Dingen, und sie sorgen dafür, dass es keine Zeugen gibt. Ich nehme an, sie haben sie das Kind zur Welt bringen lassen – was dann passiert ist, weiß ich nicht.«

»Und Dominick, ihr Cousin?«

Edwina schüttelte den Kopf.

»Mit dem konnte es kein gutes Ende nehmen. Er steckte viel zu tief drin. Jeder hat ihn benutzt. Victor brachte ihn in einer Firma namens Macau Supplies unter, die er gegründet hatte. Und um sich nicht die Finger schmutzig zu machen, hat er dafür gesorgt, dass auf allen offiziellen Papieren Dominicks Name stand. Aber das hat keine Rolle gespielt. Die Gier hat Dominick gepackt, er hat angefangen, in die eigene Tasche zu wirtschaften, und die Japaner sind ihm draufgekommen. Was genau passiert ist, weiß man auch hier nicht, aber wenigstens gab es eine Leiche. Sie wurde in einem Kanal gefunden, in einem verrufenen Viertel. Man hatte ihm alle Finger abgeschnitten, bis auf einen, diesen elften Finger, den er hatte, eine Missbildung offenbar.«

»Oh.« Claire stieß langsam die Luft aus. So viel stürmte da auf sie ein. »Und was ist aus der Kronsammlung geworden?«

»Also, dass Victor Chen nicht clever ist, kann ihm keiner nachsagen. Er hatte so eine Ahnung, dass das Geheimnis durchsickern könnte, entweder durch mich oder durch Arbogast, deshalb hat er die Sammlung wegschaffen und woanders unterbringen lassen. Und dann hat er Otsubo gegenüber angedeutet, er hätte herausgefunden, dass Arbogast wüsste, wo sie ist. Er hat die Situation meisterhaft manipuliert. Otsubo schuldete ihm jetzt einen Gefallen. Und Arbogast hat nichts geahnt. Sie haben ihm eine Hand abgeschlagen, und er kann noch von Glück sagen, dass es nicht mehr war. Er ist eingeknickt – wer würde das nicht unter solchem … Zwang. Aber als Otsubo dann seine Leute losgeschickt hat, war die Sammlung nicht mehr da. Arbogast hatte danach noch viel zu leiden, aber Victor ist ungestraft davongekommen. Arbogast hat nie erfahren, ob er die Sammlung preisgegeben hatte oder nicht. Das muss schlimmer gewesen sein als die Folter.«

Edwina schaute nachdenklich drein. »Schon komisch, was der Kopf mit uns anstellen kann. Arbogast war auch nach dem Krieg sehr erfolgreich, und er hat viel für die Armen getan, aber glücklich war er nicht. Er hatte das Gefühl, sein Land im Stich gelassen zu haben, verstehen Sie, und er ist ein Mensch, den so etwas nie mehr loslässt.

Später während des Krieges, als Victor gemerkt hat, dass sich das Blatt wendet, schien es ihm vorteilhafter, die Sammlung an die Chinesen zurückzugeben, um sich bei ihnen lieb Kind zu machen. Also hat er die Sammlung mit dem Zug nach China geschafft. Das Geschenk eines loyalen Bürgers. Das habe ich erst hinterher erfahren.«

»Und das war das Ende der Geschichte. Sie haben das noch nie jemandem erzählt?«

»Nein. Victor hat mir mehr als deutlich zu verstehen gegeben, dass es nur zu meinem Besten ist, wenn ich Stillschweigen bewahre.«

Claire dachte an Edwinas behagliches Leben, ihren großen Besitz in den New Territories, dem Anschein nach alles mit der Beamtenpension einer Rektorin finanziert.

»Wer hat davon gewusst?«, fragte sie.

»Ich weiß es nicht, meine Liebe. Victor lässt sich nicht in die Karten schauen.«

»Wie viel weiß Will von der Sache?«

Edwina lächelte.

»Da müssen Sie ihn schon selbst fragen.«

»Und warum erzählen Sie mir das alles?«, fragte Claire. »Ich habe doch gar nichts damit zu tun.«

»Sie … Sie stehen Will nahe, nicht wahr?«

»Ich kenne ihn«, räumte Claire ein.

»Nun zieren Sie sich nicht so«, blaffte Edwina. »Hört er auf Sie?«

»Kein bisschen.« Das wusste sie genau.

»Sie werden's nicht glauben, aber Sie sind der erste Mensch seit

Langem, mit dem Will Umgang zu pflegen geruht. Ich glaube, er braucht nur einen kleinen Schubs in die richtige Richtung. Eine Frau findet immer die richtigen Worte. Das liegt uns im Blut.«

»Ich glaube, ich verstehe nicht.« Claire stellte sich bewusst begriffsstutzig.

Edwina schlug mit den Handflächen auf den Tisch.

»Dieser Mensch«, rief sie. »Dieser Mensch, Victor Chen, der spaziert in Hongkong herum, als sei es sein persönlicher Besitz. Mit jedem, der irgendwie wichtig ist, steht er auf Du und Du – haben Sie gewusst, dass er eine Party für Prinzessin Margaret gegeben hat, als sie hier war? Aber wer ist der Mann schon? Ein falscher Chinese in einem Anzug aus der Savile Row! Ein Kollaborateur. Ein Opportunist.« Sie spuckte die Worte förmlich aus. »Er hält sich für was Besseres als alle anderen, sogar die Engländer! Das ist widerlich, und das darf einfach nicht sein!«

Edwinas unpassender Ausbruch schallte durch den Raum mit den schweren Damastvorhängen.

»Neulich hat er Mary in der Stadt die kalte Schulter gezeigt. Er hat es so eilig, ganz nach oben zu kommen, dass er alte Freunde vergisst. Aber er wird schon sehen, was er davon hat.« Sie sah Claire an. »Er ist ein schrecklicher Mensch; nichts von dem, was er besitzt, hat er verdient.«

»Schwer zu sagen, wer das Gute im Leben verdient.« Claire kam sich vor, als würde sie ein großes, wütendes Tier besänftigen.

»Er glaubt, man kann die Vergangenheit begraben. Aber sie kommt immer wieder hoch, das hat sie nun mal so an sich.«

»Und das Baby? Trudys Baby?«, fragte Claire. Ein unschuldiges Wesen, vielleicht das einzige in der ganzen Geschichte.

»Ich weiß es nicht, meine Liebe. Man wird es wohl irgendwo untergebracht haben.« Sie hielt inne. »Ja. Das war das Ende. Ich denke oft an diesen letzten Nachmittag mit Trudy zurück. Sie schien irgendwie ganz weit weg. Es war ihr egal, ob sie weiterlebt oder stirbt, nachdem Will sie verlassen hatte. Ich glaube, Will hat ihr das Herz gebrochen. Was sagt man dazu? Wer hätte gedacht, dass ausgerechnet Trudy Liang ein Herz hatte, das man brechen konnte?«

5. Juli 1953

»Und jetzt?«, fragte Claire. »Was wird jetzt aus uns?«

Sie und Will hatten lange Minuten schweigend dagesessen und aufs Meer hinabgeschaut, auf die Schiffe, die lautlos ihre Bahn durch den Hafen zogen und geschmeidig aneinander vorüberglitten. Ein leichter Regen setzte ein. Es hatte Claire große Anstrengung gekostet, die Frage zu stellen, und sie vermochte Will dabei nicht anzusehen. Sittsam faltete sie die Hände im Schoß.

»Du brauchst mich nicht mehr«, sagte er langsam. »Ich hab dir das schon mal gesagt, und es stimmt mehr denn je. Ich bin zu einer Belastung geworden.«

Ihre erste, instinktive Reaktion: Rückzug. Dann machte sie sich klar, dass Wills Befreiung auch Unsicherheit mit sich brachte. Viel zu lange hatte er mit seinen Geheimnissen gelebt.

»Ich brauche dich nicht mehr«, wiederholte sie. Wie zerbrechlich er schien, nie bekam sie ihn wirklich zu fassen. Selbst in ihren intimsten Momenten im Bett, wenn sein Gesicht voller Leidenschaft über ihr schwebte, war er nie ganz da. Und jetzt begriff sie auch, warum: Er war immer bei einer anderen gewesen.

Und noch eine ungebetene Erinnerung: Wie er eine Strähne ihres Haars nahm, als sie unter ihm lag, und mit seltsam ferner Miene das feine Gold durch seine Finger gleiten ließ. »Gold«, hatte er gesagt. »Ich mag Haare in Metallfarben: Gold, Bronze, sogar Silber. Gold und Bronze werden ja irgendwann zu Silber.« Nie war er näher daran gewesen, ihr gegenüber das Wort *Liebe* auszusprechen. Es versetzte ihr einen Stich. Sie hatte sich weggedreht und das Gesicht im Kissen vergraben. Im Bett mit ihm war sie immer befangen gewesen, aus Angst, etwas zu sagen, was sie später bereuen würde.

»Du hast Besseres verdient.« Sie versuchte, noch etwas zu retten, ohne zu wissen, was. »Du kannst dein Leben auch ohne dieses ständige Bedauern leben.«

»Das ist nett gemeint, aber du verstehst nicht.«

»Das ist nicht nett gemeint«, sagte sie.

Er gab keine Antwort.

»Die ganze Zeit sagst du mir, ich muss stark sein, aber du bist es selbst nicht. Als wir uns kennengelernt haben, hast du gesagt, ich soll die Gelegenheit nutzen und eine andere werden, über mich hinauswachsen. Aber du schaffst es selbst nicht. Du bist in der Vergangenheit stecken geblieben und willst partout unglücklich sein.« Noch nie hatte sie so klar gesehen. Eine Welle des Zorns erfasste sie. »Du kannst nicht loslassen, du gehst unter. Dabei hast du immer den starken Mann gespielt!« Sie fühlte sich getäuscht, als hätte man ihr etwas vorgemacht. Der Mann, den sie geliebt hatte, war nichts als eine leere Hülle. Und noch etwas empfand sie, ein unerwünschtes Gefühl: Mitleid – der Tod der Leidenschaft.

Auch Will war jetzt zornig. »Und ich habe dir gesagt, du sollst gehen«, sagte er. »Kümmere dich nicht um mich.« Er wollte nur noch in Ruhe gelassen werden. Doch sie würde nicht gehen ohne den Versuch, noch etwas zu retten.

»Was wolltest du eigentlich von mir?«, fragte sie. »Du hast mein Leben verändert. Du magst mich nicht, hast du gesagt. Warum? Habe ich dich gelangweilt?« Sie schoss das Wort wie einen anklagenden Pfeil auf ihn ab.

»Du warst so rein«, versuchte er zu erklären. »Du warst nicht wie die anderen. Du hattest deine Vorurteile und deine törichten Vorstellungen, aber du warst offen, bereit, dich zu ändern. Es hat mir nichts ausgemacht, allein zu sein. Aber dann kamst du …«

»Und du warst derjenige, der mir die Augen geöffnet hat, der weise und ...«

»Das ist nicht fair«, sagte er. »Das ist unter deiner Würde. Bis du auf der Bildfläche erschienen bist, hatte ich keine Frau mehr angeschaut. Aber es hat sich falsch angefühlt, als würde ich Trudy verraten, die ich schon auf so vielerlei Weise verraten hatte.«

»Du vergeudest dein Leben«, sagte Claire. Das regennasse Haar hing ihm wirr in die Stirn. Er machte keine Anstalten, das Wasser wegzuwischen, das ihm übers Gesicht lief. Er wirkte zutiefst niedergeschlagen.

Zu guter Letzt wurde sie grausam. »Du bist ein Feigling.«

War dies der Mann, für den sie ihr Leben geändert hatte? Es schien ihr unfassbar.

»Und du bist dumm«, sagte er aufgebracht. »Und naiv. Du denkst, man könnte die Vergangenheit hinter sich lassen, so wie man eine Tür hinter sich schließt.«

»Du schaust mich nicht mal an!«, rief sie. »Nicht einmal das gönnst du mir. Du warst immer so geizig mit deiner Aufmerksamkeit.« Sie sah an sich hinab. Im Hinblick auf den Eindruck, den sie vermitteln wollte – ruhig, nicht vorwurfsvoll, selbstbewusst –, hatte sie sich am Morgen sorgfältig zurechtgemacht: ein schlichtes knielanges, vorn durchgeknöpftes Voilekleid, maßgeschneidert und mit ein paar dekorativen Falten, das Haar frisch gewaschen und von einem dunkelblauen Satinband gehalten. Sie unterdrückte das Wort, das immer wieder an die Oberfläche ihres Bewusstseins stieg: *Idiot, Idiot*.

»Das muss nicht so sein, glaub mir.« Plötzlich hörte sie die Stimme ihrer Mutter: Du bist hinter einem Mann her, stimmt's? Schäm dich!

Sie lief puterrot an und schwenkte, nahezu unbewusst, die Hand, um ihre Mutter zu verscheuchen.

»Weißt du's?«, fragte er erregt. »Weißt du, wie es ist, wenn dein Leben zerfällt, weil du etwas nicht getan hast, was du hättest tun sollen?« Er stand auf. »Das verfolgt dich wie nichts sonst.«

»Dann gibst du also auf«, sagte sie leise.

»Manchmal hat man keine Wahl, wie man sein Leben führen soll. Bitte hör auf, bevor ich noch mehr sage, was ich später bereue.«

»Mit Reue kennst du dich ja aus. Darauf hast du dein ganzes Leben aufgebaut.«

Er setzte sich wieder. Beide waren jetzt wütend, und ihr Zorn rann durch sie hindurch wie ein Lösungsmittel. Er spülte ihre kurze Vergangenheit fort und machte es ihnen möglich, sie zu reinigen.

Er stand auf und ging davon. Sie rief ihn nicht zurück.

12. Juli 1953

In der Woche darauf ging Claire zu den Chens, um persönlich zu kündigen. Sie kam zur üblichen Zeit und wurde ins Wohnzimmer geführt, wo Melody saß. Sie war allein.

»Geht es Ihnen gut?«, fragte Claire. Die Chinesin saß reglos auf der Sofakante, vor sich eine noch dampfende Tasse Tee.

»Nein«, antwortete sie. »Da ist etwas entsetzlich schiefgegangen. Es hat ein Missverständnis gegeben. Die Leute sehen alles ganz falsch.«

»Ich fürchte …«

»Man schneidet mich«, sagte Melody mit kummervoller Miene. »Als ich heute in der Stadt durch die Teestube in der Gloucester Road gegangen bin, ist es plötzlich ganz still geworden, und niemand hat mich angesprochen, nicht einmal Lizzie Lam, dabei waren wir zusammen in der Grundschule. Wir waren dicke Freundinnen. Damals hat sie mich mit den Windpocken angesteckt! Sie hat so getan, als würde sie mich nicht sehen.«

»Da haben Sie sich bestimmt geirrt«, sagte Claire.

»Nein, es war so«, flüsterte Melody. »Die Menschen sind gnadenlos. In unserer Welt können sie sehr grausam sein.«

Die Heuchelei der Frau war geradezu überwältigend. Melody schien Claire ihre Zerrissenheit anzusehen, denn sie sagte ungeduldig: »Ach, das werden Sie nie verstehen.

Und Sie?«, fragte sie dann plötzlich. »Ihr Leben hat sich vermutlich auch stark verändert.«

»Ja«, antwortete Claire. »Ich habe meinen Eltern telegrafiert, damit sie über meine Situation Bescheid wissen. Wahrscheinlich muss ich nach Hause zurück.«

»Eine schöne Bescherung ist das. Sagt ihr Engländer nicht so? Und Sie irgendwie mittendrin. Ich möchte wetten, Sie hätten es nie für möglich gehalten, dass Sie einmal in eine solche Lage kommen würden.«

»Nein. Das ist mir alles sehr fremd.«

Melody nickte und stand auf. »Ich sage Locket, dass Sie da sind.«

Claire wollte zu einer Erklärung ansetzen, aber Melody unterbrach sie.

»Die Leute behaupten, ich hätte sie Trudy weggenommen, aber das stimmt nicht. Trudy hat sie mir geschenkt.«

Sie ließ Claire nicht zu Wort kommen, hastig fuhr sie fort.

»Sie wusste, was passieren würde. Sie wusste, dass sie nicht am Leben bleiben würde. Und sie wusste, dass ich mein Baby in Kalifornien verloren hatte. Es kam tot zur Welt. Danach bin ich nach Hause zurück. Ich wollte nicht allein in Amerika bleiben, ohne Familie. Trudy wollte, dass ich ihr Kind nehme. Es war ein Geschenk, von Cousine zu Cousine. Viele verstehen das nicht, aber in China war das ganz üblich, die ganze Geschichte hindurch, besonders in Kriegs- und Hungerzeiten. Wir sind ein Land, das daran gewöhnt ist zu leiden; die Menschen bei uns denken praktisch. Man hat Kinder an Verwandte gegeben, wenn sie dort besser versorgt werden konnten. Ihr Leute aus dem Westen versteht das nicht. Trudy wollte es so oder hätte es so gewollt. Sie wusste, dass Locket es bei uns gut haben würde. Und Victor hat in Locket, glaube ich, eine gute Absicherung gesehen. Zur Hälfte Japanerin, ein Viertel Chinesin, ein Viertel Portugiesin. Obwohl man das nie denken würde, wenn man sie so sieht. Nie. Sie auch nicht, oder? Und wir lieben sie wie unser eigenes Kind. Es war schon alles gut so.«

Sie hielt inne, ein wenig durcheinander, wie es schien.

»Der Arzt hatte mir gesagt, dass ich keine Kinder mehr bekommen kann, dass ich sonst sterben würde. Ich hatte also im Grunde keine Wahl.« Sie verstummte. »Ach«, sagte sie dann, »ich wollte ja Locket holen.«

Sie ging hinaus.

Claire blieb in dem plötzlich stillen Wohnzimmer sitzen. Eine Uhr tickte laut. Nach einigen langen Minuten erschien Locket.

»Ich hab im Musikzimmer auf Sie gewartet«, sagte sie. »Ich hab gewartet und gewartet, dann hat Ling mir gesagt, dass Sie hier sind. Haben Sie mit Mummy gesprochen?«

Claire betrachtete das Mädchen mit neuen Augen. Trudys Tochter. Ein Kind, das seine leibliche Mutter nie gekannt hatte, ein Kind, geboren aus Gewalt, Irreführung und Verzweiflung. Nichts davon stand in ihrem breiten, friedfertigen Gesicht geschrieben. Die Vergangenheit, ihre Geschichte, war ohne Umstände begraben worden.

»Ja, Locket. Aber ich bin gekommen, um dir etwas zu sagen. Komm, setz dich zu mir.«

Locket nahm Platz. »Möchten Sie Kekse?«, fragte sie. »Ich hab ein bisschen Hunger.« Sie rief ein Hausmädchen und sprach auf Kantonesisch mit ihr. Claire konnte die verschiedenen Dialekte inzwischen auseinanderhalten: Shanghaiisch, Kantonesisch, Mandarin. »Möchten Sie etwas trinken, Mrs. Pendleton?«

Plötzlich sah Claire in Locket und ihrem routinierten Umgang mit Dienstboten und häuslichen Angelegenheiten eine Miniaturausgabe von Melody. Doch dann zwinkerte sie. Die Amah hatte einen Teller Marmeladenkekse mit Milch gebracht, und schon war Locket wieder ein Kind, das sich sofort zwei davon in den Mund schob.

»Locket«, sagte sie, »ich bin gekommen, um dir zu sagen, dass ich dir keine Klavierstunden mehr geben kann.«

»Mmmmmm«, machte Locket mit vollem Mund.

»Ich hab dich wirklich gern unterrichtet, auch wenn du nie so viel geübt hast, wie du solltest.«

»Es tut mir leid, Mrs. Pendleton.«

»Aber das macht nichts. Ich wollte dir nur sagen, dass du ein braves Mädchen bist und dass du ganz viel kannst. Du bist lieb und hast etwas wahrhaft Gütiges an dir. Deine Arglosigkeit ist etwas Besonderes.«

Locket nickte; sie schien verwirrt.

»Ich weiß, du verstehst nicht, was ich meine, Locket, aber ich möchte es dir trotzdem sagen. Du bist ein guter Mensch. Bleib dir selbst treu. Folge deinem Gefühl. Ich wünsche dir alles, alles Gute im Leben.« Claire spürte, wie sinnlos es war, was sie da tat, aber sie machte trotzdem weiter. Sie wollte Locket unbedingt etwas mitgeben, irgendetwas, das haften bleiben würde. Doch was Locket für immer prägen wurde, was einen unauslöschlichen Eindruck hinterlassen würde, das konnte sie unmöglich sagen.

»Mrs. Pendleton, das klingt ja, als würde ich im Sterben liegen oder so!«

»Ich will nur, dass du weißt …« Sie verstummte. »Du sollst es einfach wissen. Das ist alles.« Sie stand auf und küsste Locket auf ihr schwarz glänzendes Haar. »Auf Wiedersehen.«

Sie ließ Locket mit ihren Keksen und ihrem verwirrten Blick im Wohnzimmer zurück und ging, seltsam aufgewühlt, davon.

1953

In seinen Träumen kehrt sie zu ihm zurück. In seinen Träumen verzeiht sie ihm.

»Ich habe immer einen Heiligen gesucht«, sagt Trudy. Ihre Hände sind hinter seinem Kopf verschränkt, ihre Augen blicken zu ihm auf. »Ich dachte, du wärst es.«

»Tut mir leid«, sagt er, »aber ich habe nie so getan, als wäre ich einer.«

»O doch, ich finde schon.« Ihre Stimme ist frei von Zorn. »Du hattest immer diese Aura des Heiligen um dich. Die Leute haben sich immer um Rat an dich gewandt. Du strahlst Zuversicht aus. Anders als ich. Ich strahle … Unzuverlässigkeit aus. Aber ich bin viel amüsanter.«

Er berührt ihr feines, glänzendes umbra- und bronzefarbenes Haar.

»Deinetwegen habe ich meine Tür nie abgesperrt«, sagt er. »Ich dachte, wenn auch nur der Hauch einer Möglichkeit besteht, dass du noch lebst … Es sind schon seltsamere Dinge passiert. Ich konnte die Tür nicht abschließen, denn ich war von der Vorstellung gepeinigt, du könntest zu mir zurückfinden, und ich wäre nicht zu Hause, du würdest wieder gehen, und ich hätte meine Chance verpasst. Deswegen konnte ich auch nie umziehen. Alle fragen sich, warum ich hiergeblieben bin, in der Vergangenheit gefangen.«

»Aber natürlich würde ich dich finden«, sagt sie mit ihrer glockenreinen Stimme. »Ich finde doch immer einen Weg, hast du das schon vergessen?«

»Deinetwegen wäre ich gern ein Mann der schlimmsten Sorte gewesen«, gesteht er. »Wenn ich Familie hätte, ich hätte sie verlassen, um mit dir zusammen zu sein. Hättest du irgendwelchen protzigen Schmuck gewollt, ich hätte ihn für dich gestohlen. Hättest du gesagt, ich soll jemanden umbringen, ich glaube, ich hätte es getan. Es gab nichts, was ich nicht für dich getan hätte, und das ist das Schrecklichste, was es gibt. Deshalb musste ich weg. Ich musste weg von dir, um mich zu schützen.«

»Also, ich weiß nicht«, sagt sie belustigt, »ob das das Netteste ist, was man mir je gesagt hat, oder das Schlimmste.«

Sie hat ihm immer gesagt, dass man nicht auf sie bauen, dass sie ihn jederzeit verlassen, dass man ihr nicht trauen kann, doch bei all diesen Erklärungen braucht er ihr nur in die Augen zu schauen, und er glaubt ihr nicht.

»Ich stelle mir gern vor, wie es wird, wenn das alles vorbei ist«, sagt sie. »Dann gönne ich mir zu jeder Mahlzeit Eis und Champagner und bade in Honig und Wein. Du machst dir keine Vorstellung, was für ein verschwenderisches Leben ich dann führen werde. Durch und durch die reiche Erbin, die jede Extravaganz für sich beansprucht – nur Seife und Düfte aus Frankreich werden meine Haut berühren, und auf meinem Nachttisch werden täglich frische exotische Blumen stehen. Diese Beschränktheit bringt mich noch um. Ich bin zu einer verdrießlichen Kriegsmatrone geworden, und ich werde jeden Zoll dieser abscheulichen Person wegschrubben, sobald …« Aber sie kann nicht sagen, was den Krieg beenden wird.

Er schüttelt sie. Er möchte sie brutal in die Wange beißen, bis das Fleisch herausreißt und ihm das Blut übers Kinn läuft. Er möchte sie mit Haut und Haaren verschlingen, bis sie den Schmerz spürt, den er fühlt. Den Schmerz, den er auch ihr zugefügt hat.

Er taucht auf, sie weicht zurück, die andere kommt ihm in den Sinn, die eine, die noch lebt. Doch er sinkt wieder in die Vergangenheit hinab. Der Sog ist zu stark.

Dic Erinncrung an jene Tage. Wie er auf seinem schmalen Bett sitzt, empört, erbost über die endlose Monotonie ringsum, die kleinen Sorgen der anderen – ob sie die Ration bekommen, die ihnen zusteht, dass sich jemand heimlich in einem leeren Zimmer einquartiert hat, obwohl es nach der Repatriierung der Amerikaner noch nicht wieder vergeben worden ist. Ach ja, der Tag, an dem die Amerikaner auszogen, deren Regierung den Austausch von Kriegsgefangenen so viel geschickter betrieben hat, das unbeschreibliche Gefühl, als die Lastwagen abfuhren, beladen mit fröhlichen, ungewaschenen Menschen, deren Taschen vollgestopft waren mit Botschaften der Zurückbleibenden an ihre Lieben in aller Welt. Sie hatten versprochen, die Briefe weiterzuleiten. Die Netteren hatten Decken, Kleider, Gerätschaften und sogar Geld zurückgelassen, einige aber nahmen auch noch das letzte Fitzelchen mit, dabei würden sie es, sobald sie zu Hause waren, doch nur wegwerfen. Ein paar Amerikaner blieben allerdings: die katholischen Priester. Sie schlugen die Chance der Heimkehr aus, um die Gläubigen zu betreuen, die weiter im Lager ausharren mussten.

Eine andere Erinnerung, eine noch ältere: das erste Weihnachten im Lager, ein knappes Jahr nachdem sie interniert worden waren. Will erinnerte sich an das halb verwelkte Gras in der Mitte des Geländes und den Staub, den die Kinder aufwirbelten, die in ihren abgerissenen Shorts – es war für die Jahreszeit ungewöhnlich warm – aufgeregt schreiend umherrannten. Die Frauen hatten Tische aufgestellt, auf denen wässrige Limonade und Gebäck standen, gespendet von Leuten, die noch draußen waren. Ein Programmzettel mit den Liedern und Darbietungen war vervielfältigt und verteilt worden. Sie hatten sogar Weihnachtsschmuck aufgetrieben, und an den zerzausten Bäumen an der Umzäunung prangten Lametta und grellbunte Christbaumkugeln. Ein altes Grammophon quäkte Weihnachtslieder, und die Internierten standen plaudernd beisammen und tranken aus ihren Tassen; eine Thermosflasche wurde heimlich herumgereicht. Bill Schott hatte ein Nikolauskostüm aufgetan, sich zum Entzücken der Kinder den Bauch mit einem Kissen ausgestopft und verteilte nun ein mit Jubelgeschrei begrüßtes Sammelsurium an Geschenken: ein Säckchen mit glänzenden Knöpfen, eine mit Heu gefüllte Flickenpuppe, eine Weihnachtscollage aus Blättern. Die Mütter waren fleißig gewesen.

Die japanischen Soldaten schauten von der Seite gedankenverloren zu; sie hatten Päckchen mit Bonbons an die Kinder verteilt.

Plötzlich stand Regina Arbogast vor Will, einen roten Schal theatralisch um den Hals geschlungen. Sie hatte auch jetzt noch Stil.

»Frohe Weihnachten, Will«, sagte sie. Ihr Mann stand neben ihr; es war noch Monate vor der Folter. Will prostete den beiden zu.

»Ein Jahr geht so schnell vorbei, nicht wahr? Wie anders jetzt alles ist als letztes Jahr.«

»Tja, jetzt sind wir hier«, sagte Reggie.

»Genießen Sie's, wenn Sie raus dürfen?«, fragte Regina.

Wills Aufenthalte draußen riefen viel Neid und Spekulation hervor, auch wenn er stets versuchte, Dinge mitzubringen, von denen alle etwas hatten.

»Genießen ist ein etwas seltsames Wort dafür«, sagte er.

»Trudy steht dem derzeitigen Regime ja ziemlich nahe.« Regina ließ ihre Äußerung provozierend in der Luft hängen.

»Ist das eine Frage oder eine Feststellung?«, fragte Will sanft.

»Wie willst du das wissen, du bist doch hier eingesperrt«, wandte sich Reggie ungeduldig an seine Frau. »Das sind doch nur Vermutungen, Regina.«

»Alle sagen es.« Regina zwinkerte. »Aber je weniger man weiß, desto besser, nicht wahr, Will?«

Reggie verdrehte peinlich berührt die Augen.

»Ach, seht mal«, sagte er. »Der Chor fängt gleich an.« Er fasste Regina mit festem Griff am Arm und führte sie weg, dorthin, wo die älteren Kinder und die Frauen sich auf ihren Auftritt vorbereiteten.

Will erinnert sich mit einem unguten Gefühl an dieses Gespräch und daran, wie alles endete, wie sie alle etwas spielten, was am Ende nur zu real war.

1945 dann immer wieder das Dröhnen von Flugzeugen, Gerüchte von einer neuartigen Bombe. Einer außergewöhnlichen, unvorstellbaren, mit nie dagewesenen Opferzahlen. Ein gigantischer Wolkenpilz der Verwüstung über Japan. Informationsfetzen, hereingeschmuggelt mit der täglichen Gemüselieferung, der Spinat plötzlich in englische Zeitungsseiten eingeschlagen.

Verlegen dreinschauende Wachen, die eine Spur freundlicher wurden, mehr Privilegien zuließen. Größere Rationen.

Trudy noch immer täglich in seinen Gedanken, wenn auch erfolgreich verdrängt. Keine seiner Botschaften beantwortet, keine Besucher anderer Internierter, die sie gesehen hatten. Als hätte sie sich in Luft aufgelöst. Wie ihre Mutter, dachte er und verbannte auch diesen Gedanken aus seinem Kopf. Im Krieg sterben nun mal Menschen. Später macht er sich klar, dass ein Sterbender so denken würde.

Und dann die Befreiung, das Eintreten in die schöne neue Welt draußen, noch auf der Hut vor den in ihrer Niederlage gefährlichen Japanern. Manche schlugen zu, töteten, solange es noch ging, die meisten aber bewegten sich auf der feinen Linie, in jener Grauzone zwischen Eroberten und Eroberern.

Wie eine alte Maschine, die ächzend angekurbelt wird, erwachte Hongkong wieder zum Leben. Busse und Straßenbahnen nahmen ihren regelmäßigen Betrieb wieder auf, die Lager der Geschäfte wurden aufgefüllt, die Preise normalisierten sich. Traf man sich auf der Straße, hielt man einander fest und sagte, wie dünn alle geworden seien – froh, noch am Leben zu sein, sich wiederzusehen, auch wenn man sich früher nicht gemocht hatte. Man übte Normalität, versuchte, Alltag einkehren zu lassen.

Otsubo wurde nach Japan repatriiert. Später erfuhr man, dass er im Sugamo-Gefängnis gehängt worden war. Die Nachricht rief keine Erleichterung hervor.

Die seltsame Atmosphäre der ersten Dinnerparty, auf der sich alle anfangs noch vorsichtig bewegten, sich dann aber geradezu unanständig schnell wieder zu Hause fühlten. Sie beklagten sich über die unzureichende Grundversorgung, dann über den Mangel an gutem Personal, dann über die Schwierigkeit, guten Wein zu bekommen, dann über alles. Die Amnesie der Bequemlichkeit, lindernd, beruhigend, allzu verführerisch. Zu bald waren sie wieder die Alten.

Wie kann eine Frau verschwinden? Wie kann ein so lebendiger Mensch verschwinden?

Nach dem Krieg suchte er sie, einen leeren Geschmack im Mund, den Geschmack des Bedauerns. Seltsamerweise dürstete er noch immer nach Befreiung. Er besorgte sich ein Auto und fuhr über die ganze Insel, durch die leeren Straßen zu ihrer früheren Wohnung, zu Angelines einstigem Haus, zum Haus ihres Vaters in Sai Kung, alle unbewohnt und verwüstet, von Modergeruch und Schlimmerem erfüllt. Eine Rundfahrt zu verlassenen Häusern. Ihr Vater tot in Macao, im Krieg, Ursache unbekannt. Auch Dominick tot. Eine von vielen traurigen Geschichten.

Ohne Trudys Leichtigkeit, die ihn aufrecht hielt, wurde Will verdrießlich, zu ernst, zu düster. Er verkroch sich in diesem oder jenem Winkel Hongkongs, oder er blieb in seiner Wohnung, einer kargen Behausung mit einem einzigen Glas, einem einzigen Teller, einer nackten Glühbirne. Niemand lud ihn mehr ein. »Er ist wunderlich geworden«, tuschelte man in der Stadt. Ohne Trudy vermochte er kein neues Ich zu finden.

Er versank in der Anonymität, bis er eines Tages Victor und

Melody erspähte, die in Causeway Bay mit ihrer Tochter aus dem Auto stiegen. Einer Tochter, die ihnen so gar nicht ähnlich sah. Er erinnerte sich, etwas über Melody in den Vereinigten Staaten gehört zu haben, eine Tragödie, im Flüsterton erzählt, einmal und nie wieder. Er machte sich so seine Gedanken. Dann rief er Victor an, sagte, er habe Pech gehabt und bat ihn um Arbeit. Er wusste, dass Victor nur zu gern einen Engländer für eine in seinen Augen niedere Tätigkeit einstellen würde, und beide Männer wussten, dass viel mehr hinter der Bitte steckte.

Victor genoss es, vor ahnungslosen Geschäftspartnern mit ihm zu renommieren, solchen vor allem, die gerade aus Europa oder Amerika kamen. Will fuhr dann vor, stieg aus und hielt den Wagenschlag auf. Victors Gäste machten große Augen und stiegen sichtlich beeindruckt ein. Ein Engländer als Chauffeur war selbst für eine Familie wie die Chens etwas geradezu Unerhörtes, erst recht einer, der vor dem Krieg in den ersten Kreisen verkehrt hatte. Aber die meisten waren in ihre eigenen Angelegenheiten verstrickt, und viele waren stark verändert aus dem Krieg hervorgegangen: der niederländische Bankier etwa, der Stanley als Schizophrener verlassen hatte und jetzt in einer Bruchbude hauste und mit einem Rattankorb bettelte, sein einst blondes Haar verfilzt und dunkel; oder die Miller-Tochter, die mit einem Spross der Transportunternehmer-Familie Ho verlobt gewesen war, aber völlig gebrochen aus dem Lager gekommen und jetzt Gerüchten zufolge Bardame in Mong Kok war. Will war nur eines von vielen Kriegsopfern; andere waren schlechter dran. Anfangs redeten die Leute noch, aber bald war seine Situation nur noch eine der Seltsamkeiten des Lebens in Hongkong.

Er arbeitete unregelmäßig und versuchte immer wieder, einen Blick auf Locket zu erhaschen, doch die Chens ließen sie stets von den anderen Chauffeuren zur Schule bringen. Unwillkürlich musterte er ihr Gesicht, suchte nach Anzeichen – wovon? Von Trudy, ja, aber auch von etwas, das er selbst nicht in Worte zu fassen vermochte.

Eines Tages stieg Victor in den Wagen und wies Will an, ihn auf den Peak zu fahren. Er schien erregt und hantierte auf dem Rücksitz mit irgendwelchen Papieren.

»Es sind Fehler gemacht worden«, sagte er plötzlich ohne nähere Erklärung.

Will antwortete nicht, und Victor wurde noch nervöser.

»Du weißt, was ich meine?«, fragte er.

»Nein.«

»In Kriegszeiten werden viele Entscheidungen getroffen, und vieles geschieht ohne hinreichende Überlegung.«

»Ja, Sir«, antwortete Will mit einer Dienstbeflissenheit, die bedrohlicher wirkte als irgendetwas, das er hätte sagen können. Im Rückspiegel sah er Victors Gesicht. Der Mann schwitzte heftig.

»Mir ist etwas zu Ohren gekommen …«, begann Victor.

»Ja, Sir«, wiederholte Will.

Victor zögerte, dann schien er sich wieder zu fangen.

»Jedenfalls, Will, war der Krieg für uns alle eine Herausforderung. Das haben wir heute alle gemeinsam.«

Will schwieg.

»Ich hab's mir anders überlegt, Will. Du kannst mich nach Hause fahren.«

Will wendete und fuhr zurück. Auf der Rückfahrt wurde nichts mehr geredet. Wills Gehalt wurde plötzlich verdoppelt. Er erfuhr nie, was Victor so beunruhigt hatte. Weder er noch Victor erwähnten die Fahrt je wieder.

Er wartete darauf, dass etwas geschah, und unterdessen erinnerte er sich.

Trudy und Dominick in einer schrecklichen Umarmung gefangen.

Seltsam, wie unvermeidlich vieles aus hinreichendem Abstand erscheint. Man bringe einen Jungen und ein Mädchen mit ähnlichen Überzeugungen im Sommer zusammen und warte ab, was sich entwickelt. Normalerweise Liebe. Zwei Freunde, einander ebenbürtig, und plötzlich erlangt einer von ihnen einen Vorteil: In den seltensten Fällen werden sie Freunde bleiben. So muss es gewesen sein. Trudy und Dominick, einander ähnlich wie zwei Erbsen in der Schote, solange alles gut war. Als sich die Lage verschlechterte, passten sie sich den neuen Gegebenheiten an. Trudy im Wesentlichen gut. Dominick ein Tier. Der Verrat schmerzhaft.

Aber sein eigener? Viel schlimmer. Das weiß er.

»Ich verzeihe dir«, sagt sie. »Ich verstehe.«

Er klammert sich daran. Hört es sie wieder und wieder sagen.

Wie kann er sie jetzt verlassen?

Epilog

EINE FRAU SITZT lesend in einem Sessel am Fenster. Der Tee in der Tasse neben ihr ist erkaltet. Draußen sinkt die Dämmerung herab, und als sie nicht mehr genug sieht, steht sie auf und macht Licht. Plötzlich ist der Raum hell erleuchtet.

Sie lebt jetzt allein; in Wan Chai mit seinen Lebensmittelmärkten hat sie unter den Einheimischen eine kleine Wohnung gefunden. Das Mobiliar ist einfach: ein Eisenbett mit einer dünnen Matratze, eine Obstkiste als Nachttisch, eine Lampe, die sie im Schlussverkauf bei Dodwell's erstanden hat. Einen bequemen Lesesessel hat sie auch. Sie lebt sehr bescheiden von ihrem Einkommen als Sekretärin bei einem Transportunternehmen; man kann wie die Einheimischen leben, hat sie festgestellt, von fast nichts, man kann alles herunterhandeln, von der Glühbirne bis zum Geschirrtuch. Sie kauft nur eine einzige Orange, nur zwei Karotten, und sie sucht das Huhn selbst aus, das für sie geschlachtet wird – ein Einkauf, der für drei Tage reicht. Sie isst an den Garküchen: Nudeln, Congee, gebratenes Fleisch und andere Gerichte, die sie nur ein Jahr zuvor nicht angerührt hätte. Manchmal, wenn sie neben einem Taxifahrer oder einem Ladenbesitzer auf den Schemeln sitzt und den Gesprächen lauscht, merkt sie, dass sie einiges versteht: Wörter tauchen aus dem Lärm auf, wie Edelsteine. Anfangs war sie eine Kuriosität für die Leute, jetzt haben sie sie oft genug gesehen und beachten sie nicht mehr. Ihr Kantonesisch – noch bruchstückhaft – wird langsam besser. Wenn sie jetzt ihr Essen bestellt, wird die Bestellung nicht mehr laut auf Englisch wiederholt; man brummt nur etwas und gibt die Nudeln zum Kochen in die Brühe, wie für die Einheimischen auch.

Zum Schlafen trägt sie manchmal schwarze Hosen und darüber ein langes weißes Hemd – die Tracht der Amahs –, und sie fühlt sich seltsam wohl darin. Die Sachen sind aus leichter Baumwolle und sehr preiswert. Die Ladenbesitzerin hatte geglaubt, sie brauche sie für ihre Amah, und unter viel Gestikulieren immer wieder gefragt, wie groß die Amah sei. Doch Claire hatte sich die Sachen angehalten und genickt. Am ersten Tag in ihrer neuen Wohnung war sie zum nächsten Straßenfriseur gegangen, hatte Platz genommen und den verblüfften Mann aufgefordert, ihr die Haare ringsum kurz zu schneiden.

Und sie kennt die Straßen der Stadt – Johnston, Harcourt, Connaught –, sie weiß, wie man sie auf Kantonesisch ausspricht. Sie sind wie ein Netz von Adern, die von Central nach Repulse Bay, auf den Peak und nach Mid-Levels ausstrahlen, Orte, an die sie nur noch selten kommt, Orte voll von Engländern und dem Leben, das sie führen. Ab und zu laufen ihr Bekannte über den Weg, und immer fragen sie, wie es ihr geht, auf diese forschende, neugierige Art, und immer nickt sie und sagt, gut, es gehe ihr gut, sie fühle sich sehr wohl in der Stadt. Wollen Sie denn nicht nach England zurück?, fragen sie, und sie sagt, nein, im Moment habe sie das nicht vor.

Es wird immer weniger über sie geredet. Sie wird Teil einer alten Geschichte, die bald vergessen sein wird, und das ist ihr nur recht.

Manchmal ist sie einsam, aber sie geht regelmäßig in den Bibliotheksverein und leiht sich gleich drei oder vier Bücher auf einmal aus. Es gibt so viel zu wissen und zu lernen. Sie liest über Beethoven, über chinesischen Reisanbau, sie liest Biographien englischer Premierminister und findet Trost darin, dass ihr die Bücher nie ausgehen werden. Es gibt im Bibliotheksverein auch ein Klavier, und die Leiterin lässt sie nach Dienstschluss spielen, wenn sie vorher Bescheid sagt. Sie geht am frühen Abend hin, wenn es nicht mehr so heiß ist, und dann spielt sie etwa eine Stunde, während um sie herum aufgeräumt und geputzt wird. Sie kommt so spät, dass die Frauen, die sie kennt, ihren Tee schon getrunken haben und nach Hause gegangen sind, um das Abendessen vorzubereiten, während Mann und Kinder sich versammeln und die Räume mit Lärm und Geplauder füllen, ganz anders als bei ihr.

Martin ist nach wie vor in Hongkong, soviel sie weiß. Sie ist noch einige Tage in der Wohnung geblieben, bis sie etwas Eigenes gefunden hatte; darum hatte sie ihn gebeten, als er nach der Party aschfahl nach Hause kam. Er hatte nicht Ja gesagt, er hatte aber auch nicht Nein gesagt. Es war mehr als großzügig von ihm, das wusste sie. Sie hatte Whisky pur in zwei Gläser gefüllt, und sie hatten schweigend zusammengesessen. Sie erinnert sich noch an seine Haltung. Er hatte schwerfällig am Tisch gesessen und langsam getrunken, und seine Finger hatten über den Rand des Leinenuntersetzers gestrichen. Yu Ling hatte sich aufgeregt an der Küchentür herumgedrückt; über das blitzschnelle Amah-Netzwerk war sie schon vor Claires und Martins Rückkehr telefonisch über den Skandal informiert worden.

Martin hatte nicht den Mut aufgebracht, Fragen zu stellen. Er wollte, dass sie von sich aus redete, aber sie konnte nicht. Die ersten Tage war ihr sein kaltes Schweigen, wenn er nach Hause kam, willkommen gewesen. Als er dann aber versuchte, mit ihr zu reden, zu begreifen, was passiert war, ertrug sie es nicht. Sie schlief auf dem Sofa im Wohnzimmer und stand möglichst schon vor Yu Ling auf, um das Bettzeug wegzuräumen. Oft aber begegnete sie beim Aufwachen schon dem neugierigen Blick der Amah. In Yu Lings Welt wurden solche Dinge vermutlich mit dem Hackbeil geregelt; sie und Martin mussten ihr unterkühlt und bizarr erscheinen.

Dann Martin: »Warst du unglücklich?« Das Erste, was er seit jenem Abend zu ihr sagte. Er war aus dem Schlafzimmer ins Wohnzimmer gekommen, wo sie in einem Buch las.

Was hätte sie sagen sollen? Sie legte das Buch weg und suchte nach einer Antwort. Die Frage erschien ihr zu nüchtern, und sie hasste sich dafür.

»Ich wollte daran glauben, dass das Leben mehr ist.« Einfach so gesagt. Der überzogene Anspruch ein Affront gegen die guten Werte, dessen war sie sich nur zu bewusst.

»Wo warst du?« Seine zweite Frage. Er setzte sich an den Esstisch, weit weg von ihr, und rieb sich die Augen.

Sie erklärte es. Sie hatte das Haus der Chens verlassen. Es war heiß, wie immer, und sie hatte kein Auto. Sie folgte der May Road, dieser windigen, schmalen, aus dem Felsen gehauenen Straße – einer Schlange von einer Straße –, bis dorthin, wo sie in die Garden Road überging, dann kam sie nach Central. Es war noch heißer geworden, und sie betrat eine Bäckerei und bestellte sich kühlen Tee. Ein weißes Rauschen erfüllte ihren Kopf, ähnlich wie damals, als sie auf der Straße in Ohnmacht gefallen war. Sie wusste nicht, wohin, und ging einfach ostwärts weiter, bis sie sich in Wan Chai wiederfand. Das Gewühl und Getriebe dort beruhigte sie. Der Trubel ringsum bewirkte, dass sich der Aufruhr in ihrem Innern legte. Und sie hatte sich umgesehen und gedacht, hier könnte ich leben.

»Nach dem Vorfall auf der Party fand ich, dass ich zu sichtbar in der Welt bin – jetzt möchte ich eine Weile unsichtbar sein«, sagte sie zu Martin. »Zu viel ist passiert, und ich weiß nicht, warum ich ein Teil davon bin, aber ich bin es. Mir ist klar, dass du es genauso empfinden musst, und dafür entschuldige ich mich.«

Er sah sie an – diese weltfremde junge Frau, die er aus England hierhergebracht hatte –, und er erkannte, dass er keine Ahnung hatte, wer sie war.

Sobald sie konnte, ging sie. Während er bei der Arbeit war, packte sie ihre Sachen und bestellte ein Taxi. Sie umarmte Yu Ling, spürte die zierliche Gestalt der Amah in ihren Armen und eine unerwartete Traurigkeit, weil sie sie verließ, dieses Leben verließ. Doch inzwischen war sie überzeugt, dass man bekommt, was man vom Leben erwartet. Martin hatte nie erwartet, Liebe zu finden, und so würde er letztlich darüber hinwegkommen. Sie würde nicht die große Enttäuschung, die Tragödie seines Lebens sein. Die würde von anderer Seite kommen, und Claire machte sich erleichtert klar, dass sie, auch wenn sie wüsste, wie diese Tragödie aussehen mochte, nicht dafür verantwortlich war. Sie selbst hatte nicht gewusst, was sie vom Leben erwarten sollte, und sie wusste es auch jetzt nicht. Ihr Leben war noch im Werden.

Sie wird zum Klischee werden, vermutet sie, eine Frau, die irgendwann eine echte Honkongerin sein und ihresgleichen meiden wird. Ihre alte Bekannte Amelia hat sie einmal in ihrer Wohnung besucht und konnte kaum ihr Entsetzen über die Umstände verbergen, in denen sie Claire antraf. Sie flatterte in dem engen Raum umher, schenkte Claire ein Glas Erdbeermarmelade und ein paar Seifenstücke und kam dann nie wieder. Claire vermutet, dass Amelia dieser Geschichte viele Essenseinladungen zu verdanken hatte. Doch das kümmert sie nicht im Geringsten.

Vorige Woche hat sie einen kleinen Beutel mit wertvollem Schmuck, Halstüchern und Ziergegenständen in den nächsten Gebrauchtwarenladen gebracht. Die Frau dort nahm die Sachen an, verwirrt und ratlos, was sie zwischen all den verstaubten billigen Pullovern und Töpfen damit anfangen sollte. Claire hatte nicht gewusst, wohin damit. Im Hinausgehen hob sich ihre Stimmung, und sie fühlte sich ganz leicht.

Jetzt blickt sie von ihrem Buch auf und schaut aus dem Fenster auf die belebte Straße hinaus. Autos fahren vorbei, die roten Taxis kreuzen die mit ihren Oberleitungen verbundenen Doppeldecker-Straßenbahnen, Männer radeln vorüber. Die niedrigen Häuser mit ihren Antennen und den Wäscheleinen auf dem Dach zeichnen sich gegen den blauen Himmel ab. Der beißende Geruch der Straße dringt herein. Eine Szene, die sie sich vor zwei Jahren niemals hätte vorstellen können.

Bei all dem hält eine simple Gewissheit sie aufrecht: dass sie nur aus dem Haus zu treten braucht, um mit der Straße zu verschmelzen, in ihren Rhythmus einzutauchen und – mühelos – Teil der Welt zu werden.

Dank

So vielen Menschen möchte ich danken:

Meiner Agentin Theresa Park, ohne deren Unterstützung und sanfte Ermutigung dieser Roman noch immer ein Wirrwarr von Notizen in meinem Computer wäre. Sie hat mich von den ersten Seiten an begleitet.

Abby Koons, Julian Alexander, Rich Green, Sam Edenborough, Nicki Kennedy und Amanda Cardinale.

Kathryn Court, meiner klugen und eleganten Lektorin.

Clare Ferraro für ihre frühe, unbeirrte Unterstützung.

Dem erstaunlichen Team bei Viking: Alexis Washam, Carolyn Coleburn, Loise Braverman, Ann Day, Nancy Sheppard, Paul Slovak, Isabel Widdowson und vielen anderen.

Clare Smith und dem wunderbaren Team bei Harper Press UK für ihren Enthusiasmus und ihren Rat.

Pat Towers, die mich stets so liebenswürdig über Nuancen belehrt hat.

Abigail Thomas, die mir mit Kuchen, gutem Urteilsvermögen und freundlichen Worten Mut gemacht hat.

Chang-trae Lee für ihre zielsicheren schriftstellerischen und praktischen Ratschläge.

Elaina Richardson für die Zeit bei Yaddo.

Für Freundschaft, Aufmunterung und Verständnis: Mimi Brown, Deborah Cincotta, Rachael Combe, Kate Gellert, Katie Rosman, Sarah Towers, Daphne Uviller.

Ich habe viele Bücher über diese Phase des Zweiten Weltkriegs gelesen, sowohl in der New York Public Library als auch in der Special Collections Library der Universität Hongkong. Viel über die damalige Zeit habe ich besonders aus Emily Hahns ausgezeichneten Memoiren *China to me* erfahren und aus dem farbigen Werk *Prisoner of the Turnip Heads* von George Wright-Nooth und Mark Adkin. Viele Stunden habe ich in verschiedenen Räumen der New York Public Library, der New York Society Library und der Hong Kong University Library gearbeitet – ich bin dankbar dafür, dass sie der Allgemeinheit offenstehen und Schriftstellern Raum zum Arbeiten bieten.

Meiner Mutter, meinem Vater und meinem Bruder mit seiner Familie.

Der Großfamilie Bae.

Meinen Kindern, die mir jeden Tag Freude schenken und alles in die richtige Perspektive rücken.

Und vor allem meinem Mann Joe, der mein bester Freund ist, meine bessere Hälfte, der mich mit vorbehaltloser Liebe und Großzügigkeit unterstützt. Dafür bin ich ihm täglich dankbar.